LE NID

Diplômée de littérature anglaise et d'écriture créative, Sarah Pearse emménage dans les Alpes suisses à l'âge de vingt ans. Elle passe son temps libre à explorer les montagnes aux alentours de sa ville, un cadre dramatique dont elle s'inspire pour son premier roman, *Le Sanatorium*, véritable phénomène d'édition en Angleterre et aux États-Unis.

Paru au Livre de Poche :

Le Sanatorium

SARAH PEARSE

Le Nid

TRADUIT DE L'ANGLAIS (GRANDE-BRETAGNE)
PAR MATTHIEU FARCOT

MICHEL LAFON

Titre original :

THE RETREAT

Paru chez Bantam Press, un département de Transworld Publishers.

ISBN : 978-2-253-94022-7 – 1re publication LGF

À ma mère

« Que l'on soit roi ou balayeur,
tout le monde danse avec le Faucheur. »

Dernières paroles de Robert Alton Harris,
condamné à mort pour meurtres.

Prologue

Été 2003

Le hurlement de Thea déchire le silence de la clairière et fait fuir les oiseaux des arbres dans un déluge de battements d'ailes.

C'est un cri inhumain ; aigu et désespéré, un de ces hurlements qui vous retournent l'estomac et font siffler vos oreilles.

Elle aurait dû attendre qu'ils reviennent au camp. Il lui a dit d'attendre.

Mais Thea a insisté. Une demi-heure et trois bières après qu'ils se sont glissés hors du camp pour passer un moment seuls, elle n'a plus pu se retenir :

— Ne me regarde pas comme ça, c'est ta faute, fallait pas apporter autant de canettes. Crie si tu vois quelqu'un arriver…

Avec un rire, elle s'est éloignée de quelques pas et accroupie avec prudence de sorte qu'Ollie ne puisse voir que la pointe ensablée de ses ballerines blanches, la mince traînée liquide serpentant déjà sur le sol poussiéreux.

Le hurlement s'intensifie.

Ollie se fige un instant, mais son instinct reprend le dessus : il réagit brusquement, pivote vers elle. Mais il s'arrête presque aussitôt quand un nuage de terre et de feuilles séchées s'élève dans les airs.

Un mouvement : quelqu'un sort du fouillis de branches.

Bien que le rocher en surplomb sur la falaise, qui a donné son nom à l'île, jette son ombre sur eux, Ollie voit tout de suite que cette personne n'est pas du camp. Elle n'est pas en bermuda et en tee-shirt comme les ados, ni en vert vif comme les chefs de camp ; elle porte un vêtement sombre et informe.

Ollie jette un regard furtif vers Thea. Il la voit à présent qui se débat frénétiquement dans les denses broussailles.

Il veut bouger, faire quelque chose, mais son corps est paralysé. Il ne peut que regarder fixement, son cœur bondissant dans sa poitrine contre ses côtes.

S'ensuit une violente succession de mouvements confus, puis un bruit : le craquement sec et liquide d'une chose qui se brise et éclate.

Un bruit qu'il n'a jamais entendu auparavant.

Ollie ferme les yeux. Il sait que c'est Thea, mais dans sa tête, il en a fait autre chose. Une marionnette. Un mannequin.

N'importe quoi d'autre que Thea.

Il rouvre les yeux en battant des cils et tombe sur la traînée liquide. Plus sombre, plus épaisse.

Du sang.

La traînée se divise pour former une fourche : le bout d'une langue de serpent.

Un nouveau coup : cette fois plus fort, plus rapide,

mais Ollie le perçoit à peine, pas plus qu'il n'entend le second cri de Thea – stoppé, comme s'il était coincé dans sa gorge – car il court déjà.

Il se précipite dans les bois, en direction de la crique qu'ils ont découverte la veille avec Thea pendant que les autres préparaient le feu. Bien qu'ils aient tous deux fait comme s'ils s'étaient arrêtés là seulement pour discuter et boire, il était évident qu'il allait se passer autre chose.

Sa main sur la douce bande de peau au-dessus du bermuda de Thea, sa bouche collée à la sienne...

Cette pensée est insoutenable ; il accélère. Il court à l'aveuglette : le soleil couchant jette des éclats entre les branches des arbres au-dessus de lui, et ses yeux ne voient rien qu'une masse confuse de vert sombre et le tapis de feuilles gris-marron. Ses baskets dérapent sur le sol sec, glissant comme de la boue.

Des branches acérées accrochent son tee-shirt. L'une d'elles lui griffe le bras et écorche la peau fine à l'intérieur de son poignet. Des gouttelettes de sang apparaissent : une ligne irrégulière de toutes petites perles rouges émerge.

Il a l'impression d'avoir déjà vécu cette scène. Un étrange déjà-vu, comme dans un rêve, un de ces cauchemars terrifiants dont on se réveille en sueur et haletant, de ceux qui restent en vous encore longtemps après.

Quelques mètres plus loin, les arbres commencent à disparaître et le sol des bois cède la place au sable, à la roche au-dessous, des plis d'éléphant de calcaire poussiéreux. Il est arrivé à l'escalier que Thea a déniché la veille, de simples marches de bois coincées dans le sol. L'élan entraîne son corps en avant à chaque pas et il doit se pencher en arrière pour éviter de tomber.

Quand il arrive en bas, il saute dans le sable et court vers le petit surplomb sous lequel Thea et lui étaient étendus hier soir.

Ollie se jette à quatre pattes et creuse le dos pour se glisser au-dessous. Une fois à l'abri, il s'assied les genoux repliés sous le menton et se concentre pour respirer. Inspirer, expirer. Inspirer, expirer. Rester immobile. Ne pas faire de bruit.

Mais son corps refuse de coopérer ; il est agité de spasmes qu'il ne peut contrôler.

Ollie serre sa tête entre ses mains comme si la pression pouvait chasser le hurlement qui résonne encore dans ses oreilles. Mais maintenant ce n'est plus seulement le bruit qu'il entend, mais la scène qu'il revoit : le corps de Thea qui fléchit, s'écroule, comme si un marionnettiste avait tiré violemment sur ses ficelles.

Il frappe du poing contre la roche au-dessus de lui. Frappe encore et encore jusqu'à ce que sa peau soit écorchée et en sang.

Les jointures de ses doigts sont couvertes de traces rouges et soudain, la douleur afflue. Il s'y accroche pour se distraire, mais ça ne marche pas.

La vérité continue de crier à ses oreilles.

Il l'a abandonnée. Il l'a abandonnée. Il s'est enfui.

Ollie coince sa tête entre ses jambes et prend une longue inspiration dans un frisson.

Les minutes s'écoulent, mais personne ne vient. Il se fait tard. Le soleil a presque complètement disparu, et le sable devant lui est maintenant dans l'ombre.

Il va attendre encore un peu, décide-t-il, puis il essayera de retourner au camp. Alors que les secondes passent lentement, Ollie se convainc à moitié qu'il s'agit d'une blague, d'une farce dans laquelle Thea s'est laissé embringuer par les garçons. Il se raccroche à cette pensée : il va retourner au camp et elle sera là, à se moquer de lui qui s'est enfui comme un gamin.

Quelques minutes plus tard, il ressort de sous le surplomb. En se redressant, il regarde prudemment autour de lui, mais la plage est déserte ; il n'y a personne ici.

Tandis qu'il retraverse la forêt en courant, il continue de se cramponner à cette pensée : *C'est une blague. Thea va bien.* Mais dès qu'il pénètre dans la clairière, il sait. La traînée sombre de tout à l'heure est devenue un flot de sang formant un ruisseau sinueux.

Ollie s'efforce de la regarder, mais il ne peut se résoudre à aller au-delà de ses ballerines blanches, désormais parfaitement immobiles et maculées de taches rouges.

Ce n'est pas réel. Pas Thea. Elle ne peut pas...

Il se détourne, saisi par une montée de bile dans la gorge.

C'est à ce moment-là qu'il remarque quelque chose par terre, au sommet d'un amas de feuilles poussiéreuses.

Une grosse pierre, d'environ trente centimètres de long. Sa surface est presque entièrement érodée, marquée de minuscules rayures là où elle a été battue par les vagues et le sable, mais elle est aussi lisse par endroits et son contour est poli.

Ollie s'accroupit et la ramasse. Elle paraît chaude, râpeuse dans la paume de sa main. Elle a quelque chose de familier, se dit-il en la faisant lentement tourner entre ses doigts.

Tout à coup, ça fait tilt.

Il incline la tête et lève les yeux vers le rocher sur la paroi de la falaise, puis regarde à nouveau la pierre.

Son regard va de l'un à l'autre jusqu'à ce que sa vision se brouille.

Il se rend compte que ce qu'il tient en main n'est pas une simple pierre.

Ses subtiles courbes et contours ressemblent à ceux du rocher au-dessus de lui.

Le rocher de la Faucheuse.

Jeudi, 10 heures, 2021
@explorationsauvageavecjo

« Voici des nouvelles, comme promis… on est à la plage en train d'attendre qu'un bateau nous emmène au centre de vacances, mais je ne m'étais pas rendu compte que l'île de Cary est aussi éloignée… je pense qu'elle est au moins à vingt minutes de bateau du continent. »

Jo détourne l'écran de son téléphone de son visage pour montrer la mer, laissant entrevoir l'île au loin.

« Des tas de gens m'ont demandé ce qu'était Lumen et je vais donc vous expliquer le concept. Lumen est un centre de vacances de luxe sur la magnifique île que vous venez de voir, au large de la côte sud du Devon. L'architecte s'est inspiré de la légende mexicaine Luis Barragán, et il s'agit donc de luxueuses villas aux couleurs vives nichées dans les bois avec vue sur la mer. Et il y a des trucs vraiment extraordinaires : un pavillon de yoga, une piscine avec un fond en verre et cette balançoire de dingue qui s'élance au-dessus de l'eau… on peut sauter directement dans la mer. Un des éléments les plus impressionnants, c'est une incroyable villa sur un îlot privé… ça, c'est pour tous les jeunes mariés en voyage de noces. Je n'ai pas pu y aller car elle était déjà réservée, mais ça a l'air époustouflant.

« Je vous emmènerai faire un tour en kayak tout à l'heure, mais pour vous donner une idée des activités proposées, il y a du paddle, de la méditation, du kayak, de l'hydrofoil et plein d'autres choses. »

Elle marque une pause.

« Maintenant, le passage flippant : j'adore l'histoire de cet endroit. Le piton rocheux sur le côté de l'île, vous pouvez l'apercevoir d'ici, donne son surnom à l'île : le rocher de la Faucheuse. Ça fait froid dans le dos, hein ? Et d'après beaucoup des gens du coin, cette île est maudite. Apparemment (elle baisse la voix pour la réduire à un chuchotement), on raconte que le rocher serait une manifestation de la Grande Faucheuse. Durant la peste, les gens étaient mis en quarantaine ici, où on les laissait mourir. L'histoire veut donc que leurs âmes errent encore et ne seront en paix que quand la Faucheuse prendra une nouvelle victime. Si vous restez trop longtemps, vous serez le prochain… »

Jo retourne son téléphone vers elle pour montrer son visage à l'air terrifié.

« Ça fout les jetons, hein ? Mais ce n'est pas tout. Il y avait autrefois sur l'île une école qui a brûlé. Abandonnée jusqu'à ce qu'elle soit transformée en centre d'activités de plein air par la municipalité locale à la fin des années 1990. Tout allait comme sur des roulettes jusqu'à ce qu'un groupe d'ados se fasse massacrer par le gardien de l'île, Larson Creacher, en 2003. »

Elle baisse à nouveau la voix.

« Est-ce mal de dire que toutes ces histoires sinistres la rendent d'autant plus attractive ? »

Chapitre 1

Jour 1

Alors qu'Elin Warner fait son jogging, l'air lui paraît collant comme du chewing-gum et adhère à ses cheveux, ses yeux.

Il n'est que six heures du matin mais la chaleur imprègne déjà le trottoir, formant de véritables murs, sans aucune brise pour la dissiper.

L'itinéraire qu'elle emprunte fait partie du sentier côtier du Sud-Ouest, bordé de maisons de chaque côté, de somptueuses villas victoriennes et de style italien qui parsèment le coteau boisé. Les rayons du soleil se réfléchissent sur leurs fenêtres tandis que le reflet d'Elin se déplace sur les vitres à côté d'elle, ses cheveux blonds coupés à la garçonne se soulevant à chaque foulée avant de retomber autour de son visage.

Les maisons semblent vaporeuses dans la chaleur, leurs contours, indistincts. Les bordures en gazon sont desséchées et jaunies : l'herbe n'a pas seulement arrêté de pousser mais elle se flétrit et meurt, criblée de zones pelées semblables à des plaies.

Elin a déjà connu des étés chauds, mais aucun comme

celui-ci : des semaines de soleil et des températures records. Les journaux publient d'innombrables images d'autoroutes craquelées et d'œufs au plat cuisant sur le capot de voitures. Les météorologues avaient prévu un sursis il y a plusieurs semaines, mais il n'est jamais venu. Seulement plus de soleil. Les gens sont à bout de nerfs, sur le point de craquer.

Elin tient à peu près le coup, mais son paysage intérieur est en contradiction avec celui qui l'entoure. À chaque jour de chaleur torride qui passe, l'exact opposé se manifeste en elle : la froide emprise de la peur se réveille peu à peu.

Elle la tient éveillée la nuit, avec ces mêmes pensées qui tournent en boucle dans sa tête. À la peur s'associent les stratégies de contrôle, la course à pied acharnée. Puis, ces dernières semaines, des courses plus tôt, plus longues, secrètes. De l'*autoflagellation*.

Tout ça parce que son frère, Isaac, lui a dit que son père l'avait contacté.

Quelques mètres plus loin, les maisons sur la gauche cèdent la place à un terrain de golf, derrière lequel passe le sentier côtier en longeant le bord de la falaise.

Elin quitte le trottoir et s'élance dans le sentier.

Elle a un haut-le-cœur.

Pas de barrière, seulement un mètre d'herbe entre elle et une chute de quarante mètres dans les rochers en contrebas, mais elle adore ça : un vrai chemin côtier, sans maisons entre la mer et elle. La vue se dégage. Brixham à sa droite, Exmouth à sa gauche. Elle ne voit plus que du bleu, la mer d'une teinte plus foncée que le ton pastel crayeux du ciel matinal.

À chaque foulée, elle sent la chaleur qui monte du

sol à travers les semelles de ses baskets. L'espace d'un instant, elle se demande ce qu'il se passerait si elle continuait de courir : si elle finirait par imploser – un moteur en surchauffe – ou si elle poursuivrait simplement son chemin.

Elle est tentée de poursuivre jusqu'à ce que les pensées s'arrêtent et qu'elle n'ait plus à s'efforcer de tenir bon. Parce que c'est parfois le sentiment qu'elle a, comme si elle devait se cramponner trop fort à la normalité. Au moindre écart, elle tomberait.

Au sommet de la butte, Elin ralentit, les cuisses en feu, gonflées d'acide lactique. Elle met sa montre connectée sur pause et remarque une voiture grise qui longe la crête. Elle roule vite, son moteur rugit et disperse les mouettes qui picorent une carcasse aplatie sur la route.

Elin a une soudaine prise de conscience en en observant la forme, la couleur. C'est la voiture de Steed, elle en est certaine, l'agent détaché pour l'aider. La voiture passe près d'elle à toute allure, masse confuse d'aluminium voilée par la poussière et les gravillons projetés en l'air. Elin aperçoit le profil de Steed, un nez légèrement tordu, un menton carré, des mèches de cheveux blonds dressées à l'aide de gel. Quelque chose dans son expression finit de lui couper le souffle. Elin l'identifie immédiatement : la concentration et le calme d'une personne gonflée d'adrénaline.

Il est dans son rôle de flic. En mission.

La voiture s'arrête au pied de la colline. Steed ouvre brusquement la portière et court en direction de la plage.

Elin sort son téléphone de son short et jette un coup d'œil sur l'écran. Elle n'a pas reçu d'appel de la centrale. *Une mission, à deux pas, et ils préfèrent appeler Steed.*

Des inquiétudes familières refont surface, les mêmes qui la rongent depuis que les ressources humaines et Anna, sa cheffe, ont décidé qu'elle n'était pas prête à reprendre toutes ses fonctions après son interruption de carrière.

Steed n'est maintenant qu'une tête d'épingle au loin, qui se dirige vers la plage. Elin oscille d'un pied à l'autre. Elle sait qu'elle devrait s'en tenir à son projet – rentrer en courant pour le petit déjeuner, auprès de Will –, mais sa fierté l'emporte.

Elle dévale la colline en courant, passe devant la voiture de Steed et traverse la route. Pas d'autre voiture ; seulement un chat qui détale sur le bitume, son pelage rayé de flammes touchant presque le sol. Elin foule la bande d'herbes broussailleuses jusqu'à la plage déserte. Aucune trace de Steed.

Tournant à gauche, le long de la mer, elle passe devant le restaurant qui se dresse sur des piliers en métal au-dessus de la plage. Une bicoque d'aspect rustique, au nom gravé en grosses lettres dans du bois flotté au-dessus de la porte. LE CASIER À HOMARDS. Les volets sont clos. La veille au soir, la terrasse devait être noire de monde, décorée de guirlandes lumineuses éclairant des bouteilles de vin dans des seaux à glace et des plats de moules luisantes et de frites.

Elle le trouve un peu plus loin, sous le surplomb du restaurant. Il est à genoux dans le sable, les muscles tendus sous le tissu de sa chemise. C'est toujours son physique affûté qu'Elin remarque en premier chez Steed, mais il y a en lui une dichotomie, son corps d'athlète contredit par la douceur de ses traits – ses yeux sensuels aux paupières lourdes, sa large bouche aux lèvres charnues. Il fait partie de cette rare sorte d'hommes : le genre avec qui les femmes se sentent à la fois protégées et protectrices.

Ils ont établi une relation de travail agréable. Il est plus jeune qu'elle, un peu moins de trente ans, mais ne fanfaronne pas comme parfois les hommes de cet âge peuvent le faire. Il est fin, a le don de poser les bonnes questions et une intelligence émotionnelle exceptionnelle.

Une femme se tient debout à côté de lui. Elle semble avoir près de cinquante ans, est grande et musclée. Elle porte encore son bonnet de bain bleu, de la même couleur que son maillot une pièce, la fine couche de caoutchouc accentuant la forme de son crâne. Malgré la chaleur, elle tremble et se balance nerveusement d'un pied sur l'autre.

Steed se tourne et Elin la voit maintenant qu'il a bougé : une jambe, allongée sur le sable – un mollet pâle, avec des morceaux d'algues semblables à de la salade collés à la peau.

Elle avance machinalement pour avoir un meilleur angle de vue.

Un adolescent. De vilaines blessures : des entailles sur le visage, la poitrine et les jambes. Ses vêtements sont presque complètement déchiquetés, le polo est déchiré dans le prolongement de la couture, le long du torse.

Elle s'approche encore et sa vision se trouble, la brume de chaleur épaisse donnant à la scène un aspect flou. Quand elle avance à nouveau d'un pas, son instinct cède la place à une prise de conscience.

Elle retient son souffle.

En l'entendant, Steed pivote pour lui faire face, les yeux écarquillés de surprise.

— Elin ? hésite-t-il. Es-tu…

Mais la fin de sa phrase s'évapore dans l'air. Elin se met à courir.

Elle sait à présent pourquoi on a appelé Steed au lieu d'elle.

Évidemment.

Chapitre 2

Hana Leger et sa sœur, Jo, attendent sur la jetée le bateau qui doit les emmener sur l'île, leurs valises et leurs sacs empilés à leurs pieds. Hana se frotte la nuque. Elle a la sensation que le soleil concentre ses rayons sur la peau douce de cette partie de son corps, tel un laser.

L'eau grouille de monde : des gens en kayak, des nageurs, des figures solitaires longeant l'horizon sur des paddles. Des enfants barbotent au bord de l'eau et éclaboussent autour d'eux. Un petit aux bras potelés tape des mains dans l'écume.

L'estomac de Hana se noue, mais elle se force à regarder à nouveau le petit garçon accroupi.

Ne détourne pas les yeux. Elle ne peut pas se voiler la face éternellement.

— Ça va ? demande Jo en la fixant à travers ses lunettes aviateur.

Elle souffle au-dessus de sa lèvre supérieure et soulève ainsi les fines mèches de cheveux blonds qui se sont détachées de sa queue-de-cheval.

— J'ai juste chaud. Je ne m'attendais pas à ce que ce soit aussi étouffant ici. Avec la brise marine et tout ça.

Les cheveux bruns de Hana, un carré en bataille, sont humides et collent à sa nuque. Elle les ébouriffe.

Jo fouille dans son sac à dos, un de ces modèles de sport légers, plein de fermetures Éclair et de poches. Elle en sort une bouteille d'eau, en boit une gorgée et la passe à Hana. Celle-ci boit à son tour : l'eau est chaude et a un goût de plastique.

Sa sœur a beaucoup d'allure. Grande, bronzée, elle parvient à donner à sa robe de plage en coton blanc, légèrement pelucheuse à force d'être portée, et à ses Birkenstock à motif léopard un style branché et décontracté. Toutes les parties du corps de Jo sont légèrement musclées grâce à un régime associant yoga, course à pied et ski.

Hana la suit jusqu'au bout de la jetée, les yeux plissés. L'île en elle-même est indistincte, le cercle éclatant du soleil au-delà la plongeant dans l'ombre. Une seule chose est nette : le rocher tristement célèbre en saillie sur le côté gauche de l'île – le profil évoquant une silhouette encapuchonnée, avec une proéminence qui se dresse, telle une faux.

— Je ne m'attendais pas à ce que ça ressemble vraiment…

— À une faucheuse ? lance Jo en se retournant, sa queue-de-cheval lui fouettant le visage.

— Oui.

Malgré ses lunettes de soleil, elle entrevoit le contour obscur de l'île chaque fois qu'elle cligne des yeux. Cette image contraste nettement avec la brochure, tout en plages de sable blanc et végétation luxuriante.

— Mais tu es quand même contente ? De ces vacances, je veux dire, précise Jo, haussant la voix pour être entendue dans le vrombissement des jet-skis.

— Bien sûr.

Hana se force à sourire, bien qu'elle redoute secrètement ce voyage depuis un moment.

Elle avait d'ailleurs refusé la première fois que Jo l'avait appelée. L'idée de vacances avec Bea, leur sœur aînée, et Maya, leur cousine, petits copains compris, lui avait paru étrange. Elles ne s'étaient pas vues depuis des mois, après s'être éloignées peu à peu les unes des autres au fil des dernières années. Quand Jo avait dit que le but était qu'*elles renouent*, Hana avait eu du mal à comprendre. Pourquoi maintenant ? Après tout ce temps ?

Elle avait présenté une excuse solide, selon elle : ça n'avait pas de sens sans Liam. Mais Jo avait insisté : appels téléphoniques, messages, elle était même venue chez elle – un événement rare – avec la brochure du centre de vacances.

Jo avait eu Hana à l'usure, en lui donnant le sentiment d'être vieille et coincée si elle refusait. C'était là le mode opératoire de Jo : c'était une meneuse, non pas autoritaire, mais par la seule force de sa personnalité. Par quelque phénomène, on se retrouvait pris dans son sillage, sans même s'en rendre compte.

Cela n'a jamais embêté Hana autant que ça hérissait Bea. Amoureuse des livres et très introvertie, Bea trouvait l'énergie et l'exubérance de Jo écrasantes. Peut-être que cela glissait davantage sur Hana parce qu'elle était entre les deux : intellectuelle, mais pas au niveau de Bea, sportive, mais pas une athlète comme Jo.

— Je vais poster une photo de l'île vue d'ici…, dit Jo en prenant une photo.

Hana se détourne. Cette documentation permanente

de chacun de leurs mouvements l'exaspère, mais elle ne peut pas se plaindre. Ce séjour est le fruit des activités frénétiques de Jo sur les réseaux sociaux : en tant qu'influenceuse voyage, elle est payée en nature, à coups de vacances gratuites. Elle a près de quatre cent mille *followers* qui aiment son côté naturel et commentent régulièrement le fait qu'on peut s'identifier à elle : sa bouche un peu trop large, son nez étrange à la Barbra Streisand.

— Ça ne peut pas être le nôtre, dit Jo, qui range son téléphone dans sa poche. Pas déjà.

Un bateau approche sur l'eau en laissant une traînée d'écume blanche dans son sillage. Hana jette un coup d'œil à l'inscription en majuscules sur le côté. LUMEN. Jo consulte sa montre connectée.

— En fait, il est déjà moins cinq. Où sont tous les autres ? demande-t-elle en se tournant vers la plage. À ce propos, je crois que c'est Seth là-bas…

Hana suit son regard.

— Ah oui ?

— Ah oui ? parodie Jo. Fais preuve d'un semblant d'enthousiasme, Han', dit-elle en secouant la tête. Je sais que tu ne l'adores pas. Il est trop « dangereux » (elle mime des guillemets avec ses doigts) pour toi, hein ? Je n'aurais jamais dû te le dire, poursuit-elle, le visage crispé. Ce n'était pas vraiment grave.

Une goutte de sueur dégouline entre les omoplates de Hana. Jo excelle dans ce domaine : le virage soudain.

— Un casier judiciaire, *c'est* grave. On voulait seulement te protéger.

— Il avait de mauvaises fréquentations, c'est tout,

dit Jo avec des éclairs dans les yeux. Tout le monde n'est pas parfait, tu sais, tout le monde ne peut pas pousser la chansonnette toute la journée et apprendre à des gosses à faire des additions.

Hana la regarde. *Et voilà. L'attaque surprise.* C'est pour ça que ces vacances sont une mauvaise idée. Parce que Jo, comme d'habitude, est capable de la descendre avec quelques mots bien choisis. Mais le pire, c'est que ce n'est pas une simple moquerie, c'est *vraiment* ce que le reste de la famille pense d'elle : un cliché réducteur, les mains dans la Play-Doh, à faire l'appel dans une ambiance enjouée.

Aucun n'a jamais imaginé la réalité : les doigts collants des gamins sur les siens, les petites manœuvres de leurs cerveaux qu'ils s'empressent d'exprimer, sans filtre, et comment, après un trimestre avec eux, Hana sait exactement quel genre d'humains ils deviendront.

Jo lève la main et fait signe à Seth, de nouveau tout sourire quand il approche. *Un coup d'interrupteur.*

— Génial ! crie-t-elle. Tu es là !

Hana doit y regarder à deux fois. Un homme bien bâti en short et tee-shirt marche vers elles. Sa taille, sa démarche, sa casquette de base-ball baissée sur ses yeux… tout cela lui est effroyablement familier. À contre-jour, elle a du mal à distinguer son visage et les ressemblances sont troublantes. Malgré ce que son esprit logique lui dit, son cœur bondit avant qu'elle reprenne conscience de la réalité.

Bien sûr que ce n'est pas lui. Liam a disparu. Il est mort, mort, mort.

Elle déglutit péniblement et se ressaisit. Elle remarque alors une autre silhouette plus mince derrière

Seth. C'est Caleb, le petit ami de Bea. Mais Bea n'est pas là. Hana demande à Jo :

— Où est Bea ?

— Elle a annulé. Je te l'ai dit, non ? dit Jo d'une voix montante.

— Non, répond Hana d'un ton sec. Ça date de quand ?

— La semaine dernière. Elle a eu un imprévu au travail, je crois. Un voyage aux États-Unis.

Bea a annulé. Ça ne devrait pas être une surprise. Elle a toujours été accro au travail, mais les choses ont empiré ces dernières années.

— Et elle a envoyé Caleb pour la remplacer.

Jo hausse les épaules.

— Ce sera l'occasion de faire sa connaissance.

— Tu n'as pas voulu décaler pour que Bea puisse venir ?

— Non. Trop tard, et puis on a besoin de ces vacances ensemble, Han', déclare-t-elle d'un air calme et résolu. Pour renouer.

Avant que Hana puisse répondre, Jo se dirige vers la jetée à grands pas bondissants.

— Je vais à leur rencontre.

Mais au moment où elle passe devant Hana, elle renverse son sac à dos ouvert, posé en équilibre sur sa valise. Son contenu se déverse aussitôt : sa brosse à cheveux, son journal, un portefeuille. Une bouteille d'eau à moitié pleine roule sur la jetée.

— Merde..., fait Jo en la ramassant, puis elle refourre le tout en vrac dans le sac avant de reprendre sa course vers Seth.

Hana s'apprête à la suivre quand elle se rend compte

que Jo a oublié quelque chose : une feuille de papier froissé. Elle se penche et la ramasse. Son regard glisse sur la page.

Il est écrit « Hana », suivi de trois phrases identiques, dont les deux premières ont été barrées :

« ~~Je suis désolée. Je suis désolée~~. Je suis désolée. »

Chapitre 3

Quand Elin arrive à l'appartement, elle dégouline de sueur, le col de son débardeur marqué d'un anneau d'un bleu plus foncé. Elle se sent comme en surchauffe, à cause non pas de l'exercice mais de la conversation qu'elle a eue avec Anna en remontant la colline. Elles ont échangé des banalités, mais Elin connaissait la vraie raison de son appel. *Steed l'a contactée. Il a dit à Anna qu'il avait vu Elin.*

Elle se remémore leur discussion :

— Steed t'a envoyé un message, n'est-ce pas ?

— Oui, il était inquiet…

— C'est Hayler, hein ? Il est de retour.

C'est comme une pulsation dans sa tête : *Hayler. Hayler.* La première affaire qui s'est insinuée en elle tel un parasite et l'a vidée. Hayler avait massacré deux jeunes filles, attaché leurs corps à un bateau, laissé l'hélice faire son travail. Et elle l'avait laissé filer. Ça l'avait anéantie. L'affaire Hayler avait provoqué son interruption de carrière, sa rapide et brutale éviction de la BECP, la Brigade des enquêtes criminelles prioritaires, le boulot qu'elle adorait. Et marqué le début de ses crises de panique.

C'était seulement quand elle avait trouvé la fiancée de son frère assassinée en Suisse que les ténèbres qui la hantaient avaient relâché leur emprise. Bien que dévastateur, cet événement lui avait permis de répondre à la question avec laquelle elle se débattait depuis des mois : oui, elle voulait toujours être enquêtrice. Elle avait alors pris la décision de revenir, mais Hayler aussi. Au pire moment possible. Son lent retour à la BECP allait devenir interminable. Ils ne voudraient plus d'elle dans les parages…

Sa voix était pâteuse, ses mots, maladroits.

— Je peux faire face à cette situation, Anna. Si je réintègre la brigade, je n'ai pas besoin d'être impliquée, je peux me tenir à l'écart.

Un silence pesant. *Anna est embarrassée.*

— Ce n'est pas Hayler. Ce gamin que tu as vu sur la plage était porté disparu depuis quelques jours. Un suicide. Déjà mort quand le bateau lui est passé dessus.

Ce n'était pas Hayler.

Elle s'est empressée de tirer de mauvaises conclusions. Elle a paniqué, comme toujours. Cette pensée se fixe dans sa tête, mais Elin la chasse en ouvrant la porte.

Elle parcourt le couloir de l'appartement. Elle ne peut pas encore dire que c'est chez elle ; elle a toujours le sentiment qu'elle doit en prendre le plus grand soin, tel un objet précieux appartenant à quelqu'un d'autre, et elle sait que ce n'est pas normal. Ça fait maintenant deux mois et elle *devrait* s'y sentir chez elle.

Ce n'est pas l'appartement qui est en cause. Il est spacieux, beau, il se trouve dans une rue en croissant de style Regency donnant sur la mer. Ils ont pris les grandes décisions ensemble : une décoration simple, une palette de couleurs neutre, un mobilier choisi avec soin – un canapé en L, un tapis de jute, une causeuse jaune d'œuf.

Elin a fait tout cela avec le plus grand enthousiasme ; elle a voulu prouver à Will qu'elle était flexible, qu'elle avait passé un cap et que, cette fois, elle ne penserait plus au passé. Mais elle *repense* au passé, elle ne peut s'en empêcher. Son ancien chez-elle lui manque : son petit canapé moelleux, regarder la pluie tomber sur l'appartement voisin, lire un livre en grignotant.

Will est sur le canapé, son ordinateur portable ouvert sur ses genoux. Elin discerne des bouts de phrases : « prépa prix maintenant la priorité... ». Il a le téléphone collé à son oreille et parle d'une voix basse et pressante.

Will est architecte, une profession conciliant carrière et passion. Son amour pour son métier est une des choses qu'elle aime le plus chez lui : sa façon de percevoir le monde différemment, accédant à un degré de beauté qui sera toujours hors de portée pour elle. Elle se rend dans la cuisine et se sert un verre d'eau.

Quelques instants plus tard, Will apparaît.

— Tu rentres tôt.

— J'ai écourté mon jogging, dit-elle avant de boire une petite gorgée. Qui était-ce ?

— Jack. Le projet de Stoke Gabriel a été accepté par le service d'urbanisme, répond-il, puis il incline la tête et la scrute du regard. Il s'est passé quelque chose ?

Il la connaît trop bien.

— On pourrait dire ça, dit-elle d'une voix mal assurée. Je me suis un peu ridiculisée.

Elle explique alors ce qu'il s'est passé : Steed, le coup de fil gênant avec Anna.

Le visage de Will s'adoucit.

— Il n'y a pas de quoi stresser : Hayler a été ta dernière affaire. Ce serait bizarre si tu n'y pensais pas.

— Mais il n'y a pas que ça, j'ai paniqué… ça m'a fait penser à Sam.

— Elin, tu as trouvé les réponses dont tu avais besoin. Tu peux tourner la page.

Will a raison, mais bien qu'elle ait en effet trouvé des réponses à la mort de son frère, elles étaient pires que tout ce qu'elle avait imaginé : son frère aîné, Isaac, n'était pas là quand Sam était mort enfant, comme elle l'avait cru. *C'était elle*. Quand il était tombé dans l'eau et qu'il s'était cogné la tête contre un rocher, *elle* était restée figée. N'avait rien fait pour l'aider.

— Personne ne te reproche rien. Tu étais enfant.

— Mais… je crois que mon père me l'a reproché…, dit-elle d'une voix étranglée. Isaac m'a dit qu'il compte venir. Ça m'a fait repenser à quelque chose qui ne m'avait jamais paru important à l'époque, mais maintenant…

— Quoi ? demande-t-il gentiment.

— Le jour où mon père est parti, il avait prévu qu'on grimpe jusqu'à ces rochers d'où on pouvait sauter dans la mer. Je n'ai pas pu le faire, j'ai fondu en larmes au sommet et tout gâché. Après ça, il m'a dit : « Tu es une lâche, Elin. Une lâche. » Ce sont les derniers mots qu'il m'a dits. Plus tard, mes parents se sont disputés. Mon père est parti dans la nuit.

— Mais ce qu'il a dit n'avait rien à voir avec Sam…

— Si. C'est exactement pour cela que mon père est

parti, et il avait raison. Je suis une lâche. Je me suis encore enfuie aujourd'hui.

— C'est faux. Tu fais des progrès. Pas à pas.

Elin hoche la tête, mais celle qu'elle était autrefois n'avait pas besoin de progresser pas à pas. Elle était vive, ambitieuse. Elle faisait son chemin. L'ancienne Elin ne se serait pas retrouvée en détachement à Torhun. Le travail y est répétitif, éreintant : aller poser des questions au porte-à-porte, examiner des bandes de vidéosurveillance, prendre des dépositions. Rien de vraiment consistant.

— Je sais que ce n'est pas pareil, dit-il doucement.

Elle hausse les épaules.

— Rien n'est pareil.

Il serait difficile d'égaler les enjeux de la BECP, le rythme effréné dans la salle des opérations, la rigueur intellectuelle nécessaire pour démêler les subtilités d'une affaire, identifier les stratégies, le plan d'attaque. Il n'existe rien qui s'en approche, mais si jamais c'était trop pour elle maintenant ?

Will jette un coup d'œil à son téléphone.

— Mon dernier rendez-vous est à seize heures. Ça te dit de dîner dehors ? Prendre le temps de discuter ?

— Avec plaisir. Au fait, je t'ai entendu parler d'un prix. Bonne nouvelle…

Les joues de Will s'empourprent.

— Oh, oui, un projet a été présélectionné.

— C'est super !

Elin est étonnée de devoir se forcer à sourire, la jalousie l'empêchant d'être pleinement heureuse pour lui. Dans sa tête, sa carrière devrait décoller comme celle de Will, mais ce n'est pas le cas. Lui fonce tout droit, moteur dans le dos, pendant qu'elle fait du surplace.

Il s'étire, soulevant le bas de son tee-shirt avec un air détaché, et tout devient terriblement clair : *il essaye de minimiser ce succès*. Pire que s'il était insouciant.

— Quel projet ?

— Le centre de vacances. Lumen, dit-il en souriant avec une fierté évidente. Vraiment inattendu.

Lumen. Le bébé de Will : un centre de vacances de luxe qu'il a conçu sur une île à quelques kilomètres au large de la côte. Le centre a donné un nouveau visage à l'île, la société de Will ayant effacé toute trace du passé dans un mélange audacieux d'architecture monolithique d'inspiration moderniste et de couleurs mexicaines. Un projet passion, une des premières choses dont il a parlé quand ils se sont rencontrés : « On réinvente, mais on a aussi travaillé avec le paysage, en reprenant les pierres de l'ancienne école, extraites sur l'île… »

— Un prix national, ça va te rendre célèbre.

Pas seulement ça, se dit Elin. C'est la reconnaissance créative : une confirmation de son imagination pour renverser l'image que les gens ont de l'île.

— Bravo, et ce n'est pas la peine de minimiser les choses pour moi. Il ne faut pas que mes histoires te refroidissent. Je dois apprendre à vivre avec.

— Plus facile à dire qu'à faire, je sais, dit-il avec un sourire. Un café rapide, ça te dit ? J'ai un créneau entre deux appels.

— Oui, laisse-moi juste noter mes temps – je n'ai fait que la moitié, mais…

Elin prend son carnet sur la table d'appoint. Sa montre enregistre ses stats, mais elle aime toujours bien les noter sur papier. C'est le seul domaine de sa vie où elle fait des progrès tangibles.

Elin relève la tête en sentant le regard de Will sur elle. Elle perçoit de la pitié dans ses yeux.

Il les baisse vers le sol… pris en flagrant délit, gêné.

Chapitre 4

Hana regarde le zodiac qui approche du quai, une traînée irrégulière d'écume blanche dans son sillage. Les mots qu'elle vient de lire tournent en boucle dans sa tête.

« ~~Je suis désolée. Je suis désolée~~. Je suis désolée. »

Elle avait raison : ce voyage n'a pas seulement pour but de ressouder la famille. Jo l'a organisé pour une raison précise, et Hana est à peu près sûre que c'est lié au mot qui est tombé de son sac.

— Jo Leger ?

Le conducteur saute hors du bateau et l'envoie balancer contre la jetée.

Tout en l'attachant, il les salue derrière ses verres polarisés, avec un sourire chaleureux bien rodé. Il est jeune, un peu moins de trente ans peut-être, vêtu d'un polo blanc amidonné et d'un bermuda.

— C'est moi.

Jo avance d'un pas en souriant. Elle est soulagée, Hana le voit bien, que les salutations gênées soient passées – l'accolade débordante d'enthousiasme que Jo donne à Caleb contrastant fortement avec la demi-étreinte contenue de Hana.

— Moi, c'est Edd, dit le pilote en se dirigeant vers eux.

Seth avance d'un pas en souriant et lui serre vigoureusement la main, sa large poitrine gonflée. Seth tout craché. Un beau sportif sans cervelle, songe Hana en observant les épais muscles de son bras.

Elle se souvient de la première fois qu'ils se sont vus, dans un café près de leur maison. Seth s'est présenté – tout en fausse humilité – puis il s'est mis à draguer sa mère et ses sœurs à tour de rôle, soutenant leur regard un peu trop longtemps et faisant des compliments. Il s'attendait de toute évidence à ce que les gens le trouvent séduisant, et bien qu'il le soit – grand, barbu, musclé – et que Hana fût en effet séduite, sa présomption était rebutante. Son *arrogance*.

Elle croise le regard de Caleb quand la poignée de main se termine enfin et ils sourient tous les deux.

C'est la première fois qu'elle le regarde vraiment. Avec son bermuda style safari associé à un tee-shirt Pac-Man décoloré, il affiche la nonchalance délibérée et le je-m'en-foutiste d'un geek de la Silicon Valley. Ça lui va assez bien : Caleb est un universitaire, plus vieux qu'eux tous mais toujours fidèle à la mentalité étudiante.

Physiquement, il est l'exact opposé de Seth : mince, les traits anguleux, avec ce type de cheveux châtain terne quelconques qui le font se fondre dans une foule. Hana se rappelle encore la surprise de sa mère quand Bea l'a présenté l'an dernier. Ses précédents petits amis avaient été, pour reprendre l'expression embarrassante de sa mère, « des hommes vigoureux ».

Quelques jours plus tard, celle-ci était encore indécise : « Il a quelque chose de suffisant. » Au dîner ce soir-là, elles avaient entrevu ce trait de caractère : des remarques sur la politique et l'éducation qui étaient passées inaperçues en raison de l'alcool. Ça ne dérangeait pas Hana. Elle admirait l'assurance de Caleb quand il disait les choses qu'elle trouvait justes mais n'avait jamais osé exprimer elle-même. Elle s'était toujours trop souciée de ce que les gens pensaient d'elle.

Quand ils s'étaient revus – seulement les sœurs et Caleb cette fois –, elle l'avait encore plus apprécié. Il a une intelligence vive, un humour pince-sans-rire et le genre de confiance en soi discrète qui est souvent étouffée par les fanfaronnades de quelqu'un comme Seth. Caleb pouvait être à la hauteur de Bea intellectuellement et n'avait pas peur de lui tenir tête. Contrairement à la plupart des gens. Le cerveau féroce de Bea intimidait presque tout le monde, rendant les gens soit muets, soit sur la défensive.

— Combien de personnes on attend encore ? demande le pilote.

— Une seule, dit Jo en riant. Et justement, la voilà.

Maya arrive vers eux en courant à moitié sur la jetée, le lacet d'une de ses chaussures en toile abîmées traînant derrière elle. Elle est habillée dans un style bien à elle : une robe grise légère et ample sur un corps bronzé et nerveux ; un foulard rose indien orné de motifs d'ananas blancs, noué lâchement autour de sa tête et retenant tout juste sa masse de cheveux noirs bouclés.

— On a failli partir sans toi, dit Jo, son visage se fendant d'un grand sourire. Je…

Elle n'a pas le temps de finir sa phrase que Maya leur fonce dessus et les attire, elle et Hana, dans ses bras pour une accolade à trois, mais elles se heurtent les unes aux autres et se cognent les coudes. Il y a quelque chose de gênant dans cette étreinte, un geste oublié, désuet. Quand Maya recule, son sac tombe de son épaule – un fourre-tout noir usé qui paraît étrangement léger et petit.

Jo plisse les yeux.

— Tu es sûre que tu as tout ?

Hana réprime un sourire. Jo leur a envoyé une liste exhaustive de choses à emporter pour le voyage. « Haut de combinaison. Casquette. Chaussures aquatiques. Crème solaire. » Et ainsi de suite.

— Bien sûr. J'ai suivi *la liste* à la lettre.

Maya fait un clin d'œil à Hana en croisant son regard.

— Bien, allons-y.

Le pilote se dirige déjà à grands pas vers le bateau.

Au moment où Hana monte à bord, il y a un grand bruit. Elle sursaute. À quelques mètres d'elle, des adolescents sautent dans la mer depuis le mur qui borde le restaurant, leurs shorts de bain se gonflant dans leur chute. Le bruit mat qu'ils produisent en atterrissant dans l'eau la pétrifie.

— Ça va ? demande Jo en prenant place à côté d'elle et en inclinant la tête vers celle de Hana.

Il y a de la compassion dans son ton, mais autre chose aussi. De l'agacement ? De la contrariété ?

— Oui, oui. Ces gamins m'ont fait sursauter, c'est tout.

— Tu es sûre que tu n'es pas encore…

— Encore quoi ? demande Hana d'un ton sec.

Jo hausse les épaules, mais Hana sait ce qu'elle pense. *Tu n'es pas encore angoissée ?*

Son comportement durant l'année écoulée, son incapacité à se reprendre et à revenir à la normale l'ont, aux yeux de Jo, rendue fragile, défaillante. Et Jo croit que c'est d'une certaine façon *sa* décision, comme si Hana aurait dû, à l'heure qu'il est, sortir de sa torpeur.

C'est le souvenir le plus prégnant qu'elle garde de l'an dernier, après l'accident de Liam. Jo qui la regarde, non pas avec compassion mais pour la scruter, comme si elle essayait de trouver une faille dans le chagrin de Hana, un signe quelconque indiquant que ce ne serait que passager.

Encore maintenant, Jo a du mal à y faire allusion et use plutôt d'euphémismes : après « la disparition » de Liam, elle souhaitait que Hana aille rapidement « mieux ». On pouvait y lire un million d'interprétations, mais tous signifiaient la même chose : « Reprends-toi. »

Le bateau s'écarte de la jetée avec une secousse soudaine quand il accélère, et Jo rigole lorsqu'elle est projetée contre Hana.

Nouveau coup d'interrupteur.

Hana dévisage sa sœur avec un profond dégoût.

Elle n'aurait pas dû venir. C'était une mauvaise idée.

Chapitre 5

— On n'est plus très loin, dit Edd en haussant la voix pour être entendu par-dessus le bruit du moteur. Quelques minutes, max.

Hana jette un coup d'œil à sa montre, le visage légèrement moucheté d'embruns. Ils sont partis depuis plus de vingt minutes. Elle regarde la plage derrière eux ; la crête de bois de la jetée est à peine visible. L'agitation du continent paraît déjà bien loin.

Jo sort son téléphone et fait signe à Han' et Maya de se regrouper.

— Vous deux, tournez-vous vers la mer.

Elles s'exécutent et se cognent doucement la tête quand le bateau rebondit sur l'eau.

— On va arriver par l'arrière de l'île, crie le pilote. Rien n'a jamais été construit de ce côté-là. La forêt est trop dense.

Caleb pousse un sifflement grave. Hana plisse les yeux et a un petit frisson d'angoisse en voyant l'épais mur de végétation. Elle devine à quel point ce sera obscur là-derrière – la lumière du soleil réduite presque à néant là où les branches se courbent l'une par-dessus l'autre tels des doigts entrelacés, masquant le ciel.

— Ça faisait trop longtemps, dit Maya en se tournant vers Hana. On n'a pas été foutues de garder le contact, hein ?

— Je sais.

Hana observe sa cousine. Son visage, vu de près, lui paraît soudain étranger. Elle ne se rappelait pas à quel point Maya est belle, avec ses cheveux bouclés en désordre et sa peau hâlée, hérités de sa mère italienne. Maya a l'air encore jeune, mais c'est peut-être seulement l'image qu'en a Hana : elle aura sans doute toujours du mal à voir Maya comme une adulte. De six ans sa cadette, Maya a pendant une éternité été une enfant sur laquelle Hana veillait. Ce n'était pas seulement sa personnalité ; Maya avait un côté mal assuré, comme si elle n'était pas encore sûre de sa place dans le monde. Elle semblait se laisser porter, d'un endroit à l'autre, d'une personne à l'autre.

— Je ne devrais pas dire « on », poursuit Maya. C'est moi qui n'ai pas été foutue de te répondre.

— C'est pas grave, dit Hana, mais ces mots semblent durs, et elle fait un effort pour prendre un ton plus doux. Je ne m'attendais pas à ce que tout le monde continue éternellement à me soutenir.

Car c'est ce que Maya a fait, pendant des mois après la mort de Liam. L'accident les avait rapprochées, quoique temporairement. Maya était son roc : discrète, fiable en toutes circonstances quand tous les autres étaient retournés à leur vie. Maintenant encore, Hana ne sait pas bien si le reste de la famille s'est lassé ou s'ils ont simplement oublié, rattrapés par la vie. Ç'avait été une des choses les plus dures après la mort de Liam : ce sentiment d'être seule au moment où elle avait le plus besoin de gens.

— Comment vis-tu tout ça maintenant ? demande Maya en la regardant dans les yeux. Liam…

— Il me manque. Je ne savais pas que ça me ferait ça, que ce serait si… physique.

Elle ne peut mettre de mots sur ces sensations corporelles ; l'horrible boule dans sa gorge quand elle voit le côté du lit de Liam, le creux dans sa poitrine quand elle pense à l'avenir qu'ils n'auront jamais.

À tout ce qu'ils ont perdu. Parce que c'est ça, le chagrin : un sentiment de perte.

Hana a tout perdu : l'éternelle barbe naissante de Liam, sa manière de donner vie aux choses, de parler si viscéralement du monde qu'il lui donnait l'impression d'étaler une carte dans sa tête. Pour Liam, la vie était une grande aventure. Des rivières à parcourir en kayak, des collines à dévaler à vélo. Il rendait le monde coloré, et sans lui, celui-ci est sombre désormais. *Elle* est sombre et elle ne sait pas comment sortir de cela.

Le pilote la coupe dans ses pensées.

— Sur votre gauche, vous allez voir les villas.

En effet, elle aperçoit, nichées parmi les arbres, des bâtisses : un angle droit de rose pâle qui se détache sur le bleu du ciel, une grande fenêtre carrée, sur laquelle le soleil se réfléchit.

Le centre de vacances est haut perché au-dessus de la plage, une volée sinueuse de marches serpentant le long de la falaise depuis la crique. Plusieurs grands bâtiments bas sont peints dans d'autres teintes vives : des bleus, du pêche. Juste au-dessous sur la droite, légèrement décalée, se trouve une piscine au fond de verre en saillie au-dessus des rochers.

— Alors, qu'est-ce que tu en dis ? dit Seth en donnant un coup de coude à Caleb. Bea rate quelque chose, non ?

— Ouais. Il faudra qu'on revienne, répond Caleb en haussant les épaules.

Hana remarque la réaction de Seth à cette réponse à mi-voix : il scrute discrètement Caleb. Il est à l'évidence déconcerté par le langage corporel de Caleb, ou plutôt par son absence : le fait qu'il n'essaye pas de faire copain-copain.

Maya se penche vers Hana et baisse la voix.

— Qu'est-ce que tu en penses, toi ? Quand Bea a annulé, je croyais qu'il ferait de même.

— Tu savais qu'elle ne venait pas ? demande Hana.

— Oui. Jo m'a envoyé un message il y a quelques semaines.

Hana hoche la tête et prend conscience que ce n'est pas par omission que Jo ne le lui a pas dit : elle lui a délibérément caché cette information pour que Hana n'annule pas elle aussi. Elle n'est pas sûre qu'elle serait venue si elle avait su que Bea ne venait pas ; elles ont toujours eu besoin d'être ensemble toutes les trois pour trouver un équilibre.

Bea et Jo constituent deux extrêmes : la discrète et la tapageuse. L'introvertie et l'extravertie. L'intellectuelle et la sportive. Hana, au milieu, s'est aperçue que ça n'allait pas si elle était avec une sans l'autre, comme si elle était trop tirée vers l'un ou l'autre extrême.

— Je suis contente que tu aies pu venir, dit doucement Maya. Je me dis tout le temps qu'on a complètement rompu notre promesse, non ?

La promesse : « Se serrer les coudes. Ne jamais oublier. » Hana tressaille en songeant à la naïveté de la formule. Elles s'étaient fait « la promesse », enfants, après l'incendie dans la maison de Maya au cours d'une soirée pyjama entre cousines, un incendie qui avait ravagé non seulement leur maison, mais aussi leur famille. Elles avaient toutes réussi à s'enfuir, sauf Sofia, la sœur cadette de Maya. Lorsqu'ils l'avaient cherchée, ses parents avaient trouvé sa chambre déserte et ils avaient donc supposé qu'elle était déjà sortie devant eux. Quand ils s'étaient rendu compte que ce n'était pas le cas, ils avaient essayé de retourner la chercher, mais les pompiers les en avaient empêchés. C'étaient eux qui l'avaient finalement trouvée, cachée, effrayée, sous son lit, mais le temps qu'ils y parviennent, ses brûlures étaient si graves qu'elles lui avaient causé une attaque dévastatrice. Les lésions cérébrales consécutives et les soins nécessaires s'étaient avérés trop lourds pour les parents de Maya, si bien que Sofia vivait désormais dans un établissement spécialisé en banlieue de Bristol.

La promesse était de se serrer les coudes, les trois sœurs et Maya, mais le lien autrefois indestructible entre elles n'avait pas survécu à la fin de l'adolescence.

— On y est !

Jo rassemble déjà ses bagages tandis que le bateau approche de la jetée. Un employé les attend, chargé d'un plateau de verres à pied remplis de jus d'un magnifique orange crépusculaire.

— Ces jus ont l'air incroyable… juste ce qu'il nous faut avant d'aller faire du kayak.

Maya la regarde d'un air interrogateur.

— Du kayak ? On arrive juste.

— Je nous ai réservé un créneau dans… (Jo jette un coup d'œil à sa montre)… une demi-heure.

— Et quand est-ce qu'on défait nos bagages ?

— Je me suis dit que tout le monde serait impatient de se mettre à l'eau.

Maya hoche la tête, impassible.

Quand le bateau s'arrête quelques minutes plus tard, Jo est la première à en descendre.

Elle se retourne ensuite et tend une main à Hana.

— Désolée pour ce que je t'ai dit tout à l'heure, quand je t'ai demandé si ça allait, chuchote-t-elle en l'aidant à monter sur la jetée. Je veux simplement que tout se passe bien…

Il y a quelque chose de vulnérable dans son expression tandis qu'elle dévisage Hana en attente d'une réaction. Jo ne fait pas ça d'habitude – lui montrer ses émotions, encore moins s'excuser –, et Hana commence à mettre en doute son hypothèse antérieure quant à la lettre qu'elle a trouvée. Ce n'était peut-être rien de plus qu'un mot pour s'excuser de ne pas avoir été présente. Rien de plus.

Mais quand Jo lui passe un bras autour des épaules, Hana ne peut s'empêcher de se raidir.

Elle sait bien qu'elle ne doit pas baisser sa garde.

Chapitre 6

Elin touche sans enthousiasme le dernier morceau de poulet grillé avec sa fourchette avant de le pousser sur le côté de son assiette. Bien que les portes de la terrasse du restaurant soient ouvertes, il n'y a pas de brise et l'endroit est bondé, ce qui ne fait qu'augmenter la chaleur. Trois ou quatre grands groupes sont amassés près du bar, débordant dans la salle.

Will serre la main d'Elin dans la sienne et elle sourit. La saveur aigre-douce du vin sur sa langue lui rappelle leurs premiers rendez-vous : le côté cérémoniel et festif d'un dîner dehors, le choix des boissons et des plats, le regard des gens.

— Eh, alerte moule-bite, dit Will en désignant les portes au fond du restaurant.

Elin suit son regard. Un homme de la soixantaine marche à grands pas sur la plage dans un slip de bain vert. C'est leur petite blague à eux pendant l'été. Devenus experts, ils les notent en fonction de la coupe au niveau des fesses, de la hauteur à la taille, de la couleur et de la transparence.

— Qu'en dis-tu ? Neuf ?

— Nan… sept, répond-elle, pince-sans-rire. Des zones essentielles sont cachées.

Will rit, mais quand son rire s'éteint, elle perçoit une tension dans son expression.

— Plus sérieusement, je voulais te demander quelque chose.

Elle prend son verre de vin.

— Ça a l'air grave.

— Pas vraiment. Je voulais te montrer ça.

Il sort son téléphone et tourne l'écran vers elle.

— Un message de Farrah. Elle dit qu'elle ne peut pas venir ce week-end. Elle est retenue par son travail.

Farrah, la sœur aînée de Will, travaille à Lumen où elle est responsable. Toujours les uns sur les autres : Elin a toujours trouvé ça assez bizarre, trop intrusif, mais c'était ainsi dans la famille de Will. Des coups de fil et messages sans arrêt.

— Et alors ? Tu m'as déjà dit que ça n'arrêtait pas cette saison.

— Je sais, mais elle a un drôle de comportement ces derniers temps. Elle n'est pas elle-même. Mes parents m'ont dit qu'elle avait l'air préoccupée quand elle est venue chez eux la semaine dernière. Je lui ai demandé ce qui se passait, mais tu sais comment elle est. Pas question de montrer la moindre faiblesse.

Comme vous tous, corrige-t-elle mentalement. Même si la famille de Will se donne l'image de gens transparents – réunions familiales, déjeuners pour discuter à cœur ouvert –, Elin a appris avec le temps que cette transparence est sélective. Ils ont du mal à révéler quoi que ce soit qui les mette en position de faiblesse.

— Peut-être une histoire de petit ami ?

— Je ne crois pas, dit-il en jouant avec sa bague en argent bosselée. Elle n'a eu personne depuis Tobias.

Il marque une pause.

— Je me demande parfois si elle se confierait à quelqu'un en dehors de la famille.

Il hésite à nouveau et elle sait ce qu'il s'apprête à dire.

— Vous n'êtes jamais allées boire ce verre, si ?

Elin ramène lentement son assiette vers elle pour gagner du temps.

— Un verre ?

— Farrah n'a pas parlé de ça la dernière fois qu'on l'a vue ? Elle et toi ?

Elin hoche la tête. Elle sait qu'elle devrait faire un effort mais n'y est jamais vraiment parvenue. Sa relation avec sa belle-sœur n'est pas facile, maladroite depuis leur premier déjeuner ensemble, plusieurs semaines avant qu'Elin rencontre les parents de Will.

« Elle va te plaire », avait dit Will tandis qu'ils attendaient dans le café, préparant le terrain – « elle est sportive et sympa comme toi » –, mais tout ce dont Elin se souvient, c'est le regard scrutateur de Farrah, cette impression immédiate qu'elle avait trouvé quelque chose qui lui déplaisait. Elin savait ce que c'était : un message. *Tu n'es pas celle qu'il faut pour mon frère.*

Depuis lors, Farrah et elle se tournent autour avec méfiance. Et échangent beaucoup de belles paroles : pleines de vaines promesses de rendez-vous, mais qui ne se réalisent jamais car Elin soupçonne qu'aucune d'elles deux ne le souhaite en réalité.

— Je vais lui envoyer un message, dit-elle enfin. Pour organiser ça.

Will se penche et l'embrasse délicatement sur les lèvres.

— Tu peux arrêter de faire semblant, dit-il en souriant. Je sais que tu n'y tiens pas, mais elle est sans doute plus intimidée par toi que l'inverse. Il faut que tu laisses une chance aux gens. C'est la même chose pour ton affectation provisoire. Fais avec. Vois comment ça se passe.

Elin hoche la tête et le regarde avec attention : les taches de rousseur, les cheveux châtain clair, les lunettes à monture noire qui grossissent à peine ses yeux, et elle ressent un élan amoureux.

Il a raison. Elle rencontrera des obstacles en reprenant le travail, mais elle doit suivre son conseil. *Faire avec. Voir comment ça se passe.*

Chapitre 7

— Alors, ça te plaît ?

Jo désigne d'un geste le pavillon principal à quelques mètres devant elle et sourit.

Son jus à la main, Hana s'arrête à côté d'elle et s'imprègne des odeurs de vacances : pin et fleurs, terre chauffée par le soleil.

— C'est beau.

Elle tourne sur elle-même et considère les murs rose bonbon, les toits plats et les baies vitrées. Tout est saisissant, mais son regard est sans cesse attiré par la mer.

Le panorama est époustouflant : des bandes scintillantes de couleurs irréelles, bleus et verts lumineux, encadrées par les cyprès autour d'elle. L'horizon au-delà donne l'impression de bouillonner dans la chaleur : une marmite géante sur le point de bouillir.

— Le restaurant est sur ta droite, le pavillon de yoga et les salles d'exercice, sur ta gauche.

Hana hoche la tête. C'est comme elle l'imaginait sur le bateau : les parties communes du centre sont construites sur ce plateau et profitent toutes de la même vue. C'est futé : ça donne l'illusion d'un isolement total. Pas de terre en vue, rien que de l'eau : une étendue bleue infinie.

— J'adore, dit Seth en passant le bras autour des épaules de Jo. Tu as bien choisi.

Le visage de Caleb est impassible. Impossible de dire ce qu'il en pense… Soit il est partagé, soit ce n'est simplement pas un grand enthousiaste.

— Je pense qu'on va passer le plus clair de notre temps ici, dit Seth, puis il part en direction du restaurant, ses tongs claquant bruyamment sur la pierre. Ou plus exactement, au bar.

Hana le suit en contemplant tout ce qui l'entoure. La salle du restaurant est flanquée d'un grand espace extérieur : une terrasse avec un bar en surplomb sur la falaise, dotée d'une vue majestueuse sur la mer.

Bien que l'heure du déjeuner approche, le personnel en uniforme blanc sert encore le petit déjeuner. Une pergola en bois, enveloppée de plantes grimpantes et de fleurs, est surmontée d'un grand auvent en forme de voile qui la protège du soleil. De petites guirlandes de lumières sont tendues d'un montant à l'autre. Des pots aux couleurs acides contenant de grands cactus encadrent la terrasse.

De là où elle se trouve, Hana aperçoit les balançoires, faisant du spot l'endroit le plus Instagrammable du centre. Une cliente se balance sur l'une d'elles, ses pieds ridant la surface de l'eau.

Quand ils repartent dans l'autre sens et commencent à faire le tour du pavillon de yoga, Hana repère les villas disséminées en contre-bas, qui se mêlent au feuillage luxuriant.

— Il faut marcher un peu pour aller à la nôtre, dit Jo en suivant son regard.

— Combien de temps ? Je…

Mais elle s'interrompt, soudain saisie par la vue du rocher au-dessus d'elle.

Hana s'imaginait que sa forme serait moins spectaculaire de près, mais au contraire, elle est plus prononcée : la Faucheuse de profil. Elle remarque ce qui pourrait apparaître comme la courbe de sa capuche, un bras tendu et la faux.

C'est sur cela que son regard se fixe : le léger crochet de la lame de pierre.

Elle détourne les yeux et croise le regard de Seth. Il regarde le rocher puis se tourne à nouveau vers elle, une ébauche de sourire aux lèvres.

Malgré le soleil qui chauffe ses épaules nues, Hana est parcourue d'un frisson.

Chapitre 8

— Le guide dit que les grottes sont à une dizaine de minutes d'ici, dit Jo, sa voix rebondissant sur l'eau, amplifiée, alors qu'elle se retourne depuis le siège avant du kayak biplace. Apparemment, on peut les traverser en kayak et ressortir une centaine de mètres plus loin.

Quand elle plonge la pagaie dans l'eau, tous les muscles du haut de son dos et de ses bras sont parfaitement soulignés par une couche luisante de crème solaire.

Maya, dans un kayak simple à environ un mètre, prend un air faussement horrifié.

— On s'éclate, hein ? articule-t-elle silencieusement.

Hana sourit, mais elle se force. Bien que cela lui demande peu d'efforts – le kayak glissant facilement sur l'eau calme –, elle a la nausée et sent encore l'acidité du jus de fruits qu'ils ont bu à leur arrivée. Elle n'aurait pas dû le boire, pas avant de faire du sport. La chaleur n'arrange rien, se dit-elle, sentant la sueur qui la gratte dans le dos sous son haut de combinaison.

En vérité, Hana aurait préféré rester à la villa, les pieds dans le carré turquoise de leur mini-piscine, un verre d'eau glacée à côté d'elle. Tout y était aussi beau que sur les photos : les murs blancs, le sol en pierre calcaire couleur miel, les plantes tropicales touffues dans les coins. Une atmosphère de vacances, d'hacienda : meubles en rotin, grands vases en terre cuite, tapis à motifs tissés. Des œuvres d'art aux teintes rouille, roses et bleues intenses.

Pourquoi devaient-ils se presser ? Jo ne peut-elle pas simplement profiter de l'instant ?

Bea n'aurait pas fait ça, se dit-elle, agacée. Comme Hana, elle aurait pris son temps, analysé les détails : la toute petite œuvre d'art abstrait composée de morceaux de bois flotté blanchi suspendus aux murs, les bouquets de cactus surréalistes.

Hana a bien essayé de rester, a trouvé des excuses, mais celles-ci ont été ignorées. C'est là que Bea aurait été utile. Elle fait partie de ces gens qui remettent Jo à sa place.

— Eh, vous trois ! Assez bavardé. Il faut qu'on accélère si vous voulez être de retour pour le déjeuner ! crie Seth.

Caleb et lui sont devant, eux aussi dans un kayak biplace. Ils forment un tandem improbable : le dos large et bronzé de Seth contrastant fortement avec le buste étroit de Caleb, revêtu d'un haut de combinaison bleu luisant. Seth donne l'impression de fournir le plus gros du travail : les coups de pagaie de Caleb sont désordonnés, celle-ci rasant la surface de l'eau au lieu de s'y enfoncer.

L'île dessine une courbe en direction des villas, et l'eau y prend une teinte bleue plus foncée, d'immenses algues en forme de cordes se dressant depuis le fond. Hana est parcourue d'un frisson en sentant leur résistance quand elles s'enroulent sur sa pale.

Lorsqu'ils dépassent la dernière villa, le paysage agréable cède la place à quelque chose de plus sauvage : les énormes barrières d'arbres qu'elle avait aperçues à leur arrivée. Des pins mêlés à des conifères, des chênes et des arbustes broussailleux. Quelques mètres plus loin, les falaises se creusent et forment une petite crique. Elle est déserte : personne, pas même un paddle.

Jo les emmène plus près et lève sa pagaie pour montrer quelque chose.

— Je suis presque sûre que c'est ça. C'est comme sur les photos de l'entrée. Ça forme une boucle une fois qu'on est à l'intérieur.

Hana regarde avec inquiétude la petite voûte de pierre calcaire, à peine assez large pour qu'un kayak y passe.

— C'est assez étroit, remarque Caleb en posant sa pagaie à l'horizontale sur ses genoux. Tu es sûre que c'est le bon endroit ?

— Ce sera plus large à l'intérieur. D'autres l'ont fait avant nous… On passe devant, hein, Hana ? On vous montrera le chemin.

Hana perçoit un ton de défi dans la voix de Jo. Sentant toujours le même goût acide dans le fond de sa gorge, elle déglutit et hoche la tête.

— Bien sûr.

Elles pagaient lentement vers la voûte de roche. Caleb a raison : quand elles arrivent devant l'ouverture, celle-ci est si étroite qu'elles ne peuvent plus pagayer et doivent s'arrêter pour se laisser emporter par leur élan jusque dans la grotte. Hana se tend quand les côtés du kayak frottent contre les parois avec un bruit râpeux, mais quelques instants plus tard, elles sont à l'intérieur.

Aussitôt, elles se retrouvent plongées dans une

épaisse obscurité. Le plafond calcaire est bas et couvert de taches de moisissure. La pierre est parsemée de bernacles et de patelles. L'espace est un peu plus large à présent, assez pour pagayer des deux côtés.

— Tout va bien ? demande Jo en se retournant.

— Oui.

La voix de Hana résonne sur le plafond bas et les parois. Quand elles s'enfoncent davantage, l'espace devient encore plus sombre, l'eau, presque noire. L'air est imprégné d'une odeur de moisi, aigre et poissonneuse.

Plus loin, le passage se rétrécit à nouveau.

— Tu es sûre que ça forme une boucle ?

— Sûre.

Hana perçoit une pointe d'impatience dans la voix de sa sœur.

— Attends.

Jo attrape la fine lampe torche suspendue à son cou à l'aide d'un cordon et l'allume. Le faisceau révèle une courbure dans la paroi à une vingtaine de mètres devant elles.

— Tu vois ?

La peur de Hana se transforme en une soudain euphorie, chose qu'elle n'a pas éprouvée depuis longtemps. Elle n'a plus vécu d'aventures comme celle-ci depuis la mort de Liam. C'était lui l'actif. Sa position par défaut, sans lui, est celle de squatteuse de canapé.

Le couloir d'eau s'élargit finalement assez pour qu'ils puissent pagayer côte à côte. Jo pointe la torche devant elle, un fin faisceau de lumière balayant la surface de l'eau. Celle-ci prend un aspect terne – un étrange bleu-vert – et de longues ombres s'étirent sur les parois de la grotte. Des formes mystérieuses se dessinent dans la pierre, débauche de couleurs et de textures.

Hana pagaye en admirant ce décor.

— C'est incroyable, dit-elle en regardant tout autour d'elle.

Jo est tout sourire. Hana se rend compte que c'est ça qui leur a manqué ces dernières années – une expérience commune comme celle-ci. Des cafés, des déjeuners rapides, de vraies aventures ensemble. Se faire de nouveaux souvenirs.

Elle s'apprête à le dire tout haut quand elle entend Jo murmurer quelque chose. Hana regarde, consternée, Jo qui balade son téléphone autour d'elle, et Hana se rend compte que le sourire qu'elle lui croyait adressé est en fait destiné au téléphone de Jo. Tu parles d'une escapade en famille ! Est-ce qu'Instagram et TikTok ne seraient pas la vraie raison de ce voyage ? Une opération d'autopromotion ?

— Ce serait possible de passer seulement quelques minutes sans ce foutu téléphone ? Sans que tu documentes tous nos faits et gestes ? Tu n'as jamais envie de vivre l'instant présent plutôt que de le filmer ?

Jo se retourne, le visage tendu.

— Han', bon sang, détends-toi, c'est en partie grâce à ça qu'on est ici. Je dois faire des publications sur le centre pour justifier ce séjour offert. C'est toujours pareil avec toi, dit-elle en secouant la tête. Tout ce que tu sais faire, c'est critiquer.

Voyant le visage peiné de sa sœur, Hana regrette d'avoir dit quelque chose. Peut-être qu'elle est en effet trop prompte à critiquer.

Mais avant qu'elle puisse parler, le visage de Jo s'adoucit.

— Mais tu as raison, je vais le ranger, dit-elle, cette fois d'un ton détendu. J'oublie à quel point c'est dévorant pour les autres ; Seth ressent la même chose. Je comprends, mais parfois tout ça… (Elle désigne son téléphone d'un mouvement de tête.) C'est plus facile que le monde réel.

Hana la regarde avec curiosité.

— Comment ça ?

— Cette version modifiée de la vie que je publie sur les réseaux. Je la préfère parfois. Sans aucune des choses compliquées de la réalité, sans cette dynamique étrange entre les gens.

Hana sourit.

— Tu es en train de dire qu'*on est* compliqués…

— Un peu, répond Jo avec un sourire. C'est juste… bizarre, entre nous tous, non ? Je continue de me demander si c'est vraiment une bonne idée d'essayer de faire renaître une chose qui n'existe plus. Toi, moi, Maya.

Elle hésite.

— Comment se comporte Maya avec toi ?

— Bien. Enfin, on en est encore à renouer le contact…

— Tu es sûre ? Elle ne t'a rien dit ?

— À quel sujet ?

Une expression fugace passe sur le visage de Jo avant qu'elle sourie.

— Rien de spécial.

Mais alors qu'elles se remettent à pagayer, le sourire reste figé sur les lèvres de Jo. Un peu trop longtemps pour être sincère.

Chapitre 9

Hana ferme la porte des toilettes et traverse le restaurant en se faufilant parmi les tables pleines de clients. Elle hume les délicieuses odeurs, l'air chargé de fumée de viande grillée, les notes résineuses des pins au-dessus d'elle. Les guirlandes de lumières qui s'entrecroisent illuminent les bouteilles de vin à moitié vides, font briller les nappes d'huile d'olive et les focaccias moelleuses.

La vue de là où elle se tient est féerique, les bleus éclatants de la mer et du ciel en plein jour désormais atténués, dévoilant quelque chose de plus doux et subtil. Cette distraction lui est coûteuse : elle trébuche et sa cheville se tord quand sa sandale butte sur une dalle irrégulière.

Trop bu, se dit Hana, sentant l'effet enivrant de l'alcool. Elle est dans la phase merveilleuse de l'ivresse : ses sens aiguisés de sorte que l'air lui paraît chaud, liquide sur sa peau. *Il* est *liquide*, se dit-elle après un temps d'arrêt, puis elle se rend compte que la chaleur qui s'élève du gril fait miroiter et trembler l'air devant elle.

Malgré cela, elle distingue bien la personne qui se trouve à gauche du gril : Seth. Il est en train de parler avec une employée, la tête renversée en arrière dans un éclat de rire. *Seth tout craché :* son besoin de charmer et flirter étendu aux serveuses, à toutes les personnes qui l'entourent.

Hana ne sait pas trop si cela mène parfois plus loin, mais ça ne devrait pas, songe-t-elle en regardant Jo devant elle, en conversation avec Caleb, téléphone en main.

Elle est éblouissante ce soir. Après quelques verres, son visage est détendu, ouvert, sa robe noire en broderie anglaise mettant en valeur son bronzage et ses cheveux blondis par le soleil. Leur mère est à moitié suédoise, et Jo a hérité de la plupart des gènes scandinaves caricaturaux – les yeux bleus, les cheveux blonds, ainsi que le style vestimentaire éclectique de leur mère. Le châle coloré enveloppant ses épaules – marbré de taches vertes et roses – serait exubérant sur Hana, mais il va curieusement bien à Jo. Il n'est pas outrancier sur elle.

— Tu es partie longtemps, dit Maya avec un sourire. J'étais sur le point d'envoyer une équipe de secours.

— Je…

Mais Hana n'a pas le temps de finir sa phrase. Brandissant son téléphone, Jo montre une vidéo. C'est *elle*, comprend Hana, au moment où elle a trébuché. Jo a réussi à en faire un ralenti, l'expression de panique de Hana, les yeux écarquillés, la bouche entrouverte.

Un grand sourire s'épanouit sur le visage de Jo. Seth, revenu à la table, sourit lui aussi.

— Pardon, dit Jo en riant, les croissants verts de ses boucles d'oreilles en bois heurtant doucement ses joues. J'étais en train de faire un panoramique pour avoir des images du restaurant et…

Elle éclate à nouveau de rire.

Hana la regarde, ses sens soudain atrocement aiguisés.

— Tu n'as pas l'intention de mettre ça en ligne, n'est-ce pas ? demande-t-elle, les joues empourprées.

— Non, bien sûr que non, dit Jo en tendant la main vers elle au-dessus de la table. Bon sang, tu n'es pas *vexée*, si ? C'était juste pour te taquiner.

Hana ne peut s'empêcher d'avoir un mouvement de recul.

— Me taquiner…

Mais elle s'interrompt en croisant le regard de Maya : un avertissement. *Ne réagis pas.* Elle hoche la tête en signe d'acquiescement. Maya a raison. C'est elle qui s'en sortira le plus mal si elle réplique.

C'est dans les moments comme celui-ci qu'elle regrette que Liam ne soit pas là. Il lui aurait étreint la main sous la table et aurait changé de sujet. C'était son fort : compatir avec les gens, leur remonter le moral. C'était une des premières choses que Hana avait remarquées quand ils s'étaient rencontrés, à une fête d'anniversaire.

Grand, brun, légèrement musclé, elle l'avait tout de suite repéré, mais quand ils avaient discuté, elle avait été surprise par sa timidité et touchée par le fait qu'il ne se rendait pas compte de sa beauté.

Plus tard dans la soirée, ils s'étaient retrouvés ensemble autour du brasero dans le jardin. Elle avait observé Liam avec admiration quand il était intervenu pour prendre la défense d'une collègue qui se faisait cuisiner parce qu'elle n'avait pas d'enfants. Sa réaction avait touché Hana, et ils avaient fini par bavarder – une de ces discussions avinées sans retenue qu'on ne peut avoir qu'avec des inconnus car on pense qu'on ne les reverra jamais.

Elle était partie de la soirée sûre de deux choses : qu'elle avait envie de le revoir, et que si ça arrivait, elle finirait sur un VTT. L'obsession de Liam pour le vélo avait occupé au moins la moitié de la conversation. Hana se surprend à sourire à ce souvenir, puis elle se rappelle la suite. Elle doit écarter cette pensée importune.

— Je comprends, dit Caleb en regardant Hana. Parfois, j'aimerais pouvoir revenir vingt ans en arrière, vivre un repas comme autrefois.

— Qu'est-ce que tu as dit ? demande Jo en rapprochant sa chaise.

— Simplement que toutes ces vidéos, c'est parfois trop, répond Caleb avec un haussement d'épaules.

Jo secoue la tête d'un air las.

— Je connais ce regard. Tu penses être au-dessus de ça, hein ? C'est ce qu'a dit Bea.

Il fronce les sourcils.

— Comment ça ?

— J'ai vu les publications de Bea sur les réseaux sociaux. Toutes ces foutaises pseudo-intellectuelles vieux jeu sur les émissions télé et les livres. Bea n'était pas comme ça avant. Elle disait toujours que, quand on est vraiment intellectuel, on ne ressent pas le besoin de rebattre les oreilles des gens, de se vanter de ce qu'on a lu ou regardé pour prouver à quel point on est intelligent.

Caleb se raidit, les lèvres pincées. *Jo a touché un point sensible*. Il change de sujet.

— Tu sais, j'ai lu des choses sur cet endroit avant

qu'on vienne, et je me suis dit que c'était bidon, mais quand on est ici et qu'on voit le rocher de près…

Il tend le cou pour voir derrière Jo.

— Il a une certaine présence, non ?

Seth hoche la tête.

— Ça me donne l'impression qu'il y a du vrai dans ce que les gens disent.

— Et que disent les gens ? demande Caleb, se moquant du ton dramatique de Seth.

— Que cette île est maudite, entre autres. Pas étonnant avec ce qui s'est passé ici au fil des ans.

— Comme ?

— Ces histoires de peste, l'ancienne école qui a brûlé… Creacher… je ne crois pas avoir besoin d'en dire plus…

— Non, en effet, le coupe Maya. Ça pourrait faire une bonne histoire, mais ce n'est pas vraiment propice à une ambiance de vacances.

— En parlant de vacances, j'ai envie d'un autre cocktail, dit Jo en prenant la carte des boissons qu'elle lit à haute voix : « Sunset Sailor. Bacardi Oro, Diplomático, Angostura, ananas, orange. »

— Bea adorerait, dit Caleb en faisant signe à un des serveurs. Elle est dans sa phase cocktails en ce moment. Elle a même acheté un shaker…

— J'aurais aimé que Bea soit là, murmure Hana quand leurs verres arrivent quelques minutes plus tard.

Elle boit une petite gorgée. Son cocktail est fort, chargé en rhum.

— C'est pas pareil sans elle.

— Eh bien, portons-lui un toast, dit Jo en levant son verre dont le liquide coloré accroche la lumière. À Bea !

Maya est la seule qui ne trinque pas.

Hana jette un coup d'œil vers elle et est troublée de la voir refouler des larmes.

— Qu'est-ce qui se passe ?

— Il n'y a pas que Bea qui manque parmi nous, lâche Maya. Sofia devrait être là pour ce genre d'événements.

— Oh, mon Dieu, bien sûr.

Hana étreint la main de Maya en se maudissant.

— Je me rends soudain compte, parfois, de tout ce qu'elle rate, dit Maya en s'essuyant les yeux.

Jo lève à nouveau son verre.

— Aux amis absents…

Malgré son air compatissant, il y a quelque chose de dédaigneux dans son intonation. Ils boivent en silence avant qu'elle reprenne la parole.

— Ça vous dit d'aller bientôt à la plage ?

Elle les taquine ensuite en demandant s'ils sont trop vieux pour se baigner tout nus.

Le ton de la conversation redevient vite jovial et léger comme précédemment, mais l'accès de mélancolie de Maya a irrité Jo, Hana le voit bien.

C'est comme si Maya avait fait une vague dans la soirée qu'avait planifiée Jo, jeté un caillou dans le lac qui jusque-là était d'huile.

Chapitre 10

Jour 2

Michael Zimmerman traverse le restaurant, un chiffon et un pot de cire en main.

Il considère le décor qui l'entoure : les chaises vides, le sol en pierre gris pâle, les guirlandes d'ampoules reflétant chacune un minuscule soleil rougeoyant. Il aime bien ce moment de la journée, avant le réveil des clients. À cette heure matinale, le soleil semble avoir les paupières lourdes, comme s'il avait à peine ouvert l'œil sur l'horizon, réticent à rencontrer votre regard.

Par ailleurs, son travail est facile à cette heure-ci. Le ménage a déjà été fait dans le centre la veille au soir. Tout ce qu'il a à faire, c'est trouver les derniers détails que le personnel du soir a manqués : une bouteille fourrée dans un coin, son goulot encore dégoulinant de bière ; des traces de doigts gras sur les balustrades.

Il ne pourrait guère en faire beaucoup plus, se dit-il en ressentant un élancement dans le bas du dos. Il n'est plus apte à fournir de gros efforts, son corps étant usé après des années à donner des cours de sport et à jouer au rugby le week-end. Il était temps qu'il lève le pied, mais il ne voulait pas prendre sa retraite à plein temps, ce qui faisait de cet emploi un parfait entre-deux.

Assez de compagnie pour lui éviter des ennuis, c'est ce que sa femme aurait dit, et c'était vrai. Ce n'était pas bon d'être seul. Trop de temps pour réfléchir.

Michael passe une dernière fois son chiffon sur la balustrade en appuyant du bout des doigts sur le tissu pour enlever l'essentiel des traces de gras, puis il traverse l'allée en direction du pavillon de yoga.

Il n'est pas encore arrivé à l'entrée quand il remarque un vêtement dans l'herbe derrière le garde-corps en verre qui entoure l'avant du pavillon.

La présence de ce tissu à motifs colorés l'agace ; les agents de service du soir n'auraient pas dû le manquer.

Michael s'en approche lentement et se penche pardessus le garde-corps pour le récupérer, mais dès que sa main se referme sur le tissu glissant, quelque chose attire son regard sur les rochers en contrebas.

Il sursaute. *Tu as la berlue*.

Mais quand il regarde de plus près, il devient évident que ce n'est pas le cas.

Michael se met à trembler. Sa main retombe et s'ouvre, le châle regagne le sol en voletant.

Détachant son regard des rochers, il se retourne, est pris de haut-le-cœur. À chaque spasme, des morceaux régurgités du muesli préparé chaque matin pour le personnel maculent le sol en pierre pâle.

Chapitre 11

Elin s'assied à son bureau, les cuisses encore parcourues de picotements après son footing. Elle adore être de bonne heure au travail : le silence et l'odeur fraîche d'agrume du produit ménager, la lumière terne captant la poussière des écrans d'ordinateur. D'infimes détails qu'elle ne voit qu'à ce moment-ci, quand son cerveau a le temps de vagabonder, pas encore chargé des déchets de la journée.

Tout ce qui peut l'aider dans ce dossier est bienvenu ; il lui manque jusque-là une lueur essentielle. Un nouveau cambriolage a eu lieu la veille, dernier en date d'une série de délits similaires, les voleurs filant avec des milliers de livres de bijoux et d'appareils électriques ainsi qu'un peu de liquide. Ces dernières semaines, elle a élargi son champ d'action. Ils ont sollicité la presse pour lancer un appel à témoins et chercher des images prises à la volée, mais ils ont fait chou blanc. Et les analyses de la police scientifique n'ont rien révélé.

La pression lui pèse : *si elle n'arrive pas à avancer sur ce dossier, pourquoi la croiraient-ils prête à réintégrer la BECP ?*

Elin épluche les dépositions de témoins. Le gang, et

elle est certaine que c'en *est* un vu le nombre de délits, est composé de professionnels : ils identifient des cibles n'ayant ni système de sécurité ni vidéosurveillance chez eux ou à proximité.

— Bonjour.

Elle lève les yeux. *Steed.* Un sourire décontracté aux lèvres, il laisse glisser son sac à dos par terre. Il rayonne de chaleur, les aisselles auréolées de sueur.

— Bon sang, il fait déjà chaud. Je comptais venir à vélo, mais j'ai changé d'avis.

Il sort une boisson protéinée de la poche latérale de son sac et la décapsule.

— Ça va monter dans les trente degrés cet après-midi.

Elin lui est reconnaissante de cette conversation superficielle, certaine qu'il n'évoquera pas le fait de l'avoir vue à la plage. Il est trop discret. C'est une chose qu'elle a remarquée depuis qu'ils travaillent ensemble : il sait quand laisser les choses de côté.

— Quoi de neuf aujourd'hui ? demande Steed en buvant une lampée de sa boisson.

— Il y a eu un autre cambriolage la nuit dernière. Il faut qu'on contrôle toutes les caméras de surveillance à un demi-kilomètre autour de la propriété. Je sais qu'on a quelques restos à proximité, le yacht-club de l'autre côté, regarde si ça peut donner quelque chose. Attends…

Elle s'interrompt en voyant le nom d'Anna s'afficher sur son téléphone.

Le stress la gagne lorsqu'elle se rappelle leur dernière conversation. Mais Anna ne fait pas allusion à la veille. Le ton de sa voix indique une urgence :

— On nous a signalé un corps dans les rochers de l'île de Cary, au centre de vacances.

— Lumen ? demande-t-elle d'une voix étranglée par cette étrange coïncidence : le prix de Will.

— Oui. Tu veux bien t'occuper de la scène de crime et évaluer la situation ? C'est toi qui es le plus près. Les secouristes et la police scientifique te retrouveront sur la jetée à Babbacombe. Le bateau de police vous y récupérera.

C'est toi qui es le plus près. Ça se tient, mais elle sait que si Anna lui propose d'y aller, ce n'est pas seulement parce qu'elle est à proximité. C'est une marque de confiance en elle, en ses compétences, après leur discussion de la veille.

Cependant, les doutes des dernières semaines se bousculent dans sa tête. Et si elle n'en est pas capable ? Mais Elin repousse rapidement cette pensée ; elle en est capable. Elle est prête.

— Tout à fait. Je rassemble mes affaires et j'y vais.

Alors qu'elle dit au revoir, elle remarque que Steed l'écoute.

— Du nouveau ?

— On a retrouvé un corps sur l'île de Cary. Ça te dit de venir ?

— Bien sûr.

Il se redresse d'un coup, puis s'empresse d'essayer de cacher son excitation en s'affairant sur son téléphone.

Mais tandis qu'elle commence à préparer méthodiquement son fourre-tout sans rien oublier, des sachets à indices aux combinaisons de protection, une vive inquiétude s'empare d'elle.

Malgré l'implication de Will dans Lumen, elle n'est jamais allée sur l'île. N'a jamais voulu… comme aucun habitant de la région. Le passé de l'île a toujours pesé bien trop lourd.

Chapitre 12

Le bateau de police ralentit, son moteur réduit à un ronronnement alors qu'ils approchent de la jetée.

Les agents de la police scientifique, Leon et Rachel, et les deux secouristes contemplent le centre de vacances avec admiration, mais quand le bateau s'immobilise, Elin ne ressent pour sa part qu'une terreur abyssale.

Elle a vu l'île en photo, mais celle-ci est différente en vrai. Elle donne une impression sauvage, dégage quelque chose de brut et sans complaisance. Bien qu'Elin essaie de se concentrer sur ce que Will a créé, c'est la nature qui domine et attire son regard : le fouillis des bois, les falaises menaçantes, les oiseaux perchés dans l'ombre et le rocher.

Le rocher de la Faucheuse.

Des souvenirs affleurent.

Un flot d'images issues de la presse défile dans sa tête : des bateaux de police, des gens cherchant dans la forêt, le visage bouffi de la photo d'identité de Larson Creacher dans tous les médias, ses longs cheveux hirsutes bouclant sur ses épaules.

— Prête ? demande un des secouristes en se retournant,

interrompant la rêverie d'Elin alors qu'elle commence à descendre du bateau, son sac en main.

Elin hoche la tête, distraite. Quelqu'un marche dans leur direction en leur faisant signe de la main. *Farrah*.

— Tu la connais ? demande Leon en la regardant avec curiosité.

— C'est la sœur de Will. C'est une des responsables du centre.

— Ça ne va pas être gênant ? demande Rachel, dégageant sa fine frange brune de ses yeux.

— Non.

Elin n'est pas offensée de son franc-parler. C'est une des choses qui font que Rachel est si bonne dans son travail. Ça, et une capacité inépuisable à se surpasser.

Farrah s'arrête pour orienter les secouristes vers le corps. Quand elle arrive sur le quai, elle salut Elin :

— Je n'avais pas compris que ce serait toi.

Elin hoche la tête et esquive une réponse en faisant les présentations.

— Voici l'agent Steed, et voici les agents de la police scientifique.

Farrah fait signe aux secouristes qui s'engagent dans les rochers à gauche.

— Je leur ai indiqué où elle est, mais je ne sais pas s'il y a une chance…, dit-elle, puis sa voix s'éteint. Notre sauveteur a dit qu'il a su tout de suite en arrivant là-bas.

— Il faut quand même que les secouristes vérifient.

— Bien sûr.

Un froncement de sourcils plisse furtivement le front de Farrah comme si elle mettait en doute les paroles d'Elin. Ce n'est pas la première fois. Ça lui donne l'impression que Farrah ne la prend pas au sérieux.

— Je vous montre le chemin.

— Tu sais qui c'est ? demande Elin tandis que le groupe part aux côtés de Farrah.

— Non, elle ne fait pas partie du personnel, et pour l'instant, aucun des clients n'a été déclaré disparu, mais il est encore tôt. Les gens ne sont peut-être pas encore réveillés.

— D'où est-elle tombée exactement ?

— Du pavillon de yoga, dit Farrah en montrant la structure en bois juchée au sommet d'une falaise abrupte qui se dresse vertigineusement au-dessus d'eux.

Elin distingue un garde-corps en verre qui entoure l'avant du pavillon : la seule barrière aux rochers en contrebas.

— Elle est tombée *par-dessus* le garde-corps ?

— Oui.

— À quelle hauteur est-il ? demande Steed.

— Ma taille, je pense. Je ne comprends toujours pas bien comment ça a pu arriver, dit Farrah en secouant la tête.

Mais Elin sait qu'il est possible de passer par-dessus un garde-corps de presque n'importe quelle hauteur. Elle a vu deux chutes de balcon fatales : l'une d'un appartement, l'autre d'un hôtel. Dans les deux cas, la personne avait bu, mais Elin ne peut pas affirmer cela ici. Pas encore.

Farrah paraît mal à l'aise lorsqu'elle jette un regard vers les rochers.

— Michael, l'agent de service qui l'a trouvée, a dit qu'il avait vu un châle derrière le garde-corps. Peut-être qu'elle s'est penchée pour le récupérer et qu'elle a perdu l'équilibre.

— Peut-être, mais tant que nous n'en savons pas plus, nous devons envisager toutes les explications possibles. La règle d'or en cas de mort inexpliquée : la considérer comme suspecte jusqu'à preuve du contraire.

— Où est Michael maintenant ?

— Au pavillon de yoga. L'agent que j'ai eu au téléphone a dit qu'il devait rester là, empêcher quiconque de s'approcher. On a mis en place un cordon de sécurité improvisé avec une corde et posté un membre du personnel dehors pour monter la garde comme il nous l'a demandé.

— Bien.

Elin réfléchit vite : elle va devoir diviser pour mieux régner, séparer Rachel et Leon pour qu'ils puissent examiner les deux lieux simultanément.

— Leon, tu peux monter au pavillon avec Farrah, commencer là ? Steed et moi, on va aller avec Rachel.

— Bien sûr. Je vous suis.

Chapitre 13

Elin et Steed suivent Rachel à tâtons dans les rochers au pied des falaises. De petits cailloux plats se mélangent à d'énormes pierres empilées les unes sur les autres : un effondrement ancien.

Elin, déjà en sueur, s'essuie le front du dos de la main. Contournant la falaise, elle aperçoit les secouristes penchés sur le corps, en train de parler à voix basse.

Elle examine la scène : une femme mince et blonde d'une trentaine d'années, étendue sur les rochers. Elle porte une robe noire, le bras replié en arrière selon un angle contre-nature. Le côté de sa tête le plus proche du rocher est enfoncé, une grande partie de son crâne fracassé sous l'effet du choc foudroyant. De la matière cérébrale et des fragments d'os se détachent sur le gris pâle de la roche et sur la flaque sombre de sang sous sa tête.

Ébranlée, Elin ravale sa salive. Certaines scènes de crime, comme celle-ci, sont si horrifiantes qu'on ne peut jamais y être préparé. Elle sait que ces images lui resteront en tête bien après que cette affaire sera bouclée.

— Aucune chance de s'en sortir de cette hauteur, dit Steed d'une voix pâteuse.

Le secouriste le plus âgé, Jon, un grand type trapu, dit :

— Elle est morte. Déclarée morte à sept heures trente-trois, ajoute-t-il en consultant sa montre.

Il se tourne ensuite vers Elin et retire son gant.

— Elle est déjà en état de rigidité cadavérique. Manifestement, traumatisme crânien foudroyant, blessures multiples à la colonne vertébrale et au bassin. Blessures superficielles en accord avec une chute de cette hauteur.

Elin lève la tête et est prise d'une affreuse sensation de vertige quand elle regarde les arêtes irrégulières de la falaise. Elle ne peut s'empêcher de visualiser mentalement la chute : le corps de la femme qui se tord et tournoie dans les airs, son crâne qui se fêle bruyamment sur le rocher.

Elle se penche à nouveau vers la femme et scrute son visage. Elle a les yeux fermés, le droit masqué par une écorchure pleine de sang. Sa bouche charnue est relâchée et pend vers le bas.

Le regard d'Elin descend et se pose sur la robe noire et les chaussures de la femme. Une de ses sandales à lanières est à moitié décrochée, rendant visible son pied parfaitement pédicuré et décoré d'un vernis bleu outremer. Elin a envie de garder ce fragment de la femme en mémoire : la seule partie de son corps indemne.

— On a une identité ?

— Non, et je ne vois ni sac ni téléphone. Soit elle ne les avait pas avec elle, soit ils se sont perdus dans sa chute, indique Jon, puis il s'éclaircit la voix. Je crois qu'on va reprendre le bateau et vous laisser, si ça vous va de prendre la suite.

À ces mots, Elin réagit aussitôt. Plongeant la main dans son sac, elle en sort son kit – combinaison de protection, surchaussures et gants – puis en passe un à Steed.

— Je peux m'y mettre ? demande Rachel en remontant le capuchon de sa combinaison.

Elin hoche la tête. Steed et elle enfilent leurs tenues, le froissement du papier amplifié dans le silence. Ils attendent que Rachel photographie le corps, la mare de sang autour de la tête.

Quelques minutes plus tard, Rachel met son appareil photo de côté et commence à tâter le corps et à fouiller les petites poches sur les côtés de la robe de la femme. Elle confirme qu'elles sont vides.

— La rigidité ?

Elle réfléchit.

— Je dirais qu'elle n'est pas encore totale. Ça fait plusieurs heures qu'elle est là mais pas plus de douze.

Cela donne un premier élément à Elin : la femme est sans doute tombée dans les premières heures du jour.

— On peut la retourner ? Chercher d'autres blessures ?

Plus précisément, Elin cherche des signes d'agression : une blessure par balle, des perforations.

Steed contourne prudemment le corps pour se placer à l'opposé de Rachel. Ils comptent ensuite jusqu'à trois et retournent la femme. Rachel examine son dos et ses jambes.

— Rien. Je ne vois aucune autre écorchure en dehors des dommages collatéraux causés par la chute, des éraflures aux mains et aux bras. Pas de lésions défensives évidentes non plus, ni ecchymoses ni marques de moyens de contention aux poignets. Ses ongles ont l'air propres.

Elin hoche la tête. D'après ce que dit Rachel, il pourrait s'agir d'une simple chute, mais elle ne peut écarter la possibilité qu'elle ait été poussée. Une bourrade précise donnée par-derrière produirait le même résultat sans aucune marque de résistance évidente.

Tandis que Rachel ramasse son appareil photo, Elin se tourne vers Steed.

— Mettons en place un cordon de sécurité. Établissons un chemin d'accès commun et ouvrons un registre de passage sur les lieux. Je ne pense pas que quelqu'un va venir traîner par ici, mais au cas où. Si ça te va de rester sur place, je vais transmettre mon compte rendu à Anna puis faire le point avec Leon.

— Ça me va, dit Steed en avançant d'un pas, le visage tout rouge.

Elin hésite.

— Ça va ?

— Oui, dit-il, puis il s'éclaircit la voix. C'est juste que… il est arrivé à peu près la même chose à un membre de ma famille… Ça réveille des souvenirs.

Elin prononce quelques paroles rassurantes, mais les rapides clignements d'yeux de Steed montrent à l'évidence qu'il est encore débordé par ses émotions. Elle a envie de le réconforter, mais elle sait que si elle cède à la moindre émotion, elle perdra la concentration à laquelle elle se cramponne désespérément.

— Bien, dit-elle finalement avec un hochement de tête. À tout à l'heure.

Elle enlève sa combinaison et repart dans les rochers, mais elle s'arrête au bout de quelques mètres, aveuglée par un soudain éclat de lumière provenant de la paroi de la falaise. Quand elle tourne la tête, celui-ci a disparu, mais il réapparaît quand Elin reprend sa marche : une lueur vague en demi-cercle qui vacille au milieu de son champ de vision chaque fois qu'elle cligne des yeux.

Celle-ci la poursuit pendant un moment, mais même quand elle disparaît, Elin est toujours déstabilisée.

Elle perçoit une atmosphère de dévastation sur cette île, un calme étrange qui semble anormal, malsain.

Chapitre 14

Hana se réveille en sueur, entortillée dans les draps. Elle a un violent mal de tête et la pièce tourne sur elle-même quand elle s'assied, le fauteuil en rotin dans le coin et le faux philodendron à côté s'étirant devant ses yeux.

Cette sensation la désoriente, l'angoisse, et pendant un instant, elle fait un bond en arrière dans le temps : à l'époque des crises de panique après la mort de Liam. Pas seulement un deuil, mais deux : la disparition de Liam mais aussi la fin du rêve qu'ils avaient de fonder une famille, anéanti avant qu'ils se soient lancés. Quelques mois avant son accident, ils avaient entamé des démarches en vue d'une FIV.

Hana était rongée par les regrets.

Pourquoi n'avaient-ils pas commencé la procédure plus tôt ? Agi au lieu de simplement en parler ? Au moins, elle aurait gardé quelque chose de Liam. Quelque chose à quoi se raccrocher pendant que tout le reste s'effondrait.

Une nouvelle vague de nausée.

Balançant ses jambes hors du lit, Hana se rend au lavabo dans la salle de bains et remplit son verre. Elle prend sa trousse de toilette transparente, pleine de médicaments. Elle devient comme sa mère, songe-t-elle en sortant deux comprimés de paracétamol de leur emballage en aluminium. *Toujours prête*.

Elle les glisse entre ses lèvres, boit une grande gorgée d'eau suivie de ces goulées avides qu'on ne prend qu'après avoir bu de l'alcool.

Son téléphone est sur la table de chevet. Elle le récupère et l'emporte à la fenêtre.

Un parfait paysage d'été : ciel bleu, arbres, courbe jaune canari du hamac suspendu sur la terrasse.

Hana prend une photo puis parcourt celles de la soirée de la veille. La première la fait sourire : un groupe en joie sur la plage, dos à l'eau. L'image est floue, le photographe – Caleb – ayant à l'évidence bougé en la prenant.

Après le dîner, ils sont allés à la plage comme l'avait suggéré Jo. En définitive, personne ne s'est baigné, mais ils ont trempé leurs pieds dans l'eau et refait le monde. Caleb et elle ont eu une conversation interminable, perchés sur les rochers au bord de la plage, à propos de son travail et de politique environnementale. À un moment donné, Jo et Seth ont eu une dispute avinée qui s'est terminée aussi vite qu'elle avait commencé.

L'interlude à la plage s'est conclu par un coup de fil à Bea qui était sur répondeur, après quoi ils lui ont envoyé la photo du groupe. Hana sourit en imaginant la mine réjouie de Bea en découvrant leurs visages rougis par le soleil. Que disait le message sous la photo ? Un truc fleur bleue : « Tu nous manques. Caleb est en train d'embrasser le téléphone… »

Un texto en réponse : « Les amis… je vous aime mais je suis à une soirée pro. Je vous rappelle bientôt. »

Hana imagine Bea à cette soirée : énergique et pleine de bienveillance, trouvant tous les mots justes avec le bon ton. C'est comme ça qu'elle voit Bea 2.0 : vêtements élégants et chers, bijoux discrets, cheveux blonds dégagés de son visage. Rien à voir avec la sœur mal assurée et enfermée dans ses livres avec laquelle elle a grandi, qui détestait se faire belle.

Elle continue de faire défiler les photos : Caleb a pris plusieurs fois le groupe, mais quand elle arrive à la dernière, un trouble la gagne soudain. Il a manifestement pris la photo au moment où le groupe se dispersait, fatigué de se forcer à afficher un sourire figé. « J'en peux plus », avait dit Seth en riant.

Hana sourit encore à moitié, mais Jo s'est détournée. Elle regarde Hana et ignore visiblement que Caleb prend la photo. Hana reste bouche bée en voyant l'expression figée de Jo, comme affublée d'un étrange masque sinistre.

Hana n'arrive pas bien à distinguer ce que c'est. *De la peur ? De la haine ?*

Elle repense alors au mot tombé du sac de Jo. Peut-être qu'il cache plus de choses qu'Elin ne le pensait.

Elle retourne à son sac fourre-tout et fouille dans la poche latérale où elle a fourré le début de la lettre ramassée sur la jetée. Elle la défroisse avec soin entre ses doigts et considère à nouveau les mots écrits.

Hana,

~~Je suis désolée. Je suis désolée~~. Je suis désolée.

Son estomac se noue. D'un côté, elle a une profonde envie d'aller frapper immédiatement à la porte de Jo pour lui demander ce que ça signifie, mais d'un autre, elle recule devant cette idée, sachant le drame qui va inévitablement s'ensuivre.

Reste calme et n'y prête pas attention.

C'est tout ce qu'il faut qu'elle fasse. Une semaine ensemble, puis elles peuvent revenir à une communication minimale. Elle est désormais adulte et peut décider de la fréquence à laquelle elle voit sa sœur, du type de relation qu'elles ont.

C'est un des rares bénéfices qu'elle a tirés de ce qu'il s'est passé. Hana s'est rendu compte ces derniers mois, après que tout le monde l'a lâchée, que si elle a pu survivre à la mort de Liam, elle peut survivre à n'importe quoi.

Elle est plus forte qu'elle ne le pensait.

Chapitre 15

Quand Elin arrive au sommet de l'escalier remontant de la plage, il est presque huit heures.

Le centre de vacances s'anime : des employés en chemise blanche s'affairent dans le restaurant, et un groupe de baigneurs matinaux se dirige vers la plage. Il est évident que certains clients ont remarqué qu'il se passe quelque chose. Ils grouillent autour du pavillon de yoga avec cette fausse nonchalance affectée – ils ne veulent pas avoir l'air d'épier mais le font quand même.

S'apprêtant à enfiler une combinaison et des surchaussures, elle hésite en voyant Farrah qui vient vers elle.

— J'en déduis qu'elle est bel et bien…

Elin hoche la tête.

— Depuis un moment, je crois.

Farrah pince les lèvres puis reprend contenance et fait un geste vers le restaurant.

— Michael, l'homme qui l'a trouvée, t'attend là-bas. Tu voulais l'interroger…

— En effet. Donne-moi deux minutes. Il faut que je…, dit-elle en faisant un signe de la main à Leon.

— Bien sûr. Viens quand tu seras prête.

Elin enfile la combinaison et les surchaussures, puis elle se glisse sous le ruban. Leon est accroupi près du garde-corps, en train de chercher des empreintes digitales.

— Tout se passe bien ?

— Oui, dit-il, puis il désigne une flaque de vomi à proximité. Mis à part les aléas du métier.

— C'est le gars qui l'a repérée ?

— Ouais.

Elin jette un coup d'œil par-dessus le garde-corps mais recule rapidement. Aussi impressionnante que soit cette vision d'en bas, c'est pire d'en haut : un soudain plongeon visuel vers les pointes de roche crochues en contrebas. La silhouette étendue et brisée du corps de la femme la bouleverse à nouveau de ce point de vue.

— Que penses-tu de la hauteur du garde-corps ?

Leon continue d'étaler de la poudre sur le verre.

— Il est assez bas pour passer par-dessus par accident, ça ne fait pas de doute. Étant donné la situation du pavillon, je ferais installer un panneau plus haut.

— Tu as trouvé quelque chose dessus ?

— Oui. Des empreintes curieuses partout de l'autre côté, des doigts et des paumes de mains. Je suis presque sûr, d'après ce que le type a dit, que ce sont celles de la femme. Apparemment, la paroi de verre est nettoyée tous les soirs et il essuie ce qui peut rester le matin. Tout indique qu'elle est tombée de face, puis qu'elle a tourné sur elle-même… comme si elle avait essayé de se cramponner mais avait lâché prise.

Elin se baisse devant le garde-corps. La poudre à empreintes argentée fait ressortir les diverses traces recouvrant le verre – une partie d'une empreinte de main marbrée, des traces de doigts sales – mais elle sait que ça ne prouve rien. Ces traces pourraient aussi bien résulter d'une chute accidentelle que d'une bourrade.

— Est-ce qu'elle a laissé tomber un objet ici ?

Il secoue la tête.

— J'ai cherché rapidement, mais excepté le châle – il désigne un morceau de tissu dans un sachet au sol –, rien.

— Où était-il exactement ?

— Dans l'herbe derrière le garde-corps, mais je ne pense pas que ça donne forcément du poids à l'idée d'une chute. Elle a pu le perdre *en tombant*.

Elin examine le châle à travers le plastique. Il est orné de motifs colorés – un imprimé moderne et abstrait fait de taches roses et vert vif.

— Tu n'as rien trouvé d'autre ?

— Seulement ça…, dit-il en pointant le doigt derrière le garde-corps. Il y a un creux dans l'herbe ici, avant que la falaise tombe à pic. Ça semble correspondre à quelque chose d'assez lourd qui aurait reposé là.

— Plus lourd que le châle ?

— Oui, et c'est à un autre endroit de toute façon, un peu plus loin que là où j'ai trouvé le châle. Étant donné l'absence de vent ou de pluie, il n'a pas bougé. Je ne peux pas affirmer que ça remonte à hier soir, mais si ça datait de plusieurs jours en arrière, je crois que l'herbe se serait redressée.

— Des déductions ?

— Pas vraiment. Quelque chose de petit et carré. Peut-être autre chose qu'elle a perdu en tombant. Qui a pu être emporté dans sa chute.

— Je vais demander à Rachel de regarder en bas,

dit-elle, puis elle hésite. Bon, je te laisse. Je vais interroger le type qui l'a trouvée.

Tandis qu'elle ôte sa combinaison et ses surchaussures, Elin remarque que le petit attroupement de clients a grossi, assez pour inciter un employé à les entraîner à l'écart vers le restaurant. Elle les suit, puis s'en éloigne pour se diriger vers Farrah, assise à côté d'un homme plus âgé, en train de parler à voix basse.

Farrah lève les yeux.

— Elin, voici Michael Zimmerman. Je lui ai dit que tu aimerais lui parler.

Michael esquisse un sourire timide. Elin remarque immédiatement ses yeux. Ils sont saisissants : d'un bleu pâle évoquant des images d'un ciel qui doit encore s'assombrir. Elle lui donne entre soixante et soixante-dix ans et devine, à en juger d'après les profondes rides sillonnant son visage et sa barbe hirsute de Robinson, qu'il s'agit à coup sûr de ce que Will appellerait un « loup de mer » : un de ces anciens surfeurs dans l'âme vivant depuis toujours sur la côte.

Elin s'assied en face de lui et sort son carnet.

— Michael, j'ai bien conscience que ce n'est pas facile, mais j'espérais que vous pourriez nous raconter ce qui s'est passé ce matin. En commençant par là où vous étiez avant de la voir.

Il hoche la tête et ramasse la casquette posée à côté de lui sur la table comme pour la mettre sur sa tête, puis il la repose. La visière est décolorée par le soleil et tachée de sel.

— Je me suis levé vers cinq heures, comme d'habitude quand je travaille le matin. Je fais les dernières vérifications, en matière de propreté, dans les espaces publics. On ne peut pas garantir que l'équipe du soir n'a pas oublié quelque chose ou que les clients ne sont pas sortis pendant la nuit et n'ont pas fait des saletés…

Il lève les yeux, essaye de capter le regard de Farrah en quête d'un signe de solidarité quant à la nature imprévisible des clients, mais elle regarde son téléphone.

— Quelle heure était-il ?

— Six heures à peine passées. J'avais fini de faire le tour du restaurant et je me dirigeais vers le pavillon de yoga. Je montais les marches quand j'ai vu un morceau de tissu derrière le garde-corps. De couleur vive, on ne pouvait pas le rater.

Michael ramasse à nouveau sa casquette et la fait tourner entre ses doigts. Son geste est curieusement familier à Elin, qui a une soudaine impression de déjà-vu, comme si elle l'avait vu lui ou quelqu'un d'autre faire cela auparavant.

— Continuez, dit-elle doucement.

— Je me suis approché pour le ramasser et c'est là que…

Il se lèche les lèvres.

— C'est là que je l'ai vue, en bas dans les rochers. J'ai compris qu'elle était…, dit-il, marquant une pause. J'ai vomi, vous l'avez sans doute vu, mais quand je me suis ressaisi, j'ai appelé les secours, puis Farrah.

— Et vous n'avez rien remarqué pendant votre service ? Rien de suspect, d'inhabituel ? Personne qui traînait et n'aurait pas dû être là ?

— Pendant mon service, non, mais…

Farrah lève la tête et jette un regard perçant dans sa direction.

Il se tortille sur sa chaise.

— Écoutez, ça n'a sans doute rien à voir, mais la semaine dernière, il s'est passé quelque chose de bizarre, pendant la nuit. Je me suis réveillé comme ça arrive à mon âge, pour aller aux toilettes. En retournant me coucher, j'ai aperçu quelqu'un qui traînait près du rocher. Ça m'a paru étrange, quelqu'un dehors aussi tard.

— Vous avez vu ça depuis la résidence du personnel ?

Il hoche la tête.

— Et quelle heure était-il exactement ?

— Quatre heures, peut-être un peu plus. Qui que fût cette personne, elle avait une lampe torche levée vers le rocher, comme si elle cherchait quelque chose.

— Sans doute un client, dit Farrah d'un ton dédaigneux en se tournant vers Elin. Certains d'entre eux prennent des photos du rocher la nuit. Je ne sais pas du tout pourquoi, on ne voit presque rien.

Michael lâche un rire sans joie.

— Ici, rien ne me surprendrait.

Elin ressent un picotement.

— Comment ça ?

— Cette île, on ne peut pas dire que son passé soit très glorieux, hein ? Comprenez-moi bien, ils l'ont transformée, mais on peut encore le ressentir parfois, tôt le matin, quand il n'y a personne.

— Ressentir quoi ? demande Elin qui se penche en avant, troublée.

— Quelque chose… de mal, dit-il en ravalant sa salive. Un client, il y a quelques semaines de cela, m'a dit la même chose.

— Vraiment ? insiste-t-elle en faisant un effort pour garder une voix posée.

— Oui. L'artiste qui a fait l'œuvre de l'accueil m'a raconté qu'il avait été élève dans l'ancienne école, celle qui a brûlé. Il m'a expliqué qu'il était venu voir son œuvre et jeter un œil au centre de vacances, poursuit Michael. Il a beaucoup aimé, mais il a dit…

Il marque une pause, les traits figés pendant un instant, perdu dans ses pensées.

— Il a affirmé qu'il le sentait toujours, lâche-t-il enfin. Le mal qui règne ici.

À ces mots au ton dramatique, Farrah secoue la tête, mais tandis qu'Elin le remercie en fermant son carnet, elle ne peut chasser si facilement ce qu'il vient de dire de son esprit. Elle aussi ressent cela, de plus en plus depuis qu'elle est là… une présence et une énergie qui existent au-delà de toutes les histoires.

Quelque chose d'inhérent à l'île même.

— Il nous faudra une déposition en bonne et due forme plus tard, mais c'est tout pour l'instant. Merci encore.

Alors qu'elle ramasse son sac, Elin remarque un homme qui se dirige vers eux. En arrivant près de Farrah, il lui chuchote quelque chose d'inaudible à l'oreille.

Farrah se tourne vers elle.

— Voici Justin Matthews, le directeur de la sécurité. Il a trouvé la bande de vidéosurveillance pour le pavillon. Je n'étais pas sûre qu'il y ait une caméra à proximité, mais il y en a une, apparemment.

Une lueur de soulagement.

— On peut la regarder maintenant ?

— Bien sûr.

Mais elle n'a fait que quelques pas quand elle entend un bruit : un crissement de gravier.

Quelqu'un lui saisit le bras. Elin pivote et découvre Michael derrière elle, trop près à son goût.

Il lui serre le bras.

— Ce que je vous ai dit, murmure-t-il. Je suis sérieux. Ce que cet homme m'a raconté, c'est vrai. Il y a quelque chose de malsain ici. Vous devez être prudente.

Chapitre 16

Hana, à présent lavée et habillée, coiffe ses cheveux en arrière pour se faire une queue-de-cheval, queue-de-cheval qui n'a jamais vraiment tenu car ses cheveux sont trop courts. *Un moignon de queue*, disait Liam en ébouriffant le bout. *Bien essayé, Han', mais ça ne marche pas.*

Elle les attache, enfile ses sandales et sort dans le couloir. Des effluves de café, amers et parfumés, émanent du salon.

Jo. La lève-tôt du groupe. C'est elle qui sera dans le salon, en train de faire du café. *Comporte-toi normalement*, se dit-elle en se parant d'un sourire. *Ne réagis pas.*

Elle découvre cependant que ce n'est pas Jo, mais Maya, qui est assise au soleil dans un fauteuil en osier, un foulard vert noué autour de ses boucles.

Elle lève les yeux et sourit.

— Tu viens de rater le café…

— C'est pas grave, je vais en refaire, dit Hana, puis elle regarde le carnet ouvert sur ses genoux. Qu'est-ce que tu fais ?

— Je dessine, dit Maya en désignant ce qui est en fait un carnet à dessins. Je n'arrivais plus à dormir. C'est toujours pareil quand j'ai bu. Je me réveille dans la nuit et impossible de me rendormir.

— Je sais de quoi tu parles, je n'ai pas bien dormi non plus. Je crois que cette soirée à la plage est allée un peu trop loin, dit-elle, puis elle marque une pause. Tu as entendu Jo et Seth se disputer ?

— Vaguement. Il a reçu un coup de fil, non ? D'une copine, dit Maya en secouant la tête. Je ne sais pas bien pourquoi Jo est surprise… il a toujours été comme ça. Plein de « copines ».

Elle mime des guillemets avec ses doigts.

Hana garde le silence et réfléchit à la signification des paroles de Maya.

— Ce que tu viens de dire, sur le fait qu'il a toujours été comme ça… tu connais Seth, enfin, en dehors de Jo ?

Maya s'empourpre et hésite. Elle baisse la voix.

— Eh bien, je ne dirais pas que je le *connais*. J'ai fait quelques fois de l'escalade avec lui. Un ami d'ami. C'est comme ça que Jo l'a rencontré, par mon intermédiaire. Une soirée au bar.

— Tu ne me l'avais jamais raconté.

Pas seulement comment Jo a rencontré Seth, mais cette soirée, songe-t-elle, piquée.

— Ça ne me semblait pas important. Et pour Jo, ce n'est sans doute pas l'histoire romantique qu'elle veut raconter à ses abonnés… Un coup d'un soir rencontré bourrée au pub.

— Qu'est-ce que tu as pensé de lui ? Avant Jo, je veux dire ?

— Je me suis dit qu'il était un peu idiot. Tout en sourire, à jouer les séducteurs, mais derrière ton dos… superficiel, c'est le mot.

Haussant les épaules, Maya jette un coup d'œil en direction du couloir et baisse un peu plus la voix :

— Le bruit courait aussi qu'il était agressif avant les compétitions d'escalade de bloc. Il essayait de faire craquer ses rivaux.

Elle tripote du bout des doigts le clou transperçant le haut de son oreille.

— Qu'est-ce qu'il y a ?

La voix de Hana n'est guère plus qu'un murmure lorsqu'elle regarde à son tour vers le couloir, partiellement convaincue que Jo va surgir d'un instant à l'autre.

— Ces agressions, je crois que Jo est concernée aussi. Il n'a pas arrêté de la reprendre sur le fait qu'elle buvait trop hier soir, de lui dire qu'elle ne devrait pas y aller si fort.

— Peut-être qu'il est juste inquiet. Elle était bien bourrée…

Le visage de Maya s'assombrit. Pour changer de sujet, Hana montre le carnet de dessins d'un mouvement de tête en attendant que la cafetière se mette à gargouiller.

— Je ne savais pas que tu dessinais encore.

Maya avait toujours eu un faible pour l'art. Ça avait commencé après l'incendie : des dessins complexes, oniriques.

— Des bricoles de temps en temps. La célébrité et la fortune, ça ne sera définitivement pas pour moi, dit-elle, puis elle lève les yeux. C'est marrant, non ? Quand on est jeune, on est convaincu qu'on va y arriver, qu'on a tout notre temps. Je pensais vraiment que je percerais après la fac. Le succès, la reconnaissance, que tout ça arriverait comme par magie.

— C'est toujours possible. Tu n'as que vingt-huit ans.

Maya rigole.

— Des rêves. Il faut du temps, Han'. De la concentration. Assez d'argent. La réalité, c'est que je suis douée mais que je ne serai jamais brillante.

Décontenancée, Hana s'affaire à mettre sa tasse sous le bec de la cafetière. Quand elle jette un coup d'œil sur Maya, elle voit pour la première fois à quel point elle est maigre, la lumière crue du matin soulignant le creux de ses joues. Sa brûlure est visible : la peau plissée, fondue, qui forme une ligne le long de son mollet. Jo en a une aussi : une cicatrice irrégulière, boursouflée, sur le bras. Celle de Bea se remarque à peine, une tache marbrée sur le côté de son pied droit.

Des traces indélébiles de l'incendie qui a changé la vie de Sofia à tout jamais.

Hana est la seule à en être sortie indemne. Cela lui donnait un sentiment de culpabilité quand elles étaient plus jeunes, mais en regardant Maya à présent, elle se demande si tout le monde ne s'est pas trop focalisé sur les cicatrices apparentes au détriment de ce qu'il se passait au-dedans. À l'époque, tout le monde avait présumé que Maya s'était remise. « Les enfants sont résilients », disait sa mère, mais peut-être qu'elle avait refoulé… et que ses émotions la rattrapaient seulement maintenant.

— Assez parlé de moi. On n'a pas fini notre conversation hier. Comment tu vas, toi ?

Hana est touchée. Personne ne lui a demandé – sincèrement – comment elle va depuis longtemps. Elle hausse les épaules.

— J'ai de mauvais jours et des jours pas si mauvais. Je pense…

Hana marque une pause pour choisir les bons mots.

— Je pense que la *façon* dont ça s'est passé n'arrange rien, le fait que je n'aie pas tous les éléments. Si je savais, ce serait peut-être plus facile à digérer.

Dans l'état actuel des choses, tout ce qu'elle a, ce sont les horribles projections visuelles de son propre esprit. Les faits à l'état brut : qu'un matin ensoleillé d'avril, Liam est parti seul sur les circuits de VTT de la forêt de Haldon.

Il était sur la piste la plus dure, a tenté de franchir un obstacle appelé « chute libre », une structure composée d'une planche de bois juchée sur un pivot en hauteur. Lors de l'enquête, la police a déterminé qu'il n'était jamais arrivé à franchir le pivot, qu'il avait culbuté et était tombé directement sur la tête. Il s'est cassé le cou et s'est fracturé la vertèbre C6.

Mort sur le coup.

— Bonjour.

Hana se retourne, coupée dans sa rêverie. Seth est debout dans l'embrasure de la porte, vêtu d'un caleçon orné de minuscules palmiers, ses cheveux sombres ébouriffés, électrifiés.

— Jo n'est pas encore rentrée ?

— Comment ça ? demande Hana.

— Elle est partie courir, mais elle ne m'a pas envoyé de message pour me prévenir. C'est ce qu'elle fait d'habitude.

— Courir, par cette chaleur ?

— C'est son truc après une soirée arrosée. Elle publie normalement des images de « Jo K-O » à chaque kilomètre dans ses *stories*, en se plaignant de courir avec la gueule de bois, explique-t-il, puis il regarde son téléphone. Cela dit, il n'y en a aucune pour l'instant aujourd'hui. Peut-être qu'elle paye ses excès…

— Elle a dû partir vraiment tôt, murmure Maya. Je suis debout depuis six heures.

— Sans doute, dit-il en haussant les épaules. Mais je pensais qu'elle serait rentrée maintenant. Le petit déj nous appelle.

Maya se lève.

— Il faut que je prenne une douche, mais je peux être prête dans un quart d'heure si vous voulez tous y aller ?

Seth hoche la tête.

— Je vais frapper à la porte de Caleb puis envoyer un message à Jo, la prévenir qu'on monte au restaurant.

Tout le monde quitte la pièce et Hana se retrouve seule avec son café. Elle s'apprête à l'emporter dehors quand elle remarque le carnet de Maya sur le fauteuil. Gagnée par la curiosité, elle s'en approche d'un pas nonchalant. Posant son café sur la table, elle ouvre le carnet et commence à le feuilleter en gardant un œil sur le couloir. Des esquisses de la paroi rocheuse, chacune un peu plus petite que la précédente. Une image en poupée russe.

Elle continue de feuilleter les pages, mais le reste du carnet est vierge. Sur le point de le refermer, elle hésite en entrevoyant un dessin vers la fin. *Un dessin de Jo*.

Hana est parcourue d'un frisson. Bien que Maya ait représenté fidèlement Jo – avec son nez légèrement de travers, sa bouche charnue, la petite fossette sur son menton –, elle se rend compte que c'est la *façon* dont Maya l'a dessinée qui est bizarre. Chaque trait est appuyé, comme si elle avait écrasé le crayon si fort qu'il a presque transpercé la page.

L'effet est étrange : c'est comme si elle avait reproduit les traits de Jo mais essayé en même temps de la dominer avec son crayon, de soumettre son image à chaque trait.

Chapitre 17

— Désolée, je ne savais pas que Michael serait aussi accaparant, dit Farrah tandis qu'elles suivent Justin dans l'allée principale.

— Ça arrive. Les gens ont souvent besoin de vider leur sac après quelque chose comme ça, une manière de faire face à ce qu'ils ont vu, dit Elin en gardant un ton léger, mais elle a toujours froid dans le dos quand elle se remémore ses paroles. Qu'as-tu pensé de ce qu'il a dit au sujet de quelqu'un qui aurait erré la nuit ?

Farrah secoue la tête.

— Ça n'a pas de sens. On ne peut pas monter là-haut, plus maintenant…

Sa voix s'éteint alors que Justin s'arrête à l'entrée du pavillon principal et que les portes vitrées s'ouvrent automatiquement.

À l'intérieur, c'est un autre monde. L'espace d'accueil est magnifique : grand et ouvert, avec des portes en bois pâle. Il y a un plafond en verre et, sur la gauche, un mur en verre, qui inondent la pièce de lumière.

Sur la droite, des murs blanchis à la chaux sont mis en relief par des panneaux du même rose pastel que l'extérieur et s'étirant sur toute la hauteur de la pièce. Ces panneaux divisent à peu près l'espace en deux zones : un coin détente avec une vue sur le rocher à travers le mur et le plafond vitrés, et l'accueil du côté opposé. Une rangée de hauts cactus borde le mur du fond.

Le regard d'Elin s'arrête sur l'immense tapisserie suspendue au mur derrière le bureau d'accueil. C'est une œuvre abstraite, composée de tourbillons de lignes et de couleurs parsemés de plus petits motifs presque primitifs.

C'est seulement quand elle s'en approche qu'elle se rend compte de la nature de ces motifs.

Son pouls s'accélère. Ce ne sont pas du tout des formes abstraites, mais des Faucheuses.

Des représentations miniatures du rocher, qui parsèment le tissu.

Elin continue d'examiner la tapisserie, mal à l'aise, et voit de plus en plus de rochers : certains brodés dans le tissu et de la même couleur que le fond, camouflés.

Farrah suit son regard.

— C'est beau, hein ? Un artiste textile britannique contemporain qui a fréquenté l'école de l'île à l'époque. C'est incroyable de voir ça ici, dit-elle en se tournant vers le mur de verre. Sous le rocher lui-même.

C'est seulement alors qu'Elin prend vraiment conscience de la masse de pierre en surplomb, qui se dresse derrière le plafond de verre et le mur transparent. Elle a un mouvement de recul. L'échelle même du rocher de ce point de vue est écrasante ; un mètre de plus et il envahirait le bâtiment.

— Elin ? Ça va ? Justin est prêt si tu l'es aussi.

— Ça va.

Elle doit se forcer à sourire tandis qu'ils prennent le couloir partant de l'accueil.

Justin les conduit dans la pièce du fond.

— J'ai tout préparé.

Elin jette un rapide regard autour d'elle. De multiples écrans recouvrent le mur du fond, tous montrant des images différentes du centre. Il règne dans la pièce une odeur de bureau familière : des effluves de café mélangés à une odeur de matière plastique.

Réduisant d'une main experte un écran, Justin en agrandit un autre.

— La caméra est placée devant le pavillon principal et donne sur le pavillon de yoga. On peut la faire pivoter vers la gauche et vers la droite, dit-il, ses doigts se déplaçant rapidement au-dessus du clavier. Voici ce qui s'y passe en ce moment.

Elin distingue immédiatement le pavillon où Leon est à genoux en train d'examiner quelque chose.

Les doigts de Justin restent en suspens au-dessus du clavier.

— À quelle heure dois-je remonter ?

— Essayons à partir de vingt-trois heures hier.

Il se met à faire défiler la vidéo. L'image est assez nette grâce à l'éclairage extérieur mais a quand même le grain imprécis de la nuit.

— Arrêtez-moi si vous voyez quelque chose.

Les images défilent à toute vitesse sur l'écran. Toutes similaires, du même gris statique.

Vingt-trois heures. Minuit. Minuit trente. Une heure...

— Attendez... j'ai vu quelqu'un. Là..., dit Elin en pointant le doigt.

Justin revient en arrière et remet la vidéo en vitesse réelle. En bas à gauche de l'écran, une femme passe d'un pas chancelant devant la caméra, avec quelque chose qui pend de sa main. Malgré la faible lumière, Elin est certaine qu'il s'agit de la défunte : même longueur de cheveux, mêmes vêtements.

La femme s'arrête au milieu du pavillon de yoga puis s'approche du garde-corps. Elle étend son foulard sur celui-ci. Il glisse et tombe de l'autre côté.

Quelques secondes plus tard, la caméra se déporte vers la droite, si bien qu'elle n'est plus visible. Elin se penche en avant, contrariée, alors que l'image est agitée d'une légère secousse puis revient lentement sur la gauche. Quand la femme réapparaît, elle est penchée au-dessus du garde-corps, comme si elle se courbait pour récupérer son foulard.

Tout à coup, son pied glisse en arrière et elle se retrouve encore plus penchée sur le garde-corps. Cela suffit à ce qu'elle commence à basculer, et le mouvement en avant, une fois enclenché, est irrépressible. Le poids de son corps, son élan la précipitent par-dessus la rambarde, les jambes dressées en l'air, le visage et le corps collés à l'extérieur de la paroi de verre.

Ses mains sont toujours agrippées à la rambarde. Pendant un bref instant, Elin pense que la femme pourrait parvenir à se redresser, mais ça ne se produit pas. Tout à coup, sa main droite lâche prise, et la gauche devient un curieux pivot qui oscille sur son axe tandis que le corps de la femme se balance au-dessous, ses jambes basculant sous elle dans une position totalement inversée.

Elin regarde la scène, le souffle court : il est évident que la femme ne va pas tenir longtemps.

Tandis qu'elle a les yeux rivés sur l'écran, le temps

paraît ralentir. Cette femme est une inconnue pour elle, mais c'est comme si Elin la connaissait intimement à cet instant. Elle est dans sa tête, imagine sa panique, le sentiment grandissant de désespoir tandis que sa main devient glissante de sueur et qu'elle se sent lâcher.

Le poids est trop grand. Elle tombe.

Personne ne dit rien : tous continuent de regarder fixement l'endroit désert où la femme se trouvait. Aucun mot ne pourra combler le silence.

Chapitre 18

L'air du matin est immobile, chargé d'arômes musqués de fleurs. Le groupe remonte lentement le sinueux sentier dallé en direction du pavillon principal, balayé par de fins rais de lumière filtrant entre les longues branches des pins.

L'ambiance conviviale alcoolisée de la veille au soir s'est évanouie – l'embarras général accentué par la faible glycémie et l'absence de l'animatrice que représente Jo. C'est seulement quand elle n'est pas là que Hana voit à quel point Jo comble les vides entre eux.

Seth disserte tandis qu'ils prennent un virage, passant d'un sujet à l'autre : les épicentres numériques, un voyage à San Francisco, les armes biologiques. Il parle vite, comme si cela allait par magie faire passer le courant entre eux, mais ça ne fonctionne pas. Ils sombrent à nouveau dans le silence, bercés par des bruits isolés : des chants d'oiseaux, des voix provenant d'une des villas, le claquement des sandales de Maya sur le sol.

Maya prend Hana par le bras, dont la peau est étonnamment froide.

— Seth n'aime pas quand Jo n'est pas là, hein ?

murmure-t-elle. On ne voit jamais vraiment cette facette de sa personnalité.

Hana hoche la tête. Cela l'intrigue. Elle a toujours présumé que c'était Seth qui stimulait Jo, mais c'est peut-être l'inverse. Sans elle, il paraît à la dérive.

Maya se retourne vers Seth.

— Toujours pas de nouvelles de Jo ?

— Laisse-moi…

Seth tâte son short, la poche gauche, puis la droite.

— Merde, j'ai laissé mon téléphone à la villa.

Tout le monde s'arrête net.

— On va t'attendre, dit Caleb alors que Seth fait demi-tour. On n'est pas pressés.

Maya dit alors :

— Il faut que j'envoie quelques e-mails de toute façon.

Elle commence à taper un message sur son téléphone, mais en la regardant, Hana perçoit de la contrariété dans ses mouvements – un léger hochement de tête tandis qu'elle tape.

— Qu'est-ce qui se passe ? demande Hana en s'arrêtant à côté d'elle.

Elle hausse les épaules.

— Comme d'habitude. Des histoires de boulot. Si je ne trouve pas quelque chose bientôt, je vais devoir déménager dans un appartement encore plus petit.

— Et le travail pour lequel Jo t'a recommandée, qu'est-ce que ça a donné ?

Le visage de Maya se crispe.

— Ce n'était que temporaire. On m'a mise à la porte il y a quelques mois. Je n'ai rien retrouvé depuis.

Hana ne comprend pas les difficultés de Maya à

trouver du travail. Si douée dans tous les autres domaines de sa vie – elle qui escalade des parois rocheuses, est si engagée politiquement –, elle ne trouve pas l'élan nécessaire dans sa carrière. Son diplôme des beaux-arts ne lui a jamais vraiment rien apporté, et bien qu'elle ait eu des emplois, elle n'a jamais semblé les prendre à cœur : un stage dans une galerie, assistante bibliothécaire, secrétaire personnelle à distance.

Maya la regarde.

— Han', vas-y, garde-nous une table. Je vais attendre ici avec Caleb pour que Seth ne croie pas qu'on l'a abandonné.

— D'accord, je vous laisse, répond-elle, comprenant le message. On se retrouve là-haut.

Hana reprend lentement son ascension. Bien que celle-ci soit pénible avec la chaleur, sa poitrine se relâche, comme soulagée d'un poids. C'est horrible à dire à propos de sa propre famille, mais elle se rend compte qu'elle respire mieux quand elle est seule.

Au sommet, elle voit un groupe de clients qui grouillent autour du pavillon de yoga. D'autres se joignent à eux, et elle tend le cou pour voir ce qu'ils regardent.

Elle saisit toute la scène d'un coup : le ruban bleu et blanc torsadé tendu autour du pavillon, l'employé de Lumen à l'air grave posté devant, mais ce qui la frappe le plus, c'est la tache de couleur.

La seule couleur qui ressort sur le sol terne du pavillon.

Il s'écoule un étrange moment pendant lequel ses yeux accommodent puis perçoivent le sachet de plastique froissé et le tissu coloré plié à l'intérieur. Elle sent la chaleur monter en elle, à cause non seulement du soleil sur son visage mais de ce dont elle prend peu à peu conscience.

C'est le foulard que Jo portait hier soir, celui que leur mère lui a rapporté de ses vacances en Ligurie. Plein de couleurs vives et clinquantes semblables à des taches de peinture.

Mais pourquoi serait-il là ?

Elle remarque un homme à côté du sachet, vêtu d'une de ces combinaisons blanches en papier.

C'est alors que tout prend forme dans sa tête. L'homme, le ruban bleu et blanc, le foulard fourré dans le sachet. Elle a le mal de mer, la tête qui tourne, comme si l'île était soudain devenue un bateau et que le sol sous ses pieds bougeait.

Hana prend une inspiration, puis une autre, se sent vaciller et écarte même les bras pour se remettre d'aplomb. Elle remarque que la bouche de l'homme s'ouvre à présent, qu'il dit quelque chose, mais elle ne peut l'entendre. Seulement les mouettes qui s'entrecroisent au-dessus d'elle et les battements de son cœur dans ses oreilles.

Hana s'élance en avant, en direction du pavillon.

Elle fait deux pas et glisse. Ses chaussures, les sandales à lanières qu'elle a choisies parce qu'elles avaient quelque chose de cool et jeune, ont des semelles totalement lisses. La fine couche de sable sur le chemin réagit comme de l'huile. Sa jambe gauche part vers l'extérieur, lui faisant faire un étrange grand écart comique.

Elle se redresse, se remet en marche et se fraye un chemin parmi la foule amassée dehors. L'employé qui surveille le pavillon tend le bras pour l'arrêter, mais

Hana engage tout le poids de son corps en avant et le bras de l'homme cède. Elle se précipite dans le pavillon en courant presque vers l'homme en combinaison blanche près du garde-corps. Il se tourne vers elle, les yeux écarquillés de surprise.

Il lève la main, ses lèvres bougeant au ralenti.

— Non, dit-il, et le mot résonne dans la tête de Hana, sourd et accentué, comme si elle l'entendait sous l'eau.

C'est seulement quand elle voit les petites flèches tracées au marqueur sur le garde-corps en verre que tout devient clair.

Elle s'approche de la balustrade, se penche, la taille appuyée contre le verre, et regarde les rochers en contrebas. Son regard passe sur un homme et une femme en combinaison blanche pour se poser sur le corps qui gît au sol.

Une robe noire, des cheveux blonds étalés sur la roche.

Hana a le souffle coupé.

Dans sa tête, elle tape des pieds et crie comme une enfant, des hurlements à s'époumoner qui lui irritent la gorge.

Quand elle arrive enfin à reprendre son souffle, c'est dans une bouffée suffocante.

Elle est morte. Sa sœur est morte.

Chapitre 19

Elin rompt le silence :

— Il me faut une copie de cette vidéo.

Pas seulement pour le dossier d'enquête, songe-t-elle, mais aussi pour mieux examiner le moment de la chute. Quelque chose la turlupine dans ce qu'elle a vu, mais elle n'arrive pas bien à identifier quoi. Peut-être…

Elle n'a pas le temps de terminer sa réflexion. Un bruit sec se fait entendre.

La porte s'ouvre et un employé entre dans la pièce, visiblement pris de panique.

— Farrah, désolé de te déranger, dit-il d'une voix hésitante, mais il y a une femme, dehors, au pavillon de yoga. Elle hurle.

La femme brune par terre à côté de Leon a les bras repliés sur elle-même et les genoux remontés sous le menton. Ses cheveux, un carré en bataille, tombent sur son visage, cachant ses traits.

Elin est rongée par une affreuse inquiétude lorsqu'elle enfile ses surchaussures et se glisse sous le ruban. De plus près, elle voit que les genoux de la femme sont éraflés et en sang, sa peau incrustée de gravillons et de grains de sable. Elle serre le sachet à indices contre sa poitrine, ses doigts si cramponnés qu'elle fronce le plastique et le châle coloré à l'intérieur. Elle évoque à Elin une enfant refusant de lâcher sa couverture préférée.

Leon, accroupi à côté d'elle, lui parle doucement, sans doute pour essayer de la persuader d'une façon ou d'une autre de le lui rendre, mais la femme ne réagit pas. Quand elle relève la tête et que ses cheveux se dégagent de son visage, ses yeux sont vitreux, empreints d'un vide qui saisit Elin.

Leon lui adresse un regard désespéré.

— Désolé, je n'ai pas pu l'arrêter. Elle s'est précipitée devant un des employés de Lumen posté sur le chemin et s'est glissée sous le ruban.

— Ça ne fait rien. Je prends le relais, dit Elin en s'accroupissant à côté de la femme. Bonjour, dit-elle doucement. Je suis l'inspectrice Warner. Savez-vous ce qui se trouve dans ce sachet ou à qui ça appartient ?

La femme lève mollement les yeux.

— C'est un châle. Celui de ma sœur.

Sa voix est si faible qu'Elin doit tendre l'oreille pour l'entendre.

— Ma mère le lui a rapporté d'Italie, explique-t-elle, puis sa voix s'étrangle. Je viens de regarder en bas. C'est ma sœur.

Elin hoche la tête, sent la sueur qui coule à la naissance de ses cheveux.

— Écoutez, je vais vous aider à vous relever pour qu'on puisse en parler, mais avant ça, vous voulez bien me donner le sachet ? C'est important que son contenu reste en sécurité, pour que nous puissions essayer de comprendre ce qui s'est passé.

La femme hoche la tête sans un mot et le lui tend. Après l'avoir confié à Leon, Elin aide la femme à se relever et lui fait traverser le pavillon. Elles s'apprêtent à se glisser sous le ruban et à prendre l'allée quand une voix retentit.

— Hana ? Qu'est-ce qui se passe ?

Elin lève les yeux. Une femme blonde sculpturale arrive à grands pas vers elles, téléphone en main. Elle est en tenue de sport : un short de course bleu électrique et un débardeur noir. Le large bandeau qui maintient ses cheveux en arrière est tacheté de sueur.

— Han' ? Qu'est-ce qui se passe ? répète la femme.

Elle s'avance, comme pour entrer dans le pavillon, puis s'arrête en remarquant le ruban.

— Je crains qu'il y ait eu un accident, répond Elin. Quelqu'un est tombé du pavillon. Hana pense que c'est sa sœur.

— C'est elle, je le sais, dit Hana en jetant un coup d'œil en arrière vers le garde-corps. Jo, c'est Bea.

— Bea ? fait Jo en tapant nerveusement le sol du pied. C'est impossible.

La voix de Hana tremblote en montant d'un cran :

— C'est Bea.

La main de Jo effleure le bras de Hana.

— Mais Bea est aux États-Unis. Tu le sais.

Elle se tourne alors vers Elin et lui murmure :

— Je suis désolée, ma sœur a récemment traversé une mauvaise passe. Elle est sans doute en état de choc, perdue après avoir vu cette personne…

— Je *sais* que c'est elle.

La voix de Hana tremble à nouveau quand elle montre du doigt le sachet plastique à côté de Leon.

— C'est son châle, le même que le tien… celui que maman vous a acheté à toutes les deux. Je l'ai vue sur les rochers. C'est Bea. Elle est morte.

Ses mots chevrotants se transforment en pleurs silencieux.

Elin attend la réaction de Jo, mais c'est comme si celle-ci n'avait pas entendu les derniers mots de Hana.

— Écoute, demandons à Caleb, dit-elle avant de s'adresser à Elin : C'est le petit ami de Bea. Il a probablement parlé avec elle ce matin. Eh, Caleb ? crie-t-elle.

Elin considère le groupe en train de contourner le pavillon. Une bande disparate : une petite brune menue encadrée de deux hommes. Le plus grand est brun avec une barbe épaisse, l'autre, plus petit, coiffé d'une casquette. Tous paraissent inquiets quand ils aperçoivent le ruban, Leon et son matériel.

— Qu'est-ce qui se passe ? demande la femme en s'arrêtant à côté d'eux.

Elle est mince, au physique maigre et nerveux. *Une grimpeuse*, devine Elin en remarquant ses mains calleuses et son short ample Patagonia.

— Quelqu'un est tombé. Un horrible accident.

Jo marque une pause et essaye de poursuivre avec une gravité et une lenteur qui donnent curieusement une impression inverse, de condescendance, comme pour dire : *Prêtez-vous au jeu pendant que j'explique quelque chose de ridicule*.

— Hana croit que c'est Bea.

Elle se tourne vers Elin en désignant Caleb.

— Voici Caleb, le petit ami de Bea. Tu as eu des nouvelles de Bea aujourd'hui, n'est-ce pas ?

Caleb ouvre la bouche pour parler puis la referme.

— Eh bien, en fait, non, dit-il lentement. Mais elle m'a envoyé un message hier soir, quand on est rentrés de la plage.

Il sort son téléphone de sa poche et tapote sur l'écran.

— Elle disait qu'elle avait fini son dîner et rentrait à l'hôtel.

Sa voix s'adoucit :

— Elle va donc bien, Han'. Qui que soit la personne qui est tombée, ce n'est pas Bea.

Après un silence, il poursuit :

— Écoute, je vais l'appeler. Pour clarifier les choses.

Il pianote à nouveau sur son téléphone, porte l'appareil à son oreille. La tension est palpable mais il y a un bip sonore.

— Je tombe sur son répondeur.

— Caleb, le décalage horaire, vieux, dit l'autre homme plus grand d'un air gêné. Elle ne doit pas être levée.

— Eh bien, dans ce cas, Della, son assistante, le sera. Elle est en Angleterre.

Caleb s'écarte, agité, et pianote à nouveau sur son téléphone. Tandis qu'il marche de long en large, Elin l'entend parler à voix basse. Il s'exprime très lentement, avec circonspection. Elle ne sait pas bien s'il essaye de repousser le moment ou si c'est simplement sa manière naturelle de parler.

Quand il revient quelques instants plus tard, le téléphone toujours en main, Elin voit son regard dévier vers le garde-corps.

— Elle…

Il s'interrompt, se reprend.

— Bea n'est jamais allée aux États-Unis. Elle a annulé son voyage hier.

Ses paroles font l'effet d'un séisme.

Les visages des membres du groupe, jusque-là incrédules, se glacent d'horreur.

Jo secoue la tête.

— Je vais vérifier par moi-même.

Elle fonce tête baissée vers le pavillon en se courbant pour passer sous le ruban.

— Non, dit Elin, mais Jo est trop rapide.

Trois, quatre enjambées, et elle arrive au garde-corps en verre.

Quand elle revient vers eux quelques instants plus tard, son visage est livide.

— Tu avais raison, Han'. C'est…

Elle s'arrête, les yeux gonflés de larmes.

— C'est Bea.

Chapitre 20

Elin a décidé d'interroger le groupe de la famille Leger à une table située dans le coin de la terrasse du restaurant et donnant sur la piscine presque déserte. Quand elle regarde les rochers déchiquetés à travers l'eau immobile et le fond en verre du bassin, son estomac se retourne : *jamais elle ne se fierait à cette paroi de verre.*

En attendant que tout le monde s'installe, elle sort son carnet de son sac. Un employé pose une carafe d'eau et des verres à côté d'elle.

Jo se jette dessus.

— Han', bois ça.

Elle fait glisser un des grands verres vides de l'autre côté de la table, mais Hana ne réagit pas : elle déchire machinalement un mouchoir dans sa main en tout petits morceaux blancs qui tombent en voletant.

Elin s'éclaircit la voix.

— Merci de prendre le temps de répondre à mes questions. Je sais que c'est dur, dans un moment pareil, mais c'est important pour moi de comprendre un peu mieux ce qu'a fait Bea, en particulier pourquoi vous ne pensiez pas qu'elle était là.

— Bien sûr, dit Caleb en croisant son regard, les yeux désormais bouffis après avoir pleuré. Bea était censée travailler cette semaine aux États-Unis. Elle est juriste d'entreprise à Londres, mais sa société a un bureau à New York.

Elin hoche la tête, un peu déconcertée par son élocution précise, en décalage avec l'émotion qui se lit sur son visage.

— Avait-elle à l'origine prévu de venir ?

— Oui, répond Jo en retournant son téléphone sur la table. Ces vacances devaient être un événement familial, avec nos compagnons. On ne s'était pas vues depuis un moment.

— Et qui a eu l'idée de ce voyage ?

— Moi, poursuit Jo. Enfin, je l'ai organisé après que quelqu'un d'autre l'a suggéré, et je me suis dit que ce serait bien. Je suis influenceuse, j'ai donc contacté l'équipe marketing de Lumen et ils m'ont demandé si j'aimerais venir au centre de vacances. J'ai invité les autres.

— Quand Bea a-t-elle annulé ?

Jo réfléchit.

— Il y a quelques semaines, elle m'a dit qu'elle avait un voyage d'affaires auquel elle ne pouvait échapper, mais que Caleb viendrait quand même, et qu'on pourrait donc passer un peu de temps à faire sa connaissance.

Elin hoche la tête.

— Et rien ne vous a laissé penser que Bea avait changé d'avis ? Aucun message que vous auriez pu manquer ?

— Non. Elle m'a même dit que son avion avait atterri à l'heure aux États-Unis, dit Caleb. On a communiqué par messages depuis qu'elle est arrivée là-bas, dit-il, puis il se corrige. Quand je *croyais* qu'elle était là-bas. Comme je vous l'ai dit, j'ai même reçu un message d'elle hier soir. On a passé la soirée à la plage, d'où on lui a envoyé une photo de groupe. Elle n'a pas décroché quand on l'a appelée, mais elle a répondu par quelques mots.

Il pianote sur son téléphone et le lui met sous le nez.

— Regardez. Il était..., dit-il avant d'étudier l'écran... vingt-trois heures trois. On venait de rentrer à la villa.

Il tourne à nouveau son téléphone vers elle.

Elin regarde l'écran, hoche la tête.

— Personne n'est ressorti de la villa après ça ?

— Non.

Les autres secouent la tête.

Elle se tourne vers Caleb.

— Et quand avez-vous parlé avec Bea pour la dernière fois ?

Un silence.

— Pas depuis son départ jeudi, dit-il lentement. C'est habituel quand elle part en voyage professionnel. On ne ressent pas le besoin de se donner tout le temps des nouvelles, surtout quand c'est un voyage court.

Elin hoche la tête, de plus en plus troublée. La chute de Bea est un accident, la vidéo de surveillance ne fait pas de doute là-dessus, mais le fait qu'elle n'était pas *censée* être sur l'île la tracasse.

Pourquoi venir ici sans prévenir ? Dans quel but ?

Une seule chose lui vient à l'esprit, mais cela semble douteux... Elle a sûrement dû au moins prévenir le centre de vacances. Elle décide de le dire quand même, pour jauger leur réaction.

— Est-il possible que ce soit une sorte de surprise ?

— Non, répond aussitôt Hana, ses premiers mots depuis qu'ils se sont assis. Ce n'est pas le style de Bea. Elle n'est pas du genre à improviser.

— Elle a raison, dit Caleb en hochant la tête. Et pourquoi se donner tant de peine ?

Un lourd silence s'ensuit, et alors qu'elle les considère à tour de rôle, Elin remarque que le visage de Jo s'empourpre.

— En fait, je pense que c'est possible qu'elle ait voulu faire une surprise, dit doucement Jo. Un geste, peut-être.

— Un geste ? Je ne comprends pas…, dit Caleb en se tournant vers elle.

Un nouveau silence pesant, qu'Elin se garde bien d'essayer de combler.

— Quand elle m'a annoncé qu'elle ne venait pas, commence Jo d'une voix tendue, on a eu une conversation houleuse. J'avais passé un temps fou à préparer ce voyage. À tout organiser – ce n'est pas facile –, puis elle fait machine arrière, comme ça. J'étais vexée, ça me donnait l'impression qu'elle se foutait de tous les efforts que j'avais faits…

Seth lui pose la main sur le bras.

— Jo, pas maintenant…

— Non, c'est ce que j'ai ressenti. Quand on a parlé, j'ai fini par lui dire ses quatre vérités.

— C'est-à-dire ? demande Hana d'une voix haut perchée et détachée.

— Simplement qu'elle devait décider de ce qui comptait le plus pour elle. Faire passer la famille avant le reste, dit-elle, puis elle hésite. Ne me regarde pas comme ça, Han'. C'est vrai. Elle ne nous donne pas la priorité, à maman et papa en particulier. Combien d'événements familiaux a-t-elle annulés ? L'anniversaire de papa, l'an dernier…

Sentant les esprits s'échauffer, Elin l'interrompt.

— Vous pensez donc que sa venue pourrait avoir eu pour but de se faire pardonner ?

Jo hoche sèchement la tête.

Elin s'apprête à poser une autre question, mais elle s'arrête : Farrah se dirige vers eux.

Quand elle arrive près d'elle, Farrah se penche et chuchote à son oreille :

— Ça m'embête de vous interrompre, mais je crois que nous pourrions avoir une explication sur la façon dont Bea Leger est venue sur l'île.

Chapitre 21

Présentant ses excuses, Elin suit Farrah à une table à quelques mètres de là, où un employé les attend.

— Voici Tom, un des moniteurs de sports nautiques.

Farrah lui sourit en guise d'encouragement et il salue Elin d'un signe de tête gêné en passant une main dans ses cheveux bruns.

— Désolé, j'aurais voulu venir vous voir plus tôt, mais je ne travaillais pas ce matin. Je faisais la grasse matinée.

Il est évident qu'il s'est habillé à la hâte. Sa chemise bleue est mal boutonnée et il n'a pas de ceinture à son short kaki, qui lui tombe sur la taille.

— Pas de souci. Pouvez-vous me raconter ce que vous savez ?

Farrah les invite à s'asseoir. Remontant ses lunettes de soleil au sommet de son crâne, Tom hoche la tête. Elin révise son âge à la hausse : environ trente-cinq ans, d'après les fines rides autour de ses yeux.

— Bea et moi, on s'est connus à la fac. On était dans la même résidence universitaire. Elle m'a dit il y a quelques mois qu'elle venait. C'était une heureuse coïncidence. Je me réjouissais qu'on se revoie.

— Et vous saviez qu'elle avait annulé ?

— Oui. Elle m'a contacté il y a quelques semaines et m'a expliqué qu'elle avait dû renoncer à ce voyage à cause de son travail, mais que le reste de sa famille venait quand même. Je n'y ai plus repensé jusqu'à ce qu'elle m'envoie un message de bonne heure hier, me disant qu'elle avait changé d'avis. Elle m'a demandé si je pouvais l'aider, m'a dit qu'elle voulait venir à l'improviste, faire une surprise à sa famille.

Elle lui a envoyé un message hier. Cela implique-t-il une décision de dernière minute, ou a-t-elle simplement attendu le dernier moment pour dire à Tom qu'elle venait sur l'île ?

— Que vous a-t-elle demandé de faire exactement ?

— De venir la chercher et de la faire entrer en douce.

Il jette un coup d'œil vers Farrah, penaud.

— C'était nul, je sais, mais elle allait se présenter à l'accueil à la première heure, et comme elle avait réservé au départ, je savais qu'il y avait de la place…

— À quelle heure êtes-vous allé la chercher ? Le matin ? Plus tard ?

Il plisse le front.

— Le soir, vers huit heures. J'ai mouillé dans une des petites criques pour que personne ne nous voie arriver, puis on est allés dans une salle de réunion du pavillon principal.

— A-t-elle dit pourquoi elle ne voulait pas aller directement voir sa famille ?

— Elle m'a dit qu'elle avait fait un long voyage et qu'elle voulait boire un verre pour se détendre et discuter avec moi.

— Combien en a-t-elle bu ?

— Pas beaucoup. Peut-être deux ou trois ? Je ne crois pas qu'elle se soit rendu compte qu'il était si tard au bout du compte.

Tom jette un coup d'œil vers la mer et observe machinalement un groupe de gens en paddle d'un œil exercé.

— Mais elle n'était pas saoule, si c'est ce que vous voulez dire.

— Et vous n'avez rien remarqué d'étrange dans son comportement ?

Il hausse les épaules.

— Très difficile pour moi d'en juger. On ne se connaît pas bien, plus maintenant. La fac, c'était il y a longtemps. On se donnait seulement des nouvelles de temps en temps, par les réseaux sociaux.

Elin hoche la tête.

— Vers quelle heure avez-vous fini de boire ces verres ?

— Vers onze heures et demie. Elle a dit qu'elle allait se rendre à la villa, leur faire la surprise. Je lui ai indiqué le chemin et je l'ai laissée.

Onze heures et demie. La vidéo de surveillance la montre devant le garde-corps à une heure du matin. Qu'a-t-elle fait entre le moment où elle a quitté Tom et celui de sa chute ? D'après ce qu'a dit la famille, elle n'est jamais arrivée à la villa.

— A-t-elle emporté ses bagages avec elle ?

— C'est ce que je croyais. Vous ne les avez pas trouvés ? demande-t-il en fronçant les sourcils.

— Non.

— Ils sont peut-être encore dans la salle de réunion, dit-il en inclinant la tête vers le pavillon principal. Je peux vous montrer où elle se trouve.

— S'il vous plaît, dit Elin en commençant à reculer sa chaise.

— Attendez, dit Tom. Avant que nous partions, il y a encore une chose : quand vous m'avez demandé si j'avais remarqué quelque chose de bizarre… ça me revient tout à coup. Juste avant de partir, elle a reçu un message sur son téléphone. Elle a dit qu'elle devait appeler quelqu'un. Je l'ai laissée, mais elle m'a paru très contrariée.

Elin réfléchit à ce qu'il vient de dire avec un tiraillement persistant.

Elle ne peut écarter le sentiment que quelque chose lui échappe dans ce qu'il s'est passé ici, une partie essentielle du récit.

Chapitre 22

Hana regarde Jo s'approcher de Seth et Caleb devant le buffet du petit déjeuner, chargés d'assiettes débordant de viennoiseries collantes. Personne n'en voulait, mais Seth a insisté pour qu'ils se nourrissent. *Pour avoir de l'énergie*. Mais ce n'est pas du tout ça : c'est une distraction. Un moyen d'éviter d'intégrer ce qu'il s'est passé.

Hana ne peut pas en vouloir à Seth. Elle non plus ne peut l'intégrer : *Bea est morte. Bea était là, sur cette île, et maintenant elle est morte.* Rien de tout cela ne semble réel.

— Je n'arrête pas d'y repenser, Han', dit Maya en faisant tourner sa bague en argent sur son doigt. À l'effet que ça a dû lui faire, cette chute. Quand je fais de l'escalade, j'ai parfois cette sensation, comme si j'étais sur le point de tomber. Ça fait partie de l'excitation, mais quand j'y repense, elle a dû avoir une de ces *peurs*.

Sa voix se casse.

Hana lui prend la main.

— Je sais, mieux vaut ne pas y penser.

Et pourtant, c'est ce qu'elle fait, hantée par des images affreusement crues : le moment où Bea est tombée et s'est rendu compte qu'elle basculait dans le néant. Un sanglot lui étreint la poitrine.

— Ce n'est pas seulement la chute, dit Maya, les yeux gonflés de larmes elle aussi. Je ne comprends pas, le fait qu'elle était ici et qu'on ne le savait pas. Ça ne lui ressemble pas de faire un truc pareil.

C'est vrai. Bea n'agit pas à l'improviste, jamais. Depuis l'enfance, elle a toujours été ordonnée, de manière presque obsessionnelle : ses stylos alignés, son cartable prêt et posé près de la porte la veille au soir.

Hana prend un mouchoir dans son sac et souffle dedans.

— Mais tu as entendu ce qu'a raconté Jo, sur le fait qu'elle lui avait dit ses quatre vérités. Peut-être qu'elle s'est vraiment sentie coupable et qu'elle a voulu nous faire une surprise.

— Peut-être, dit Maya sans conviction. Je…

Elle s'arrête, comme si elle avait du mal à formuler ce qu'elle veut dire.

— Qu'est-ce qu'il y a ?

— C'est juste que…, reprend-elle enfin en s'essuyant les yeux, je crois que quelqu'un a menti, concernant ce qui s'est passé hier soir.

— Menti à quel sujet ? demande Hana d'une voix faible.

— En affirmant ne pas avoir quitté la villa.

Les mots sortent vite à présent, comme si Maya était contente de s'en débarrasser.

— Quelqu'un est ressorti. Je l'ai entendu.

— Mais tout le monde a dit…

Hana se remémore ce moment, les réponses négatives à la question de l'inspectrice.

— Je sais. Mais quelqu'un est ressorti, j'en suis sûre.

— Quand était-ce ?

— Environ une heure après qu'on est rentrés… vers minuit et quart. J'étais encore sur mon téléphone quand j'ai entendu la porte s'ouvrir. J'ai regardé par la fenêtre et vu quelqu'un qui marchait sur le chemin le long de la villa. Je n'ai pas pu voir son visage, il faisait trop noir. Mais je suis certaine que c'est notre porte qui s'est ouverte. Quelqu'un a quitté la villa, Han', j'en suis sûre.

Chapitre 23

La valise gris argenté de Bea est élégante et a l'air de qualité, assez compacte pour être prise en bagage à main et glissée dans un compartiment en hauteur.

Bien rangée sous la longue table en bois de la salle de réunion, elle est le seul élément qui détonne dans la pièce. Malgré le contexte « officiel », il y règne la même atmosphère décontractée que dans le reste du pavillon. C'est difficile d'imaginer Bea ici après ce qu'Elin a vu d'elle ; de se la représenter en train de tirer sa valise dans cette pièce pleine de vie, se réjouissant par avance de faire une surprise à sa famille.

Elin enfile une paire de gants en latex et pose la valise sur la table. Lorsqu'elle passe en revue son contenu, elle trouve des habits de vacances typiques. Plusieurs tuniques de plage : soyeuses, avec des décolletés fantaisie et des fentes sur les côtés. Elin reconnaît tout de suite le motif à chevrons qu'elle a vu dans des revues : Missoni. Cher. Le reste des vêtements l'est aussi, manifestement : un mélange bohème de jolis hauts en tricot, de jupes et de shorts en coton agréables au toucher.

Cela lui donne un autre aperçu de qui était Bea. Une

personne qui non seulement avait réussi, mais était ordonnée. Toujours maîtresse de la situation.

Cependant, quelque chose taraude Elin. Elle fouille à nouveau dans la valise. Cette fois-ci, ça lui saute aux yeux : pas de maillot de bain. Pourquoi venir dans un centre de vacances comme celui-ci sans prendre de maillot de bain ? Il pourrait s'agir d'un oubli, mais cela pourrait aussi laisser entendre que Bea a fait sa valise en vitesse ou qu'elle était distraite.

Elle réfléchit au fait que Bea a prévenu Tom de sa venue seulement la veille, et au coup de fil dont elle lui a parlé. Elle ressasse tout cela, de nouveau envahie par l'impression qu'il existe un autre récit des événements, parallèle à ce qu'elle sait déjà.

Impossible de dire à ce stade si c'est important pour l'enquête, mais ça la travaille.

Un à un, elle remet les vêtements à leur place.

Elle a presque fini quand son téléphone émet un tintement : un message de Rachel.

« Terminé ici. Tu peux descendre quand tu es prête ? »

Elin tape une réponse. Elle est sur le point de refermer la valise quand elle remarque un agenda dans le filet de la partie supérieure de celle-ci. À voir sa jaquette abîmée, il est évident qu'il sert beaucoup. Bea, comme elle, préfère toujours le papier au numérique pour prendre des notes.

Elin le feuillette et son regard se pose immédiatement sur la section « Emploi du temps ». Celle-ci est remplie méticuleusement d'une écriture nette et précise. Un peu plus loin, elle trouve des notes au sujet de plusieurs réunions. C'est seulement quand elle arrive à la dernière page qu'elle tombe sur quelque chose qui excite son intérêt : deux adresses de sites Internet.

Ce ne sont pas les sites eux-mêmes qui attirent son attention, mais la *manière* dont ils ont été notés. L'écriture maladroite n'a rien à voir avec le tracé soigné qu'on trouve dans le reste de l'agenda, et les adresses sont griffonnées en travers de la page et soulignées plusieurs fois.

Indéniablement l'écriture de Bea, songe-t-elle, comparant la forme des lettres.

www.egccf1.com, www.histoirelocale.org

Elin prend une photo de la page avec son téléphone et range l'agenda dans la valise.

Les adresses, comme l'absence de maillot de bain, pourraient être sans importance, mais elle sent tout de même quelque chose se profiler : cette impression d'élan qui naît quand les questions commencent à s'accumuler, et les zones d'ombre, à se révéler.

Chapitre 24

— Bien, dit Rachel en rangeant son appareil photo dans son sac. Je crois que je suis allée aussi loin que je le peux sur le plan médico-légal.

Sa voix est monocorde et teintée de cette forme de lassitude que provoque une concentration extrême.

Les yeux d'Elin se promènent une nouvelle fois sur le corps de Bea. Peut-être qu'elle se fait des idées, mais elle perçoit dans l'air une odeur de sang qui commence à tourner : une odeur musquée, métallique. Son estomac se noue.

— Aucune trace de son téléphone ? demande-t-elle à Steed, repensant à l'appel que Bea a passé quand Tom l'a laissée dans la salle de réunion.

Rachel abaisse sa capuche et dévoile des cheveux mouillés, son front marqué d'une ligne à l'endroit où l'élastique a serré sa chair.

— Il semblerait qu'elle n'avait rien sur elle quand elle a basculé, à moins que ce soit parti dans la mer. Peu probable, vu l'endroit où on a trouvé le corps. Rien du côté de Leon ?

— Non. J'ai bien trouvé la valise, mais pas de téléphone dedans.

— Elle devait l'avoir sur elle, non ?

Steed fait un pas en avant. Il a pris un coup de soleil sur les joues. Il s'étire, sa chemise auréolée de sueur, des continents isolés commençant à se chevaucher sur ses muscles telles des plaques tectoniques.

— C'est ce que je me dis. Rien trouvé d'autre ? Leon a repéré une marque dans l'herbe au sommet de la falaise. On s'est dit qu'elle avait peut-être fait tomber quelque chose, qu'elle aurait emporté dans sa chute.

— Rien que je puisse voir, désolée, répond Rachel en ôtant sa combinaison. Leon a terminé ?

— Oui. Il range son matériel.

— Tu es satisfaite de tout ça ? chuchote Steed.

— Plus ou moins. La vidéo de surveillance est assez probante, un accident plutôt qu'autre chose de plus sinistre, mais il y a des petits détails qui me taraudent sur la raison de sa présence ici. Il me faut un peu plus de temps pour bien y réfléchir.

— Je comprends. Qu'est-ce que tu vas faire de la scène de crime ?

— On fait emporter le corps à la morgue et on libère les lieux. Je vais exposer la situation à la commissaire. Si elle est d'accord, je ferai venir le bateau de police.

C'est une lourde décision de libérer les lieux du crime, mais ils ont les éléments dont ils ont besoin, indépendamment des raisons de la présence de Bea sur l'île. Steed hoche la tête.

Elin repart prudemment dans les rochers, mais elle marche cette fois plus lentement sur ce terrain accidenté, avec l'impression de piétiner dans la boue. Son ventre gargouille. Elle jette un coup d'œil à sa montre :

l'heure du déjeuner est largement passée. La faim et la soif se font sentir.

Sautant des rochers sur la plage, elle se dirige vers l'ombre qu'offre un surplomb de la falaise.

Alors qu'elle s'apprête à sortir son téléphone de sa poche, elle s'arrête. Une femme se dirige vers elle à grands pas chancelants dans le sable mou. *Hana*.

Celle-ci s'arrête devant Elin et tire nerveusement sur sa robe.

— Je voulais vous parler seule à seule.

Son carré brun s'est divisé en épaisses touffes qui collent à ses joues, soulignant l'ovale de son visage.

— Je sais que ce qui est arrivé à Bea est un accident, que ce que je vais vous dire n'est sans doute pas pertinent, mais je ne me le pardonnerais jamais si je ne le faisais pas. C'est important, n'est-ce pas, dans une telle situation, de tout dire, même si ça paraît stupide ?

— Bien sûr. Si on s'asseyait d'abord ? propose Elin en désignant les gros rochers qui bordent la plage. En quête d'un peu d'ombre.

Elin n'a pas encore sorti son carnet que Hana reprend la parole :

— Ma cousine, Maya, pense que quelqu'un a en fait quitté la villa hier soir. Quand vous nous avez posé la question, quelqu'un…

Elle s'arrête, peinant à prononcer les mots.

— Quelqu'un a menti, finit Elin pour elle.

Hana hoche la tête. Un instant se passe avant qu'elle lève les yeux vers Elin, l'air fébrile.

— Vous savez, je crois que ce séjour était une mauvaise idée depuis le départ. Tout ce que j'ai entendu sur cette île, ces meurtres, les rumeurs sur cette école…

Le pouls d'Elin s'accélère.

— Qu'est-ce que vous voulez dire ?

— Un ami du père de Maya a travaillé quelque temps à l'ancienne école. Ça n'a pas duré longtemps. Il lui a dit que cet endroit avait de mauvaises ondes, explique-t-elle, puis son expression s'assombrit tandis qu'elle regarde autour d'elle. De l'endroit où nous sommes, je comprends exactement ce qu'il voulait dire.

Chapitre 25

— La vidéo de surveillance est nette ?

Le vilain cri d'un goéland au-dessus d'elle étouffe presque les paroles d'Anna.

— Oui. Elle s'est penchée pour récupérer son foulard. Elle a perdu l'équilibre, explique Elin en regardant le sable couleur d'or blanc, la bande d'eau miroitante au-delà. Personne d'autre ne semble en cause. Leon pense que les analyses d'empreintes sur la paroi de verre vont dans ce sens, mais on ne pourra le confirmer que quand on aura établi que ce sont ses empreintes.

— Alcool ?

— Possible, mais on doit attendre les résultats des analyses toxicologiques une fois l'autopsie réalisée. Tu penses à autre chose avant que je libère les lieux ?

— Non, j'ai l'impression que vous avez fait ce qu'il fallait, dit Anna, puis elle reprend après un silence : Elin, qu'est-ce qu'il y a ?

Elin oublie toujours à quel point Anna la connaît bien.

— Il y a quelque chose qui me dérange, pas la chute elle-même, mais la raison de sa présence ici. Si ça te va, je vais peut-être rester pour le week-end.

— Tu veux garder Steed ?

— En soutien moral ?

— On peut le dire comme ça. Je sais que je t'ai fait attaquer fort…

Elin sourit. Une fois de plus, Anna l'a devancée. Elle n'y avait pas pensé avant qu'elle le lui propose, mais ça semble logique. De ne pas être seule.

— Et tout s'est bien passé jusque-là ? demande Anna d'une voix douce.

Elin sait que c'est sa façon de demander si elle s'en sort, si Anna a fait le bon choix en lui confiant ce dossier. Elle ressent brièvement l'envie de tout lui déballer : ses doutes, le malaise que lui cause l'île, mais elle ne se démonte pas.

— Vraiment, tout se passe bien.

Le vrombissement sourd d'un moteur lui fait lever les yeux. Elle distingue la silhouette du bateau de police au loin qui arrive à toute vitesse vers l'île.

— Anna, il faut que je te laisse. Le bateau est là.

Le Zodiac ralentit à l'approche des rochers, chacun de ses passagers émergeant peu à peu.

L'air déterminé, Elin repart vers là d'où elle est venue.

Le court séjour de Bea Leger sur l'île touche à sa fin.

La fermeture Éclair de la housse mortuaire fait un bruit atroce dans l'air, un déchirement quand ses dents s'engrènent. À mi-parcours, la fermeture se coince. La main de Rachel tremble quand elle tire, réessaye, secoue la tirette d'avant en arrière. Une bande de transpiration apparaît sur son front.

Steed piétine avec gêne. Elin voit bien que ça le démange d'intervenir, d'en finir.

Elle se détourne, la bouche sèche. Elle déteste ce moment : la fermeture impersonnelle de la housse mortuaire, le transfert efficace du corps à la morgue.

Ils observent en silence les deux agents qui soulèvent Bea des rochers et l'embarquent sur le Zodiac. Une fois ce calvaire terminé, Rachel suit le pilote sur le bateau.

— Bien ! crie-t-elle. On s'en va. Je vais accompagner le corps à la morgue pour assurer le suivi d'identité. Appelle-moi si tu as besoin de quoi que ce soit.

Elin est certaine de percevoir du soulagement dans la voix de Rachel. Les faits lui donnent raison : quand le bateau s'éloigne quelques minutes plus tard, Rachel ne se retourne même pas pour les regarder.

— Ce n'est pas la peine de le cacher, tu sais, dit Steed quand ils repartent vers la plage. Pas en ma présence, en tout cas.

— Cacher quoi ?

Elin aperçoit un groupe de gens en paddle déployés en formation triangulaire. La personne qui se trouve face à eux sur sa planche solitaire se met sans effort en posture du chien tête en bas. Incroyable comme la mort de Bea a à peine ébranlé le monde. *Ce n'est pas une des leurs* ; la vie continue dans sa force implacable.

— Ce que tu ressens. Les gens se vantent d'y être habitués, mais je crois qu'ils arrivent simplement mieux à le dissimuler.

L'espace d'un instant, Elin est déconcertée par sa franchise : ils n'ont jamais parlé comme ça auparavant. Des bavardages, des discussions superficielles, jamais rien de plus.

— Tu penses que la plupart des gens le cachent ?

— Bien sûr, on a tous une façade, un mécanisme

de défense pour surmonter les difficultés, dit-il, puis il désigne son corps d'un geste. Voici le mien. J'étais un gamin maigrichon, et je courais beaucoup avec ma mère. Un psychologue s'en donnerait à cœur joie, il dirait que c'est une protection, un mécanisme de défense…

Elin a du mal à l'imaginer maigre sous son corps puissant.

— Contre quoi ?

— Les agressions verbales, physiques. Les gars du rugby n'aimaient pas la course à pied et j'étais assez coincé. Fan d'histoire, d'archéologie. Les gens se foutaient de ma gueule.

Elin le regarde de côté.

— C'est courageux de ta part de le dire. Peu de gens admettent des choses comme ça, surtout dans ce métier.

Ils descendent prudemment des rochers et regagnent le sable.

— Je n'ai jamais eu le sentiment que je pouvais me confier, pas vraiment.

— Il y a un lien avec ton interruption de carrière ? demande Steed.

— En partie. Je continue de penser que ce boulot va me faire craquer. Il m'est arrivé quelque chose et je suis restée figée. Je suis quelque part persuadée que je recommencerai.

Il sourit.

— Ah, c'est donc pour ça que je suis là : en soutien.

— Comment as-tu deviné ?

Un sourire aux lèvres, Elin sent quelque chose changer entre eux, un début de lien qui se consolide.

Ils arrivent au pied de l'escalier.

— Bon, il faut que j'appelle Will. Monte, toi.

Elle veut que Will apprenne de sa bouche ce qu'il s'est passé, plutôt que de le découvrir par un autre moyen.

— Puis il faut que Farrah me dise où est ma villa.

— Une villa ? répète Steed avec une moue. Tu n'es donc pas logée à la dure comme moi dans la résidence du personnel ?

— Avantage hiérarchique, dit Elin en riant tandis qu'ils commencent à gravir l'escalier. En réalité, c'était tout ce qui leur restait. Une annulation.

Elle hésite.

— Mais il y a une chose à laquelle je n'ai pas pensé… les vêtements. J'en ai toujours un peu dans mon sac, mais…

Steed sourit.

— Ne t'inquiète pas. J'en ai apporté. C'est le scout en moi. Toujours prêt, dit-il, puis gravissant les dernières marches, il demande : Autre chose que tu veux que je fasse maintenant ? J'allais me chercher à manger.

— Tu peux peut-être interroger des employés. Sois discret, mais demande-leur s'ils ont vu ou entendu quelque chose d'inhabituel.

Steed hoche la tête et baisse la voix.

— Ne regarde pas, mais tu as un fan. Sur ta droite.

Elle attend quelques secondes puis jette un coup d'œil. Michael Zimmerman est debout près du restaurant, balai en main, les yeux ouvertement rivés sur Elin. Quand il se rend compte qu'ils l'ont remarqué, il se remet rapidement à balayer.

Elin considère son corps voûté et a de nouveau une impression de déjà-vu. C'est déroutant : elle est désormais certaine qu'il ne lui rappelle pas seulement quelqu'un ; elle le reconnaît, l'a déjà vu quelque part.

— C'est le type qui a trouvé le corps.

— Ah, je ne t'ai jamais demandé ce que ça a donné. Utile ?

— Pas sûre. Il était… paniqué. Il n'a pas arrêté de parler de l'île. De la malédiction. Il croit avoir vu quelqu'un la nuit en train de marcher autour du rocher.

— Un client ?

— Je suppose, dit Elin, puis elle s'éclaircit la voix, les yeux toujours rivés sur Zimmerman. Bon, je ferais mieux d'appeler Will. Je ne peux pas repousser davantage.

— Bonne chance.

— Merci.

Elin s'éloigne vers le côté du pavillon principal, espérant trouver un peu d'intimité.

Bien qu'elle soit sûre que Michael Zimmerman ne peut pas la voir de cet angle, elle est persuadée de sentir son regard sur elle, qui observe chacun de ses mouvements.

Chapitre 26

— Tu es au centre de vacances ?

Sur ce dernier mot, la vidéo FaceTime trépide et se pixélise. La phrase suivante de Will est inintelligible, hachée.

Elin déplace son téléphone pour avoir un meilleur signal, mais la seule chose qui redevient claire, c'est son reflet dégoulinant dans le coin supérieur droit de l'écran. Quelques secondes s'écoulent avant que Will réapparaisse dans son bureau, ses dessins d'architecture encadrés sur le mur derrière lui.

— Oui. Une femme est morte. Elle est tombée sur les rochers depuis le pavillon de yoga.

Will reste bouche bée.

— Un accident, sans doute.

Ses mots sont tronqués par la tension dans sa voix. De l'inquiétude, à l'évidence, mais aussi une chose à laquelle il n'admettrait sans doute jamais avoir pensé. *Le prix*.

Elin a un pincement au cœur.

— Oui. J'ai vu la vidéo de surveillance. Je sais que tu ne veux pas me le demander, mais pour autant que je sache, les clients sont restés sereins quand Farrah a annoncé la nouvelle. La vie continue. Ils sont concentrés sur leurs vacances.

Les traits de Will s'adoucissent, et un soulagement évident se lit sur son visage.

— Ça paraît nul de seulement s'en soucier quand il se passe quelque chose comme ça…

Elle hoche la tête.

— Je sais. Sa famille est ici, complètement sous le choc.

— J'imagine, dit-il en se frottant le front. Et Farrah ? Vous avez parlé ?

— À vrai dire, c'est à elle que j'ai affaire. Le directeur est absent pour quelques jours. C'est Farrah qui tient la boutique.

— Comment va-t-elle ?

— Bien, vu les circonstances.

Elle incline à nouveau l'écran pour le détourner du soleil et, ce faisant, son regard accroche une lueur colorée au loin. Une silhouette en tee-shirt bleu et casquette qui passe rapidement devant le rocher.

— Bien, dit Will en remontant ses lunettes sur son nez. Et quand est-ce que tu rentres, alors ?

— Eh bien justement, je vais rester un peu ici avec Steed, ce soir au moins. Quelques détails que je veux régler.

L'expression de Will est indéchiffrable.

— Tu te sens d'attaque pour ça ? Après ce qu'on s'est dit, que tu devais y aller doucement… C'est Anna qui t'a demandé ça ?

— Non, mais elle ne m'aurait pas envoyée ici si elle ne me pensait pas prête.

Elin regarde l'endroit où elle a aperçu la silhouette

au-delà de son écran. La personne est toujours là, en train de se diriger vers les bois. Comme si elle avait senti qu'Elin l'observait, elle jette un rapide coup d'œil dans sa direction. Puis elle se retourne avant qu'Elin puisse distinguer ses traits, mais quelque chose interpelle celle-ci au plus profond d'elle-même.

— Je comprends, mais je m'inquiète…

Il se détourne de l'écran. Pousse un profond soupir.

— Il y a eu une publication, sur Twitter. Tu sais que je suis la police de Torhun ?

Elle fait oui de la tête.

— Eh bien, fait-il en reculant pour la regarder dans les yeux, quelqu'un a publié un tweet avec une photo, en taguant la police de Torhun. Je suis presque sûr que c'est une photo de toi.

— Quel genre de photo ? demande-t-elle d'une voix vacillante.

Il n'arrive pas bien à soutenir son regard.

— Il vaut sans doute mieux que tu regardes toi-même. Je t'envoie le lien. Je pense qu'elle a été grattée avant d'être mise en ligne.

Elle ouvre le message, le cœur battant.

C'est elle à un entraînement à Exeter il y a quelques années. Elle est debout à côté d'un gradé, même si celui-ci a été coupé du cadre. Cela rend déjà en soi l'image déconcertante, mais ce n'est rien comparé à ce qu'on a fait à son visage.

Quelqu'un s'est donné le mal de gommer ses yeux numériquement pour les faire disparaître.

Deux trous creusés avec précision.

Elin a la chair de poule. L'effet est… terrifiant. Il

donne l'impression qu'elle n'a pas d'âme… l'impression d'un vide.

Ses mains sont moites sur son téléphone, son pouls résonne dans ses oreilles.

Elle balaye l'écran du doigt pour fermer l'image.

— C'est si…, commence Will, puis sa voix faiblit. Plutôt étrange, hein ?

— Bizarre, mais j'ai déjà connu ça, tu te souviens ? dit-elle, s'efforçant éperdument d'afficher un détachement qu'elle ne ressent pas. Pendant l'affaire Hayler.

Elle a alors reçu plusieurs messages, au ton menaçant, provenant de différents comptes.

Aux prises avec l'enquête, elle n'y a accordé que peu d'attention : elle a supposé que c'étaient sans doute des proches de Hayler, ou peut-être même un quelconque inconnu. Un excentrique se servant du fait que son nom figurait dans la presse.

— Mais il n'y a jamais eu de photos dans ces tweets, si ? insiste Will.

— Eh bien, non…

Elle hésite, consciente que cela pourrait dégénérer.

— Je vais le dire à Anna et, écoute…

Les mots lui échappent avant qu'elle puisse se raviser. C'est un réflexe chez elle : essayer d'arrêter net une conversation difficile sur le plan affectif.

— Si tu es inquiet, pourquoi ne pas venir ici pour le week-end ? Farrah a une villa de libre. Une annulation.

La tension sur le visage de Will disparaît, et il se fend du sourire qu'elle aime le plus : un sourire instantané, radieux, comme si le soleil venait de surgir de derrière un nuage.

— Avec plaisir !

C'est tout à fait son truc, un week-end à l'improviste.

— Tu veux que je t'apporte quelque chose ?

— Juste quelques vêtements d'été. Pas beaucoup, c'est seulement pour quelques jours au maximum.

Il hoche la tête.

— Bon, il est presque trois heures. Je peux prendre un bateau-taxi vers, disons, six heures ?

— Parfait.

Elin sort de sous le surplomb et regarde le rocher. Elle n'aperçoit que le dos de la silhouette, noyée dans la masse sombre des bois.

Quand Elin repart, deux images alternent dans son esprit : la silhouette passant devant le rocher et les étranges creux à la place de ses yeux.

Chapitre 27

Le verre d'eau glisse sur le comptoir en bois comme un palet de hockey sur glace, sous l'effet de sa propre condensation. Le barman le saisit et l'immobilise avant de le placer dans la main de Hana.

— Merci.

Hana se force à sourire, mais son sourire est hésitant, sa lèvre tremble quand elle s'aperçoit dans le miroir au-dessus du bar.

La lumière crue du jour est agressive. Ses cheveux sont en bataille, sa peau est cireuse.

La chaleur lui monte aux joues quand elle imagine l'impression qu'elle a dû faire à l'inspectrice, à disserter sur le fait que quelqu'un a quitté la villa, sur l'île…

Gênée par son propre regard en reflet, elle boit son verre d'un trait et le repose sur le bar. Elle ne peut repousser davantage ce moment : il est temps qu'elle rentre à la villa.

En s'approchant du pavillon de yoga, elle voit qu'une corde rustique a remplacé le ruban de police, accompagnée d'un discret écriteau indiquant : PAVILLON PROVISOIREMENT FERMÉ.

Son regard se déporte vers l'endroit du garde-corps

où elle s'est penchée et a aperçu le corps de Bea. Les traces argentées de poudre à empreintes et les flèches tracées au marqueur sont toujours visibles sur le verre. Difficile de s'en détourner.

Hana tourne la tête et se rend compte qu'elle n'est pas seule.

Jo est là, à environ un mètre. Elle s'est changée : seul le galbe de ses longues jambes est visible sous une robe maxi ample.

Elle a la tête baissée, comme si elle était penchée sur quelque chose.

Un accès de colère. *Pas son téléphone, quand même ? Elle ne s'est pas éclipsée pour faire une vidéo ? Ou un selfie débile pour ses* followers *?*

— Qu'est-ce que tu fais ?

Jo se retourne avec une lenteur inhabituelle. Ses yeux sont rougis. Et elle n'a en fait pas de téléphone à la main.

Hana ressent un élan de culpabilité. Elle a recommencé à la juger machinalement.

— Je regarde simplement, j'essaie de comprendre, dit Jo en montrant le pavillon d'un geste. Mais ça ne marche pas vraiment…, poursuit-elle d'une voix déclinante. Où es-tu allée ?

— Parler à l'inspectrice de ce que Maya m'a dit, répond Hana, puis elle marque une pause. J'allais te le dire, d'ailleurs. Elle pense avoir vu quelqu'un quitter la villa hier soir, après qu'on est rentrés.

— Quelqu'un est ressorti ? Quand ? demande Jo en fronçant les sourcils.

— Vers minuit et quart, c'est-à-dire, comme on le sait maintenant, quand Bea était déjà sur l'île. Une drôle de coïncidence.

Jo secoue la tête et son visage se détend. *Elle ne la prend pas au sérieux. Elle croit qu'elle se raccroche à n'importe quoi.*

— Han', parfois il n'y a pas de réponse à trouver, ni personne à mettre en cause. Elle est tombée, c'est atroce, mais ça s'arrête là. Pas de théories du complot. Un des sales tours de la vie.

Hana prend une grande inspiration. Ça ne sert à rien d'insister ; elle finirait par dire quelque chose qu'elle regretterait. Elle change de sujet.

— Où sont les autres ?

— Rentrés à la villa. Je crois que Seth comptait peut-être aller se baigner.

— Se *baigner* ?

— Oui, dit Jo d'un ton légèrement défensif. On ne peut pas dire que l'ambiance soit super là-bas. Caleb est dans tous ses états et Maya… eh bien, elle n'apprécie pas beaucoup Seth, comme tu l'as sans doute remarqué.

— Difficile de ne pas le voir, dit Hana, avant de marquer une pause. Au fait, je ne m'étais jamais rendu compte qu'ils se connaissaient, enfin, avant toi. Tu ne me l'as jamais dit.

— Ça ne me semblait pas important, dit Jo avec un haussement d'épaules. Ils ont fait de l'escalade ensemble il y a longtemps. Elle ne me l'a jamais dit, mais je crois que Maya est persuadée que Seth lui a fait des avances à un moment donné.

— Et c'est le cas ?

— Il a été franc quand je lui ai demandé. Il ne se rappelle pas. Sans doute lors d'une soirée arrosée. Manifestement, ça avait plus d'importance pour Maya que pour lui.

Jo peut être cruelle, se dit Hana en regardant son sourire se changer en un rictus moqueur. Elle repense au dessin que Maya a fait de Jo, aux coups de crayon si appuyés qu'ils ont creusé des sillons dans le papier.

— Mais quand même, la solution de Seth, c'est de te laisser seule pendant qu'il part se baigner…

Une pique, mais elle ne peut se retenir. Elle a envie de faire ravaler son air de supériorité à Jo.

— Non, dit tranquillement Jo en cessant de sourire. Il ne fuit pas. C'est sa façon de faire face aux difficultés. Tout le monde ne peut pas laisser libre cours à ses émotions comme toi, Hana. Seth le fait, mais seulement quand il baisse sa garde, dit-elle, puis elle hésite. Comme moi. C'est sans doute pour ça qu'on va bien ensemble.

Un silence gêné s'installe entre elles. Elles ne se sont pas confiées l'une à l'autre comme ça depuis longtemps, et cela semble étrange, cette intimité entre elles.

— Bon, je rentre.

Jo hoche la tête.

— À plus tard.

Tout en descendant l'escalier, Hana se retourne pour regarder sa sœur. Quelque chose dans la posture de Jo l'arrête net. Elle est dans la même position, mais son regard est fixé sur quelque chose juste devant le pavillon.

La corde ? Le pot de fleurs ?

Quelque chose revient vaguement à la mémoire de Hana, mais cela lui échappe avant qu'elle comprenne de quoi il s'agit.

Chapitre 28

— La voilà.

Farrah s'arrête devant une des plus petites villas près de l'allée principale. Sur la pointe des pieds, elle jette un coup d'œil à travers la fenêtre.

— Une fois que le personnel de ménage aura fini, tu pourras entrer.

C'est la première fois qu'Elin voit une des villas de près. Version réduite du pavillon principal, celle-ci est si enfouie dans la végétation luxuriante que le bâtiment semble en faire partie ; une structure monolithique sortie de terre, tout en angles et en verre, du même rose pâle que les fleurs débordant des pots à l'extérieur. Elle éprouve une soudaine fierté pour Will.

— Impressionnant, n'est-ce pas ? dit Farrah en la regardant.

— Magnifique. Will est si doué. J'aimerais être plus éloquente, dit Elin avec un sourire.

Mais elle progresse, se dit-elle. Bien qu'elle ne soit pas encore experte, elle voit grâce à Will une poésie et une personnalité dans les bâtiments qu'elle n'avait jamais vues auparavant.

— J'ai besoin de Will pour décrire ça. Il présente

mieux ce genre de choses que moi. C'est son enthousiasme, je crois, son entrain.

Farrah ouvre la bouche pour s'apprêter à dire quelque chose, mais elle hésite, comme si elle se demandait intérieurement si elle veut se confier. Finalement, après un instant, son expression s'adoucit.

— Mais cet enthousiasme est une des malédictions de la famille Riley. On aime les ambiances joyeuses. Sans extravagance. Cela nous soumet à une étrange forme de pression. On a droit à nos moments de tristesse, puis c'est fini, il faut rebondir. C'est bien pour lui de voir que les choses ne doivent pas toujours se passer ainsi.

— Mais je crois qu'il se débat parfois avec ça.

— C'est parce que Will n'a jamais eu besoin d'être fort. Il s'est toujours reposé sur moi, explique Farrah, puis elle rit. Mais c'est à ton avantage. Il se repose sur moi, si bien qu'il n'a pas besoin de se reposer sur toi.

Elin sourit.

— Il a de la chance, de t'avoir.

Elle se rend compte qu'elle a peut-être mal jugé Farrah et pris à tort son attitude protectrice pour de l'antipathie.

— Je n'ai plus personne dans ma famille à qui me confier depuis la mort de ma mère, dit-elle, puis elle marque une pause. Will t'a sans doute parlé d'Isaac ?

Farrah hoche la tête.

— Il a… Comment ça se passe ?

— Je croyais qu'on avait passé un cap, mais ça n'a pas vraiment marché. Il était censé venir en Angleterre, mais il n'arrête pas de repousser, dit Elin, hésitante. Désolée, ce n'est pas mon fort de m'épancher comme ça.

— Ne t'en fais pas. Je n'aime pas me montrer vulnérable non plus, dit Farrah en regardant le sol. Je me dis toujours que c'est comme de livrer une partie de soi-même. Surtout quand il y a une différence entre ce que les gens voient et ce qu'on ressent à l'intérieur.

Elin a les yeux qui la piquent. Mis à part Will, personne ne l'a jamais *vue* ni ne s'est soucié d'elle comme ça, pas depuis la mort de sa mère. Les joues de Farrah s'empourprent et Elin se rend compte que Farrah s'est un peu dévoilée elle aussi.

— Et toi, tout va bien ? Will m'a dit que tu étais un peu stressée en ce moment.

Farrah hésite.

— Je ne veux pas t'en rajouter une couche, pas maintenant…

— C'est le travail ?

— Non, mon ex. On ne s'est pas séparés en très bons termes, et il est toujours après moi. Il est même venu ici avec un ami il y a quelques semaines. Il a prétendu qu'il ne me voulait rien, mais je voyais bien qu'il me surveillait. Depuis, j'ai reçu plusieurs messages bizarres, dit-elle en désignant son téléphone. Pas de son numéro, mais je suis sûre que c'est lui.

Farrah tourne l'écran pour le montrer à Elin : « Je te surveille. J'attends. » Farrah balaye l'écran. Un autre : « Je ne renoncerai pas. »

— C'est tordu. Si ça continue, on peut se pencher dessus pour toi. Lui envoyer un avertissement.

Le visage de Farrah se relâche de soulagement.

— Je regrette de n'avoir rien dit avant, mais j'espérais que ça s'arrêterait, dit-elle, avant de reprendre une inspiration. Et il y a autre chose, je…

Le téléphone d'Elin émet un bip et elle s'interrompt, secoue rapidement la tête.

— Ne t'en fais pas, il faut que tu y ailles. Je te raconterai plus tard.

— Mais…

— C'est pas grave, vraiment. Ça attendra, dit Farrah en fourrant le porte-clés dans la main d'Elin. Préviens-moi quand Will sera arrivé.

Une fois qu'elle est partie, Elin consulte son téléphone.

Un message de Steed. « Je sais que tu ne me l'as pas demandé, mais j'ai fait quelques recherches sur Zimmerman. Il travaille ici depuis quelques mois. Irréprochable. »

« Merci, tape-t-elle en réponse. Tu peux jeter un œil sur la famille aussi ? »

« Je suis déjà dessus. »

« Bravo. »

Elin sourit. Steed a une soif de reconnaissance qu'elle éprouve elle-même. Un manque d'assurance… c'est comme si vos propres mots ne suffisaient pas, qu'il vous fallait les entendre de la bouche de quelqu'un d'autre.

Attendant toujours que le ménage soit terminé, elle décide de faire quelques recherches de son côté. Elle reprend la photo des adresses de sites Web dans l'agenda de Bea et entre la première dans son téléphone : www.egccf1.com. Le site se charge rapidement : En Guerre Contre la Criminalité Financière. Des exposés détaillés d'arnaques et de fraudes financières. L'article de tête mentionne une combine qui a valu à des investisseurs de se faire voler leur épargne.

Elin ferme l'onglet, déçue. Probablement un truc

dans lequel la société juridique de Bea était impliquée. L'adresse suivante correspond à un site sur l'histoire de l'île de Cary. Elle parcourt rapidement le texte : la sinistre histoire de l'île, la malédiction, l'incendie de l'école, les meurtres de Creacher. Le ton est macabre, l'auteur savourant à l'évidence les détails sordides.

— On a fini, si vous voulez entrer, dit une des employés de ménage qui lui ouvre la porte en souriant.

Elin la remercie, mais ne manifeste pas l'intention de se lever, concentrée sur un paragraphe du texte.

Selon la rumeur, des crémations de masse ont eu lieu sur l'île, des victimes de la peste ayant été brûlées pour enrayer la propagation de la maladie. On raconte qu'encore à ce jour les cendres issues de ces crémations constituent plus de 40 % de la terre de l'île.

Alors que la femme de ménage sort son chariot par la porte de la villa, Elin ferme l'onglet. Elle a peut-être raison de penser que le côté sinistre de cet endroit ne provient pas seulement du rocher : il réside peut-être dans le sol même sur lequel ils marchent.

Chapitre 29

— C'est délicieux.

Will passe un bras autour des épaules de Farrah et la serre contre lui.

La table que Farrah a réservée se trouve au bord de la terrasse et donne sur la mer. Un véritable festin leur a été servi : des plats de lamelles de betterave ultrafines agrémentées d'une sauce aux herbes, de tranchettes de bœuf gluant et de pousses de brocoli. Un autre déborde de légumes panés, de piments au vinaigre, de pains pitas passés au gril.

— Un des à-côtés, dit Farrah avec un sourire franc, décontracté, mais Elin remarque une ride d'inquiétude sur son front.

Elle repense à leur conversation de tout à l'heure au sujet de l'ex de Farrah.

— Alors, j'ai bien choisi ? demande Will, qui désigne la robe d'Elin d'un geste en se servant un peu de salade.

— Ooooh, fait Farrah en souriant. Tu as laissé Will faire ta valise. Risqué.

Will prend un air faussement blessé et tous deux éclatent de rire. Le sourire d'Elin, quand il se dessine, est hésitant : elle est déstabilisée, comme toujours quand le frère et la sœur sont ensemble. Leur ressemblance physique est saisissante.

Will prend la main d'Elin.

— En tout cas, ça fait du bien d'être ici, avec vous deux, même si c'est dans ces circonstances, dit-il, puis il hésite. Et Steed ? Il n'avait pas envie de se joindre à nous ?

— Je le lui ai proposé, mais il a déjà mangé. Il m'a dit qu'il allait continuer d'enquêter sur certains points.

Elin pense en réalité que le travail était un prétexte pour avoir un peu de temps seul. Malgré la bonhomie de Steed, elle sent à ses allusions à de très longs joggings en solitaire que c'est un introverti au fond.

Farrah hoche la tête.

— Il vous reste beaucoup de choses à faire demain ? Ce serait sympa que vous vous amusiez un peu aussi, au-delà du travail.

— Pas beaucoup, seulement des dépositions à prendre.

Ne souhaitant pas donner plus de détails, Elin clôt la conversation en enfournant un légume dans sa bouche. La panure se décroche, incroyablement fine. Le tout est fourré à la ricotta, agrémentée d'une herbe. C'est délicieux, mais elle sent son estomac se nouer quand elle avale. La chaleur, songe-t-elle. Même à cette heure, celle-ci est insupportable.

Le téléphone de Farrah émet un bip et pendant qu'elle tape un message en réponse, Will pose une main sur celle d'Elin.

— Je me sens mieux, maintenant que je suis là. Cette photo sur Twitter, ça m'a inquiété. Je ne supportais pas l'idée que tu sois ici avec ce truc qui te pèse sur les épaules…

Elin n'a pas le temps de réagir. Le téléphone de Farrah sonne bruyamment, étouffant la fin de la phrase de Will. Farrah secoue la tête et regarde l'écran.

— Réponds, dit Will, et Elin approuve d'un signe de tête.

Farrah la regarde dans les yeux et sourit.

— On dirait que le courant passe bien entre vous deux, hein ? dit Will d'un ton dégagé quand Farrah recule sa chaise et quitte la table.

— Oui, on a bien discuté tout à l'heure. Ce que tu m'as dit, au sujet de son ex, tu avais raison, je…

Elle s'interrompt. Farrah revient déjà vers eux.

— Je m'en suis débarrassée, dit Farrah en rangeant son téléphone dans sa poche. Un fournisseur. On ne peut jamais déconnecter.

— Peut-être qu'un autre verre t'aidera.

Au moment où Elin saisit la bouteille de vin pour les resservir, elle aperçoit Hana Leger, la sœur de Bea, qui se faufile dans le restaurant. Ses cheveux sont tombants, et sa robe blanche est plus foncée d'un ton, comme si elle avait absorbé les saletés de la journée.

Elin est immédiatement frappée par l'air gêné de Hana, par le fait qu'elle semble mal à l'aise dans son propre corps. Elle tend le cou et regarde derrière Hana pour voir si le reste du groupe est là.

— Qui est-ce ? demande Will, qui lui prend la bouteille des mains et se ressert un verre.

— La sœur de la femme qui est tombée. Elle l'a vue, dans les rochers.

Il fronce les sourcils.

— Elle a l'air mal en point.

— Oui.

Elin marque une pause et se demande jusqu'à quel point elle peut parler franchement.

— On a parlé tout à l'heure. Elle était évidemment bouleversée… par la mort de sa sœur, mais elle a aussi parlé de l'île, de la malédiction, de l'ancienne école…

Will secoue la tête.

— Bon sang, je ne comprends pas tous ces radotages sur le passé.

— Je sais, dit Farrah en hochant la tête. Il est temps de tourner la page.

Elin se raidit, en raison non seulement de cette rebuffade instantanée mais de la manière dont Will et Farrah se sont instinctivement alliés.

— Mais je crois que c'est normal que les gens fassent des liens avec l'histoire de l'île. À coup sûr, c'est une des raisons pour lesquelles certaines personnes viennent. Par curiosité. Ça fout les jetons, les meurtres de Creacher, la malédiction. On ne peut pas faire comme si ça n'existait pas.

— Tout l'intérêt de cet endroit, c'était justement de créer quelque chose de nouveau, dit Will avec raideur. De réimaginer. On dirait que ça marche pour la plupart des gens, dit-il en désignant d'un geste les autres clients du restaurant.

— Peut-être, mais on ne peut quand même pas occulter le passé.

Le sourire de Will s'évanouit. Farrah et lui restent silencieux et immobiles. Deux visages impassibles, sans expression. Elin rougit. Elle a déjà fait ça avec la famille de Will : cassé l'ambiance conviviale, brisé l'élan de la soirée en soulevant une polémique. Elle s'en veut. Farrah et elle avaient fait des progrès tout à l'heure. Et maintenant, elle a tout gâché.

Farrah change de sujet. La conversation se poursuit un moment, mais la dynamique est brisée, l'ambiance désormais coincée et gênée. C'est un soulagement quand le téléphone d'Elin sonne quelques minutes plus tard. Un nouveau message de Steed.

« Peut-être intéressant : Seth Delaney a un casier judiciaire. Trafic de stupéfiants. Drogues dures. »

Elle répond : « Merci. L'interrogerai là-dessus demain. »

Elle n'a rien à faire maintenant, mais c'est le prétexte parfait. Elle vide son verre de vin, recule sa chaise et se lève.

— Steed m'a envoyé quelque chose que je ferais mieux de vérifier. Je vous laisse.

Will hoche la tête.

— On se retrouve à la villa.

Elin se retourne et s'éloigne rapidement, mais pas assez vite pour ne pas voir le regard éloquent qu'échangent Farrah et Will.

Chapitre 30

Une tasse de thé tiède en main, Hana sort sur la terrasse. Le soleil caresse presque l'horizon, mais la chaleur est aussi étouffante qu'il y a quelques heures.

— Salut, dit Caleb.

Il est assis au bord de la piscine, les pieds dans l'eau. D'épaisses couches de crème solaire sur ses jambes ont suinté, formant un mince film gras à la surface. Des bouteilles de bière sont répandues autour de lui, et il en tient une dans sa main. Il lève la tête vers Hana et ses yeux sont injectés de sang, cerclés de rouge.

— Désolé, je ne sais pas quoi faire d'autre.

— Ça se comprend, dit-elle en posant sa tasse de thé sur la petite table à quelques pas de lui et en s'asseyant. Tu es sous le choc. Comme nous tous.

— C'est qu'il semble rester tant de questions… Pourquoi est-elle venue sans me le dire ? Je n'arrive pas à comprendre, dit-il, puis il boit une lampée de bière. Cette grande surprise, je comprends, mais ce n'était pas pour moi. Je n'arrête pas de passer en revue tous les mensonges qu'elle a dû me raconter pour que toute cette comédie se tienne.

Hana hoche la tête.

— C'est normal de se poser des questions quand il se passe quelque chose comme ça. Ça m'est arrivé, avec Liam, je ne m'arrêtais plus. Mais ça finit par s'arranger.

— Vraiment ? demande Caleb en la regardant dans les yeux. Ça fait plus d'un an que mon père est mort et certains jours, c'est toujours aussi affreux.

Il s'appuie sur ses mains derrière lui et renverse la bouteille. Le liquide ambré s'écoule sur les carreaux, grêlé de toutes petites bulles.

— Je suis désolée, je ne savais pas.

Haussant les épaules, il ramasse sa bière et la porte à ses lèvres.

— Ça a été une sale histoire, tout ça. Inattendu. Il commençait juste à reprendre sa vie en main après quelques années pourries, puis on lui coupe l'herbe sous le pied…

La voix de Caleb s'éteint et ils lèvent tous deux la tête en entendant des bruits de pas.

Seth est dans l'embrasure de la porte.

Il s'est changé après sa baignade. Seth le BCBG : chemise en lin blanc et bermuda bleu repassé, les cheveux lissés en arrière.

— Je monte au restaurant. Vous voulez quelque chose ?

— Rien pour moi, répond Caleb. Hana ?

— Ça va, merci.

Seth hésite, comme s'il s'apprêtait à dire quelque chose, puis il hoche la tête et rentre dans la villa.

Quand il est hors de portée de voix, Caleb secoue la tête.

— Il ne peut même pas faire semblant, hein ? Tout apprêté comme si rien ne s'était passé, toujours guilleret.

— Je ne sais pas… les gens réagissent différemment. Jo m'a dit tout à l'heure qu'il a du mal à se confier.

Caleb lâche un éclat de rire.

— Quand les gens disent ça, je me dis toujours que c'est juste une excuse pratique pour faire bien ce qu'ils veulent. Rien n'affecte ce genre de types.

— Ce genre ? questionne Hana, même si elle peut prédire ce qu'il va répondre d'après les petites remarques qu'il a laissées échapper depuis qu'ils sont là.

Son opinion est claire.

— Pourri gâté, qui se croit tout permis, habitué à mépriser tout le monde. C'est ce qu'a dit Bea, et elle a raison.

C'est ce qu'a dit Bea.

— Comment ça ?

Il hausse les épaules.

— Bea n'était pas sa plus grande fan, disons-le comme ça, mais je ne crois pas qu'elle ait été surprise que Seth et Jo se soient mis en couple. Elle trouvait qu'ils étaient bien assortis.

Hana hésite, interloquée.

— Je ne suis pas sûre de ça. Je sais que Bea était inquiète quand ils se sont mis ensemble. Avec toutes ces histoires de drogue.

— C'était avant leur dispute. Je pense que c'est là qu'elle a enfin vu le vrai visage de Jo.

Caleb bat des pieds dans l'eau. Le mouvement génère de petits cercles qui ondulent vers l'extérieur.

— La dispute parce que Bea a annulé ?

— Non, avant ça, dit Caleb, puis il hausse un sourcil. Tu n'es pas au courant ?

— Non. Quand était-ce ?

— Il y a quelques semaines. Jo est venue chez nous et elles se sont disputées. Une vilaine engueulade, pour ce que j'ai entendu. Bea a fini par partir en claquant la porte, dit-il, puis il hausse les épaules. J'étais persuadé que c'était pour ça qu'elle avait annulé. Qu'elle n'avait pas envie de faire le deuxième round. Je me disais que le voyage aux États-Unis était une bonne excuse pour y échapper.

— Bea ne t'a jamais dit pourquoi elles se sont disputées ?

— Non, mais j'ai toujours eu l'impression que Jo la cherchait, l'accablait dispute après dispute, sans raison particulière si ce n'est qu'elle était jalouse.

— De *Bea* ?

— Oui. Bea ne me l'a jamais dit de vive voix, mais je crois que c'est en partie pour ça qu'elle n'a pas fait plus d'efforts pour garder le contact. Elle était occupée, certes, mais je pense que c'était un prétexte pour ne pas devoir le faire.

— Faire quoi ? interroge Hana d'une voix hésitante.

Elle se demande s'ils ont pensé la même chose d'elle – qu'elle était jalouse –, car c'était le cas. Elle aussi s'est parfois surprise à être jalouse de Bea.

— S'effacer pour que tous les autres se sentent mieux. Protéger leurs ego fragiles. Les autres femmes, surtout. Elle n'avait jamais le sentiment de pouvoir être elle-même par peur que les gens se sentent menacés.

Il a raison, se dit-elle en rougissant, et elle songe à son propre lieu de travail, aux critiques narquoises à voix basse de leur directrice. Hana s'est souvent demandé si certaines femmes portent en elles un profond mépris pour le succès des autres : un mécanisme évolutif pour tenter de le minimiser ou de le dénigrer, et, n'y parvenant pas, de l'ignorer. Elle a elle-même commis cette erreur.

Caleb boit une nouvelle gorgée de bière.

— Je crois que Bea était plus heureuse quand elle n'était pas avec sa famille. Je sais que c'est nul de le dire, mais c'est la vérité.

Chapitre 31

Elin emprunte l'allée menant au pavillon principal et contourne un groupe de clientes du restaurant en robes légères, qui rient bruyamment. Elle marche, de plus en plus vite, comme si chaque pas allait faire reculer sa gêne, mais ça ne se produit pas ; ses joues sont brûlantes tandis qu'elle revit la conversation.

Pourquoi faire ça ? Cependant, elle connaît la réponse : au fond d'elle-même, elle se sent un peu menacée par l'intimité de Will et Farrah. C'est affreux à admettre, mais c'est la vérité.

Faisant le tour du pavillon, elle s'arrête à environ un mètre des portes de derrière et s'installe sur le muret au bord de la terrasse. La fraîcheur de la pierre lui procure un délicieux soulagement quand elle s'insinue sur ses cuisses à travers sa robe.

Son regard est attiré vers la masse sombre des bois au-delà de la pelouse qui se trouve sous ses pieds. Alors que les couleurs du ciel virent au pastel, le soleil n'est plus assez fort pour pénétrer les bras étendus des arbres, qui se rejoignent par endroits pour former une voûte dense. Elin est parcourue de picotements, les sens en alerte.

Silence total.

Elle n'entend même pas les bruits du restaurant. Pas de couverts qui s'entrechoquent, de rires, de conversations. Ça paraît plus sauvage ici, comme si on entrait dans un autre monde. Quand elle regarde autour d'elle, elle ne peut s'empêcher d'avoir l'impression qu'une frontière bien nette a été tracée entre l'avant et l'arrière du centre de vacances.

Avant cela, Elin ne s'était pas vraiment rendu compte que le centre n'occupait qu'une toute petite partie de l'île. Quand son regard glisse sur la masse d'arbres en contrebas, elle a le sentiment troublant que malgré l'existence du centre de vacances, c'est la nature qui domine ici, qui maîtrise tout.

Subitement mal à l'aise, elle longe le bâtiment vers l'avant du pavillon.

Quelques instants plus tard, elle s'arrête net.

Un soudain éclat de lumière entre les arbres en contrebas.

Le faisceau éclaire un instant leurs troncs et leur redonne de la couleur, le marron terne de leur écorce sillonné de doigts de mousse vert vif.

Un craquement de brindilles.

Le pouls d'Elin s'accélère.

Tu es bête, se reproche-t-elle. Sans doute un employé, un client, mais la peur est instinctive. Malgré son élan de bravoure quelques instants plus tôt, elle repense tout à coup à ce que Michael Zimmerman lui a dit au sujet de la personne qu'il a vue près du rocher et à la silhouette qu'elle a aperçue plus tôt.

La torche s'éclaire à nouveau.

Cette fois-ci, le faisceau se déplace de manière plus

anarchique, sautant d'arbre en arbre par saccades, englouti de temps à autre par les broussailles quand la personne bouge. Elin s'adjure intérieurement de rester calme : *il y a forcément une explication.*

Mais laquelle ? Pourquoi quelqu'un, même un employé, se trouverait-il dans ce qui ressemble à des bois quasi impénétrables à cette heure de la nuit ?

Déconcertée, Elin repart rapidement en longeant le bâtiment puis s'arrête, dos au mur. Attendant quelques secondes, elle jette un coup d'œil derrière le coin du pavillon et scrute l'obscurité.

Une silhouette se dégage de la limite des arbres.

Elle porte un vêtement à capuche, qu'elle a baissée sur son visage de sorte qu'il est impossible de distinguer ses traits.

Elle s'arrête et regarde autour d'elle comme si elle cherchait quelque chose, puis la torche se rallume, le faisceau remontant sur le sol vers l'arrière du pavillon.

Comme si elle cherchait quelqu'un. *Elle ?*

Elin reste en retrait, contre le mur, le cœur battant, puis la torche s'éteint. Elle attend quelques instants mais celle-ci ne se rallume pas.

La personne qui la suivait, quelle qu'elle fût, s'est volatilisée dans l'obscurité.

Presque arrivée à la villa, Elin s'apprête à tourner à gauche sur le sentier quand quelqu'un surgit de l'obscurité.

Elle entend de légers bruits de pas traînants, et repense à la silhouette qu'elle a aperçue dans les bois.

— Elin ?

Farrah.

— Je croyais que tu étais rentrée à la villa.

— Je me suis promenée un peu, finalement.

Poussant un grand soupir, Elin se touche les cheveux d'une main et se rend soudain compte qu'elle doit avoir l'air d'une folle avec ses mèches ébouriffées et détachées de sa queue-de-cheval, sa peau rouge et moite. Elle affiche un sourire.

— Et toi ? Tu as raccompagné Will ?

— Non, j'allais le faire, mais…

Elle s'interrompt et Elin remarque quelque chose qui lui avait échappé sous le coup de sa propre gêne : Farrah est toute rouge et a les yeux humides.

L'idée lui vient que Farrah a pleuré, mais elle l'écarte.

— Désolée pour tout à l'heure, dit Farrah, rompant le silence. Will est si stressé par ce prix et, comme je te l'ai dit, je me mets instinctivement à jouer les sœurs protectrices et à le défendre.

— C'est pas grave.

Les paroles de Farrah ont aussitôt neutralisé le malaise ambiant, et Elin se demande quelle impression *elle* a dû faire en quittant la table.

— C'est moi qui suis désolée, je n'aurais sans doute pas dû casser l'ambiance au milieu du repas…

— Oublie ça. Ç'a été une dure journée pour tout le monde, dit Farrah avec un sourire, puis elle regarde sa montre. Bon, il est tard, je ferais mieux de te laisser rentrer. Mon frère va lancer une battue si on parle plus longtemps.

Elles se disent au revoir et Elin repart sur le chemin. Elle n'a fait que quelques mètres quand elle repère une silhouette au sommet de l'escalier qui mène au pavillon de yoga. Elle se retourne, déconcertée. *Impossible que Farrah soit montée là-haut aussi vite…*

Elle lève les yeux pour s'en assurer : Farrah est encore en train de gravir le sentier.

Elin s'attarde un peu pour regarder, et il se passe alors quelque chose de curieux : au lieu de continuer son chemin, la silhouette attend, immobile.

Elle attend Farrah ?

Son hypothèse se vérifie. Quand Farrah arrive en haut de l'escalier quelques minutes plus tard, elle s'arrête pour discuter avec la silhouette inconnue.

Il s'écoule quelques secondes avant que ça lui revienne : elle se rappelle l'hésitation de Farrah quand elle lui a demandé si elle avait raccompagné Will.

Ses excuses étaient-elles en fait une manière de se dérober ? Elin l'a-t-elle presque surprise avec quelqu'un avec qui elle ne veut pas être vue ?

Elle ressent une pointe amère de déception. C'est toujours pareil avec Farrah : deux pas en avant, un pas en arrière.

En approchant sa clé de la porte de la villa, Elin ne peut s'empêcher de penser que Farrah a abusé de sa naïveté.

Chapitre 32

Jour 3

Le lendemain matin, Elin se réveille en sursaut après une nuit agitée. Malgré l'éclat du soleil qui inonde la pièce, elle perçoit encore les fragments d'un rêve : des visions fugitives d'elle en train de courir à travers bois dans le noir, son visage et ses vêtements lacérés par les ronces…

— Salut, dit Will en posant un bras sur son ventre. Tout va bien. C'est juste un rêve.

— Horrible. Un de ces cauchemars hyperréalistes, dit-elle, puis elle attend de reprendre son souffle. Je suis sans doute simplement à cran, avec cette première véritable affaire depuis mon retour, ces publications sur Twitter, toutes ces histoires au sujet de l'île. Désolée de m'être étendue là-dessus hier soir, dit-elle en penchant la tête pour le regarder dans les yeux.

Will lève une main et dégage les cheveux du visage d'Elin.

— C'est pas grave. Je n'aurais pas dû être si susceptible. Le passé de l'île… c'est un sujet un peu délicat.

— Pourquoi ?

Il hausse les épaules.

— La presse, surtout. À l'ouverture, bien que les journalistes nous aient garanti qu'ils ne parleraient que du centre de vacances, certains ont glissé des allusions aux meurtres de Creacher et à l'ancienne école.

— Mais je n'aurais pas dû insister. Je pense parfois… (Elin s'interrompt, cherchant ses mots.) Quelquefois, ta relation avec Farrah me perturbe. Elle me fait voir ce que je n'ai pas.

— Isaac ?

— Oui. Ça me fait de la peine, qu'on ne soit toujours pas proches, et puis que mon père l'ait contacté et pas moi. Le fait qu'il m'ait trouvée lâche, il n'arrive clairement pas à le digérer, dit-elle, la gorge nouée.

Will la serre contre lui.

— Ne pense pas à ça. C'est un mauvais père. Quel genre de parent reprocherait à son enfant de s'être figée quand elle a vu quelque chose de traumatisant ?

— Je sais, mais je crois encore au fond de moi que ce qu'il a dit va me faire trébucher, qu'il va se passer quelque chose ici et que je vais rester figée.

— Elin, si tu as ce genre de pensées, peut-être que tu n'es pas prête…

Il s'interrompt. Quelqu'un frappe à la porte. Aucun d'eux ne manifeste l'intention de se lever. Elin se blottit davantage contre lui.

Will grogne.

— J'ai pigé. J'y vais.

Après l'avoir écartée doucement, il s'extrait du lit, enfile un tee-shirt et va ouvrir la porte.

Un murmure de voix étouffées.

Quand il revient dans la chambre quelques minutes plus tard, son visage est sombre.

— C'est Farrah. Un client a disparu de la villa sur l'îlot. Un dénommé Rob Tooley.

— La femme de ménage a trouvé sa chambre en désordre ? questionne Elin, essayant de couper court aux explications confuses et précipitées de Farrah.

— Oui. C'est un ami de Rob qui nous a alertés. Il essaye de le joindre depuis hier soir. Aucune trace de Rob sur l'îlot et la femme de ménage dit que la chambre est sens dessus dessous. Et il ne semble pas avoir dormi dans le lit. Son ami était inquiet à cause des circonstances de ces vacances, explique Farrah en fermant la porte d'entrée du pied. Il était censé être ici en voyage de noces, sur l'îlot privé, mais le mariage a été annulé quelques semaines avant. Il a décidé de faire le voyage de noces seul.

— Son ami était donc inquiet à cause de son moral ?

— Apparemment.

Elin hoche la tête. Une personne disparue après un traumatisme affectif de cette ampleur, ça ne présage rien de bon, qui plus est lorsque ça se produit si vite après Bea Leger…

Ça ne lui plaît pas.

— J'arrive tout de suite.

Elle sort son téléphone et envoie un texto à Steed. « On vient de me signaler qu'un client a disparu. Te tiens au courant. » Puis elle se tourne vers Will.

— Je t'appellerai.

Bien que Will hoche la tête en réponse, le visage impassible, elle sent une tension sous-jacente. Elle sait à quoi il pense… même s'il s'en veut de cela : son bébé, le centre de vacances. Le prix.

Chapitre 33

L'accès à l'îlot se fait par une passerelle en bois qui oscille quand ils la traversent : ses étroites planches bougent sous les pieds d'Elin.

Elle se tend. Chaque mouvement accentue l'écart entre les planches, et Elin aperçoit la mer miroitante et les rochers qui menacent sous la surface.

— Ça va ? demande Farrah, à environ un mètre devant elle. L'accès n'est pas le plus facile, mais ça permet d'être plus isolé.

— Pour être isolé, ça l'est. Je ne vois même pas la villa.

Elin se cramponne à la corde servant de garde-corps pour se stabiliser tandis que Farrah arrive au bout de la passerelle et pose le pied sur l'îlot. Elin ne distingue qu'un étroit sentier qui serpente dans un dense bois de conifères imposants et de chênes adultes.

— C'est comme ça que Will l'a conçu. Totalement coupé de l'île principale.

Elin quitte la passerelle et suit Farrah sur le sentier. Au bout d'une centaine de mètres, le mur de feuillage s'ouvre pour dévoiler une réplique de leur villa en plus grand. Le bleu pastel des murs extérieurs est seulement un ton plus clair que le ciel, si bien que la villa semble se fondre dans la mer et le ciel.

— On ferait mieux de mettre des surchaussures, juste au cas où.

Elin en sort deux paires de son sac et en tend une à Farrah. Après les avoir enfilées, Farrah approche un passe de la porte. Celle-ci s'ouvre sans bruit sur un grand espace sans cloisons, divisé sommairement : un grand lit bas du côté droit, des canapés sur la gauche.

Le regard d'Elin est attiré par les portes vitrées au fond qui donnent sur une terrasse en bois et la mer au-delà. Une chaîne d'anneaux reliés entre eux marque la limite : une échelle qui vous emmène directement dans la mer. C'est une oasis privée idyllique, le cocon parfait pour une lune de miel, songe-t-elle avec un serrement de cœur, imaginant Rob seul ici.

Lorsqu'elle pénètre plus avant dans la villa, elle comprend tout de suite l'inquiétude que suscite l'absence de Rob. Le lit est encore fait, mais c'est l'œil du cyclone : la seule chose qui ne soit pas en désordre. La porte du dressing sur la droite est grande ouverte, son maigre contenu en bazar sur les étagères.

Un sac marin a été retourné au sol à côté du lit, et des livres sont éparpillés autour.

Elin remarque un petit album photo par terre, ouvert. Après avoir évité les livres avec précaution, elle enfile une paire de gants et commence à le feuilleter.

Des Polaroids.

Des photos, essentiellement des selfies, de deux personnes qu'elle présume être Rob et la femme qui était sa fiancée, en plein amour naissant, les yeux étincelants, dans les bras l'un de l'autre.

Elin fouille les lieux avec soin – la salle de bains, le coin cuisine –, puis elle sort sur la terrasse par la porte du fond. Le transat, la table et les chaises au centre sont en ordre, la mer ne révélant rien que des nuances de bleu.

— Alors, qu'est-ce que tu en penses ? demande Farrah quand Elin revient à l'intérieur en tapotant le sol du pied.

— Difficile à dire. Impossible de savoir si c'est Rob ou quelqu'un d'autre qui a mis ce désordre.

Mais quand elle inspecte à nouveau la pièce des yeux, son regard se pose sur les câbles qui serpentent depuis la multiprise cubique branchée dans le mur. Des câbles, mais reliés à aucun des appareils qu'on s'attendrait à voir : ni téléphone, ni ordinateur portable ou appareil photo.

Un cambriolage qui aurait mal tourné ? Rob a-t-il dérangé quelqu'un en rentrant à la villa ?

— Il y a déjà eu des problèmes de cambriolage ici ?

Farrah secoue la tête.

— Pas que je sache. Tu penses que c'est ça ?

— C'est possible. Quelqu'un pourrait venir sur l'îlot sans se faire remarquer. Surtout vu son isolement. Et en pleine nuit.

Elin regarde l'étendue d'eau derrière Farrah, incapable de chasser son malaise grandissant. Ce lieu tellement isolé *est* réellement beau, mais cette intimité a un prix. S'il se passe quelque chose ici, personne ne le voit ni ne l'entend.

— Y a-t-il des caméras de surveillance ?

— Non, mais je commence à me dire que c'est sans doute une chose qu'on devrait envisager, étant donné…

dit Farrah, puis elle s'interrompt. Attends, quelqu'un m'appelle.

Elin hoche la tête et considère la vaste étendue de la mer. Il serait possible d'aller n'importe où d'ici en bateau ; partir vers le large, sans se faire remarquer depuis l'île principale.

Farrah se retourne, le front barré par une ride d'inquiétude.

— C'était un membre de l'équipe des sports nautiques. Du matériel de plongée a disparu.

Le pouls d'Elin s'accélère.

— Depuis quand ?

— Apparemment, tout était là quand ils ont fermé hier soir, dit Farrah, puis elle hésite. Ils ont aussi repéré un sac qui flotte sur l'eau.

— Il va falloir que j'aille voir ça.

Alors qu'Elin sort son téléphone pour appeler Steed, une bouffée de panique l'envahit.

Les paroles de Michael Zimmerman résonnent à ses oreilles : *Il y a quelque chose de malsain ici.*

Plus les heures passent, plus elle se dit qu'il a raison.

Chapitre 34

La base de sports nautiques grouille d'activité quand Elin s'en approche, des employés et des clients s'affairant autour d'un râtelier de paddles à moitié vide.

Steed se tient à l'écart avec Farrah, le front déjà luisant de sueur.

Farrah montre la plage d'un signe de tête.

— Tom, que vous avez déjà rencontré, est sans doute la personne la mieux placée si vous cherchez un bateau. Il finit simplement avec des clients.

Tom remonte la plage à grands pas, encadré de deux personnes, un paddle sous chaque bras. Il a le visage rayé d'épaisses bandes de stick solaire façon guerrier. Son haut de combinaison bleu est moucheté de taches de sel, le tissu, tendu sur son torse musclé.

— Alors, tu as parlé avec le poste de commandement ? demande Steed à voix basse.

— Oui. Ils ont créé une fiche de suivi d'incident.

— Tu en penses quoi ? demande-t-il tandis que ses pieds s'enfoncent dans le sable mou qui recouvre ses chaussures.

— La coïncidence est intéressante, mais on n'a pas

grand-chose de plus pour avancer. Il semblerait qu'il était perturbé après l'annulation de son mariage.

Steed la regarde avec inquiétude. Ils observent en silence Tom qui arrive près d'eux et range les planches sur le râtelier. Après avoir murmuré quelque chose aux clients, il se retourne.

— Farrah m'a dit que vous vouliez aller jeter un coup d'œil au sac qu'on a repéré ?

Elin hoche la tête.

— C'est loin d'ici ?

Tom fait une grimace. De fines rides plissent son nez couvert de produit solaire.

— Quelques minutes en bateau, mais évidemment plus longtemps à la nage. Une quinzaine de minutes. Vous voulez y aller maintenant ? demande-t-il après un silence.

— Si c'est possible. Il nous faut sans doute du matériel de plongée, au cas où.

Le sous-entendu de sa requête n'échappe manifestement pas à Tom. Alors qu'il commence à donner des instructions à un de ses collègues, Elin le voit déglutir, sa pomme d'Adam faisant un va-et-vient dans sa gorge.

Le Zodiac fend proprement la surface de l'eau lisse comme du verre, offrant un reflet parfait des falaises en surplomb.

Il reste quelques mètres avant que le fond de la mer commence à s'enfoncer au-dessous d'eux. Elin ne peut détacher les yeux du sable parsemé de coquillages, visible même à cette profondeur.

Le paysage sous-marin évolue quand ils dépassent les falaises. De gros rochers reposent juste sous la surface, des masses imposantes entourées de cordes d'algues qui sortent des interstices et oscillent dans le courant.

Elin remarque le front plissé de Tom quand il dévie légèrement le bateau pour les éloigner un peu plus de l'île.

— On est loin ?

— Non, on y est presque.

Quelques minutes plus tard, il coupe le moteur qui expire bruyamment.

— Nous y voilà, dit-il en désignant un point du doigt.

Elin se poste au bord du bateau et scrute l'eau. Un sac, dont le haut seulement est visible, flotte à la surface. Il est imperméable, comme celui qu'elle utilise en kayak.

— Il est accroché à quelque chose, dit Steed en tendant le cou. Un rocher, on dirait.

Elin s'apprête à s'approcher quand elle remarque quelque chose à quelques mètres de là, sur la gauche du bateau.

Une forme sombre qui dépasse au-dessus d'un rocher. Le cœur battant, elle en distingue les courbes, la matière. *Un morceau de palme ?*

— Qu'est-ce que c'est ? demande-t-elle, mais Tom est déjà penché sur le côté du bateau, en train de scruter l'eau.

— Mon Dieu, bafouille-t-il. Je…

Mais aucun autre mot ne sort de sa bouche.

Avec une terrible appréhension, Elin regarde dans l'eau.

La palme qu'elle a aperçue est attachée à un corps en tenue complète de plongée.

— Regarde la position du corps, murmure Steed. Il y a quelque chose d'anormal.

Le corps a en effet une position étrange – sur le côté –, comme coincé entre les rochers, le bras et la jambe pris dans une brèche, le matériel en équilibre sur le rocher.

— Ça ressemble au matériel de Lumen ? demande Elin.

— Oui, répond Tom d'une voix montant dans les aigus.

Gardant le silence, elle se débat avec ses pensées. Bien qu'il y ait peu de chances que le plongeur soit encore en vie, ils n'ont pas le temps d'attendre les sauveteurs.

— Tom, vous pouvez plonger, aller voir ce qui se passe ?

Il secoue nerveusement la tête, comme s'il essayait de se débarrasser d'un trop-plein d'émotions.

— Bien sûr.

D'une main tremblante, il ramasse son matériel et s'équipe. Puis il plonge en arrière avec une aisance d'expert et pénètre dans l'eau en faisant un minimum d'éclaboussures.

Alors que les policiers le regardent descendre, Elin retient son souffle, cramponnée au mince espoir que, par quelque miracle, le plongeur – peut-être bloqué – a eu assez d'oxygène pour attendre leur venue.

Tom refait surface quelques minutes plus tard et remonte dans le bateau. Elin attend impatiemment qu'il retire son masque et son détendeur.

— Il est mort, dit-il avec une mine sombre. J'ai réussi à glisser mes doigts sous sa cagoule pour prendre son pouls, mais sincèrement, ça se voit que ça fait un moment. Je crois…

Il s'étrangle presque en parlant, respire par petits halètements.

— Qu'est-ce qu'il y a ? insiste Steed.

Les mains de Tom tremblent tandis qu'il retire son équipement.

— Le type qui est là-dessous, je ne suis pas sûr que ce soit celui que vous cherchez. J'ai pris une photo.

Le téléphone tremblote encore dans sa main, et quand il le passe à Elin, leurs mains se cognent. Le téléphone tombe au fond du bateau avec un grand bruit. Tom s'accroupit, le ramasse et le tend à Elin.

L'image est floue à cause des traces d'eau, et Elin essuie l'écran avec le bas de son tee-shirt. Quand l'image devient nette, son pouls s'accélère.

Tom a raison.

Chapitre 35

Quand Hana sort du cocon fumant de la douche, elle a aussitôt envie de pleurer à nouveau, mais les larmes ne viennent pas. Le débordement initial d'émotions de la veille s'est transformé en quelque chose de plus dur. Pas un état de choc… c'est plus que ça, un sentiment d'apathie.

Elle s'habille en vitesse puis parcourt le couloir. Elle entend aussitôt des voix chuchotantes, son prénom parmi une suite de mots confus. *Hana a dit…*

Jo et Maya.

Elles ne sont pas dans le coin salon comme elle l'avait imaginé, mais dehors, sur la terrasse, un café à la main. La combinaison verte de Maya et la robe tee-shirt de Jo respirent les vacances, mais leurs yeux bouffis et leurs cheveux gras cassent tout l'effet.

— Salut, dit Hana en sortant, le sol de pierre chauffant ses pieds nus. De quoi vous parlez ?

— De pas grand-chose, répond Maya en posant bruyamment sa tasse à café sur la table.

Hana se tend.

— Mais j'ai entendu mon prénom…

— On se demandait juste comment tu allais, réplique

rapidement Jo. Après avoir vu Bea comme ça, le choc, on est inquiètes, c'est tout. Tu es allée te coucher tôt hier soir.

Hana considère son air soucieux – son front plissé, ses yeux bleus froncés aux coins – et le met aussitôt en parallèle avec ce que Caleb lui a raconté de la dispute entre Bea et Jo.

Une colère inhabituelle monte en elle :

— Inquiète ? Je crois que tu devrais surtout te sentir coupable.

Les mots sortent malgré elle. Hana se surprend elle-même, mais quelque part, elle est contente. Contente de ne pas faire comme d'habitude : se contenir, se mordre la langue. Être *gentille*.

Jo se raidit.

— Qu'est-ce que tu veux dire ?

— Je parle de ce que tu as fait, Jo, en faisant tant culpabiliser Bea de ne pas nous accompagner qu'elle s'est sentie obligée de venir ici à l'improviste, pour ensuite avoir ce foutu accident… Je me sentirais coupable si j'étais toi.

Jo se penche en avant sur sa chaise.

— Tu ne peux pas être sûre que c'est pour ça que Bea est venue, aucun de nous ne le sait.

— C'est ce que tu as dit à l'inspectrice.

— Soit, ça a peut-être été le déclencheur, mais tu sais quoi ? dit Jo avec des éclairs dans les yeux : je referais la même chose. Tu peux vouloir tourner les choses comme tu veux maintenant, lui mettre une auréole, Bea a bel et bien été égoïste. C'était vraiment nul d'annuler sa venue.

Maya pose une main sur le bras de Hana. La série de bagues en argent qui orne son index accroche la lumière.

— Allons, tout le monde est bouleversé. Jo vient de parler à votre mère… elle est effondrée. C'est un choc, personne n'a les idées claires. C'est normal de vouloir se défouler.

— Non, dit Hana d'une voix crispée, perdant le peu de sang-froid qu'il lui restait. Je ne me défoule pas. Je dis les choses telles qu'elles sont pour une fois dans ma vie. Jo a culpabilisé Bea. C'est ce qu'elle fait, parce que au fond elle est jalouse. C'est une habitude…

Jo cligne des yeux, comme si on l'avait giflée.

— Jalouse ?

— Oui, et je le comprends, parce que je l'ai parfois été aussi, mais chez toi, c'est pire, depuis toujours. La considération que maman et papa ont pour Bea, ce qu'elle a accompli… tu ne crois pas qu'elle s'en est rendu compte ? C'est ce qu'a laissé entendre Caleb hier soir.

— Comment ça ? dit lentement Jo.

— Il a dit que Bea savait que tu étais jalouse d'elle.

— N'importe quoi ! J'ai organisé ces vacances. Pourquoi faire ça si j'étais jalouse ?

Hana l'interrompt :

— Parce que tu voulais qu'elle te voie enfin dans ton élément, qu'elle prenne ce que tu fais au sérieux. Vous vous êtes disputées toutes les deux il y a quelques semaines, parce que pour la première fois, elle t'a tenu tête, et ça ne t'a pas plu.

Une supposition fondée sur ce que Caleb lui a dit, mais qui semble plausible.

— Disputées ? bredouille Jo.

Sa main, dans laquelle elle tient toujours sa tasse, se met à trembler.

— Oui. Caleb m'a raconté. Une grosse engueulade, et Bea a fini par partir en claquant la porte. J'ai raison ? demande-t-elle en la regardant dans les yeux. Est-ce qu'elle a enfin vu clair en toi ? C'est ça qui s'est passé ?

Jo ouvre la bouche comme pour répondre, mais aucun mot n'en sort.

— Non, dit-elle finalement. Bea ne m'avait pas rappelée à plusieurs reprises, c'est tout. Ça a dégénéré.

— C'est tout ?

— Oui. Désolée de te décevoir, répond Jo qui tremble de plus belle, du café dégoulinant le long de la tasse, puis par terre.

Hana la regarde dans les yeux, puis elle se détourne, glacée.

Ce n'est pas ce qu'elle lit dans son regard qui la dérange, mais ce qu'elle n'y lit *pas*.

Elle se rend compte qu'au cours des dernières années elle a perdu la faculté de cerner sa sœur, de savoir précisément de quoi est capable Jo.

Chapitre 36

Seule une portion ovale du visage est visible, jaunâtre, grisâtre par endroits, un détendeur pendant à moitié de sa bouche.

Le cœur d'Elin bat la chamade quand elle fait un zoom sur la vitre embuée du masque, les yeux de l'homme ouverts, le regard mort et vitreux.

La capuche d'une combinaison de plongée, légèrement de travers, comprime ses traits, mais les doutes qu'Elin pourraient avoir quant à l'identité de l'homme sont dissipés par la barbe sombre qu'elle aperçoit.

Seth.

Elle a un haut-le-cœur quand lui reviennent les quelques mots qu'ils ont échangés. Ils n'ont pas beaucoup parlé ; il semblait avoir du mal à gérer les émotions suscitées par la mort de Bea, mais elle a eu une impression générale de vitalité, de force. Une personne dans la fleur de l'âge. Il est presque impossible de concilier cette image-là avec celle qu'elle voit à présent.

Deux membres du même groupe morts en deux jours. *Quelles sont les probabilités ?*

— Vous le reconnaissez, vous aussi ? demande Tom entre ses dents.

— Oui. Il fait partie du groupe… de Bea, la femme qui est tombée. Seth était le petit ami de sa sœur, explique Elin, relevant tardivement le « aussi » de Tom. Vous l'avez rencontré hier ?

— Pas exactement. Pour être honnête, ce n'était pas la première fois que je le voyais. On s'était déjà rencontrés. En fait, il est déjà venu pas mal de fois au centre de vacances.

— Un client régulier ?

— Pas sûr que je dirais ça comme ça. Je ne sais pas si vous êtes au courant, mais l'île appartient au père de Seth. (Un silence.) Ronan Delaney. Ce n'est pas une chose que beaucoup de gens savent. Le centre de vacances est loué à une chaîne hôtelière, et M. Delaney n'est donc pas vraiment impliqué dans sa gestion au quotidien.

— Je ne savais pas.

Pourquoi aucun des membres de la famille Leger ne l'a-t-il évoqué ? Ça aurait quand même dû venir sur le tapis quand ils ont parlé !

— Quand Seth vient sur l'île, est-ce qu'il fait habituellement de la plongée ?

— Oui, et c'est ça que je trouve si bizarre, qu'il soit ici tout seul, qu'il se mette dans cette situation, répond Tom, une goutte d'eau dégoulinant de ses cheveux sur sa joue. Les plongeurs expérimentés connaissent le protocole par cœur : on ne plonge jamais seul. Seth sait ça, et il plonge d'habitude soit avec un moniteur, soit avec un ami, explique Tom, puis sa gorge se serre. Je n'aime pas non plus la manière dont il est positionné là-dessous, sur le côté. Après un accident, c'est normalement la bouteille qui remonte en premier, suivie du corps, plus lourd.

Il marque une pause, comme s'il avait du mal à s'exprimer ou s'il hésitait à dire quelque chose.

— Il y a autre chose ? demande doucement Elin pour l'encourager.

Tom hoche la tête.

— La valve de la bouteille a été fermée.

— Ce qui coupe l'arrivée d'air ?

— Oui, dit-il en tressaillant. Il a dû suffoquer.

— Est-il possible de faire ça seul, par accident ? demande Steed, les yeux toujours rivés sur la photo.

— Non, je ne crois pas, et même si c'était le cas, il aurait pu la rouvrir.

Elin dissèque ses paroles, le ton de sa voix, le cœur serré en prenant conscience de leur sens. Il ne le dit pas explicitement, mais elle comprend l'essentiel.

— Et sa capuche…, fait Tom en reprenant son téléphone dont il fait défiler les images avant de le rendre à Elin. C'est comme si elle avait été tirée en arrière.

Elin regarde la photo : il n'y a rien de naturel dans les déformations et les plis du tissu. Quelqu'un ou quelque chose l'a agrippée.

Chapitre 37

— Je dois passer quelques coups de fil pour rassembler l'équipe adaptée, mais en attendant, est-ce qu'on peut faire venir un bateau ici, pour veiller à ce que personne ne traîne dans les parages ? demande rapidement Elin.

Même sous l'eau, il est fondamental de protéger une scène de crime. Si ce n'est *pas* un accident et que des indices sont altérés, cela pourrait compromettre l'enquête.

— Bien sûr, répond Tom en hochant la tête, toujours pâle. Tout ce qui pourra vous être utile.

Steed jette un coup d'œil vers la côte.

— Y a-t-il un endroit à l'écart de cette plage d'où nous pourrions travailler ?

Tom réfléchit, puis hoche à nouveau la tête.

— Il y a une cabane, juste au-dessous de la falaise. Pas sûr qu'elle soit très propre, mais elle est isolée.

— Merci, dit Elin en rendant son téléphone à Tom et sortant le sien, mais celui-ci sonne au même moment.

Farrah.

Pas de salutation :

— J'ai du nouveau, commence Farrah. L'homme

disparu s'avère ne pas être si disparu. Il faisait du *snorkeling*, apparemment, de l'autre côté du centre. Il avait son téléphone avec lui mais il était éteint. Il l'a rallumé il y a une vingtaine de minutes et a découvert des tas de messages. Un peu vexé, je crois, que son ami ait imaginé le pire. Il a dit quelque chose du genre : « Je l'aimais, mais pas à ce point-là… »

— Et le bazar dans sa chambre ?

— Il cherchait la housse étanche de son téléphone.

— Bonne nouvelle, dit Elin, puis elle hésite, réticente à gâcher le plaisir de Farrah. Mais je crains de devoir t'en annoncer une mauvaise en retour. Ce sac qui a été repéré… On a trouvé un corps à côté.

— Ce n'est pas exactement à la hauteur du reste du centre, mais est-ce que ça fera l'affaire ? Je ne sais pas quand elle a été ouverte pour la dernière fois, dit Tom, qui tourne la poignée puis soulève un nuage de poussière avec ses pieds.

Steed est pris d'une quinte de toux et met une main devant sa bouche.

— Je dirais des années, parvient-il à hoqueter.

Elin regarde autour d'elle : le contraste avec la cabane dédiée aux sports nautiques sur la plage principale est frappant. L'air est imprégné d'une humidité saline, de l'odeur de moisi d'un bâtiment inutilisé sur la plage, renforcée par la présence de vieilleries : des bouées et des gilets de sauvetage abîmés, et une vieille radio posée sur une glacière tachée. Tous les carreaux de la fenêtre sont rayés et noirs de crasse, avec seulement un petit cercle dégagé au centre de chacun à travers lequel le soleil filtre faiblement.

— C'est isolé, c'est le plus important.

Nichée sous la falaise au-dessus de la ligne de marée haute, la cabane constitue un endroit parfait pour travailler à l'écart des regards indiscrets.

— À quoi sert-elle maintenant ?

— Je suis presque sûr qu'elle a servi autrefois à stocker des choses pour l'ancienne école, et pour le centre d'activités de plein air…, explique Tom, puis il s'interrompt quand son talkie-walkie se met à grésiller. Désolé, il faut que je réponde.

— Allez-y.

Au moment où Tom quitte la cabane, le téléphone d'Elin émet un tintement. Un message de Will.

« Comment ça va ? »

Elle répond : « Compliqué. Peux pas en dire trop, mais sois prudent. »

Les trois points de suspension indiquant une réponse en cours s'affichent, puis : « D'accord. Je suis au pavillon principal. Je vais rester là jusqu'à ce que tu me recontactes. »

Les trois points apparaissent à nouveau avant de disparaître, comme s'il avait commencé à écrire quelque chose puis s'était ravisé.

— Alors, que te dit ton instinct, cette fois ? demande Steed à voix basse quand elle range son téléphone.

— Je ne peux pas me prononcer tant qu'on n'aura pas remonté le corps, mais d'après ce que Tom a dit, ça ne me plaît pas. Sans compter le fait qu'il était seul…

— Et le sac ? demande Steed, sur la pointe des pieds pour inspecter le haut d'une étagère particulièrement encombrée. Si proche de l'endroit où on l'a trouvé, ça pourrait expliquer ce qu'il faisait là, poursuit-il, puis il s'interrompt et tend le cou. Bon sang, on dirait bien que quelqu'un faisait du camping par ici autrefois. Il y a un réchaud, un plaid, plein de vieux papiers…

Steed passe sa main sur l'étagère et une feuille de papier tombe au sol. Il la ramasse et l'examine.

— Un document… ça parle de transformer l'île en réserve naturelle.

Elin regarde par-dessus l'épaule de Steed.

— J'ai entendu parler de ça. Avant Lumen, les écolos militaient pour qu'elle soit préservée.

Son instinct lui dit que ç'aurait été la bonne décision. L'île semble envoyer un message clair à toutes les générations qui l'occupent : *On ne veut pas de vous ici.*

Steed lui tend autre chose.

— Il y a une photo aussi. L'ancienne école, on dirait.

Elin a un mouvement de recul. La photo montre un groupe de garçons en rang devant un bâtiment, avec leurs professeurs derrière eux. Il y a quelque chose de bizarre dans l'expression des enfants : une absence d'émotion étrangement poignante. Elle songe aux rumeurs qu'elle a entendues, aux remarques de Zimmerman au sujet de l'artiste qui a été élève dans cet établissement.

— À voir ces garçons, c'est sans doute une bonne chose que l'école ait brûlée.

— On se permettait toutes sortes de choses dans ce genre de lieux à l'époque, dit Steed en continuant de fouiller. Il y a même une vieille tasse… Drôle d'endroit pour se planquer. Même pour un écolo, ajoute-t-il en souriant.

Elin hoche la tête. Elle trouve cette idée troublante, une personne cachée là. Elle change de sujet.

— On sait un peu mieux quand va venir la division D ?

La division D du groupe d'intervention spécial est l'unité d'assistance marine, des plongeurs spécialisés dans le repêchage des corps, formés pour les déplacer avec précaution et éviter de dégrader des indices.

— À vrai dire, oui, le poste de commandement a appelé il y a quelques minutes.

Steed marque une pause. Elin voit à la manière dont il ouvre puis referme la bouche que ce qu'il s'apprête à dire ne va pas lui faire plaisir.

— Je n'aime pas accumuler les mauvaises nouvelles, mais ils ne vont pas pouvoir nous envoyer du monde avant un moment. Il semblerait qu'ils soient accaparés par une mission avec la police des frontières plus haut sur la côte.

Elin hoche la tête, déjà en train de réfléchir à ce que cela implique pour eux. Dans une telle situation, il faut trouver un subtil compromis entre veiller à ce que le corps reste intact et s'assurer qu'aucun indice ne soit perdu en le laissant trop longtemps sous l'eau. Si la division D ne peut pas venir rapidement, de précieux indices risquent de disparaître.

— Je vais d'abord demander l'avis d'Anna, mais je crois qu'on va devoir remonter le corps et le sac maintenant.

Elin sort de la cabane et rassemble ses forces. Avec une équipe inexpérimentée et, franchement, sans doute effrayée, ça ne va pas être facile, mais alors que son cerveau turbine à un rythme qu'elle n'a pas connu depuis des mois, elle éprouve un étrange mélange d'émotions : un sentiment évident de peur et d'angoisse face à cette situation, mais aussi quelque chose d'inattendu.

De l'*euphorie*. Une sensation grisante, extatique, qui l'envahit.

Elle a de nouveau autorité dans une enquête. C'est elle qui décide du déroulement des opérations.

Chapitre 38

Prenant une grande inspiration, Elin plonge dans l'eau. Celle-ci est plus froide qu'elle l'avait imaginé, en net contraste avec l'air moite. Elle nage jusqu'au sac. Ils avaient raison : il est accroché à une protubérance rocheuse pointue.

Tendant la main, elle empoigne le coin du sac et tire ; celui-ci cède à peine. Elin vient juste de trouver une prise quand ses doigts glissent sur la surface lisse, le rocher sous lequel il est coincé refusant de le laisser partir.

S'efforçant de faire abstraction de l'oppression grandissante dans sa poitrine, Elin change de position et essaye de l'empoigner à nouveau, mais cette fois, elle sent une résistance.

Non pas au niveau du sac, mais de son pied à elle.

Quelque chose s'est enroulé autour de sa cheville.

Ce ne sont que des algues, se dit-elle. Le corps de Seth, toujours submergé, se trouve à quelques mètres de là, mais l'espace d'un instant, elle a l'impression qu'une main désespérée a surgi du fond et tire sur sa cheville.

Tandis qu'elle se tortille sous l'eau, elle la sent qui serre de plus belle.

La panique grandit en elle et lui étreint la poitrine. Tout à coup, elle prend pleinement conscience de l'eau qui enveloppe ses lèvres, ses narines, et des battements de son cœur qui résonnent dans ses oreilles.

Ses poumons sont en feu, la brûlent.

Il faut qu'elle remonte.

Secouant la tête, elle commence à s'affoler, tend les mains pour faire signe à Steed, toujours en équilibre sur le bord du bateau, mais sa silhouette est floue à travers son masque et la surface de l'eau.

Elle se met à voir des étoiles.

Bouge. Fais quelque chose.

Finalement, son corps entre en action. Elle bat des pieds vers le haut et la corde d'algues se détache de sa cheville. Elle surgit ensuite hors de l'eau en en déchirant bruyamment la surface.

Elin arrache son masque et l'eau qui s'est infiltrée dedans coule sur son visage. Battant frénétiquement des jambes, elle prend des grandes bouffées d'oxygène.

— Eh, qu'est-ce qui s'est passé ? demande Steed, la main déjà tendue pour l'aider à remonter à bord.

— J'ai un peu paniqué. Je n'arrivais pas à attraper le sac, dit-elle, haletante, en se hissant avec peine dans le bateau.

C'est un mensonge. Quelque chose l'a possédée ; le même esprit malveillant qu'elle a ressenti sur l'île, ici même, sous l'eau. *Qu'est-ce que cet endroit est en train de lui faire ?* Elle n'a jamais été superstitieuse, mais cette île parvient à brouiller les frontières entre son conscient et son subconscient et fait surgir des peurs qu'elle ne se connaissait même pas.

Elle est frappée par la même impression que dans la

cabane tout à l'heure, comme si l'île lui envoyait sans cesse un message : *On ne veut pas de toi ici.*

Elle prend une inspiration et se calme.

— Il est coincé. Bien accroché à un rocher, en effet. Je crois qu'il faut vraiment de la force. Il vaut sans doute mieux que tu y ailles avec Tom. Avec le matériel de plongée, l'un de vous peut descendre un peu plus profond et le pousser par au-dessous. J'ai assez de photos pour l'enquête judiciaire, donc vous pouvez y aller.

Steed hoche la tête en continuant de la regarder, pas tout à fait convaincu par sa réponse. Il abaisse ensuite son masque sur son visage et se laisse tomber du bord du bateau avec Tom. S'enfonçant en douceur sous l'eau, ils donnent l'impression que c'est facile. Ils ne sont pas angoissés comme elle par le matériel encombrant et la pensée d'être totalement immergés.

Steed et Tom descendent lentement jusqu'à se retrouver sous le sac. Leurs mouvements troublent l'eau, et Elin ne distingue que des formes floues et des ombres.

Le cœur toujours battant, elle attend qu'ils remontent à la surface. Quand ils ressurgissent enfin, Steed a le sac à la main.

— Il a fallu forcer un peu, comme tu l'avais soupçonné, dit-il en se hissant dans le bateau. Mais on l'a.

Une fois Tom à bord aussi, Elin enfile une paire de gants et tire le sac dégoulinant vers elle. Malgré son tissu solide et antidéchirure, il présente de profondes éraflures aux endroits où il s'est accroché au rocher.

Steed retire son matériel et désigne le sac d'un mouvement de tête.

— On dirait qu'il n'est pas resté longtemps là-dessous.

— Je suis d'accord, répond-elle en prenant des photos, puis elle met son téléphone de côté. Voyons voir ce que nous avons là.

Elin ouvre le sac avec précaution et regarde à l'intérieur.

Elle reste bouche bée.

Elle avait imaginé beaucoup de choses, mais pas ça.

Au fond du sac se trouve une rangée de paquets plastifiés : cinq, non, six, emballés avec précision les uns contre les autres, leur contenu momifié par une épaisse couche de plastique industriel.

Elle n'a pas besoin de les ouvrir pour hasarder une hypothèse quant à leur contenu.

De la drogue.

Chapitre 39

Le butin, malgré sa taille réduite, vaut sans doute une petite fortune.

— Drôle de coïncidence qu'on ait retrouvé le corps près du sac, dit Steed, l'air secoué. Étant donné son casier, tu crois qu'il dealait encore ?

— Je pense que oui, dit Elin avec inquiétude.

Tout ça ne lui plaît pas, surtout après les soupçons de Tom concernant le corps.

— Je crois qu'il est temps de le remonter.

L'eau de la combinaison et du matériel de Seth s'écoule sur la bâche qu'ils ont étendue dans le fond du bateau, formant des flaques mouchetées de grains de sable.

L'imposant équipement sur son dos les a contraints à le coucher sur le côté et, au premier coup d'œil, on pourrait croire qu'il dort, s'il n'y avait la pâleur de son visage et ses membres raidis.

Elin s'accroupit à côté de lui, le bateau ballottant légèrement sous l'effet de son mouvement.

Tom tend la main et montre quelque chose du doigt.

— Ici, dit-il rapidement. C'est la valve dont je vous

parlais, elle est bien fermée. Comme je vous disais, il aurait pu la rouvrir, sauf si…

Il désigne ensuite la capuche, d'une main maintenant légèrement tremblante.

Elin se penche pour regarder. De plus près, le froncement de la capuche qu'elle a entrevu sur la photo prise plus tôt par Tom sous l'eau est manifeste, avec de légères découpures visibles dans le tissu.

Son regard va et vient entre la valve et la capuche.

Elle déglutit. Ces deux éléments racontent une histoire, une histoire atroce, et elle cligne des yeux, ne pouvant se retenir de se représenter la scène : Seth qui se débat sous l'eau, l'air qui n'arrive plus, une main qui le maintient au fond…

— Il y a autre chose, murmure Steed en s'approchant. Regarde, ici, au coin de sa bouche. À gauche du détendeur.

Un reste de poudre fine.

La poudre a été étalée lors de sa submersion mais elle est toujours visible. Une sorte de craie ? Impossible à dire tant qu'elle n'a pas été analysée, mais cela taraude Elin.

Steed considère le corps des pieds à la tête.

— Je n'en vois nulle part ailleurs.

Elin hoche la tête. Elle a un goût de bile, amer dans la bouche.

Tout indique qu'il ne s'agit pas d'un accident.

Seth a été assassiné. Sa vie sauvagement fauchée sous l'eau.

Chapitre 40

Elin referme la porte de la cabane derrière elle et glisse son téléphone dans sa poche.

— La commissaire pense qu'on devrait faire faire des autopsies maintenant qu'on a deux corps.

Steed acquiesce d'un mouvement de tête.

— Il semble clair que Delaney n'est pas allé là-bas pour s'amuser, dit-il en tirant la bâche pour qu'elle soit étalée à plat sur le sol de la cabane. Un point de collecte, peut-être ?

L'eau accumulée dans la bâche autour du corps de Seth forme une traînée sur le sol poussiéreux.

— Avec ce qu'on sait de son passé, c'est plausible. Tom a dit qu'il venait ici assez régulièrement.

Elin ressort de la cabane avec Steed et referme la porte.

— Sur l'île de son père, cependant… Risqué.

Steed passe une main dans ses cheveux encore humides.

— Peut-être que la récompense était trop grosse pour qu'il refuse. Peut-être qu'il a été dépassé, dit Elin, hésitante. Que penses-tu du moment où c'est arrivé ?

— Si peu de temps après la mort de Bea Leger ?

— Oui, et quelqu'un de la même bande. Si on ajoute ça à cette histoire de surprise, aux questions sur le fait que quelqu'un serait ressorti de la villa…, dit-elle en secouant la tête. Je crois qu'il faut qu'on parle à la petite amie maintenant.

Le regard de Steed revient sur la cabane.

— Et le corps ?

— Idéalement, il faudrait que quelqu'un reste, mais je pense que ça ne craint rien de fermer la cabane à clé et de le laisser ici. Je crois qu'il vaut mieux que tu m'accompagnes. Une autre paire d'yeux sera utile.

— Tu veux que je prévienne la famille de Delaney sur le chemin ?

— S'il te plaît.

Mais quand elle imagine la réaction du père, elle est de nouveau assaillie par le doute.

Seth trafiquait-il vraiment de la drogue sur l'île de son père ?

La question en soulève inévitablement une autre : si Seth était prêt à faire ça, quel genre de personne est son père ?

Ronan Delaney, entrepreneur immobilier très prospère, est une des figures les plus respectées de l'industrie internationale de la construction et de l'aménagement. Tout au long de sa carrière, il a érigé des bâtiments primés au Royaume-Uni et en Europe. Delaney est un des donateurs de la Rainbow Foundation, qui vise à impliquer des personnes issues de communautés défavorisées et de minorités dans la politique et la société civile.

Alors qu'ils traversent la plage, Elin continue de faire défiler la chronique sur Ronan Delaney. Sous les premiers paragraphes du texte se trouve une photo institutionnelle tape-à-l'œil : Ronan en chemise blanche, au col ouvert.

— On dirait Seth, non ? dit Steed en regardant par-dessus l'épaule d'Elin.

— Oui.

Malgré les cheveux poivre et sel de Ronan, la ressemblance avec Seth est évidente : les mêmes traits anguleux et la même carrure. Cependant, *une chose* les distingue. Bien que l'expression du visage de Ronan soit neutre, juste une esquisse de sourire, son regard exprime quelque chose qu'elle n'avait pas envisagé après avoir rencontré Seth : de la vulnérabilité.

Il faut qu'elle en sache plus.

En arrivant à l'escalier qui mène au pavillon principal, Elin s'arrête.

— Un seconde, dit-elle. Je veux vérifier quelque chose.

Elle ajoute le nom du centre de vacances à celui de Ronan dans la barre de recherche.

Un grand nombre d'articles sur le fait qu'il a acheté l'île apparaissent dans les résultats. Leur contenu confirme ce que Tom lui a dit : le centre de vacances lui est loué par un groupe hôtelier connu pour ses aménagements de luxe en bord de mer.

Elin consulte l'article suivant – un communiqué de presse générique – et est sur le point d'interrompre ses recherches quand un des résultats attire son attention.

— Qu'est-ce que tu as trouvé ? demande Steed.

Elle incline l'écran pour qu'il puisse le lire aussi.

LE NOUVEAU PROJET IMMOBILIER DE DELANEY SOUS UNE PLUIE DE CRITIQUES

TORHUN EXPRESS

La polémique continue d'entourer le projet d'aménagement sur l'île de Cary.

Ronan Delaney, nouveau propriétaire du tristement célèbre rocher de la Faucheuse, prévoit de construire un hôtel sur le site de l'ancienne école, dans la partie sud de l'île. Sa proposition a fait l'objet de plus de deux cents objections.

S'adressant à des journalistes, M. Jackson, un habitant des environs, a commenté : « Le projet de bâtiment contemporain ne s'accorde pas avec la beauté brute de l'île. »

Un autre protestataire, Christopher Walden, a déclaré : « Je crois que notre projet antérieur, qui visait à faire de l'île une réserve naturelle, un SISP [site d'intérêt scientifique particulier], est plus en adéquation avec l'héritage de ce bel endroit. Si le projet de Delaney se réalise, ce sera une mascarade. »

Le sort de cette proposition doit être tranché par la mairie de Torhun plus tard dans le mois.

Les commentaires qui suivent sont cinglants.

Une mascarade, mais pas une surprise vu le nouveau propriétaire de l'île. J'ai entendu des rumeurs sur des affaires louches dans lesquelles il est impliqué. Un requin.

Ça vaut le coup de jeter un œil à ses autres aménagements.

Un requin. Elin retourne le mot dans sa tête. Intéressant.

Steed lui montre l'écran.

— Même chose évoquée ici, sur la réserve naturelle.

Elin hoche la tête.

— Mais après avoir lu ça, je me dis que les écolos n'avaient aucune chance. Ronan Delaney a l'air de ne pas faire de quartier.

— Peut-être pas non plus avec son propre fils, dit doucement Steed. Peut-être que le trafic de drogue était une forme de rébellion. Une façon de pisser sur le territoire de son père.

Chapitre 41

La villa du groupe est juchée sur un plateau naturel au bout du sentier. Les aiguilles d'un des pins qui se dressent au-dessus sont éparpillées par terre comme des baguettes de mikado.

Tout en frappant à la porte, Elin regarde les paires de chaussures alignées dehors : tongs, Birkenstock, baskets. Une paire de chaussures aquatiques est nettement plus grande que les autres, les semelles intérieures en caoutchouc portant l'empreinte de pieds.

Les chaussures de Seth. Cela la touche. *Toutes les choses que nous laissons derrière nous.*

La porte s'ouvre avec un déclic.

Quand Elin lève les yeux, elle découvre Jo dans l'encadrement de la porte, téléphone en main. Sa robe bleue à manches courtes fait ressortir son bronzage mais n'efface pas la fatigue de son visage ; son teint est cireux, le blanc de ses yeux, strié de rouge. Les pointes de ses cheveux, encore mouillés, dégoulinent sur le tissu et ont laissé des demi-lunes d'humidité sur ses épaules.

— Ah, nos dépositions.

Jo s'écarte pour laisser entrer Elin et Steed. Le

couloir derrière elle est jonché de valises et de vêtements, comme s'ils avaient déjà commencé sans enthousiasme à plier bagages.

Elin entre.

— En réalité, non. Nous ne sommes pas là pour prendre vos dépositions, dit-elle.

Puis elle s'éclaircit la voix : chaque fois, c'est toujours aussi dur.

— Je crains d'avoir une mauvaise nouvelle. Au sujet de Seth.

— Il n'a pas fait de bêtise, si ? demande Jo, les regardant à tour de rôle en secouant la tête. Je savais qu'il ne jouerait pas longtemps les petits copains attentionnés. Depuis qu'on a découvert ce qui est arrivé à Bea, il a quasiment quitté le navire. Wakeboard hier, et quand je me suis réveillée aujourd'hui, j'ai trouvé un message disant qu'il était parti faire du kayak. Il est déjà au bar, c'est ça ? demande-t-elle avec une moue. Il a fait une scène…

— En fait…, commence Steed, mais il n'a pas le temps de finir sa phrase.

Jo a repris la parole et disserte sur le penchant douteux de Seth pour la boisson. Elin se rend rapidement compte que c'est un moyen de défense : elle a senti qu'il se passait quelque chose et retarde l'inévitable. Le ton de sa voix est trop enjoué, son sourire, trop forcé.

Elin lui touche doucement le bras.

— Je crains qu'il y ait eu un accident. Je suis navrée de devoir vous annoncer que Seth est mort.

Le climatiseur émet un bourdonnement pendant qu'elle parle, et Elin se demande durant un instant si Jo a entendu la fin de sa phrase : son expression est figée entre le sourire forcé qu'elle arborait juste avant et une curieuse sorte d'absence d'expression.

Mais elle met soudain la main devant sa bouche.

— Non… il ne peut pas… non…

Elle laisse échapper un sanglot rauque et étouffé.

— Je suis désolée, répète Elin. Je sais que c'est un choc.

Il faut un peu de temps à Jo pour se calmer.

— Qu'est-ce… qui s'est passé ? demande-t-elle finalement, la poitrine encore agitée de halètements.

— On ne sait pas encore. On l'a trouvé dans l'eau en tenue de plongée.

Jo la regarde avec des yeux ronds.

— De plongée ? Mais il faisait du kayak.

— Il était en tenue de plongée. Quant à savoir s'il a fait du kayak avant ou pas, je n'en suis pas sûre.

— Où était-il ? demande Jo dans une expiration saccadée.

— Un peu au large d'une des criques, répond Steed.

Jo cligne rapidement des yeux.

— Mais comment savez-vous avec certitude que c'est lui ? Vous avez pu vous tromper.

— Nous avons besoin que quelqu'un l'identifie officiellement, mais nous l'avons tous les deux reconnu. Je suis désolée, ajoute Elin.

Jo se décompose. Elle est étrangement repliée sur elle-même, une main agrippée à l'encadrement de la porte. Elin jette un coup d'œil autour d'elle, bien consciente qu'ils sont dans le couloir.

— Et si on entrait ?

Aidant Jo à se redresser, Elin lui fait franchir la porte à gauche et l'emmène dans le salon. La pièce, comme le couloir, est sens dessus dessous : des vêtements éparpillés sur le dossier du fauteuil, plusieurs tasses de café à moitié vides abandonnées sur la desserte. À travers les portes vitrées en face d'elle, elle aperçoit des maillots de bain qui sèchent sur les chaises de la terrasse.

Steed désigne d'un geste la porte à deux battants sur la droite qui donne sur le couloir du fond de la pièce.

— Je vais fermer ces portes pour qu'on ne nous dérange pas.

— Avec qui est-ce qu'il plongeait ? demande Jo.

Elin s'assied à côté d'elle sur le canapé et sort son carnet.

— Pour autant qu'on sache, il était seul, répond-elle tandis que Steed s'installe en face.

— Mais ça n'a pas de sens, dit Jo, son pied agité de violentes secousses. Seth est un plongeur expérimenté. Il ne plongerait pas seul.

— On dirait pourtant que si. Nous avons besoin d'une équipe spécialisée pour tout examiner avant de tirer des conclusions, mais il semblerait qu'il ait rencontré des ennuis sous l'eau.

Elin s'interrompt, réticente à développer des théories quand elle n'a pas tous les éléments.

— Écoutez, je sais que c'est dur, mais j'aimerais vous poser quelques questions sur la dernière fois où vous avez vu Seth, pour nous aider à reconstituer ce qui s'est passé.

— Bien sûr. C'est quand on s'est couchés. Ce matin, je me suis réveillée tard, vers huit heures. Seth était déjà parti, dit-elle en reniflant, les yeux gonflés de larmes. Il m'avait envoyé un message pour me dire qu'il faisait du kayak. Comme je vous l'ai dit, ça ne m'a pas étonnée, cette situation de deuil familial ne l'a pas vraiment amusé.

— Et juste pour que je comprenne bien où vous étiez dernièrement, vous n'avez pas quitté la villa aujourd'hui ?

— Non. J'étais dans ma chambre.

— Vous ne savez pas si quelqu'un d'autre est sorti ? demande Steed en tirant un mouchoir d'une boîte pour le passer à Jo.

— Merci, dit-elle avec un demi-sourire. Je ne suis pas sûre, il faut que vous leur demandiez.

Elin hoche la tête.

— Une dernière chose : Tom, un des moniteurs de sports aquatiques, m'a dit que le père de Seth est le propriétaire du centre de vacances. Ronan Delaney.

— C'est exact, dit Jo en tirant un morceau de peau qui pèle sur sa main. Mais il ne s'en occupe pas vraiment. C'est une société hôtelière qui loue le centre et le gère.

— Je suppose que vous savez que Seth est déjà venu ici auparavant ?

Jo porte le mouchoir à ses yeux et les essuie.

— Oui. Il aime bien partir de Londres. Il y a quelques années, il a lancé sa propre agence Web. Il travaille beaucoup, alors il vient ici pour décompresser.

— Savez-vous s'il faisait souvent de la plongée ?

Un hochement de tête.

— Il adore la plongée. Comme toutes les activités extrêmes.

— Et vous êtes déjà venue avec lui ? demande Steed.

Bien qu'il pose une question, son ton est bienveillant

et non inquisiteur. Un vrai talent, rare chez les agents inexpérimentés.

— Non, c'est la première fois. J'aurais aimé venir avant. Il me l'avait proposé, mais j'étais toujours occupée, dit-elle dans un nouveau sanglot.

Elin termine de prendre ses notes. Elle attend que Jo se calme, puis elle demande :

— C'est Seth qui vous a suggéré de venir ?

— Eh bien, non, comme je l'ai déjà dit, quelqu'un m'a parlé du centre en passant, et je l'ai dit à Seth. C'était une drôle de coïncidence, et on a donc discuté du fait que je n'étais jamais venue. J'ai contacté le centre et on m'a proposé de m'offrir un séjour. Rien à voir avec Seth. C'est comme ça qu'il aime faire les choses. Il préfère ne pas se faire remarquer.

— Est-ce que quelqu'un d'autre dans votre groupe est au courant de son lien avec l'île ?

Jo secoue la tête.

— On voulait que ça reste ainsi. Les gens n'ont pas toujours une très bonne image de Seth, ma famille en particulier. Si les filles avaient su que son père est le propriétaire de l'île, elles ne seraient sans doute pas venues.

— Pourquoi ça ? demande Steed.

— Je pense qu'elles auraient supposé que ce voyage était un moyen de frimer…, dit-elle, puis elle hausse les épaules. Ça peut lui arriver, et puis il a un peu une attitude de laisser-faire.

Elle hésite.

— Il fait le clown, et ça horripile les gens. Mais c'est une façade. Au fond, il manque d'assurance. Il a eu une enfance assez merdique, malgré l'argent. Son père n'était pas beaucoup là et ça a toujours été une grosse pression pour lui d'être le fils de Ronan, toutes les attentes que ça implique.

— Dans quel sens ? demande prudemment Elin, consciente que cela donne du poids à la théorie voulant que ses affaires de drogue étaient en fait une forme de rébellion.

— Les gens le croient sans pitié et ambitieux comme Ronan, ou ils le prennent pour une sorte de raté nanti qui vit aux crochets de son père. Seth vaut (elle cligne des yeux, se corrige) *valait* mieux que ça. Je crois qu'il s'est parfois trop efforcé de plaire aux gens, ce qui en fait les repoussait.

Steed hoche la tête.

— Avez-vous remarqué quelque chose d'anormal dans le comportement de Seth récemment ? Avant que vous veniez ici ? Ou pendant votre séjour ?

— Non. Rien.

Mais Elin perçoit quelque chose : l'ombre fugace d'une émotion qui passe sur le visage de Jo.

— Vous êtes sûre ?

— Oui, répond Jo en regardant Elin dans les yeux, puis Steed, mais c'est trop direct, comme si elle surcompensait.

Elin jette un coup d'œil vers Steed, déconcertée.

Elle cache quelque chose.

Il semble déplacé qu'une personne en plein deuil puisse se montrer calculatrice, mais Elin sait que l'instinct de survie des gens peut toujours prendre le dessus. Jo dissimule quelque chose, mais elle ne peut la sonder maintenant. *C'est trop tôt.*

Elin ferme son carnet.

— Ça vous dérange si on jette un rapide coup d'œil dans la pièce ? Ça pourrait nous donner une meilleure idée des raisons pour lesquelles il était en mer.

— Bien sûr, répond Jo en se levant, et Elin décèle à nouveau l'ombre fugitive d'une émotion, impossible à déchiffrer.

Chapitre 42

— Voici notre chambre, dit Jo, restée sur le pas de la porte, comme si elle était réticente à y entrer.

Elin voit bien pourquoi. Les affaires de Seth sont partout : chaussures, vêtements de sport, un short de bain posé sur le dos d'une chaise. Elle jette un regard sur une grande valise sur le lit, à côté de laquelle se trouve un plus petit sac par terre.

— Mon sac, indique Jo en suivant son regard. J'ai commencé à faire mes bagages. On avait prévu de partir une fois que vous auriez pris nos dépositions, poursuit-elle, puis elle regarde autour d'elle. Seth n'avait pas du tout rassemblé ses affaires. Il attend toujours la dernière minute.

Elle est prise d'un nouveau sanglot étranglé, qu'elle ne peut cette fois contrôler.

— On fait au plus vite.

Gênée, Elin s'approche du bureau, bien consciente que Jo pleure discrètement derrière elle, ses sanglots étouffés par son mouchoir. C'est la seule partie de la pièce qui est rangée, avec une bouteille d'eau, un verre et un bloc-notes posé sur une chemise blanche contenant des informations sur le complexe hôtelier. À gauche de la chemise se trouve un ordinateur portable ouvert, son écran noir.

— C'est mon ordinateur, dit Jo en pénétrant dans la chambre. Seth ne s'en sert pas.

— Il en a apporté un ?

Elle secoue la tête.

— Il essayait de se couper du travail pendant une semaine.

— Et son téléphone ? Est-ce qu'il l'avait avec lui ce matin ?

— Je pense. Il ne le quitte jamais. On est aussi nuls l'un que l'autre là-dessus, dit Jo, puis elle désigne un câble qui pend du mur. Il serait ici s'il ne l'avait pas emporté.

Elin se dirige doucement vers la salle de bains et passe la tête dans l'embrasure de la porte. Le parfum d'agrumes des produits de toilette Lumen flotte dans l'air, des bulles de mousse encore collées au sol de la douche. Sur le meuble qui entoure le lavabo, il y a une trousse de toilette, qu'Elin fouille rapidement. Rien de compromettant : après-rasage, rasoir, lames de rechange.

Dans la chambre, Steed est en train d'inspecter le dressing. Elin le rejoint et trouve la penderie à moitié vide. Les vêtements qui restent appartiennent manifestement à Seth : des chemises plus chics pour le soir, quelques tee-shirts.

Steed désigne l'étagère du haut. Deux fourre-tout noirs, d'une marque finlandaise luxueuse, dotés d'une solide fermeture Éclair en acier inoxydable et d'un tissu antidéchirure.

— Ils sont à Seth, déclare Jo en regardant Steed les descendre.

Posant les sacs sur le lit, Steed ouvre le plus petit.

— Juste quelques tickets de caisse.

Elin prend le plus gros sac et remarque tout de suite quelque chose d'étrange : il semble déséquilibré, le côté droit légèrement affaissé.

Elle fouille l'intérieur et les poches latérales sans rien trouver jusqu'à ce que son regard se pose sur les deux poches de devant ; une grande à fermeture Éclair et une plus petite à Velcro par-dessus. Avec un tiraillement grandissant, elle les inspecte : vides, comme elle s'y attendait ; une illusion d'optique, conçue pour détourner le regard de la largeur additionnelle de ce côté du sac.

— Un truc vieux comme le monde, murmure Steed.

Elle hoche la tête, le cœur battant. Pas un double fond, mais un double côté.

Jo regarde Elin d'un air inquiet.

— Vous avez trouvé quelque chose ?

— Peut-être.

Elin passe la main le long de la couture latérale du fond et sent la paroi qui se détache à peine. Les doigts en crochet vers le haut, elle soulève le fond et découvre une fermeture Éclair cachée au-dessous. Elle l'ouvre et glisse sa main dans la poche latérale.

Elle sent du plastique du bout de ses doigts : un mince sachet, au contenu compact.

Elle tire le sachet vers le bas et le fait sortir par l'étroite ouverture. Il est transparent, si bien qu'elle peut voir son contenu : trois grosses liasses de billets, maintenues ensemble par un élastique.

Un tableau se dessine. Lentement mais sûrement.

— Savez-vous pourquoi Seth aurait autant de liquide sur lui ? demande Elin en brandissant le sachet.

— Non, répond Jo qui tripote un des bracelets brésiliens à son poignet. Il a du liquide sur lui, mais pas comme ça.

À ce dernier mot, sa voix tremble.

Elin se tourne vers Steed.

— Tu peux emballer ça puis rejeter un œil pour vérifier qu'on n'a rien loupé ?

Hochant la tête, Steed s'approche du sac, glisse sa main dans la poche et la remonte jusqu'à la couture du coin. Un froncement de sourcils.

— Il y a quelque chose ici, au niveau de la couture.

Il retire sa main. Un reflet métallique sous la lumière du plafonnier.

Elin sait de quoi il s'agit avant même qu'il le montre complètement.

Un mousqueton.

Pourquoi Seth se donnerait-il tant de peine pour cacher un mousqueton ?

Steed le lui passe. Alors qu'elle suit la circonférence de l'anneau de métal du bout de ses doigts, le contour flou d'une pensée surgit de son subconscient.

— Est-ce que Seth avait prévu de faire de l'escalade pendant son séjour ici ?

Jo secoue la tête.

— Pas que je sache.

Elin a des picotements dans la nuque quand la pensée prend corps. Fermant brièvement les yeux, elle est soudain de retour là-bas, dans les rochers, le visage brûlé par le soleil tandis qu'elle fait un pas de côté…

C'est ça, se dit-elle.

Mais l'idée la rend muette.

Impossible. Sûrement un tour de son imagination ?

Cependant, son esprit se met à assembler d'autres éléments disparates : cette personne qui serait ressortie de la villa d'après Hana, ce quelque chose qui la turlupine dans les images de vidéosurveillance…

Elle se repasse mentalement la scène ; ce qu'elle a vu et l'hypothèse qu'elle en a tirée. Peut-être fausse.

— Merci de votre aide, dit-elle à Jo en glissant le mousqueton dans un sachet à indice. Je sais que c'est dur de répondre à nos questions quand vous n'avez même pas eu le temps de digérer la nouvelle.

Jo hoche la tête, les yeux rivés sur le mousqueton.

— Vous avez terminé ?

— Oui, mais étant donné ce qui s'est passé, j'ai bien peur que vous deviez tous rester un peu plus longtemps.

— Bien sûr. Je…

— Qu'est-ce qu'il y a ? demande Elin, déconcertée par l'air médusé de Jo.

Pas seulement de chagrin, mais de confusion.

— Il y a bien quelque chose, au sujet de Seth. Ce que vous m'avez demandé tout à l'heure, s'il s'était comporté différemment. Eh bien, c'est arrivé, mais seulement à cause de ce qui se passait. Depuis environ six mois, il recevait des e-mails. Des sales trucs.

Steed la regarde en haussant un sourcil.

— De quoi ça parlait ? demande-t-il.

— Il ne voulait pas me les montrer, mais j'ai compris l'essentiel. « Enfant gâté plein aux as. » « Qui piétine les autres. » Des choses sur son père aussi. Comme quoi c'était un tyran, qui avait ruiné la vie de gens, les avait empêchés de tourner la page… Des trucs sortis de nulle part. Seth n'y a pas attaché beaucoup d'importance, ce n'était pas la première fois qu'on s'en prenait à lui, mais malgré ça, j'ai bien vu que ça l'affectait.

— Vous avez une idée de qui a pu envoyer ces e-mails ?

Une hésitation, comme l'avait prévu Elin : il y a forcément une raison au fait que Jo ne lui en ait pas parlé depuis le début.

— S'il vous plaît, dit doucement Elin. Il faut que vous soyez sincère. C'est le seul moyen de découvrir ce qui est arrivé à Seth.

Jo hoche la tête.

— Je me suis un peu demandé…, commence-t-elle. Je me suis un peu demandé si ça pouvait être Maya, dit-elle en s'empourprant.

— Maya ?

— Oui. Seth lui a refusé un emploi il y a quelques mois. Ça s'est mal passé. Pour être honnête, c'était une mauvaise idée de le suggérer, je n'aurais pas dû m'en mêler.

— Mais pourquoi Maya lui en voudrait-elle à ce point ?

— À cause de ce qui s'est passé. Cet emploi a été proposé à Maya par un des chefs d'équipe. On est amis, je m'étais donc adressée directement à lui. Seth s'en est aperçu et a tout arrêté, en disant que ce n'était pas une bonne idée de mélanger travail et famille. Maya… eh bien, elle a perdu son appartement quelques mois plus tard. Elle ne pouvait plus payer le loyer.

— Vous pensez donc que Maya aurait pu faire ça par rancune ? demande Steed en baissant un peu la voix.

— Je ne sais pas, dit Jo avec un haussement d'épaules. Je me sens bête maintenant, d'avoir dit ça. Maya n'a sans doute rien à voir avec ça. Après tout, il y avait aussi des choses au sujet du père de Seth, et Maya ne le connaît même pas. S'il vous plaît, ne dites rien.

Elin regarde Steed, sa première pensée étant : *Alors pourquoi en parler ? Pourquoi seulement envisager la possibilité si vous ne pensiez pas qu'il y ait une chance que ça puisse être vrai ?*

— Je ne dirai rien, mais il va falloir qu'on parle avec Maya et Hana avant de partir.

— D'accord, répond Jo.

Mais Elin n'est pas sûre qu'elle l'ait seulement entendue, les yeux rivés sur Steed qui récupère l'argent et le mousqueton et les glisse dans son sac.

Une fois qu'ils ont quitté la villa, Steed secoue la tête.

— Qu'est-ce que tu en penses ?

— Intéressant. L'argent qu'on a trouvé commence à confirmer la thèse d'un trafic.

— Et le mousqueton ? lance Steed avec un regard de côté. Tu as une théorie, non ?

Elin acquiesce d'un mouvement de tête mais hésite à la lui exposer maintenant, à montrer ses cartes avant d'avoir eu une opportunité de s'assurer que c'est seulement possible.

— C'est lié à l'endroit où on a trouvé le corps de Bea Leger. Si tu es d'accord, je vais aller jeter un œil pendant que tu interroges Hana, Maya et Caleb.

Steed hoche la tête mais Elin sent sa gêne, les questions sans réponses dans son regard.

Chapitre 43

S'arrêtant à quelques pas de l'endroit où le corps de Bea Leger gisait, Elin lève les yeux des restes de taches de sang vers la paroi de la falaise. Celle-ci se dresse au-dessus d'elle, toujours aussi vertigineuse, ses fissures irrégulières dans le calcaire, ses cavités et crevasses creusées par les éléments.

Où se trouvait-elle quand elle l'a vu ?

Mais c'est presque impossible de retrouver l'endroit avec précision ; tout ce dont elle est sûre, c'est qu'elle l'a entrevu après que Rachel a commencé à photographier le corps de Bea.

Peut-être qu'elle était un peu plus haut, songe-t-elle, à gauche de Rachel ; elle pouvait alors voir la paroi de la falaise qui dessine une courbe autour de la crique.

Grimpant sur la gauche, Elin essaye différentes positions et différents angles, mais elle ne parvient à voir que des éléments de la nature : des poches de végétation, des herbes, de toutes petites fougères sorties de fissures dans la roche. Un cormoran, les ailes déployées, est juché sur un des rochers escarpés.

Elin recule, contrariée, et commence à douter

d'elle-même. Mais lorsqu'elle tourne la tête sur le côté, elle cligne des yeux, soudain aveuglée.

Une nouvelle lueur éblouissante, identique à celle qu'elle a vue auparavant.

Cette fois-ci, elle sait ce qu'elle cherche et ne recule donc pas trop vivement pour ne pas risquer de perdre de vue ce qui pourrait être à l'origine de ce reflet. Au lieu de cela, elle incline légèrement la tête, assez pour ne plus être aveuglée.

Là. Son pouls s'accélère. *Il est là*, qui dépasse de la roche.

Une boucle de métal, la lumière du soleil se reflétant sur l'anneau argenté lisse.

Un piton d'escalade.

D'une main tremblotante, Elin sort son téléphone et prend une photo.

Tout en examinant celle-ci, elle assemble les pièces du puzzle une à une dans son esprit : *le mousqueton dans le sac de Seth, le fait selon Maya que quelqu'un serait ressorti de la villa, et maintenant ça : un piton, juste au-dessous de l'endroit d'où Bea est tombée.*

Est-il possible que la chute de Bea ne soit pas un accident ?

Elle a eu le sentiment que quelque chose la taraudait dans les images de vidéosurveillance de la chute.

Fermant les yeux, elle se repasse la scène. Alors que les images défilent, elle se rend compte que ce qu'elle a vu – le foulard qui tombe, Bea qui se penche par-dessus le garde-corps pour le récupérer – n'est peut-être pas la bonne version des faits. Elle a associé les deux car c'était logique. La cause et l'effet.

Mais ce n'est pas *forcément* le cas. Il se peut que le

foulard soit tombé, mais que Bea se soit penchée pour une *autre* raison. Une raison humaine.

Elin considère le piton, son emplacement. Un frisson la parcourt. L'idée est tirée par les cheveux, mais plausible : il se peut que Seth se soit trouvé sur la paroi de cette falaise et ait d'une façon ou d'une autre attiré l'attention de Bea. Elle repense au creux dans l'herbe que Leon a observé.

Peut-être que ce n'est pas Bea qui a fait tomber quelque chose, mais Seth, s'en servant d'excuse pour simuler une chute. Il pourrait avoir appelé à l'aide, Bea aurait vu ce qu'il avait fait tomber, lui aurait fait confiance, et quand elle aurait alors tendu la main…

Son esprit ne veut pas franchir le pas suivant, mais il le fait tout de même : *il pourrait l'avoir fait basculer.* Les images de la caméra de surveillance, qui déjà ont du grain, n'ont rien montré de la moitié inférieure du garde-corps en verre, et le corps de Bea cachait la plus grande partie de la paroi vitrée… par conséquent, la main de Seth tendue vers le haut n'aurait pas été visible.

Mais alors qu'elle retourne le problème dans sa tête, elle bute sur la question logistique : pour pouvoir duper Bea, il fallait qu'il camoufle son matériel d'escalade. Relativement facile, se dit-elle, avec un pull ample, surtout de nuit, mais il n'a pas pu se contenter de se suspendre là. Il fallait qu'il se mette dans une posture de chute plausible.

Faisant un pas de côté pour avoir une vue plus latérale de la falaise, elle remarque une petite saillie environ un mètre au-dessous du piton.

Le frisson la saisit de plus belle.

Indéniablement assez large pour que Seth ait pu se

tenir dessus, demander de l'aide à Bea et, au moment où elle lui tendait la main, la tuer en la tirant.

Plus Elin considère cette hypothèse, plus celle-ci devient plausible. Bea, peut-être éméchée, sa capacité de jugement altérée, lui serait venue en aide sans se douter de rien.

Elin secoue la tête. Si c'est *bien* le cas, alors c'est futé. Pas du tout un accident, mais un meurtre. Une idée ingénieuse : le meurtre parfait en ce qu'il n'apparaît pas comme un meurtre.

Mais pour quel motif ?

Étant donné le moment où il a eu lieu, il est forcément lié à la mort de Seth. Mais quel était le rapport entre Bea et Seth ?

Elle n'a aucun moyen de le savoir à ce stade, mais quel qu'il soit, il laisse des questions en suspens. Une telle manœuvre nécessite des préparatifs. Si Seth était impliqué, comment a-t-il transporté le matériel d'escalade, et où est-il maintenant ? Un mousqueton, soit, mais le reste – baudrier, cordes – est encombrant et aurait attiré l'attention à cette heure de la nuit.

Il est peu probable que Seth ait jeté son équipement dans l'eau et pris le risque que le ressac le ramène sur le rivage. Il est plus vraisemblable qu'il l'ait caché quelque part à proximité. Pas *assez* près pour pouvoir être remarqué au moment où les lieux du crime étaient inspectés, mais pas trop loin non plus ; il aurait été pressé de retourner à la villa avant qu'on s'inquiète de son absence.

Elle doute qu'il ait caché ces affaires du côté du centre de loisirs, ce qui laisse le côté gauche, où la falaise forme une courbe vers la crique suivante.

Avançant avec précaution le long de la falaise, Elin cherche des cachettes possibles dans la façade rocheuse.

Rien d'évident, jusqu'à ce qu'elle remarque une grande cavité dans la roche, d'environ un mètre de large et un peu plus petite qu'elle. Baissant la tête, elle se glisse à l'intérieur. L'espace est peu profond, de quelques mètres seulement ; tout juste assez large pour s'y retourner.

Réprimant un sentiment grandissant de claustrophobie, Elin cherche des cachettes naturelles, mais les parois ne dévoilent rien que des bernaches et des protubérances de roche.

Après une seconde inspection des lieux, elle ressort de la cavité et repart.

Elle suit la paroi de la falaise jusqu'à une autre ouverture, de même hauteur que la précédente mais plus étroite. Une fois à l'intérieur, elle l'aperçoit tout de suite : un petit creux à environ quinze centimètres du sol.

Elin s'accroupit, enfile une paire de gants et glisse une main dedans.

Elle touche quelque chose du bout des doigts. Un bruit de froissement.

Enfonçant davantage sa main, elle ressent une poussée d'adrénaline dans sa poitrine quand ses doigts saisissent un sac en plastique contenant quelque chose de solide.

Chapitre 44

Elin tire d'un coup sec et une fine corde marron et verte tombe du sac sur le sol. Sous celle-ci, à moitié visible, se trouve un baudrier.

Elin considère le tout, non pas surprise mais horrifiée par ce que cela signifie : sa découverte non seulement consolide sa théorie mais montre à quel point tout était planifié avec soin.

La mort de Bea n'est pas un accident.

Cela renforce aussi la probabilité que sa mort et celle de Seth soient liées. Et, plus déprimant encore, c'est sans doute une affaire de drogue.

Des décès absurdes pour un poison absurde.

Après avoir pris plusieurs photos, Elin remet la corde et le sac en vrac dans le creux.

Trop lourds pour qu'elle les porte seule dans les rochers ; il lui faudra revenir les chercher.

Une fois dehors, elle retire ses gants. Essuyant ses doigts moites sur son pantalon, elle repart dans les rochers en direction de la plage.

Elle n'a fait que quelques mètres quand elle entend un léger bruit, provenant d'au-dessus d'elle.

Relevant la tête, elle scrute les environs mais ne voit

personne dans les rochers ni sur la falaise. Malgré cela, Elin a l'étrange sensation de ne pas être seule.

À chaque pas qu'elle fait, son malaise grandit.

Elle s'apprête à hâter le pas quand elle perçoit un mouvement au-dessus d'elle.

Celui-ci semble venir de la paroi elle-même, ou plutôt d'une partie de celle-ci : un petit rocher qui roule vers elle à toute allure.

Elin est presque surprise dans un premier temps : elle éprouve une sorte d'indifférence détachée, comme si elle le regardait tomber vers quelqu'un d'autre et l'observait avec un intérêt presque scientifique dévaler la paroi rocheuse, des fragments de pierre volant en éclats avec de petits bruits.

Elle reste là, immobile, escomptant toujours qu'il oblique en rebondissant, dévie de sa trajectoire sur elle.

Mais cela n'arrive pas.

Le rocher continue de tomber.

Le temps semble s'arrêter, chaque pivotement, chaque secousse, quand le rocher ricoche contre le calcaire dans sa chute, se produisant dans une sorte de ralenti insoutenable.

Les poils de sa nuque se hérissent, mais ses jambes refusent de bouger, n'obéissent pas aux ordres de son cerveau.

Bouge. Bouge.

Chapitre 45

— On ne peut pas rester ici, dit Jo en se levant du canapé. D'abord Bea, maintenant Seth.

Les muscles de ses bras sont tendus tandis qu'elle arpente la pièce.

À son second aller-retour, elle rase le faux philodendron avec une telle énergie que ses feuilles sont agitées d'une violente secousse, et le pot vacille sur son support.

Captant le regard de Hana, Maya dégage une boucle brune de devant son visage avec un geste affolé, comme si elle l'intimait de dire quelque chose, mais Hana ne sait pas quoi. Jo a raison.

C'est bel et bien surréaliste. Il n'y a pas d'autre façon de décrire la situation.

— C'est affreux, dit doucement Maya, mais c'est une horrible coïncidence, rien de plus. Des accidents.

— Tu le penses vraiment ? demande Jo en pivotant, le visage débordant d'émotion. Je me disais que tu étais parano, Han', mais je crois maintenant que tu as raison, il y a *bien* autre chose là-dessous.

— Mais on sait que Bea est tombée, quant à Seth, l'inspectrice a dit que son matériel de plongée…, dit Caleb depuis le coin de la pièce.

Il se frotte les yeux, épuisé par tout cela, Hana le voit bien.

Jo a les yeux brillants.

— Non, lance-t-elle soudain. Elle n'a pas dit ça explicitement. C'était évident d'après ses questions qu'elle ne croit pas qu'il s'agisse d'un accident. Il y a quelque chose qui cloche… pas seulement l'argent, mais le fait qu'il soit allé plonger tout seul, sans le dire à personne.

— Je suis d'accord avec toi, dit lentement Hana. Ça, c'est vraiment bizarre, surtout quand on ne connaît pas bien un endroit. C'est un risque énorme.

Une expression étrange passe sur le visage de Jo. De la gêne ?

— Qu'est-ce qu'il y a ? demande Hana.

Jo relève les yeux pour regarder Hana.

— J'allais vous le dire de toute façon. Seth connaissait déjà l'île. Ce n'était pas la première fois qu'il venait ici. Son père… en est le propriétaire.

— On sait. L'inspecteur nous l'a dit, marmonne Caleb.

— Oh, fait Jo en hochant la tête d'un drôle d'air.

Lorsqu'elle s'appuie contre le mur, le mouvement dévoile la cicatrice qu'elle garde de l'incendie. La seule marque de vulnérabilité sur son corps si vigoureux.

— Et pourquoi tu ne nous l'as pas dit avant ? Une grande révélation pour Instagram ?

— Non, souffle-t-elle. Comme je l'ai dit…

— Arrête de mentir, la coupe Hana en secouant la tête, incrédule. Même maintenant, alors que Seth est mort, tu mens, Jo, et pour être honnête, j'ai du mal à croire le moindre mot qui sort de ta bouche.

En prononçant ces paroles, elle éprouve un sentiment

de délivrance – à ne plus se soucier de ce que les gens pensent d'elle et ne plus devoir cacher ce qu'elle ressent vraiment. Peut-être qu'elle aurait dû faire ça plus tôt, se dit-elle, légèrement enivrée par cette sensation.

Prise de court, Jo écarquille les yeux, mais elle se reprend rapidement.

— Si je suis une menteuse, je ne suis pas la seule.

Sa voix, sa diction d'une précision glaciale donnent un frisson à Hana.

— Je… je ne comprends pas, bredouille-t-elle. Qui d'autre ment ?

— C'est ce que je veux savoir. Seth recevait des e-mails anonymes depuis quelques mois. Des sales trucs. Des menaces. Des accusations contre lui, son père. Ça me semble assez étrange qu'il ait reçu ces messages et qu'il se soit passé *ça*.

Le regard de Jo se porte sur Maya, et c'est alors que Hana se rend compte de ce à quoi ces dernières minutes ont progressivement mené : une chose que Jo essaye de dire depuis qu'elle s'est mise à arpenter la pièce.

— Et ? lance Maya d'une voix dure. Quel est le rapport avec nous ? demande-t-elle en touchant le collier niché dans le creux à la base de son cou.

— Eh bien, je dirais que c'est surtout toi que ça concerne, Maya.

— Moi ? dit-elle en reculant, ses yeux sombres luisant, le regard indéchiffrable.

— Oui, dit Jo avec un hochement de tête et un visage soudain dur, telle une bête prête à donner la mort. Tu étais tellement furieuse contre Seth après cette histoire de boulot.

Maya hésite.

— C'est vrai, dit-elle lentement, mais ça ne fait pas de moi une menteuse. Tu m'avais plus ou moins promis ce boulot puis Seth est revenu là-dessus. Alors bien sûr que j'étais furax.

— Mais il n'y a pas que ça, hein ? Je sais ce que tu as fait.

— Tu sais quoi ? demande Maya d'une voix tremblotante.

Jo incline légèrement la tête.

— Je sais que c'est toi, Maya, les rumeurs sur son entreprise qui ont fait le tour des réseaux sociaux.

Maya se raidit à côté de Hana. Un silence. Elle n'entend plus que le discret ronronnement du climatiseur.

Elle déglutit.

— Mais…, bégaye-t-elle. Comment t'en es-tu aperçue ?

— Ton ex. Sol est tombé sur Seth un soir, il a vidé son sac.

— C'est *Sol* qui lui a raconté ?

— Oui. Dans le moindre détail sordide, dit Jo, puis elle lâche un petit rire amer. Je dois dire que je n'y aurais jamais pensé : toi, une troll. Je ne l'ai pas dit à l'inspectrice, mais ça me fait m'interroger. Si tu peux faire une telle chose, de quoi es-tu capable exactement ?

Maya se recroqueville pendant que Jo parle, ses épaules se rapprochant comme si son corps se repliait sur lui-même. Hana se rend compte que cela illustre parfaitement ce que fait Jo : elle donne aux gens le sentiment d'être petits pour se sentir grande.

Même acculée, elle reste habile, et Hana sait pourquoi sa sœur fait ça maintenant : Jo détourne l'attention. C'est elle qui a menti – à propos de Bea, du lien de Seth avec cette île, et de bien d'autres sujets –, cependant elle revient sur une chose que Maya a faite pour qu'on ne prête plus attention à elle.

Hana se lève et se tourne vers Jo.

— Avant que tu commences à accuser Maya, je crois que tu as certaines explications à nous fournir. En parlant de tromper les gens… le jour de notre arrivée, un mot est tombé de ton sac sur la jetée. Tu avais commencé à m'écrire, à t'excuser de quelque chose… je n'ai toujours pas entendu de quoi il s'agit.

Un instant de silence.

— Oh, ça…, dit rapidement Jo. J'ai écrit ça il y a quelques mois. Comme je te l'ai dit, je m'en voulais de ne pas avoir été là pour toi après la mort de Liam. J'ai pensé à t'écrire, mais on a ensuite organisé ces vacances. Je comptais t'en parler ici, avoir une vraie conversation, en tête à tête.

Hana écoute tandis que Jo continue d'un air contrit. Alors qu'elle prononce tous les mots justes, empreints de toutes les émotions justes… elle ne parvient curieusement pas tout à fait à trouver le ton juste.

Elle ment encore. Elle vient d'apprendre que son petit ami est mort et elle ment.

Chapitre 46

C'est seulement quand le rocher se trouve à environ un mètre au-dessus d'elle que le corps d'Elin réagit enfin, se jetant sur le côté en battant l'air des bras. Elle tourne sur elle-même et atterrit à moitié sur la paume, à moitié sur le sternum, le choc expulsant brusquement l'air de ses poumons.

Elle plaque ses mains sur ses oreilles, se préparant à l'impact, mais rien ne se produit. Elle ne voit pas le rocher heurter le sol, entend seulement un craquement sourd suivi de petits bruits de morceaux volant en éclats.

Elle incline la tête, jette un regard nerveux au-dessus d'elle, mais aucun autre rocher ne suit. Elle ne voit que la paroi menaçante de la falaise et une bande de ciel bleu éclatant.

Si elle n'avait pas été capable de bouger quand elle l'a fait…

Lorsque son souffle se calme enfin, elle se relève lentement.

Ses yeux se posent sur le rocher qui gît à environ un mètre d'elle. Il est plus gros qu'elle ne le pensait, coupé grossièrement en deux dans sa chute, de nouvelles fissures révélant la pierre plus foncée et lisse à l'intérieur.

Le premier réflexe d'Elin est de reculer, d'essayer de voir d'où le rocher est tombé.

Un éboulement de falaise, se dit-elle. Un morceau de roche qui s'est décroché après s'être dilaté et contracté sous l'effet de la chaleur. Mais en s'éloignant, Elin lève les yeux vers le rocher de la Faucheuse. Bien qu'elle ait écarté cette possibilité auparavant, elle ne peut s'empêcher pendant un instant d'imaginer que c'est le rocher le coupable : comme si, de colère, il avait jeté un morceau de sa paroi.

Une fois encore, l'île la prévient clairement :

On ne veut pas de toi ici.

Chapitre 47

Quand Elin arrive sur la plage, son téléphone tinte bruyamment.

Elle s'attend à ce que ce soit Will et se demande pourquoi elle ne l'a pas rappelé, mais il s'agit d'un numéro qu'elle n'a pas revu depuis son interruption de carrière.

Mieke, un des médecins légistes.

— Je suis en train de terminer l'autopsie de Bea Leger. Les blessures correspondent à une chute de cette hauteur et elle est morte d'un traumatisme crânien, comme tu l'as sans doute deviné, mais il y a quelques éléments qui pourraient être intéressants. J'ai trouvé quelque chose d'un peu étrange : des résidus d'une substance poudreuse dans sa bouche, collectés au niveau des gencives, avec de très petites quantités sur certaines de ses dents.

Une poudre.

Elin se raidit. Elle n'a aucun moyen de savoir si c'est la même substance que celle qu'elle a vue au coin de la bouche de Seth, mais si c'est le cas, cela établit un lien indéniable entre les deux morts.

— Une idée de ce que c'est ?

— Je ne peux rien affirmer tant qu'on n'a pas les

analyses du labo, mais ça ressemble selon moi à de la poudre de roche calcaire. J'en ai déjà vu, un ouvrier carrier. Sa machine a basculé et l'a emporté avec elle. On a trouvé une substance similaire sur lui.

— Est-ce qu'elle a pu s'en mettre dessus en tombant ?

Un silence.

— Je dirais que non. Cette poudre est propre au processus d'extraction de la pierre, quand on travaille directement sur le calcaire. Cela implique qu'elle n'a pas été traitée et qu'elle ne peut donc pas provenir d'un lieu de postproduction, comme une usine.

— D'accord, dit Elin, et tandis que Mieke parle, une pensée lui vient l'esprit, qu'elle n'avait pas envisagée jusque-là.

La carrière sur l'île.

Will y a fait allusion quelques fois, il lui a raconté que l'ancienne école avait été construite à partir de pierre calcaire extraite sur l'île. Il en a ensuite réutilisé une partie pour son projet : pour les intérieurs, l'accueil et les espaces communs.

Mieke continue :

— J'ai dans l'idée que ça vient de quelque part ou de quelqu'un. Une forme de transfert.

Elin médite sur l'implication potentielle de Seth dans la mort de Bea.

Il est possible qu'il lui ait transféré la poudre d'une façon ou d'une autre. Mais si c'est le cas, pourquoi aurait-il été dans la carrière ? Pour y planquer la drogue ?

— Autre chose ?

— Oui. C'était sans doute difficile à voir au départ, avec la lividité, mais je suis presque sûr qu'elle a des ecchymoses sur les bras. L'empreinte est légère, mais ça ressemble selon moi à des marques de doigts. Il faut que j'examine ça de plus près, mais…

Elin prend une inspiration : des marques de doigts qui pourraient résulter du fait qu'on a tiré Bea Leger par-dessus le garde-corps.

— Je déduis de ton silence que ça complique l'affaire, dit doucement Mieke.

— Un peu. Préviens-moi si tu trouves autre chose.

Après lui avoir dit au revoir, Elin réfléchit à tout cela et est parcourue d'un frisson. Les indices l'entraînent de manière écrasante dans une direction : Bea Leger n'est pas simplement tombée. Elle a été assassinée, elle aussi.

Si c'est le cas, les observations de Mieke pourraient alors constituer une des quelques pistes dont dispose Elin pour comprendre le motif et identifier le coupable de ces meurtres. Une fois qu'elle aura parlé avec Will, ils doivent se rendre à la carrière.

Malgré ce qu'il s'est passé avec le rocher quelques instants plus tôt et le malaise que lui cause l'île, cette pensée lui procure un frisson d'excitation identique à celui qui l'a saisie sur la plage.

Toutes les fibres de son corps tressaillent d'énergie. Elle se sent vivante. Débordante de vie.

Chapitre 48

— Tiens, une revenante… Je ne t'attendais plus, dit Will, tirant une chaise pour elle.

Elin regarde autour d'elle. Le restaurant est calme : tables désertes, seuls quelques employés affairés près du bar.

— Désolée. Je comptais te rappeler, mais les choses se sont un peu compliquées.

La sueur perle sur le front de Will, qu'il essuie grossièrement du dos de sa main.

— Le client disparu ?

— En fait, non. Fausse alerte. Il était parti faire du *snorkeling*.

— Bonne nouvelle.

— Pas exactement, dit Elin d'une voix tendue.

Elle n'a pas envie de le lui dire. Elle sait qu'à l'instant où elle le fera, tout l'espoir qu'il avait que cela n'ait pas de conséquences sur le prix et le centre Lumen lui-même s'évanouira.

— Mais on a retrouvé un corps dans l'eau. Un autre client.

Will blêmit et se penche en avant sur sa chaise.

— Un autre accident ?

— On ne peut pas encore se prononcer.

Sa réponse est vague, mais elle voit bien qu'il n'est pas dupe.

— Je ne suis pas sûr que la méthode « discrète » fonctionne. Farrah m'a dit que c'est l'hémorragie de clients. Les gens ont eu vent qu'il se passe quelque chose, marmonne-t-il.

— Les gens s'en vont ?

— Qui l'eût cru, hein ? Ça ne leur plaît pas que des morts inopinées ternissent leurs vacances, dit Will, puis il désigne les lieux d'un grand mouvement de bras. Tu ne le vois pas ? On ne peut pas dire que ce soit l'affluence, si ?

Elin regarde autour d'elle. Il a raison, le centre s'est vidé : le bourdonnement plein de vie des vacances a cédé la place à un cri isolé ou à un soudain éclat de rire solitaire. La plage est déserte, et bien qu'il y ait quelques personnes dans la piscine, les chaises longues qui l'entourent sont inoccupées.

— Le bateau n'a pas arrêté de faire des allers-retours. Certaines personnes ont pris des bateaux-taxis, dit-il en se mordant la lèvre. Ça a aussi été relayé sur les réseaux sociaux.

Elin secoue la tête, atterrée. *La dernière chose dont ils ont besoin.*

Un soupir.

— Je crois que je vais écourter le week-end. J'ai plein de travail de toute façon. J'aurais dû savoir que ce ne serait pas simple. Nos voyages ensemble ne le sont jamais.

Will la regarde dans les yeux et un courant passe entre eux. Pendant un instant, une complicité les unit, qui s'évanouit aussi vite qu'elle est apparue. Will détourne le regard.

— En vérité, ça a trop d'implications pour moi. C'est nul de dire ça après ce qui s'est passé, mais…

— Je comprends. Ça te touche personnellement.

— Oui. C'est comme de regarder une chose à laquelle tu tiens énormément voler en éclats au ralenti, dit-il d'une voix étranglée. J'ai travaillé si dur pour faire de cet endroit ce qu'il est, changer l'image qu'en ont les gens… et tout ça n'aura servi à rien. Une fois que les médias s'en seront emparés, ils ressortiront tout. Les meurtres de Creacher, l'école. Lumen ne sera plus qu'un détail sans importance.

Un affreux sentiment d'impuissance s'empare d'Elin lorsqu'elle sent la situation lui échapper. Elle a envie de faire quelque chose, n'importe quoi, pour arranger la situation pour lui, mais elle ne le peut pas.

— Écoute, on ne sait pas vraiment ce qui s'est passé. Il y a encore une chance…

Will la regarde avec une étrange expression crispée.

— Tu n'as pas besoin de faire ça, tu sais. Je ne suis pas un gosse.

— De faire quoi ?

— Me cacher la vérité. Je vois à ton visage que ça se présente mal, dit-il, puis il affiche un sourire forcé. Je crois que j'ai enfin entendu ta voix des mauvaises nouvelles. Depuis le temps qu'on est ensemble, je l'entends seulement maintenant.

Alors que Will parle, Elin perçoit quelque chose qu'elle n'avait jamais décelé auparavant, une forme de passivité agressive dans son langage corporel, son intonation… presque de l'*animosité*. Et bien qu'elle interprète peut-être trop les choses, elle ne peut s'empêcher de se demander s'il lui en *veut* de ce qu'il se passe, du fait d'être simplement impliquée.

— J'essaie juste d'être optimiste.

Il hoche sèchement la tête.

— Et tu es contente de rester ?

— Comment ça ?

— Eh bien, maintenant que la situation s'est complexifiée…

— Oui…, dit Elin qui scrute son visage, son expression, ne sachant trop où il veut en venir.

— Mais ce matin au lit, tu m'as dit que tu t'inquiétais de ne pas réussir à t'en sortir, de ne pas tenir le coup si les choses s'envenimaient.

— Un doute, oui, réplique-t-elle prudemment, mais ça ne veut pas dire que je ne veux pas continuer.

— Mais si le doute revenait, est-ce que tu parlerais franchement à Anna ?

— Oui.

Il la regarde dans les yeux.

— Tu lui as parlé de ce truc sur Twitter ?

Elin hésite, sachant ce qu'est cette question : un test.

— Oui. Elle m'a dit qu'elle enquêterait si ça se reproduit, dit-elle, puis elle lui prend la main. Vraiment, il ne faut pas que tu t'inquiètes.

Un profond soupir.

— Mais de te savoir ici, toute seule, ça ne me plaît pas.

— Je ne suis pas seule. J'ai Steed.

À l'instant où elle prononce ces mots, elle sait qu'ils sont malvenus, mais elle ne sait pas quoi faire. Depuis le début, cette conversation lui donne l'impression d'avancer en terrain miné, comme si elle ne pouvait que dire ce qu'il ne faut pas.

— Steed, répète Will en dégageant sa main. Tout va bien alors. Vous êtes assez proches pour que tu puisses lui dire, si ça devient trop dur ?

Une nouvelle mine.

Elin cherche ses mots.

— Eh bien, oui, je crois que je pourrai. On a appris à se connaître un peu mieux depuis qu'on est ici.

Mauvaise réponse. Le visage de Will se ferme. Elle ne sait pas bien comment ils en sont arrivés là, à cet étrange sentiment de danser sur des airs différents.

Remarquant une tache blanche de crème solaire près de l'oreille de Will, elle tend la main pour l'enlever, mais il a un mouvement de recul, signe de rejet évident. Elin rougit, blessée, et dans un soudain instant d'introspection, elle se rend compte avec horreur de la raison pour laquelle il se comporte comme ça.

C'est *elle*, n'est-ce pas ?

Chez eux, ces dernières semaines, elle était irritable et distante, mais ici, c'est une autre personne. Regonflée. Dynamique.

Il écope de tous ses mauvais côtés, et comment doit-il interpréter ça ?

L'abîme qui s'est ouvert entre eux déclenche une soudaine vague de tristesse en Elin.

— Bon, il faut que j'y aille, déclare-t-elle, faisant ce qu'elle fait toujours : temporiser ; occulter. Je te laisse.

— Appelle-moi plus tard.

— D'accord.

Elin se penche et l'embrasse. Il n'a pas de mouvement de recul cette fois, mais peut-être quelque chose de pire : de la réticence.

Chapitre 49

— Maya, tu es réveillée ?

Le corps de Hana jette une ombre sur la silhouette de Maya étendue sur la chaise longue. Cette dernière, le bord large de son panama enfoncé sur ses yeux, porte un short en jean associé à un haut de bikini brun clair ayant presque la même couleur que sa peau.

Pas de réaction.

— Maya ? répète Hana, plus fort cette fois, avec une petite note de peur.

Après tout ce qu'il s'est passé… Elle tend la main et secoue le bras de Maya.

— Maya, réveille-toi !

Finalement, celle-ci bouge, tirée de son sommeil. Elle s'assied en empoignant le bord de la chaise longue, ce qui fait ressortir les veines de sa main.

— Désolée, dit-elle d'une voix mal articulée. Je ne savais même pas que je m'étais endormie.

Hana s'installe dans la chaise longue d'à côté.

— Pourquoi tu ne m'as pas dit la vérité ? demande-t-elle à voix basse. Au sujet de ce boulot ?

Maya se redresse et se frotte les yeux. Une traînée

de crème solaire a séché dans le pli de son ventre, une touche de blanc au milieu du brun.

— J'étais gênée. Toute cette histoire… c'était humiliant. Jo a voulu bien faire, mais tu sais comme elle est. J'avais présumé qu'elle avait clarifié les choses avec Seth, mais il s'est avéré qu'elle ne lui en avait même pas parlé, explique-t-elle en faisant tourner une de ses bagues sur son doigt. Seth a tout annulé, avec toutes ses excuses, évidemment, en me sortant le baratin classique : « J'ouvre l'œil, je vais passer ton CV à un copain », mais c'en est resté là. Fin de la partie.

— Tu n'avais pas signé de contrat ?

— Il devait être finalisé cette semaine-là. Tout ce que j'avais, c'était la parole de Jo, dit Maya, qui secoue la tête. J'étais écœurée, je comptais dessus pour payer le loyer, et vu que je croyais que c'était sûr et certain, j'ai perdu des semaines que j'aurais pu passer à chercher un autre boulot.

— Est-ce que Seth t'a dit pourquoi il ne tenait pas à ce que tu travailles là ?

— Apparemment, il ne voulait pas que les gens voient ça comme un piston, et puis ils devaient respecter les procédures de recrutement, bla-bla-bla, ce qui est entièrement vrai, mais j'aurais été prête à faire ça. J'avais les qualifications requises pour le poste. Mais il s'inquiétait de ce que les gens penseraient s'il donnait cet emploi à quelqu'un avec qui il avait un lien.

— Et cette histoire de troll ?

Maya tressaille.

— J'ai fait courir la rumeur sur Internet, mais les autres trucs dont elle n'arrêtait pas de parler, les e-mails… ce n'est pas moi, dit-elle, puis elle hésite.

Écoute, c'était mal de mettre ça sur les réseaux sociaux, je sais, mais j'étais en rage, Han', tellement tout ça était injuste. La même semaine, j'avais rendu visite à Sofia avec mes parents. Ma mère était si bouleversée... j'ai vu rouge. La façon dont il avait fait ça, comme si c'était rien... Un claquement de doigts, sans la moindre idée de ce que ça pouvait impliquer pour moi, pour ma vie, poursuit-elle en secouant la tête. J'avais trouvé tous ces trucs sur lui, les œuvres de charité auxquelles il participe. Le type modèle pour toutes ces bonnes œuvres, mais dans la réalité, quand on sort de la propagande bidon, plus rien ne tient la route.

— Mais il doit bien y avoir des recours juridiques pour un contrat passé oralement.

Maya prend un air peiné.

— J'ai essayé.

— Comment ça ?

— Je suis allée voir Bea, Han'. Étant donné sa formation, je me suis dit qu'elle pourrait m'aider.

— Et elle ne l'a pas fait ? s'étonne Hana.

Comment peut-elle n'être au courant de rien de tout ça ?

— Non. Elle ne voulait pas s'en mêler. Et puis, elle était débordée et apparemment (elle mime des guillemets avec ses doigts) « ce n'est pas son domaine de compétences », c'est la formule qu'elle a utilisée. Elle m'a donné le nom d'un avocat aux tarifs extravagants, explique Maya, puis elle hausse les épaules. Que je récupère ce poste, ce n'était pas si important, c'était plus pour me faire entendre. Tout ce que je voulais, c'était qu'elle m'aide à rédiger une lettre qui ressemble vaguement à un courrier d'avocat, pour le faire réfléchir à deux fois, mais manifestement… elle ne pouvait pas. Trop occupée, ou peut-être qu'elle ne voulait simplement pas le faire.

Hana est à nouveau saisie par le même sentiment déstabilisant en comprenant à quel point elle connaît peu sa famille. *Qu'a-t-elle raté d'autre pendant qu'elle faisait son deuil ?*

— Désolée, je me sens vraiment nulle de parler comme ça de Bea, dit Maya qui ôte son panama et libère ses boucles en secouant la tête. Tu sais ce qu'on dit : il ne faut jamais dire du mal des morts.

Un silence s'installe entre elles avant que Maya reprenne la parole :

— Cela dit, c'est un principe à la con, non ? Ce n'est pas parce qu'une personne est morte qu'elle est tout à coup parfaite.

Ouvrant la bouche pour parler, Hana la referme aussitôt qu'elle voit l'expression de Maya. L'espace d'un instant, elle ne reconnaît plus du tout sa cousine. Le regard de celle-ci est vide, indéchiffrable.

— Je vais chercher de l'eau, dit finalement Hana.

Maya hoche la tête et s'étend à nouveau sur la chaise longue.

Alors que Hana remonte le sentier, un insecte passe près d'elle en voletant : deux syrphes collés l'un à l'autre et fonçant par saccades vers la piscine.

Au premier coup d'œil, ils semblent être en plein ébat amoureux, mais quand elle regarde mieux, elle voit que celui qui se trouve dessus est en train d'attaquer l'autre. De le soumettre à son pouvoir.

Chapitre 50

Elin remonte son sac à dos sur son épaule.

Cela fait un quart d'heure qu'ils ont quitté l'allée principale et elle a l'impression de n'aller nulle part tant le fouillis d'arbres et de buissons est étrangement similaire d'un mètre à l'autre, seules de petites tranches de ciel sont visibles à travers l'épaisse voûte de la forêt.

Le sentier sinueux se rétrécit, envahi par les broussailles, des enchevêtrements de ronces empiétant sur le chemin. Le bois devient plus dense, chaque arbre s'efforçant de se faire une place parmi les immenses pins et les chênes endormis grouillant d'insectes et agités par des bêtes.

— Tout paraît plus sombre ici, non ? dit Steed en marchant dans ses pas.

Déjà en sueur, il tire sur son tee-shirt et l'agite pour essayer de s'éventer.

— Je sais. C'est comme si on était sur une autre île.

Aussi loin dans la forêt, la vie est plus abondante : les troncs d'arbres sont étranglés par le lierre, et les rochers bordant le sentier, ridés de lichen et de mousse. Il n'y a presque pas un centimètre carré de sol qui ne soit recouvert de végétation, un épais tapis de feuilles de chêne. Des oiseaux filent parmi les branches, mais Elin ne les voit pas ; elle n'entend qu'un tressaillement et un bruissement quand ils volent d'arbre en arbre.

Steed plonge la main dans son sac et en sort une barre protéinée.

— Tu t'arrêtes parfois de manger ? sourit Elin.

Il est tout le temps en train de mâcher quelque chose, une réserve de nourriture toujours prête sur son bureau ou dans son sac.

Steed lui adresse un grand sourire.

— Seulement quand je dors, dit-il, puis il tend son poignet vers Elin. Mais, regarde, c'est justifié, c'est presque l'heure du déjeuner.

Déchirant l'emballage, il commence à croquer la barre. Aucun plaisir dans l'opération ; le but est le rendement énergétique, comme pour un athlète. Il fait mine d'en sortir une autre.

Elin secoue la tête.

— Merci, je vais attendre qu'on rentre. Je voulais manger quelque chose, mais je suis restée coincée avec le type de la vidéosurveillance.

— Ça a donné quelque chose ?

— Il y a eu une sorte de bug dans le système. C'est censé s'effacer toutes les vingt-quatre heures, mais ça s'est déréglé et c'est maintenant toutes les heures. Il va falloir quelques jours pour faire venir quelqu'un.

Steed hoche la tête.

— Je me disais, dit-il, la bouche pleine, si Delaney a mis en scène la chute de Bea… Pour faire ça, il devait tout de même savoir, d'une façon ou d'une autre, que Bea était là, près du pavillon, pour que ça marche ?

— Le moniteur de sports nautiques a dit qu'elle avait reçu un coup de fil pendant qu'elle était avec lui. Ils étaient peut-être en contact. Il faut qu'on fasse une demande pour récupérer les données téléphoniques des Leger…

— C'est déjà fait, dit Steed, puis il hésite. Je me demande ce que ça va révéler d'autre. La dynamique entre eux… C'était bizarre, quand j'ai parlé avec eux après ton départ. Ils ne semblaient pas beaucoup s'apprécier.

— Ils n'étaient pas vraiment effondrés ?

— Ce n'est pas ça, à vrai dire ils étaient vraiment secoués quand je leur ai annoncé que Seth était mort. Il y a eu des larmes, tout le tralala. C'est plutôt leur réaction en apprenant que le père de Seth est le propriétaire du centre. Maya et Caleb m'ont paru assez dédaigneux.

— Parce qu'on le leur avait caché ? demande Elin en faisant un grand pas en avant pour enjamber un enchevêtrement de ronces.

— Oui, mais j'ai aussi eu l'impression qu'ils n'aiment pas particulièrement cet endroit. Ils marmonnaient que ce n'était que de l'épate. Ils disaient grosso modo que c'était logique que Seth n'ait pas crié sur les toits que son père en est le propriétaire, que Lumen n'est pas vraiment digne de tout le battage sur Internet. Toutes les histoires d'œuvres caritatives et d'écologie.

— C'est plutôt étrange de dire ça étant donné ce que tu leur as annoncé au sujet de Seth.

— C'est ce que je me suis dit.

Steed pousse une branche sur leur passage et la retient juste avant qu'elle revienne dans la figure d'Elin.

— Est-ce qu'ils ont parlé d'un conflit entre Bea et Seth ?

— Non.

— Un flirt qui aurait mal tourné ?

— Possible, dit-il avant d'enfourner la fin de sa barre protéinée dans sa bouche. Je n'en reviens toujours pas qu'il ait eu le culot de faire un truc pareil au centre de vacances de son père.

— Mais Jo a dit qu'il essayait de sortir de l'ombre de Ronan Delaney. Je pense que le complexe vis-à-vis du père est indéniablement une option.

Steed prend soudain un air sérieux.

— Je le comprends, d'une certaine façon, si c'est ça. Les parents… Ils peuvent te taper sur les nerfs comme personne d'autre. Mon père n'a jamais vraiment mérité une médaille du meilleur père de l'année.

— Même chose pour moi, rétorque Elin, et elle donne un coup de pied dans les feuilles qui jonchent le sol.

— C'est nul, hein ? dit brusquement Steed en s'essuyant la bouche du dos de la main. Quand les gens qui sont censés te soutenir en toutes circonstances ne le font pas.

Elin hoche la tête.

— Oui.

Steed la regarde dans les yeux et elle sourit. C'est rassurant, curieusement, de se dire que quelqu'un d'autre comprend une chose qui est habituellement taboue : tous les parents ne sont pas de bons parents.

Ils se remettent en marche. Quelques minutes plus tard, la voûte des arbres s'amincit, et de gros morceaux de ciel bleu apparaissent.

— Je crois qu'on approche d'une sorte de clairière, dit Elin en considérant le sentier qui vire vers la droite.

Elle avance à grands pas pour tenter de voir où il mène, mais au bout de quelques mètres, son ventre se noue quand son pied droit s'enfonce dans le vide.

Chapitre 51

Le haut-le-cœur qui lui soulève l'estomac est rapidement suivi par une pression soudaine au niveau de sa taille, due à la main de Steed qui la tire brusquement pour l'empêcher de basculer.

Le mouvement la fait tomber en arrière sur le sol. Elle pousse un cri quand le choc se propage le long de sa colonne vertébrale.

Des cailloux déplacés par sa glissade pleuvent en rebondissant sur la roche avec un écho métallique.

— Merde, souffle Elin, le cœur battant.

Steed pousse un sifflement grave en l'aidant à se relever.

— Tu l'as échappé belle !

Tendant le cou, ils regardent dans le trou qui s'est ouvert devant eux : la façade rocheuse qui tombe à pic, un éboulis grisâtre, dans une énorme cuvette.

Ils sont juste au bord de la carrière et ne s'en étaient pas rendu compte.

La démarcation qui aurait dû être nette entre les bois et l'espace entourant la carrière est envahie par la végétation, contenue dans la forêt elle-même. Tous les repères naturels qui pourraient indiquer que la carrière est proche ont été dissimulés par les broussailles.

Elin considère le périmètre et le précipice vers le sol jonché de rochers et de cailloux en contrebas.

Rien pour l'arrêter dans sa chute, rien à quoi elle aurait pu se cramponner ou s'accrocher.

Elle pourrait être là au fond. Un pas plus grand, une réaction un peu moins rapide...

— Je n'aurais pas donné cher de ta peau si je n'avais pas été là.

Steed essaie de tourner la chose à la légère, mais Elin entrevoit une lueur de peur dans son regard.

Elle hoche la tête, les yeux toujours rivés sur le gouffre.

— C'est drôlement dangereux, ce précipice sans aucun panneau d'avertissement. On est assez loin du centre de vacances, mais des clients pourraient tout de même venir jusqu'ici. Pourquoi n'y a-t-il aucune indication ?

Steed s'éloigne doucement vers la droite.

— Là ! lance-t-il quelques instants plus tard en lui faisant signe de le rejoindre d'un grand geste du bras. Il y a un panneau.

En marchant vers lui, Elin le voit, retourné dans les broussailles. Un panneau officiel, large de plusieurs mètres, en plastique rigide renforcé. En grandes lettres rouges : DANGER. CARRIÈRE. Avec le pictogramme d'une chute.

— On dirait qu'il a été arraché, dit Steed d'un air inquiet en montrant le pied du poteau de bois auquel le panneau est fixé.

Elin remarque des traces de terre fraîche sur le bois d'œuvre. Elle écarquille les yeux, décontenancée.

— Et assez récemment.

Sa théorie selon laquelle la poudre transférée à Bea et Seth provient d'ici n'est pas du domaine de l'impossible. Elin se sent désormais d'autant plus contrainte d'explorer la carrière.

— Alors, comment est-ce qu'on descend? demande Steed en regardant autour d'eux, pressé de passer à l'action.

Longeant le bord de la carrière, ils se frayent un chemin parmi les broussailles en les écrasant à coups de pied et cherchent une voie d'accès. Ils ont parcouru environ un quart de la circonférence du site quand Steed s'écrie:

— On dirait qu'il y a un chemin ici.

Elle le repère aussi: un sentier tortueux qui descend vers le fond de la carrière. Il a peut-être été un jour constitué de marches bien nettes, mais elles aussi ont été vaincues par la nature et sont désormais recouvertes de touffes de mauvaises herbes décolorées.

Quand ils arrivent au bout du sentier, Elin marche jusqu'au centre de la carrière. Un picotement la parcourt. Elle est immédiatement saisie par la sinistre impression d'un lieu abandonné récemment, comme s'il venait d'être déserté, en pleine exploitation, le sol encore jonché des résidus du processus d'extraction: de gros morceaux de pierre mélangés à de plus petits.

— Toi, essaye de ce côté, dit Elin en pointant le doigt vers la gauche. Je crois qu'on est dans un de ces cas où on ne sait pas ce qu'on cherche tant qu'on ne l'aura pas trouvé.

Prenant leur temps, ils parcourent les lieux en quête d'un indice sur ce que Seth ou quelqu'un d'autre aurait pu faire ici.

— Alors ? demande-t-elle quelques minutes plus tard. J'ai l'impression qu'on est venus pour rien.

— Idem, répond Steed, puis il s'arrête et retient soudain son souffle. En fait… regarde ça. Ici, dit-il tandis qu'elle traverse la carrière, et il lui montre une ouverture dans les broussailles qui recouvrent la paroi de la carrière.

Le rideau de lierre bas a été manipulé : des touffes ont clairement étaient arrachées de leurs racines.

D'une main hésitante, Steed empoigne plusieurs lianes de lierre et les arrache, agité d'une secousse quand elles retombent sur sa main et son épaule.

Une ouverture.

— Je ne m'attendais pas à ça…

Décontenancée, Elin ne répond pas ; le lierre dissimule une cavité dans la paroi rocheuse, à environ un mètre au-dessus du sol de la carrière.

L'endroit est sombre, impossible de voir ce qui se trouve dedans, alors Steed sort sa lampe torche et l'allume, puis il la tourne lentement devant eux.

L'ouverture est profonde, le faisceau, immédiatement perdu dans l'obscurité.

— Une grotte ? murmure Steed.

— On dirait bien.

Steed grimpe dans la cavité en braquant la lampe devant lui. Bien que l'ouverture se rétrécisse, elle ne se termine pas comme il l'avait d'abord présumé mais se prolonge vers la droite.

— Pas de doute, c'est une grotte, qui s'enfonce assez loin. On dirait qu'elle mène quelque part, dit-il, puis il se retourne. Tu veux qu'on entre ?

Elin hésite, prise d'inquiétude : et s'il y a quelqu'un à l'intérieur ? Qui les attend ?

C'est risqué de pénétrer dans un espace comme celui-ci sans visibilité, mais d'un autre côté, elle entend la voix dans sa tête, une voix qui résonne depuis qu'elle est arrivée sur l'île.

C'est ça que tu aimes. Ce pour quoi tu fais ce métier. Pour ça : la sensation de repousser tes limites.

Elle a essayé un jour d'expliquer à Will ce que l'on éprouve dans un moment comme celui-ci. Mais les mots sont loin de pouvoir évoquer cette effervescence de funambule, cette impression d'être réduit à ses sens, rien que des nerfs, des muscles et du sang qui palpite dans vos veines. D'être *hors de soi.* C'est peut-être ça, l'attrait : échapper à l'espace intérieur de votre tête.

Finalement, elle hoche la tête.

— Tu passes devant.

Une fois qu'elle s'est hissée dans la grotte, elle sort sa propre torche et ils commencent à avancer, mais au bout de quelques mètres, Elin est prise d'une violente quinte de toux. L'air est chargé d'une substance crayeuse, elle a l'impression d'inspirer de la poussière pure. Elle sent son goût, sa texture, qui enrobe ses lèvres, sa langue.

Tout à coup, un accès de claustrophobie : ses poumons se contractent, comme s'ils retenaient chaque inspiration d'une poigne vicieuse. Ça fait quelques mois qu'elle n'a plus eu besoin d'autre chose que de son inhalateur préventif, mais c'est justifié maintenant.

Sortant rapidement sa Ventoline de sa poche, elle appuie dessus. *Un, deux, trois.*

— Ça va ? demande Steed. Y a beaucoup de poussière ici…

— Ça va. Mon asthme, c'est tout. Tout va bien d'habitude, mais là c'est extrême.

Quand le médicament pénètre dans ses poumons, ses épaules se détendent.

Une fois qu'elle a retrouvé son souffle, elle effleure la paroi du bout des doigts puis tourne le faisceau de sa torche vers sa main. Ses doigts sont enduits d'une fine poudre.

Steed examine celle-ci.

— Tu crois que ça pourrait expliquer le transfert sur les corps ?

— C'est possible. C'est l'endroit parfait pour planquer du matériel. J'ai du mal à imaginer qu'il y ait beaucoup de circulation ici.

Sa curiosité piquée, elle poursuit son exploration et arrive à la courbe dans la paroi. Quand ils parcourent le dernier tronçon, le faisceau de lumière projeté par sa torche est baigné de poudre : de minuscules particules scintillantes en suspension dans l'air.

La grotte s'agrandit à nouveau.

Elin a le souffle coupé.

Des yeux, qui regardent depuis les ténèbres.

Des yeux rivés sur elle.

Chapitre 52

Des visages flous, poussiéreux, la regardent fixement : cinq photos, fixées sommairement à la paroi de la grotte.

Elin sent venir la chair de poule. Une vague de panique l'envahit et elle expire lentement, le plus longtemps possible avant de reprendre une inspiration.

Relevant la torche à hauteur de visage, elle éclaire les images avec hésitation.

Il est évident qu'elles sont là depuis un moment, elles sont couvertes d'une épaisse couche de poussière, et le ruban adhésif les maintenant au mur se décolle aux coins.

— Nom de…, commence Steed, mais Elin ne répond pas, le regard rivé sur les photos.

Enfilant une paire de gants, elle lève une main et commence à essuyer doucement la couche de poussière sur l'image la plus à gauche.

Des traits apparaissent, mais ils sont pixélisés, pleins de grain, comme si la photo avait été prise de loin puis agrandie. Elin continue de l'essuyer obstinément jusqu'à ce que le visage se révèle : une queue-de-cheval, puis un grand sourire laissant entrevoir des dents de travers.

Elle a un haut-le-cœur : une photo d'une adolescente de treize ou quatorze ans au maximum.

Elin s'approche de la suivante avec une appréhension grandissante, car elle sait déjà ce que sont ces photos. Ces visages sont gravés dans son cerveau, dans la conscience collective de toutes les personnes ayant habité la région il y a tant d'années.

Elle les a vus d'innombrables fois, en d'innombrables endroits, et sur d'innombrables supports : à la une des journaux, sur les écrans de télé, dans les blogs.

— Ce sont les adolescents que Creacher a tués en 2003, murmure-t-elle.

Une exposition macabre sur la paroi de la grotte.

Cependant, ce ne sont pas les photos que les journaux ont utilisées. Ce sont des photos prises sur le vif ; un des adolescents fronce légèrement les sourcils, ne se rendant à l'évidence pas compte qu'on le photographie.

Un autre cliché en gros plan montre un des garçons en buste, avec un bâtiment flou à l'arrière-plan qu'Elin reconnaît.

L'école du Rocher.

— Ces photos ont dû être prises quand ces ados étaient sur l'île. C'est l'ancienne école derrière eux.

Steed scrute les clichés en silence, les analyse comme le fait Elin.

Qu'est-ce que cela signifie ? Pourquoi ces images sont-elles là ?

Visage après visage, Elin retire avec précaution les résidus de poussière des photos, mais à la dernière, elle n'en a pas essuyé la moitié qu'elle s'arrête, la main en suspens dans l'air.

Ses doigts tremblent.

— Qu'est-ce qu'il y a ?

— Je ne suis pas sûre, bredouille-t-elle. Cette fille… je n'ai pas le souvenir qu'elle faisait partie des victimes de Creacher. Je croyais qu'il n'y en avait que quatre.

Elle se rappelle comment les journaux présentaient les photos des victimes : deux filles en haut, deux garçons en bas. Ils étaient quatre ; elle en est certaine.

— Je me trompe peut-être, c'était il y a longtemps.

Elin s'apprête à prendre une photo quand le faisceau de sa torche révèle autre chose, par terre, juste au-dessous d'une des images.

Une pierre.

Lorsqu'elle s'approche, une autre surgit de l'obscurité.

La main tremblante, elle se déplace d'une image à l'autre.

Une pierre sous chaque photo.

Elin avance d'un pas, puis recule à nouveau, ne sachant pas trop si elle a imaginé la précision de la disposition des pierres, mais quand elle regarde à nouveau, ça ne fait pas de doute : leur positionnement est voulu.

— C'est bizarre, dit Steed d'une voix tremblotante.

— Je sais, dit-elle en s'accroupissant et en orientant le faisceau de la torche vers la pierre qui se trouve sous la première photo. Je…

Mais elle s'interrompt, bouche bée.

La pierre a une forme particulière, elle a manifestement été taillée pour présenter des bosses et des courbes fluides.

Elin maintient le faisceau dessus, refusant de le dire à voix haute tant qu'elle n'en est pas certaine.

Est-ce qu'elle l'imagine ? Est-ce qu'elle voit quelque chose qui n'existe pas ?

Stabilisant le faisceau, elle le déplace lentement sur la surface de la pierre.

Non, ce n'est pas un tour de son imagination.

La forme n'est pas très nette, mais c'est indéniable : la pierre a été façonnée pour ressembler au rocher de la Faucheuse. Taillée grossièrement pour représenter son contour, avec une évocation de la faux.

Elin recule malgré elle, le ventre noué de terreur, une réaction instinctive.

Ces pierres constituent un lien avec le rocher. Avec tout ce qu'il représente. *La Faucheuse*.

La mort matérialisée, ici dans cette grotte.

Elle tente de prendre une photo, mais sa main est moite et son téléphone tombe par terre.

Il rebondit sur le sol. Tandis qu'elle le cherche, le faisceau de sa torche éclaire faiblement l'espace qui l'entoure. Encore des parois, qui s'étirent dans les ténèbres de la grotte.

— Regarde, dit-elle en se courbant pour ramasser son téléphone. Ça continue…

D'un pas prudent, ils poursuivent leur avancée en déplaçant lentement leurs lampes autour d'eux. Au bout de quelques mètres, Elin remarque autre chose sur la paroi.

D'autres photos.

Celles-ci ne sont pas autant recouvertes de poussière que les cinq premières, et les silhouettes sont nettes sans qu'elle ait besoin de les essuyer.

Bea. Seth.

Chapitre 53

Lorsqu'elle ressort, Hana trouve Caleb sur un des bancs près de la piscine. Il a pris un coup de soleil hétérogène : seuls les côtés de ses jambes sont rouges, comme si on leur avait donné des claques.

Hana glisse un verre d'eau dans la main de Caleb.

— Je me suis dit que ça pourrait te faire du bien, dit-elle, puis elle considère le téléphone sur ses genoux. Qu'est-ce que tu fais ?

— Des trucs morbides. Je regarde des photos de Bea, dit-il d'une voix étranglée.

Hana hoche la tête. Elle a fait la même chose la veille au soir. Comme si regarder des photos de sa sœur pouvait la faire revenir, la rendre à nouveau réelle.

— Tu tiens le coup ?

Caleb hausse les épaules en buvant une gorgée d'eau, mais ses doigts tremblent autour du verre lorsqu'il le porte à sa bouche.

— C'est de la torture, hein ? Comme une blague tordue. Toute cette beauté alors que cet endroit est un vrai nid de…

Il désigne le paysage d'un geste et Hana regarde autour d'elle : l'eau turquoise qui scintille sous le soleil, les branches de pin au-dessus d'eux, qui vacillent légèrement dans la brise. *C'est vrai.* C'est comme si cette beauté naturelle se moquait d'eux.

— Plus pour très longtemps, on dirait. Il y a un orage qui arrive. Des nuages approchent, dit-il en montrant le ciel.

Des cumulus sombres et boursouflés parsèment le ciel. Hana s'en réjouit. C'est ce dont cet été, cette île et eux tous ont besoin : d'une libération.

Il suit son regard avant de se retourner vers la villa.

— Où sont Jo et Maya ?

— Dans leurs chambres. Je crois que personne n'est d'humeur à bavarder.

Hana s'assied à la table près de la piscine et incline le parasol vers l'arrière pour être bien à l'ombre.

Caleb se lève pour s'asseoir à côté d'elle et pose son téléphone. Il entoure le pied de la table avec ses jambes, mais ne semble pas savoir quoi faire de ses bras, qu'il croise et décroise d'un air gêné.

— Et toi ? Comment tu te sens ?

— Probablement comme toi. Ça me ramène à ce moment avec Liam où le monde m'a paru… s'arrêter. C'est tellement déboussolant. On commence à concevoir tout ce qui s'est passé *avant* ce moment comme un monde différent. Le monde d'après… c'est comme s'il avait bougé sur son axe.

Caleb garde le silence pendant une minute avant de la regarder dans les yeux.

— Bea voulait être là pour toi, tu sais, après Liam. Elle savait qu'elle t'avait fait faux bond, dit-il d'une voix chargée d'émotion. Je crois qu'elle comptait t'en parler à un moment donné, mais elle n'en a jamais eu l'occasion.

Hana cligne des yeux.

— Ça m'a étonnée. C'est comme si elle m'avait reléguée aux oubliettes, dit-elle, puis elle hausse les épaules. Mais il n'y a pas eu qu'elle. Ça a été le cas de la plupart des gens. Je ne me suis jamais sentie aussi seule.

Elle a tout à coup du mal à déglutir, comme si sa gorge était serrée.

— Ça m'a fait douter de tout, et de tout le monde. Si les gens ne pouvaient pas être là pour moi après un tel événement, quand est-ce qu'ils pourraient l'être ?

Caleb incline la tête.

— Je comprends, et je n'essaye pas de lui trouver des excuses, mais parfois je crois que ça faisait de la peine à Bea de te voir comme ça, aussi abattue.

— Est-ce qu'elle t'a dit pourquoi ?

— Pas explicitement, mais je sais qu'elle a été traumatisée par l'incendie et ce qui est arrivé à Sofia. Quand Liam est mort, ça a réveillé quelque chose, je crois. Je suis à peu près sûr qu'elle ne pouvait pas se permettre d'être proche de toi à ce moment-là.

Derrière lui, une nuée désordonnée d'insectes volette dans les airs, une bande indisciplinée sans nulle part où aller. Caleb les chasse d'un revers de la main.

Hana hoche la tête.

— Je crois qu'on était toutes traumatisées, mais quand on est enfant, on ne digère pas vraiment les choses. Les gens pensent que tu t'en es remis, puis un événement se produit quand tu es adulte et tout revient avec la même force qu'auparavant. Les gens ont cru que Maya tenait le coup, mais je vois bien qu'elle en bave, encore maintenant. Jo aussi, toute cette activité frénétique…

Il la regarde de biais.

— Comment est-ce qu'elle encaisse la mort de Seth ?

Hana hausse les épaules.

— Pas bien, mais je suppose que ça n'a rien d'étonnant.

Caleb hoche la tête, ouvre la bouche puis la referme. *Il se prépare à dire quelque chose.* Finalement, il la regarde dans les yeux.

— Est-ce qu'on en sait plus sur ce qui s'est passé ?

— Pas vraiment, l'inspectrice n'a pas donné beaucoup de détails.

Un nouveau silence gêné.

— C'est juste qu'hier soir, Jo et Seth… ils se sont disputés. Ma chambre est à côté de la leur. Ça avait l'air assez houleux.

— Tu as entendu de quoi il s'agissait ?

Il tire la visière de sa casquette, à l'évidence réticent à en révéler plus.

— Tu peux parler, tu sais, lance-t-elle. Je ne m'imagine pas que j'ai une famille parfaite.

— Quand ils parlaient, j'ai entendu Seth évoquer le fait que Jo était ressortie de la villa.

— La nuit où Bea est arrivée ?

— Oui, dit-il en déglutissant avec difficulté. Il lui a dit quelque chose comme : « Il faut que tu leur dises que c'est toi qui es ressortie de la villa. S'ils le découvrent par un autre moyen… »

Hana le regarde, frappée de stupeur.

C'est Jo qui est ressortie de la villa la nuit où Bea est morte.

Pendant tout ce temps, la question est restée en suspens, et en fait, c'est elle.

— Tu en es sûr ?

— Certain.

Quand Caleb lève les yeux vers elle, ils échangent un regard complice : ils ont interprété de la même façon ce qu'il a entendu de cette conversation.

Chapitre 54

Ils restent tous les deux cois pendant quelques instants.

Elin a le souffle court, le cœur battant.

Machinalement, elle baisse le faisceau de sa torche, mais elle sait déjà ce qu'elle va trouver.

Deux autres pierres, placées sous les photos de Bea et de Seth.

— Qu'est-ce que c'est que ce truc, d'après toi ? demande Steed, à peine capable de parler.

— Eh bien, soit quelqu'un compte les points pour s'amuser, une sorte de registre macabre des personnes tuées sur cette île, soit les deux affaires… sont liées. Cette mise en scène… elle implique une suite à ce qui a été commencé quand ces ados ont été tués…

Sa voix s'éteint quand son regard se pose, une fois de plus, sur les pierres placées sous les photos.

— Tu crois que la mort de Bea Leger et de Seth Delaney pourrait être liée à l'affaire Creacher ?

Elin hoche la tête en baladant sa torche d'un groupe de photos à l'autre. Une génération d'écart, mais ensemble sur la paroi.

— Oui, et si c'est le cas, je me suis complètement

plantée, dit-elle, cherchant ses mots. Je suis maintenant presque sûre que quel que soit le mobile, ça n'a rien à voir avec la drogue.

Il s'agit de quelque chose de plus profond, se dit-elle, en lien avec ce rocher qui se dresse au-dessus de l'île d'un air menaçant. Le tueur a-t-il fait une fixation sur la malédiction, l'histoire de l'île – sa topographie – et s'en est-il servi pour concevoir une sorte de mobile tordu ?

Steed braque sa torche sur les photos de Bea et de Seth.

— Elles ont l'air récentes.

Elin les examine de plus près et il devient évident qu'elles ont été prises au centre de vacances. Le pavillon principal est visible à l'arrière-plan, avec la forme indistincte des arbres qui l'entourent. Comme sur les photos des victimes de Creacher, Bea et Seth ne savaient pas qu'on les photographiait. Un téléobjectif.

— Mais je ne comprends pas comment, continue Steed. Creacher est en prison, non ?

Elin hoche la tête.

— À perpétuité, mais…

Elle fouille dans sa mémoire, ses souvenirs de l'affaire, les rumeurs qu'elle n'avait jamais jugées importantes jusque-là.

— À quoi tu penses ? demande Steed.

— Je ne connais pas beaucoup de détails, mais je me souviens des gros titres. Tous les « Ont-ils attrapé le bon ? ». Depuis, j'ai entendu d'autres choses. Des discussions au travail. Creacher a toujours clamé son innocence, et des gens avaient assurément des doutes quant à sa culpabilité.

Des doutes qu'elle prend désormais bien plus au sérieux.

— S'ils se sont trompés pour Creacher, dit Steed, et si la mort de Bea et de Seth est bel et bien liée aux meurtres de ces ados, alors pourquoi maintenant, après tant d'années ?

— Je sais. Ça fait un sacré intervalle.

Elin regarde à nouveau autour d'elle avec une inquiétude grandissante lorsqu'elle comprend à quel point ils se sont trompés.

Steed s'approche de la photo de Seth et la scrute.

— Et pourquoi choisir Bea et Seth en particulier ? Tu crois qu'il y a une chance qu'ils aient connu les ados ou qu'il y ait d'autres parallèles entre eux ?

— Peut-être, mais il n'y a aucune similarité dans les modes opératoires. Ces adolescents ont été lacérés et poignardés.

— Et un plagiaire ? dit Steed. Une personne obsédée par l'affaire Creacher ? Ou comme tu l'as déjà dit, quelqu'un qui fétichise ce qui s'est passé sur l'île ?

— Possible, dit-elle, cependant son instinct lui dit que ces meurtres ne sont pas l'œuvre d'un plagiaire. Mais cet espace, on voit bien qu'il existe depuis un bout de temps. Ces photos des victimes de Creacher sont ici depuis des années, et les pierres… la *manière* dont elles ont été placées est révélatrice.

Steed fronce les sourcils.

— Sous les photos, tu veux dire ?

— Oui, et le fait qu'il y ait une pierre pour chacune. Elles ressemblent au rocher, mais c'est comme si (elle cherche les mots justes), comme si elles servaient à faire le compte, ou servaient de trophées, célébrant chaque meurtre. Tu irais vraiment jusque-là si tu n'étais pas impliqué ?

— Et cette poudre partout, dit Steed avec un grand geste. Le fait qu'il y en ait tant. Je me demande si cette pièce sert d'espace de travail.

— Pour façonner les pierres ? demande Elin en déglutissant, les yeux rivés sur celles-ci.

— Oui. C'est l'œuvre de quelqu'un qui a une tâche à accomplir.

Elin tourne sur elle-même pour considérer à nouveau cette installation quand elle sent son pied buter contre quelque chose, une sorte de tissu. Elle pointe sa torche vers le sol, la poignée glissant entre ses doigts moites.

Le faible faisceau de la lampe éclaire d'épais plis de tissu, tous recouverts d'une fine couche de poussière. Les minuscules particules qu'elle a soulevées scintillent et tourbillonnent dans la lumière. Quand elle stabilise le faisceau, la pièce de tissu se révèle davantage : une capuche, bien visible sur la gauche.

Une sorte de cape.

Le sang d'Elin se glace quand son esprit rattrape son regard. Elin prend conscience de ce qu'elle voit : cette cape, ce qu'elle laisse entendre, est liée à ce qui l'entoure.

La Grande Faucheuse.

La Grande Faucheuse est généralement représentée vêtue d'une toge à capuche noire. Une allégorie de la mort et des ténèbres dans lesquelles elle vous entraîne.

Est-ce que cette cape pourrait faire partie du délire du tueur ?

Il n'est pas rare dans les cas de meurtres en série que

le tueur s'attribue le rôle d'une puissante figure divine, convaincu qu'il a le droit de vie ou de mort.

La bile lui monte dans la gorge quand elle prend conscience du caractère horrible de ce lieu : elle se rend compte qu'une personne vêtue de cette cape, coupable de tous ces meurtres, était récemment là, non seulement à accrocher méticuleusement des photos à la paroi, mais aussi à créer des statuettes macabres en pierre à placer au-dessous. Elle repense à la poudre près de la bouche de Seth et que Mieke a retrouvée sur le corps de Bea. *Le tueur n'a pas vraiment mis les pierres dans*...

Sa main, qui tenait fermement sa torche jusque-là, se met à trembler, et le faisceau danse sur le tissu. Plus elle la regarde, plus elle a l'impression que la cape bouge. Ses poils se hérissent.

Pendant un instant, elle croit chaque mot de ce que les gens racontent sur cet endroit.

Les rumeurs. Les malédictions.

Elle le ressent sur sa peau, en sent le goût dans l'air : le mal qui réside au cœur même de cette île. Ce que Michael Zimmerman a dit était vrai. *Il y a quelque chose de malsain ici.*

Quelle que soit cette chose, elle ne veut pas d'eux ici et ne reculera devant rien tant qu'ils ne seront pas partis.

Saisie d'une terreur profonde, viscérale, elle sent son cœur qui bat à tout rompre dans sa poitrine, sa gorge.

Sortir. Sortir. Il faut qu'elle sorte.

Chapitre 55

Tenant sa torche en l'air, Elin court en longeant la paroi de la grotte vers l'endroit par lequel ils sont entrés.

Elle tourne ici et là, trébuche en essayant de retrouver son chemin, le faisceau de sa lampe faisant des zigzags dans l'obscurité. Dans son esprit défile une succession frénétique d'images : la cape, les pierres, les photos. Elle ne voit rien d'autre que la sortie devant elle, de minces rayons du soleil zébrant parfois les murs d'une éclatante lumière argentée.

Elin se précipite dehors et saute dans la carrière. Le soleil est aveuglant après la pénombre de la grotte, mais elle ne s'arrête pas, elle continue de courir fiévreusement à travers la carrière en direction du sentier.

Des bruits de pas retentissent derrière elle, la voix de Steed qui l'appelle, mais elle s'en rend à peine compte. Elle grimpe à toute vitesse en s'aidant de ses mains, à moitié sur le chemin et à moitié dans l'éboulis, des cailloux glissant sous ses doigts.

L'effort lui cause déjà une sensation de brûlure au fond des poumons, mais elle continue de grimper.

Enfin, elle arrive au bord de la cuvette. Là, elle distingue l'empreinte approximative du chemin dans la végétation abondante : les broussailles qu'ils ont écrasées en venant. Puisant dans ses dernières réserves d'énergie, elle repart en courant, mais au bout de quelques minutes, tous ses muscles sont à bout, et son corps est couvert de sueur.

Elle s'arrête, s'accroupit et met ses mains sur sa tête, les paroles de son père résonnant à ses oreilles.

Tu es une lâche, Elin. Une lâche.

— Eh…, dit Steed en arrivant près d'elle, sa torche encore serrée dans sa main. Qu'est-ce qui se passe ? Tu as besoin de ta Ventoline ?

Elin secoue la tête et entend une fois encore sa respiration haletante.

— Je ne pouvais plus rester là-dedans, je…

Elle s'interrompt et se rend compte que ses mains et ses avant-bras la piquent. Elle voit de fines éraflures en zigzag sur sa peau et de minuscules perles de sang, dues à la montée dans l'éboulis.

— Tu n'as pas besoin d'expliquer. C'était terrifiant, dit Steed d'une voix tremblotante. À la première occasion, je me serais enfui aussi.

Il secoue la tête et, lorsqu'elle le regarde, Elin voit la peur sur son visage.

Il l'a ressentie aussi. Cette impression qu'il y a quelque chose de malveillant dans la grotte.

— Mais je crois, dit-il prudemment en reprenant contenance, que quand on est confronté à quelque chose comme ça, on ne peut pas s'empêcher de l'interpréter…

Elin acquiesce de la tête, entrant dans son jeu, parce que c'est plus facile, plus facile pour tous les deux de s'en tenir à ce récit. C'est ancré en eux. Rationalité. Logique. Victoire de l'esprit sur la matière.

Steed sort une canette de Coca de son sac et la lui passe.

— Je ne sais pas pour toi mais j'ai l'estomac vide, dit-il, puis il consulte sa montre. Il est plus de deux heures.

— Merci, dit-elle doucement et, le regardant dans les yeux, elle sourit. Tu avais raison de jouer les boy-scouts…

— J'ai eu tous mes badges.

Steed sort une autre canette en souriant lui aussi.

Quand Elin la décapsule, elle est réconfortée par la normalité de ce geste et sent que la terreur commence à se dissiper lentement. Elle n'a pas encore ouvert complètement la canette que le Coca jaillit et coule en un filet plein de mousse sur le métal. Inclinant la canette, elle boit bruyamment et rattrape le plus gros.

Steed rigole.

— J'aurais dû te prévenir. J'ai dû courir sacrément vite pour te rattraper.

Avec encore un goût de bile en bouche, elle avale sa gorgée de Coca. Le sucre lui fait un effet instantané et la calme.

Quelques gorgées de plus. Elle sent son souffle redevenir normal.

— Ça va mieux ?

Elle hoche la tête.

— Avant qu'on appelle le central, je veux connaître ton point de vue sur ce qu'on a trouvé. Tout était un peu confus là-dedans.

— On discute en marchant ?

Elin acquiesce, mais elle se rend vite compte qu'il est difficile de faire les deux. Malgré le sentier approximatif qu'ils ont déblayé en venant, elle a l'impression de devoir se frayer à nouveau un chemin parmi les broussailles. Le sucre a réveillé quelque chose : elle sent les premiers tiraillements de la faim quand elle se hisse par-dessus un tronc d'arbre tombé.

— Quelles étaient les preuves contre Creacher ? demande Steed avant de boire une longue gorgée de sa canette.

— Je ne me souviens plus, pas comme ça sans réfléchir, mais un type que je connais, qui a travaillé sur l'affaire, m'a dit que c'était difficile au départ. Ils n'avaient pas grand-chose.

— C'était qui, cet inspecteur ?

— Johnson. Il est à la retraite maintenant. C'était avant ton entrée en service.

Lieutenant-inspecteur de carrière, avec un casque de cheveux cuivrés, Johnson était d'une sincérité qui emmerdait les gens, mais il était appliqué, travailleur, un homme consciencieux qui se portait encore volontaire pour des missions que les autres, dont Elin, évitaient à tout prix. Elle se souvient de sa frustration palpable quand elle avait parlé avec lui de l'affaire Creacher, un jour au pub après le travail. Cette affaire lui tapait manifestement sur les nerfs.

— Il m'a raconté qu'on faisait beaucoup pression sur lui pour qu'il trouve un coupable.

— Dans ce genre d'affaires, c'est toujours comme ça.

— Oui.

Ils se taisent, aucun des deux n'ayant besoin de dire tout haut ce que cela signifie. *Des adolescents tués pendant un voyage scolaire.* La pression pour qu'il trouve un coupable devait être énorme. C'est là qu'on commet des erreurs. Qu'on néglige des choses. Elin déglutit péniblement, se débattant avec l'idée que la négligence d'une personne ait pu permettre au vrai coupable de rester libre et tuer à nouveau.

Steed reboit une bruyante lampée de sa boisson.

— Je crois que c'est mon pire cauchemar, tu sais, de faire coffrer la mauvaise personne. Ça me hanterait…

— Moi aussi. J'appellerai Johnson quand on sera rentrés au pavillon principal, pour voir quels éclairages il peut nous apporter.

Ce n'est pas tout à fait comme ça qu'elle devrait s'y prendre pour obtenir des informations ; néanmoins, non seulement Johnson avait exprimé ouvertement ses inquiétudes concernant l'affaire Creacher, mais l'inspecteur et elle ont déjà noué une sorte de relation, ce qui veut dire qu'elle a moins de risques de se faire envoyer balader. S'il y a réellement eu de vrais doutes sur la culpabilité de Creacher, il sera le mieux placé pour en parler.

Tandis qu'ils avancent péniblement, il y a un bruissement dans les arbres. C'est un oiseau qui volette entre les branches, mais Elin trébuche et se tord la cheville.

— Eh… attention…

Elin hoche la tête.

— Fatiguée.

Elle sent l'adrénaline qui retombe, le coup de fouet produit par le sucre cédant la place à un horrible ramollissement, les légers tiraillements de la faim se faisant plus pressants, plus insistants.

— Il y a toujours quelque chose qui me dérange dans le déroulement des événements, dit Steed quand ils reprennent leur marche. Si la personne qui a tué Bea et Seth est bel et bien la même que celle qui a tué ces adolescents, alors il y a forcément eu un événement déclencheur qui l'a poussée à agir à nouveau après toutes ces années. C'est pas vraiment courant qu'un tueur en série décide de se mettre au repos pendant deux décennies.

— C'est peut-être quelqu'un qui était en prison et vient de sortir. Je pense qu'il faut qu'on vérifie les antécédents de toutes les personnes présentes sur l'île. Voir si l'une d'entre elles était là au moment des meurtres de Creacher. Chercher des noms en lien avec des personnes impliquées dans cette ancienne affaire. Des enfants, des profs, des chefs de camp. Tous les liens possibles.

Il hoche la tête.

— Je vais m'en occuper. Tu ne penses à personne en particulier ?

Elin songe aussitôt à Michael Zimmerman, mais sur quoi peut-elle s'appuyer ? Le fait qu'il l'a regardée bizarrement quelques fois ?

— Non, mais étant donné ce qu'on a trouvé dans la cabane, on ne peut pas écarter la possibilité que quelqu'un ne loge pas vraiment au centre de vacances mais y accède illégalement, dit-elle, puis elle hésite. La seule chose qui est claire, c'est que la personne qu'on cherche a une fascination pour le rocher et la malédiction. Je ne suis pas profileuse, mais je dirais qu'elle a sans doute des crises de délire et qu'elle souffre peut-être de psychose. Lors d'une de ces crises, elle peut avoir des hallucinations, entendre des voix qui lui donnent l'ordre de faire quelque chose.

— La Faucheuse ? demande Steed d'un ton songeur.

— Pas impossible, surtout maintenant qu'on a trouvé cette cape. L'hypothèse des hallucinations est un mobile plausible, quelqu'un qui tue parce qu'il croit qu'on lui dit de le faire.

Steed glisse sa canette vide dans la poche latérale de son sac à dos.

— Je comprends, mais une personne sujette à des délires ne serait pas capable de planifier ses actes avec la précision qu'on a observée dans la mort de Bea et de Seth, si ?

Tu as raison, dit-elle en réfléchissant. Normalement, ses actes seraient plus chaotiques. Ça correspond au mode opératoire du tueur des ados, totalement sauvage d'après tous les témoignages, mais pas aux meurtres de Bea et Seth.

— Et s'il s'agissait bel et bien d'un *copycat*, de quelqu'un qui s'inspirerait de Creacher ? Ça pourrait expliquer les anomalies. Ou de plusieurs personnes, dit-il en haussant les épaules.

Elin y réfléchit, toujours dans le doute. Tout dans cette grotte indique une forme de continuité. Un tueur poursuivant ce qu'il a commencé avec les meurtres attribués à Creacher.

— Peut-être, mais je me demande si l'important, ce n'est pas tant la *manière* dont ils ont été tués, mais le fait que cette personne l'ait fait, qu'elle en ait gardé des traces et qu'elle ait célébré son acte.

— Dans les deux cas, ajoute Steed, la seule chose dont on est certains, c'est que la personne qui fait ça a orchestré avec soin la mort de Bea et de Seth pour nous pousser dans une autre direction.

Elle hoche la tête.

— Pour se laisser le temps de recommencer.

Pendant quelques instants, aucun d'eux ne parle, écrasés par ce que cela implique.

Le tueur n'en a pas fini.

Chapitre 56

Ne tenant pas en place, Hana fait les cent pas dans le couloir en passant devant les chambres, remplie d'une énergie dont elle ne sait que faire.

Les paroles de Caleb sur la dispute de Seth et Jo tournent en boucle dans sa tête : *Il faut que tu leur dises que c'est toi qui es ressortie de la villa.*

Jo a menti à l'inspectrice comme à eux.

Cette pensée l'entraîne dans d'horribles élans de son imagination qui n'ont aucun sens. Elle sait que Bea est tombée – l'inspectrice l'a confirmé – mais elle ne peut empêcher les questions de s'accumuler.

Jo est-elle ressortie de la villa pour voir Bea ce soir-là ? Se sont-elles disputées ? Et si… ?

Hana sait que cela ne cessera pas tant qu'elle ne se sera pas confrontée à Jo. Pour obtenir des réponses.

En ébullition, elle s'arrête devant la porte de Jo.

Il faut qu'elle le fasse maintenant. Avant qu'elle se persuade de renoncer.

Elle lève la main et frappe bruyamment sur le bois. Au premier coup, la porte s'entrouvre, dévoilant un mince aperçu de la chambre : le parquet, une Birkenstock retournée. La porte était mal fermée.

— Jo ?

Pas de réponse.

Hana hausse la voix.

— Jo ? Tu es là ?

Passant la tête dans l'entrebâillement de la porte, elle trouve la chambre déserte, des piles de vêtements – combinaisons, shorts – disposées sur le lit comme si Jo avait déjà commencé à faire ses bagages.

Hana est sur le point de ressortir quand elle s'arrête, remarquant le téléphone de Jo branché à côté du lit, son chargeur blanc serpentant sur le cadre en bois.

Une pensée s'insinue dans son esprit : *Elle pourrait y jeter un coup d'œil, non ?*

C'est une chose qu'elle ne songerait jamais à faire habituellement, mais ces derniers jours, elle se sent un peu différente. Comme si ce voyage l'avait dépouillée d'une couche d'elle-même, révélant une nouvelle personne.

Hana se glisse dans la chambre et s'arrête à côté du lit.

Seth.

Il est partout : des vêtements encore suspendus dans la penderie, des baskets Veja sous le lit, son portefeuille sur la table de chevet. Malgré ses fanfaronnades, les battements du cœur de Hana résonnent dans ses oreilles.

Elle se réprimande : *C'est leur espace. C'est mal, surtout après ce qui s'est passé.*

Mais Hana s'arme de courage. *Fini, la culpabilité.* C'est ça qui l'a bloquée pendant toutes ces années : la peur de ne pas être gentille et sage, le fait de se soucier de ce que les gens pensent d'elle.

Après un rapide coup d'œil en direction de la porte,

elle prend le téléphone et le débranche. Impossible d'utiliser la reconnaissance faciale, mais elle n'en a pas besoin : Hana a déjà vu Jo entrer son code secret – les quatre premiers chiffres du numéro de ligne fixe de leurs parents suivis de son mois de naissance.

Une fois l'appareil débloqué, Hana parcourt les applications jusqu'à ce qu'elle repère WhatsApp, la plateforme de messagerie préférée de Jo. S'il y a quelque chose à trouver, ce sera là.

Les messages de Jo à Seth sont en tête de liste, mais quand elle fait défiler la discussion, elle ne trouve rien que de très banal.

Seth : « Où es-tu ? »

Jo : « Partie faire un footing. »

Seth : « On va prendre le petit déj. »

Jo : « Ne traîne pas… »

Aucune allusion à la nuit où Bea est arrivée.

Hana retourne à la liste des conversations. Son regard glisse sur les noms mais ne s'arrête que sur un seul : Bea. Elle survole leur échange. Elle voit tout de suite que ce n'est pas le même genre de messages que ceux de Seth et Jo.

Des mots incisifs, agressifs, la suite en ligne d'une dispute :

Bea : « Il faut que tu le dises à Hana. »

Jo : « Ça ne te regarde pas. »

Bea : « Si tu ne le lui dis pas, c'est moi qui le ferai. Ça va l'anéantir, mais ce sera pire si elle l'apprend de quelqu'un d'autre. »

Faisant défiler frénétiquement la conversation, Hana retrouve le même propos. Il est désormais évident que Jo lui a menti. Quel que fût le sujet dont Bea et elle discutaient ici, il est au cœur de la lettre qu'elle a trouvée sur la jetée. Il ne fait pas de doute que ce mot griffonné n'a rien à voir avec le fait que Jo n'a pas soutenu Hana après la mort de Liam.

Jo cache autre chose.

Un vide affreux s'ouvre en elle. Voilà ce que font les mensonges, se dit-elle, hébétée : ils vous vident de votre substance. Le lien entre les gens – cette chose tangible, certaine et solide – est détruit, et tout ce qu'il vous reste, c'est la coquille.

Hana jette le téléphone sur la table de chevet et le regarde rebondir dessus puis tomber au sol.

Elle se penche en avant pour le ramasser, et son regard se pose alors sur quelque chose qui dépasse de sous le matelas de Jo.

Abasourdie, elle met sa main devant sa bouche.

Chapitre 57

— Je n'arrive pas à joindre Johnson, dit Elin. Je tombe tout de suite sur son répondeur.

— Il te rappellera, murmure Steed. En attendant, j'ai récupéré une liste de toutes les personnes encore présentes ici. La femme de l'accueil a la même efficacité redoutable que toi.

Il sourit, mais son sourire s'efface rapidement car elle ne le lui rend pas.

— Je n'aime pas cet air. Qu'est-ce qui s'est passé ?

Elin s'arrête un peu à l'écart du bureau d'accueil.

— Avant d'appeler Johnson, j'ai parlé avec le responsable de la gestion des effectifs. On dirait bien qu'on est livrés à nous-mêmes. La BECP est entièrement mobilisée par un meurtre récent à Barnstaple et on a plusieurs incidents prioritaires à Exeter.

Il hausse un sourcil.

— Plusieurs ?

— Oui… un accident de la route qui a fait plusieurs morts et un incendie dans un centre commercial et résidentiel. Des gens pris au piège. Il semblerait que tous les agents en uniforme et municipaux sont mobilisés. Les agents régionaux aussi. Ils vont être retardés.

Steed se passe une main dans les cheveux. Il a l'air tourmenté, chose inhabituelle chez lui.

— Alors qu'est-ce qu'on est censés faire maintenant ?

— Boucler le centre de vacances. Rassembler tout le monde. Il faut que je trouve Farrah. Je l'ai appelée, mais je tombe aussi directement sur son répondeur. Je vais réessayer, explique Elin en regardant son téléphone, mais elle est coupée dans son élan lorsqu'elle lit le message qui s'est affiché à l'écran.

Il lui faut un moment pour comprendre de quoi il s'agit.

Un message de Will.

« Un nouveau tweet a été publié. T'ai envoyé une capture d'écran. »

La main tremblante, Elin s'arme de courage et clique sur l'image qui se trouve au-dessous. Son estomac se noue.

Elle est instantanément saisie. D'incrédulité. De peur. De dégoût.

Une émotion brute l'envahit par vagues.

C'est de nouveau elle, mais contrairement à la photo précédente, celle-ci n'a pas été dénichée sur un site public. On la voit cette fois en combinaison de plongée à la plage avec son amie Astrid.

Toutes deux rient devant l'objectif, mais leur journée de bonheur a été gâchée. De la pire façon possible.

Non. Non.

On s'est de nouveau attaqué à ses yeux, à coups de traits qui s'entrecroisent dans un griffonnage numérique.

— Qu'est-ce que c'est ? demande Steed, l'air inquiet.

— Un tweet.

Il fronce les sourcils.

— En lien avec ce qui se passe ici ?

Elin secoue la tête et lui décrit celui que Will lui a montré auparavant.

— Celui-ci, c'est pire, d'une certaine façon. La photo qu'ils ont utilisée… elle a été prise par mon amie. Quelqu'un est allé fouiller dans ses réseaux sociaux pour la trouver.

C'est presque aussi odieux que ce que cette personne a fait à l'image en elle-même. C'est comme si quelqu'un avait pris son souvenir de cette journée et l'avait violemment foulé aux pieds. *Une atteinte à sa vie privée.*

— Foutu troll, dit Steed en secouant la tête. Je sais que ce n'est pas une consolation, mais il est arrivé une chose similaire à une autre de mes collègues il y a quelques années. Pas des photos, mais quelqu'un n'arrêtait pas d'envoyer des courriers bizarres chez elle. Elle l'a signalé et ça a paru faire taire le coupable. Sans doute rien de personnel, ajoute-t-il, hésitant.

Les poils hérissés, Elin réduit l'image au minimum.

— Tu as raison. Si ça se reproduit, je le signalerai, mais ça va devoir attendre pour l'instant. Il faut qu'on trouve Farrah, qu'on mette les choses en branle pour boucler ce centre.

Elle s'efforce désespérément de donner une impression de confiance en elle qu'elle ne ressent pas, mais alors qu'elle s'approche de l'accueil, elle n'arrête pas de repenser à la photo : son bonheur effacé d'un violent griffonnage.

L'employée d'accueil lève les yeux et les salue d'un sourire expert. Alors que Steed le lui rend, Elin n'en fait rien, absorbée par la tenture suspendue au mur derrière le comptoir.

Cette fois-ci, les petits motifs du rocher de la Faucheuse brodés sur le tissu ne lui semblent plus se fondre dans l'arrière-plan comme la première fois : elle ne voit désormais plus qu'eux. De minuscules répliques non seulement du rocher mais aussi des pierres dans la grotte.

— Tout va bien ? demande la réceptionniste en la regardant, le front plissé d'inquiétude.

— Oui, répond-elle en faisant un effort pour détacher son regard de la tenture. Je me demandais si vous saviez où est Farrah.

La femme fait un geste en direction du coin de la pièce.

— Elle est là-bas.

Elin suit son regard : Farrah est assise dans un des canapés avec un homme. Penchés l'un vers l'autre, ils discutent d'un air absorbé.

— Merci, murmure-t-elle.

Tandis qu'ils traversent la pièce, le sandwich qu'Elin a mangé en vitesse quelques instants plus tôt pèse comme du plomb dans son estomac et provoque une remontée acide dans sa gorge.

Elle ravale sa salive et s'arrête à côté de Farrah, lui effleure le bras.

— Désolée de vous interrompre, nous…

Mais avant qu'elle puisse finir, Farrah la coupe avec un sourire nerveux, les yeux légèrement écarquillés en signe de mise en garde.

— Laissez-moi vous présenter Ronan Delaney.

Chapitre 58

Elin se retient d'avoir un mouvement de recul et sait que, quand elle parvient à adresser un sourire, celui-ci est forcé.

Le père de Seth.

Delaney les salue d'un bref hochement de tête et, de si près, Elin comprend pourquoi elle ne l'a pas tout de suite reconnu ; il est très différent de l'homme sur la photo qu'elle a vue sur Internet.

Il porte pourtant le même genre de chemise blanche et de pantalon en lin onéreux que sur le cliché, mais il a les traits tirés et l'air fatigué. *Voilà ce que la mort d'un proche fait aux gens.* Ça vous vide de votre énergie, à la fois mentalement et physiquement.

Ronan lui tend la main, le bracelet d'une montre de luxe miroitant sous le spot au-dessus d'eux.

Elle la lui serre.

— Inspectrice Elin Warner. Enchantée.

Steed se présente ensuite, mais le regard de Ronan ne fait que passer sur lui et revient sur Elin.

— C'est vous qui avez trouvé Seth, je crois ?

— Oui, c'est exact, répond doucement Elin.

— J'étais en train de demander à Farrah s'il… (il

déglutit péniblement)... si vous l'aviez déjà emporté. J'étais dans le Devon de toute façon, pour le travail. Je voulais le voir.

S'efforçant de ne pas perdre contenance, il regarde le sol.

Elin échange un regard avec Steed. C'est toujours le souci dans une telle situation : un parent en deuil qui prend lui-même les choses en main sans se rendre compte de la réalité de la situation.

— Il vaut mieux que vous attendiez, dit-elle prudemment. Jusqu'à ce que nous soyons à la morgue.

Il secoue la tête.

— Mais je veux le voir, de mes propres yeux.

— Vraiment, il vaut mieux que vous attendiez, insiste Steed d'un ton plus tranchant qu'Elin.

Ronan le regarde dans les yeux et Elin sent qu'il jauge son collègue, qu'il évalue s'il peut le pousser plus loin. Finalement, il hoche la tête.

— Je n'arrive simplement pas à comprendre, dit-il, l'air perdu. Pourquoi quelqu'un aurait-il voulu du mal à Seth ? Tout le monde l'appréciait.

— C'est ce qu'on a cru comprendre, dit Steed avec tact, mais sa petite amie, Jo, nous a dit qu'il avait reçu des e-mails menaçants récemment. Des trucs très agressifs, à ce qu'elle a raconté.

Ronan ne se démonte pas.

— Rien d'étonnant quand vous êtes le fils de quelqu'un comme moi. Vous emmerdez les gens du simple fait d'exister. On m'approche tout le temps, des demandes d'argent, des adeptes de la théorie du complot persuadés d'avoir quelque chose sur vous. Ce n'est pas rare.

Steed lève les yeux de son carnet.

— Nous savons également qu'il avait un casier judiciaire. Vous n'avez pas de raisons de soupçonner qu'il pouvait être encore impliqué dans des…

Ronan lui coupe la parole.

— Tout ça, c'était fini. Seth s'était rangé, engagé dans beaucoup d'activités philanthropiques. La prison… l'avait fait changer de mentalité et lui avait fait comprendre à quel point la vie est courte. Il était déterminé à ne pas la gâcher en faisant l'imbécile, surtout avec la drogue, explique-t-il, puis il ramène la conversation à eux. Et alors, quand allons-nous avoir des explications sur ce qui est arrivé à mon fils ?

— C'est seulement le premier jour, et on en est donc au tout début de l'enquête, répond prudemment Elin. Il y a eu un accident sur le continent qui retarde notre procédure habituelle.

Elle perçoit un tremblement dans sa voix et s'empresse de le réprimer. La dernière chose dont elle a besoin, c'est qu'il comprenne qu'il se trame quelque chose de plus grande ampleur avant qu'elle ait donné des instructions à Farrah.

— Nous reviendrons vers vous quand nous aurons plus de renseignements.

Ronan acquiesce de la tête et se détourne vers Farrah.

— Je vais travailler d'ici pour le moment. Puis-je utiliser une des salles de réunion ?

— Bien sûr. L'équipe d'accueil va vous indiquer lesquelles sont disponibles.

— Merci, dit-il, puis il se lève après les avoir salués.

Une fois qu'il est hors de portée de voix, Farrah secoue la tête.

— Désolée, je ne savais pas du tout qu'il venait, dit-elle, l'air inquiet. Il dit qu'il est là pour Seth, mais j'ai l'impression qu'il veut aussi surveiller ce qui se passe. Il y a eu des fuites sur les réseaux sociaux, comme vous pouvez l'imaginer.

— Ça pourrait compliquer un peu ce que je m'apprête à dire, déclare Elin, décidant de ne pas édulcorer. Je crois que les décès de Bea et de Seth pourraient être liés à une autre affaire. Je ne veux pas t'alarmer, mais je pense qu'il y a de fortes probabilités pour que la personne qui a fait ça prévoie d'aller plus loin.

Farrah pousse un petit cri de surprise.

Le corps d'Elin se tend en réaction à ce bruit : un reflet de la peur de Farrah amplifiant la sienne, qu'elle avait maîtrisée jusque-là.

— S'il te plaît, il faut que ça reste entre nous. Si des employés ou des clients découvrent ce qui se passe…

Ses paroles font mouche.

— Je suis désolée, je ne m'y attendais simplement pas…, dit Farrah, puis elle se reprend. Que faut-il que je fasse ?

— Rassemble les clients au plus vite, qu'ils soient prêts à quitter les lieux quand ce sera sans danger. Combien penses-tu qu'il en reste ?

— Pas beaucoup. Il y a plus d'employés que de clients, dit Farrah avant de marquer une pause. La dernière fois qu'on a compté, quinze, je crois. Je peux demander à des employés de m'aider, qu'ils commencent à frapper aux portes si on n'arrive pas à joindre les gens.

— Bien. Est-ce qu'il y a un espace assez grand pour rassembler tout le monde ?

— Peut-être la salle de réception derrière le restaurant. Elle est assez vaste, dit-elle, puis elle regarde autour d'elle. Mais qu'est-ce que je suis censée leur dire ? Ils vont nous poser des questions.

Elin hésite. Du coin de l'œil, elle regarde Ronan se diriger vers le fond de la pièce.

— Tout ce que tu dois dire, c'est qu'il y a eu un incident et que, pour leur sécurité, il est impératif qu'ils suivent nos instructions. Une fois que tout le monde sera réuni, je leur parlerai pour essayer d'éviter tout problème. En attendant, va voir les employés et expose-leur le plan.

— Ça se tient.

Farrah s'efforce de mettre de l'énergie dans le ton de sa voix, mais elle est trahie par sa main qui serre son talkie-walkie comme un étau, les jointures de ses doigts blanches.

Elin lui pose la main sur le bras.

— Écoute, ça va aller. Vraiment.

— C'est juste que…

La lèvre de Farrah tremble et elle reprend une intonation paniquée.

— Il n'y a pas que ça. Je voulais te parler de quelque chose, dit-elle, puis elle jette un coup d'œil vers Steed. En privé…

— Bien sûr…

Elin s'interrompt quand la sonnerie de son téléphone retentit bruyamment. *L'inspecteur Johnson.*

— Désolée, il faut que je réponde. On peut discuter dans une minute ?

Farrah hoche la tête, essaye de sourire, mais Elin voit bien que sa lèvre tremble toujours légèrement.

Chapitre 59

Le téléphone de Bea.

Hana prend l'appareil dans ses mains aussi délicatement que si c'était un bébé.

L'écran est brisé, la vitre, striée d'éclairs. De la coque de protection il ne reste qu'un morceau dans le coin.

Incompréhension totale : *Comment Jo peut-elle avoir le téléphone de Bea ?*

Mais alors qu'elle regarde le verre cassé, sa confusion fait bientôt place à une soudaine prise de conscience quand elle se rappelle pourquoi elle s'est glissée en douce dans la chambre de Jo : parce que Caleb lui a dit que c'était Jo qui était ressortie de la villa.

Hana retourne la question dans sa tête, mais elle a beau disséquer les divers éléments dans tous les sens, les combiner de toutes les façons possibles, le tableau qui en résulte n'est pas beau à voir.

— Je pense qu'il faut que tu lui en parles, Hana, le plus tôt possible, dit Maya en fourrant un débardeur dans son sac et en la regardant d'un air impuissant. Je ne sais pas quoi te dire d'autre. Il faut qu'elle te fournisse des explications.

Hana hoche la tête. Elle savait depuis le départ que Maya réagirait comme ça ; le fait de venir dans sa chambre n'était qu'une tactique dilatoire. Pour repousser le moment, par peur de ce que Jo allait réellement dire.

— Tu as raison, dit-elle, puis elle désigne d'un signe de tête le sac de Maya, rempli de vêtements jetés en tas. Je te laisse finir ton sac. Tu t'en sors mieux que moi. Je n'ai même pas commencé.

— Je veux simplement être prête quand ils diront qu'on peut partir. Je ne veux pas rester ici une minute de plus que nécessaire.

Maya récupère une photo encadrée sur sa table de chevet. Elle s'apprête à la glisser dans son sac quand Hana regarde par-dessus son épaule.

— C'est beau.

Une photo de plage : les parents de Maya penchés sur Sofia et Maya en maillot de bain. Prise de toute évidence avant l'incendie, elle montre Sofia telle qu'elle était avant son attaque : tout sourire, ses dents du bonheur dévoilées à l'objectif.

— C'est bête, dit Maya d'une voix tremblotante. Je l'emmène partout.

— Ce n'est pas bête, je l'aime beaucoup, dit Hana avec douceur. Comment vont ta mère et ton père ?

— Ça va, mais ils ne sont pas allés voir Sofia depuis des semaines. Ils ont changé, Han'. On savait qu'il y avait peu de chances qu'un miracle se produise, mais je crois que ma mère s'est toujours raccrochée à l'idée que Sofia guérirait. Le pouvoir de l'espoir : même quand ton cerveau te dit une chose, ton cœur est capable de passer au-delà, de se cramponner à des détails : la version de quelqu'un d'autre, une théorie sur Internet, un obscur rapport d'étude…

— Mais ça arrive, non ? Que des gens se remettent des années après.

— Pas avec des lésions cérébrales de cette gravité. C'est ce que nous disent les médecins depuis des années ; on n'a simplement pas voulu l'accepter, explique Maya, puis elle hésite. Mais depuis environ un mois, je crois qu'il y a enfin eu un déclic. Maman a perdu le dernier semblant d'espoir qui lui restait. C'est comme si une partie d'elle était… partie avec. Ce n'est plus la même.

Hana refoule malgré elle des larmes d'un battement de paupières.

— Je suis désolée. Je ne savais pas.

— C'est comme ça.

Maya prend la dernière pile de livres sur la table. Alors qu'elle est en train de se retourner, elle lâche prise. Les livres tombent par terre et elle a un rire crispé.

— Décidément…

Hana s'avance pour l'aider à les ramasser.

— Ça va aller, dit rapidement Maya.

Hana aperçoit parmi les romans le carnet à dessins avec lequel elle a vu Maya hier ; il s'est ouvert en tombant. Elle le ramasse et examine avec curiosité le croquis sous ses yeux : un portrait de deux personnes qui se font face.

La première chose qui la frappe, c'est l'intimité de la scène : non seulement dans la proximité des visages mais aussi dans leurs expressions – un demi-sourire aux lèvres, les yeux dans les yeux.

L'instant qui précède un baiser.

— Tu es si douée, dit Hana en observant le dessin de plus près. J'aimerais…

Elle s'arrête, remarquant quelque chose du coin de l'œil.

Une photo au sol, tombée du carnet.

L'air affolée, Maya tend la main pour l'attraper, mais elle n'est pas assez rapide.

Hana l'a déjà ramassée.

Lorsqu'elle regarde le cliché, elle a le souffle coupé, comme si on lui avait donné un coup de poing dans le plexus solaire.

Elle scrute l'image encore et encore, se demande si elle a une hallucination, si son imagination lui joue un mauvais tour.

Mais ce n'est pas le cas.

Le croquis est une reproduction presque parfaite de cette photo.

Sa sœur, avec Liam.

Chapitre 60

Une grisaille inhabituelle a envahi le ciel au cours de l'après-midi quand Elin sort sur la terrasse, téléphone en main. Les nuages qu'elle a aperçus plus tôt se multiplient vite : une ligne gris acier plane sur l'horizon, prenant le dessus sur le bleu.

Les paroles de Johnson sont à peine audibles.

— Il va falloir que vous parliez plus fort, dit-elle en haussant la voix. Je ne vous entends pas bien.

Le vrombissement aigu d'une moto retentit en fond sonore.

— Désolé, je suis sur un parking à la plage. Je vous demandais simplement si tout va bien.

Une hésitation dans sa voix. Ce n'est pas vraiment habituel de passer un coup de fil à l'improviste pour prendre des nouvelles.

— Tout va bien.

Ils échangent quelques civilités, puis elle prend une grande inspiration et se lance :

— Écoutez, je suis sur une affaire étrange, d'où mon coup de fil inopiné. Je voulais faire appel à vos lumières à propos de Creacher. Je suis sur l'île en ce moment même, une autre affaire, et je pense qu'il y a un lien possible avec les meurtres de Creacher.

Elin se rapproche de la rambarde pour être sûre de ne pas être à portée de voix de l'employé qui débarrasse une des tables à proximité.

Un silence.

— Donnez-moi une seconde pour enlever cette combinaison et monter dans la voiture.

Des halètements. Un claquement de portière.

— Bon, je vous mets sur haut-parleur. Vous m'entendez ?

— Oui, dit Elin, puis elle va droit au but. Creacher, je sais que c'était il y a longtemps, mais je me souviens que nous en avions discuté et que vous m'aviez dit que vous aviez des doutes, au départ, sur le fait que c'était bien lui le coupable.

— Je vais être franc, reprend-il après un silence, j'en ai eu. J'en ai encore, d'ailleurs. À mes yeux, surtout au début, les preuves étaient pour le moins fragiles.

— Fragiles ? Dans quel sens ?

— Il y avait des traces d'ADN sur le tee-shirt d'une des victimes, qui correspondait à celui de Creacher. Mais d'après moi, c'était de l'ordre de la présomption, car l'ADN avait pu être transféré d'une autre façon. Ça ne prouvait pas indéniablement qu'il était sur les lieux du crime. Un des experts pour la défense a aussi soulevé un point intéressant concernant l'*absence* d'ADN sur les victimes, et expliqué qu'il se serait attendu à trouver plus qu'une unique trace sur un tee-shirt.

— Qu'aviez-vous d'autre ?

— Des récits de témoins oculaires : le batelier a dit

qu'il a vu Creacher traîner autour des enfants, les observer. Il y avait des photos aussi.

— Des photos ? dit-elle, repensant à celles qu'ils ont trouvées dans la grotte.

— Oui. Il y avait des adolescents sur les clichés qu'on a trouvés chez lui, mais aussi des paysages, des animaux. Creacher a répondu qu'il était simplement passionné de photo, raconte Johnson, puis il pousse un profond soupir. Il était bizarre, c'est certain, un type que vous fuiriez à toutes jambes si vous tombiez dessus dans une ruelle obscure, mais j'ai eu le sentiment qu'on le soupçonnait juste *parce qu*'il était un peu solitaire.

— Une cible facile ?

— Quelque chose comme ça. Oui, Creacher avait du mal à regarder les gens dans les yeux, à avoir des activités sociales normales, et il était un peu lent, mais ça ne faisait pas de lui un tueur. On a une intuition parfois, quand quelqu'un semble avoir le profil, mais je ne l'ai pas eue avec lui. Un solitaire, soit, mais un meurtrier ? Je ne voyais pas ça en lui. Je n'ai pas arrêté de suggérer qu'on élargisse notre champ d'investigation, surtout vu le lien avec la fille.

— La fille ?

— Oui. J'ai établi un lien intéressant presque dès qu'on a pris l'affaire. Une autre fille, qui avait disparu quelques mois avant les meurtres de Creacher.

Une autre fille. Elin repense à la cinquième photo sur la paroi de la grotte. *Pourrait-il s'agir d'elle ?*

— Elle s'appelait Lois Wade. Vraiment très étrange. Sa classe est venue sur l'île pour un camp d'activités de plein air, mais elle n'y participait pas. La semaine où les gamins sont venus, Lois a été portée disparue. La même nuit, un garçon présent au camp a raconté l'avoir vue sur l'île.

— Mais vous avez dit qu'elle n'y était pas allée.

— C'est tout le problème. Un groupe d'ados a grimpé en douce au sommet du rocher sur l'île après que les profs sont allés se coucher. Ils ont beaucoup bu puis ils se sont endormis ivres morts. Quand le garçon s'est réveillé, il s'est rendu compte qu'il ne restait plus que lui là-haut. Apparemment, il a regardé en contrebas et vu un corps dans l'herbe au pied du rocher. Il était persuadé que c'était Lois Wade, mais quand il est arrivé en bas, elle avait disparu. Aucune trace d'elle. Pas même une empreinte dans l'herbe.

— Bizarre.

— Oui et non. La plupart des gens ont présumé que c'étaient les effets de l'alcool, peut-être d'hallucinogènes. Pourtant il était catégorique, et il a aussi reconnu qu'ils avaient invité Lois à les rejoindre en douce sur l'île ce soir-là. Mais il était le seul à dire ça ; tous les autres ados ont raconté la même histoire : Lois n'était pas là, n'avait jamais été censée l'être.

Elin assimile ses paroles en posant son regard sur la mer. Une brise s'est levée et l'eau turquoise est maintenant rayée de couleurs vives inhabituelles, noir bleuté comme des hématomes et gris métallique.

— Mais ça devait tout de même être facile de vérifier si elle était réellement venue sur l'île. Il aurait fallu qu'elle prenne un bateau.

— Pas de caméras de surveillance à l'époque, il n'y avait donc pas de moyen de savoir si elle y était venue. Ses amis et ses proches ont affirmé qu'ils n'étaient au courant de rien. On a interrogé quelques-unes des compagnies maritimes du port pour voir si elles l'avaient eue à leur bord, mais non. Quelques jours plus tard, les parents ont reconnu que Lois avait des raisons de fuguer. Puis quelqu'un a déclaré l'avoir vue monter dans une voiture sur le continent, et tout le monde s'est orienté dans cette direction.

— Et la déclaration du garçon qui affirmait l'avoir vue sur l'île ?

— Ça n'a rien donné. La police a fouillé les bois, interrogé le personnel, les autres jeunes, le batelier, mais on a fait chou blanc.

— Mais quand les meurtres de Creacher sont survenus, vous avez fait le lien.

Au-dessus d'Elin, les longues branches du pin remuent et leurs ombres dansent de gauche à droite sur le sentier.

— Oui. En toute logique, je me suis demandé si les affaires étaient liées, si la fille pouvait être la première victime de Creacher, mais cette hypothèse est tombée à l'eau avant même d'être explorée. Au bout de quelques jours passés à interroger Creacher, on s'est aperçus qu'il n'était pas sur l'île quand Lois a disparu, explique Johnson, puis il hésite, comme s'il était sur le point d'ajouter quelque chose mais se retenait. Et à ce stade, plusieurs personnes avaient confirmé avoir aperçu Lois sur le continent.

— Est-ce qu'on l'a retrouvée ?

— Non.

— Mais ça implique quand même que ce que le garçon a raconté était peut-être vrai.

Johnson soupire.

— Je ne suis pas sûr. Tout ce que je sais, c'est que

la théorie d'une fugue… c'est ce qui a été retenu à l'époque et personne n'avait envie de revenir sur l'affaire Lois Wade. Si le vent souffle dans un sens, vous savez comment ça se passe.

Elin peut lire entre les lignes : la disparition de Lois Wade et le fait qu'elle ait été aperçue sur l'île constituaient de toute évidence une entrave à la condamnation de Creacher. La police avait décidé que c'était lui le coupable, et la théorie de Johnson était un obstacle gênant. S'il *prouvait* que les affaires étaient liées, sachant que Creacher n'était pas sur l'île quand Lois Wade avait disparu, cela impliquait que le coupable était quelqu'un d'autre. Le fait de décréter que Lois Wade était simplement « disparue » rendait la culpabilité de Creacher bien plus facile à avaler.

Elin comprend pourquoi : comme elle l'a dit à Steed, devant une telle affaire, les enquêteurs ont dû subir une pression énorme, de la presse et du public, pour qu'ils apportent des réponses, et ce rapidement. Mais en faisant cela, ils ont pris le risque de laisser le vrai tueur en liberté. Si *c'est* ce qui est arrivé, cela a des implications cataclysmiques sur les événements actuels ; l'hypothèse que la personne qui a tué ces adolescents ait aussi tué Bea Leger et Seth Delaney semble à présent de plus en plus plausible.

— Et que s'est-il passé après ça ?

— J'ai persisté, bêtement. Je n'arrivais pas à lâcher l'affaire, mais quand j'ai essayé de défendre ma théorie – et en particulier d'exploiter le témoignage du garçon –, cela n'a mené nulle part. Peu de temps après, on m'a retiré le dossier. On l'a confié à quelqu'un de plus expérimenté, dit-il après un silence.

Plus expérimenté. Ils savent tous les deux pourquoi on l'a écarté : sa théorie « alternative » aurait ralenti le processus en vue d'une condamnation.

— Je suis allé voir l'inspecteur principal pour lui demander de regarder à deux fois, étant donné que Lois Wade n'avait jamais été retrouvée, mais à ce stade, la machine était lancée. Dans une affaire comme celle-là, ce qui compte, c'est qui raconte la meilleure histoire, la défense ou l'accusation, et dans cet exemple, la version du procureur concernant Creacher… elle était convaincante. Creacher avait le profil recherché, puis quand la fille s'est présentée pour témoigner, c'était pratiquement plié.

— La fille ?

Johnson s'éclaircit la voix.

— Oui. Une des autres ados du camp d'activités de plein air. Témoin oculaire. Elle s'est présentée un peu après, pour dire qu'elle avait vu Creacher la nuit des meurtres.

— Qu'elle l'avait vu où ?

— Près des tentes. Elle a dit qu'elle s'était réveillée, qu'elle avait entendu du bruit. Quand elle a sorti la tête de sa tente, elle l'a vu qui s'enfuyait du camp.

— Elle a pu l'identifier dans le noir ?

— Apparemment. Elle nous a expliqué qu'elle avait allumé sa torche.

— Elle en a eu le temps ?

— C'est ce qu'elle a affirmé.

S'ensuit un silence lourd de sous-entendus.

— Vous avez eu des doutes ?

Un nouveau soupir.

— Oui. Ça m'embête de le dire. C'était une gosse

clairement traumatisée, mais il y avait quelque chose de bizarre dans sa déposition. « Trop parfaite », a pensé une collègue à l'époque, et je comprenais ce qu'elle voulait dire. Sa manière de parler, son calme… ça m'a dérangé. Et bien sûr le fait qu'elle ait mis quelques jours à se présenter…

— Quelques jours ?

— Oui. Elle a prétendu qu'elle avait eu peur de parler avant, qu'elle craignait qu'il s'en prenne à elle.

— Vous vous souvenez du nom de cette fille ?

— Oui, je me souviens de toute cette affaire comme si c'était hier. Je n'aurais sans doute pas dû le faire, et cela reste entre vous et moi, mais j'ai gardé mes vieux carnets. Elle s'appelait Farrah, dit Johnson, puis après une hésitation : Farrah Riley.

Chapitre 61

— Écoute, dit Maya en relevant la tête pour regarder Hana dans les yeux, je voulais que Jo te le dise elle-même. Pour autant que je sache, elle comptait le faire.

Elle pose les carnets sur le lit et frotte la peau dure et luisante de la paume de sa main.

Hana ne peut quitter la photo des yeux. *Jo et Liam, Jo et Liam*.

Elle n'avait jamais associé leurs prénoms auparavant. Cela semble contre-nature.

— Me dire quoi, exactement ?

Hana a un regain d'espoir. Peut-être qu'elle a mal interprété cette image. Un projet pour Maya peut-être… elle leur aurait demandé de poser pour elle. Une blague. Une sorte de farce.

Maya appuie maintenant si fort sur la peau calleuse de sa main que la chair est devenue blanche. Hana sait déjà que, quoi qu'elle s'apprête à dire ensuite, ce sera désagréable et confirmera son hypothèse de départ. Elle le voit à la façon dont le visage de Maya se plisse, au fait qu'elle tend déjà la main pour calmer Hana.

— Jo et Liam… ils ont eu une histoire, Han', dit-elle, et ses lèvres semblent se mouvoir au ralenti.

Un vide s'ouvre en Hana.

Elle a vu juste. *Une histoire. Une histoire.* Il n'y a qu'une façon de comprendre ça.

— Une aventure ?

Le mot lui reste en bouche, prenant déjà un goût aigre.

— Oui. Mais je ne le savais pas, jusqu'à il y a quelques semaines.

Le ventre de Hana se noue en entendant la manière robotique dont Maya s'exprime.

— Comment est-ce que tu l'as découvert ?

Elle ne sait pas bien comment elle est parvenue à poser la question, mais elle a besoin de connaître la vérité. De tout entendre.

— Bea a vu une photo sur le téléphone de Jo, Han', d'eux deux ensemble, un soir où ils étaient sortis. Elle se l'est envoyée sur son téléphone par AirDrop et elle allait t'en parler, mais Liam a alors fait cette chute et la dernière chose qu'elle voulait, c'était te faire encore plus de peine. Il y a deux ou trois semaines, Bea m'a mise dans la confidence, en m'expliquant qu'elle ne pouvait plus garder ça pour elle. Elle m'a envoyé la photo, elle voulait mon avis. Je crois qu'elle espérait s'être trompée, elle voulait que je l'interprète différemment, mais je ne pouvais pas. C'était évident… Jo avait fait un selfie d'eux deux, on voyait son bras, bredouille-t-elle. J'ai dit à Bea de demander des explications à Jo. Quelques jours plus tard, elle l'a fait. Elle m'a dit que Jo avait promis de te le dire.

— Mais elle ne l'a jamais fait, termine Hana.

Ces mots sont toujours là dans sa tête. *Jo et Liam. Jo et Liam.* Elle se retourne et fixe son regard non pas sur

Maya mais sur les soudaines éclaboussures de pluie sur la vitre, de fines traînées d'eau qui s'écoule.

— Tu sais combien de temps ça a duré ?

Les yeux de Maya sont baignés de larmes.

— Un moment, je crois. D'après ce que m'a dit Bea, ça avait commencé quelques mois avant qu'il meure.

Dans un sursaut, Hana essaie aussitôt de reconstituer les événements. Ça ne peut pas être vrai : *Liam ne lui a pas menti, jamais. Quand se seraient-ils retrouvés ? Quand se seraient-ils vus ?*

Mais à force de réfléchir, Hana voit, avec une clarté étrange et révoltante, comment cela pourrait se tenir : de petits éléments commencent à s'emboîter. Des choses qu'elle n'avait jamais jugées importantes auparavant : la distance de plus en plus grande entre Jo et elle, les coups de fil, déjà irréguliers, qui avaient peu à peu cessé complètement après que Liam et elle s'étaient mis ensemble. L'antipathie de Liam pour Jo, jamais exprimée explicitement mais qui semblait évidente à la façon dont il coupait court aux conversations avec elle lors des réunions familiales, à ses moqueries à son sujet lors de leurs débriefings au lit après celles-ci.

Puis le fait que son propre travail était devenu si accaparant cette dernière année. Elle avait été indisponible sur le plan affectif, non seulement en étant tutrice d'une institutrice nouvellement diplômée, mais aussi à cause de deux enfants de sa classe qui avaient pris des heures de son temps. A-t-elle, sans le vouloir, repoussé Liam ?

Est-ce à ce moment-là que ça a commencé ?

Hana voit bien l'impression qu'a pu faire Jo – amatrice d'activités de plein air, amusante, naturellement gaie et détendue –, pendant qu'elle-même préparait des réunions avec des parents ou cherchait quels conseils donner à la nouvelle instit stressée pour ses plans de cours.

Peut-être que Liam a été flatté, peu habitué à ce qu'une personne comme Jo lui prête attention. Il a dû admirer sa manière de *s'enflammer*, de rendre plus excitantes des choses même banales.

— Et alors quand Jo ne m'a rien dit, Bea s'est confrontée à elle ?

Hana fait le lien. C'était le motif de la dispute que Caleb a entendue. Cette liaison.

— Oui. Bea m'a dit que Jo comptait te parler mais qu'elle s'est dégonflée à la dernière minute. Bea lui a dit de t'écrire, je crois, si elle n'arrivait pas à te le dire en face.

C'était ça, la raison de ce mot.

La manière lâche de faire des aveux. Hana voit bien la chose : Jo qui commence sa lettre mais qui n'a même pas le courage de poursuivre et d'aller jusqu'au bout.

— Et comme elle n'a pas réussi à faire ça, elle a organisé ces vacances à la place.

— Je n'en suis pas sûre. Elle a peut-être pensé que si vous passiez du temps ensemble, ce serait…

— Quoi ? Plus facile de me l'annoncer ? Que je siroterais gaiement des cocktails à l'apéro et que tout à coup ça ne me dérangerait plus ?

Elle sait que c'est en partie ce que Jo a *pu* se dire : que Hana la raisonnable, la fidèle, encaisserait le coup et que Maya et Bea seraient là pour faire tampon afin qu'elle ne soit pas exposée aux inévitables conséquences de cet aveu.

— Je ne sais pas quel était le plan, dit Maya, les joues tout empourprées.

— Il faut que je lui parle. Maintenant, dit Hana en se levant, le choc éprouvé quelques instants plus tôt se transformant en une énergie débordante. Que je m'explique avec elle.

— Han', attends. Pas tant que tu es à cran, dit Maya en tendant une main.

— Il le faut, Maya. Il faut qu'elle me dise la vérité.

Chapitre 62

Elin regarde l'étendue d'eau qui s'assombrit sans cesse devant elle et essaye de donner un sens aux paroles dc Johnson. *Farrah était sur l'île au moment des meurtres de Creacher. Farrah a témoigné contre Creacher.*

Comment est-ce seulement possible ? Elle repense soudain au moment où Farrah a refusé de parler du passé de l'île la veille au dîner.

Voilà pourquoi.

Elle se creuse la cervelle pour essayer de se rappeler si Will a déjà évoqué la présence de Farrah sur l'île, mais elle est certaine qu'elle s'en serait souvenue.

Rien de tout ça ne se tient, encore moins que Farrah ait choisi de travailler ici. Étant donné ce qu'il s'est passé, pourquoi s'infliger ça ?

— Elin ? Tout va bien ?

La voix de Johnson la tire de ses pensées.

— Oui, pardon.

Elle jette un coup d'œil vers le restaurant presque désert, les employés encore à l'œuvre pour faire partir les derniers clients.

— Je réfléchis à ce que vous m'avez dit sur cette fille.

Farrah, dit-elle, butant sur son prénom. Que vous aviez des doutes sur son témoignage.

Un long silence.

— J'en ai eu, mais Elin, entendez-moi bien, tout ça, c'est mon opinion, rien de plus. Et j'étais seul à le penser. À l'époque, tout le monde accusait Creacher.

— Personne d'autre ne vous a soutenu ? Mis à part Creacher ?

— Non, mais je n'arrêtais pas de me dire que si ce n'était pas Creacher et que Lois *était* sur l'île la nuit où le garçon l'a affirmé, qu'elle a été tuée par le même meurtrier que ces adolescents, alors le suspect devait nécessairement être sur l'île à ces deux occasions. Ça réduisait un peu plus le champ des possibles, mais j'ai fait chou blanc. Les employés qui avaient encadré les deux camps avaient tous de solides alibis.

Des alibis qu'Elin doit examiner de près, car Johnson a raison : le nombre de personnes potentiellement présentes sur l'île à l'époque n'est pas énorme. Les chefs de camp, les profs, les autres élèves… ou quelqu'un sans aucun lien avec les camps ? L'île était bien assez grande pour que l'on puisse s'y cacher.

— Vous n'avez trouvé aucune trace d'une personne qui aurait campé sur l'île ? Il y a une cabane sur la plage qui a l'air d'avoir servi…

— Non. On a fait des recherches approfondies. Ça n'écartait pas la possibilité que quelqu'un ait simplement utilisé un bateau, bien sûr. Mais on n'arrivait pas à trouver une alternative plausible à Creacher. Et personne qui ait un mobile. Ces gamins, ils étaient appréciés, populaires. J'ai épluché minutieusement le passé de tout le monde. Envisagé toutes les possibilités. Membres de leurs familles, petits copains, petites copines, rancunes. Implications possibles dans des gangs, drogue, problèmes de santé mentale, tout ce qui aurait pu provoquer une telle attaque, mais il n'y avait rien.

Elin réfléchit.

— Écoutez, je sais que c'est beaucoup demander, mais est-ce que vous pouvez m'envoyer ce que vous avez sur cette affaire ? Vous m'avez parlé de carnets, mais aussi les dépositions de témoins, tout ce qui vous a paru significatif à l'époque. Je vais également passer par les voies officielles, mais ça m'aidera d'avoir votre point de vue sur les choses.

— D'accord pour tout ce que vous m'avez demandé. Il va falloir que je les retrouve, mais s'il vous plaît, ça reste confidentiel, d'accord ? Ça ne se fait pas trop de rapporter des devoirs à la maison, comme vous le savez.

— Je comprends, dit Elin, marquant une pause. Une dernière chose : le rocher sur l'île. Le rocher de la Faucheuse. Est-ce que certains des ados y ont fait allusion quand vous les avez interrogés ? Ou à la malédiction ?

Un long silence. Johnson pousse un profond soupir avant de répondre enfin :

— Pas explicitement, mais on a eu le sentiment… ces gamins, quelque chose les avait terrifiés… ça m'a taraudé. Au début, quand on a commencé à les interroger, j'ai suggéré que cela se passe dans le bâtiment de l'ancienne école, mais ils ne voulaient pas s'en approcher. Quelqu'un les avait terrorisés, dit-il, puis il hésite. À vrai dire, après avoir passé quelques jours sur place, je ne pouvais pas leur en vouloir. Cet endroit, à moitié brûlé comme il l'était, et juste au-dessous du rocher… c'était pas un endroit où on avait envie de traîner.

Elin a un frisson dans le dos.

— On ne m'en a pas vraiment dit du bien. Les adolescents que vous avez interrogés après les meurtres de Creacher vous ont-ils dit qui leur avait fait peur ?

— Non, mais j'ai toujours eu l'impression qu'on n'a jamais su toute l'histoire. C'est le problème de la rapidité avec laquelle Creacher a été condamné, l'affaire n'a jamais eu le temps de respirer. J'aurais aimé revenir vers eux, une fois les choses apaisées, mais tout était alors verrouillé.

Elin y réfléchit, déstabilisée par l'idée que quelqu'un ait essayé de faire peur à ces gamins, par l'école aussi. Quelle était cette fascination que cet endroit exerçait ? Tout l'y ramène sans cesse…

Quand la conversation s'étiole et qu'ils se disent au revoir, les pensées d'Elin reviennent à Farrah. Son ventre se noue. La chose est indéniable : Farrah est la seule personne qui était sur l'île au moment des meurtres de Creacher et qui s'y trouve encore. Il faut qu'elle lui parle.

Retournant au pavillon principal, elle n'est qu'à quelques mètres de l'entrée quand Michael Zimmerman passe près d'elle. Il porte une sorte de bâche, dont un bord traîne par terre.

Il regarde furtivement Elin dans les yeux avant qu'elle se détourne.

Chapitre 63

— Farrah… merde…, fait Steed en se passant une main dans les cheveux. Je suppose qu'elle n'en a jamais parlé ?

— Non. Will non plus.

C'est ça qui continue de lui faire mal : le fait qu'il lui ait caché une chose de cette ampleur. Lui qu'elle a toujours cru transparent, il a été tout le contraire.

— Et alors, qu'est-ce que tu en penses ?

— Je ne sais pas trop. Johnson a clairement eu des doutes sur le fait que Farrah ait raconté toute la vérité. Dans la mesure où son témoignage a été un élément décisif dans l'accusation contre Creacher, celle-ci semble tout à coup assez peu solide.

— Surtout maintenant que tu sais qu'il n'était pas sur l'île quand l'autre fille a disparu.

Elin hoche la tête et jette un coup d'œil vers l'accueil. *Aucune trace de Farrah.*

— Tu as avancé sur les recoupements ?

— Oui. J'ai envoyé la liste des clients et des employés actuellement sur l'île au service des renseignements. Ça pourrait prendre un moment avant qu'on ait des réponses, cela dit. L'affaire sur le continent prend de l'ampleur, à ce que j'ai compris. Ils arrêtent des gens à tour de bras.

— Bon, trouvons Farrah puis mettons au point un plan…

Elin est interrompue par des éclats de voix aigus à proximité.

— Je crois que vous nous devez des explications, nom d'un chien !

Une femme menue en peignoir se tient devant le bureau d'accueil avec une amie. Les pointes de leurs cheveux sont mouillées et de petites gouttelettes tombent sur le sol. Elles ont été dérangées dans leur baignade par la nouvelle.

— Aucune explication. Juste la vague consigne qu'on doit faire nos bagages et venir ici, dit-elle avant de se tourner vers son amie. On aurait dû partir avec tous les autres. Sans leur accorder le bénéfice du doute.

Elle jette la clé de sa villa qui tombe bruyamment et ricoche sur le sol en béton ciré.

Elin recule et laisse l'employée gérer la situation.

— Ce n'est que le début, murmure Steed.

Elle hoche la tête, consciente qu'une fois que tout le monde sera réuni, elle devra leur exposer la situation en bonne et due forme. Et faire face à l'inévitable salve de questions.

Contournant les deux clientes, elle s'approche de l'autre employée qui se trouve derrière le bureau d'accueil.

— Désolée de vous déranger, mais avez-vous vu Farrah ?

— Oui, elle était là il y a quelques minutes, elle parlait avec Jared, un des chefs d'équipe.

L'autre employée se penche vers elle. Elin regarde les deux clientes qui repartent, apaisées pour l'instant.

— En fait, je crois qu'elle est partie dans son bureau, du moins dans cette direction. Elle a dit que quelque chose d'urgent était survenu.

— Ça vous dérangerait de nous montrer où c'est ?

— Aucun problème.

La femme les conduit vers le couloir au fond du hall d'accueil. Au bout d'une cinquantaine de mètres, elle s'arrête et montre la porte qui se trouve devant elle.

— C'est là.

— Merci.

En voyant le nom de Farrah sur la porte, Elin a la gorge serrée de stress. Elle s'approche. La porte est entrouverte, mais elle ne perçoit aucun mouvement à l'intérieur.

Steed jette un coup d'œil dans l'entrebâillement.

— Elle n'a pas l'air d'être là.

Prenant une grande inspiration, Elin frappe.

— Farrah ?

Pas de réponse. Elle réessaye. *Rien.*

Elle entre, Steed sur ses talons. Elle remarque aussitôt de légers effluves du parfum de Farrah, mais la pièce est déserte.

Le bureau, situé au centre, est presque nu, en dehors de plusieurs photos encadrées, un ordinateur portable et une pile de papiers bien rangés.

Elin est sur le point de repartir, puis elle hésite, une brise soulevant les poils de ses bras nus. Elle lève les yeux, voit que les portes-fenêtres au fond de la pièce sont entrouvertes.

— Elle est peut-être dehors.

Mais ils n'ont pas fait un mètre que le regard d'Elin se pose sur le talkie-walkie de Farrah.

Il est en miettes : des éclats de plastique noir jonchent le sol derrière le bureau.

Elin implore Steed du regard, la poitrine oppressée de panique.

Pas Farrah. Non.

Chapitre 64

La branche pendante d'un pin frotte contre la vitre.

Hana sursaute. Tout était calme depuis si longtemps que le moindre mouvement lui semble anormal. Incongru.

Mais le vent ne lui offre qu'une brève distraction. *Où Jo peut-elle être allée ?* Sa chambre était déserte, elle n'était pas dehors… A-t-elle entendu la conversation entre Hana et Maya ? Est-elle partie quelque part pour échapper aux conséquences ?

Hana ne pense qu'à une chose : les mensonges de Jo. Des mensonges que Bea a essayé de mettre au jour pour Hana. Hana est prise d'un élan de culpabilité vis-à-vis de Bea : elle n'aurait pas dû être si prompte à la juger. Même si Bea n'a pas été là pour elle après la mort de Liam, elle a veillé sur elle d'une autre manière.

Étendue sur son lit, Hana fait défiler les images de son téléphone pour retrouver la dernière photo qu'elle a de sa sœur. Elle est dévorée par des souvenirs qu'elle a refoulés jusque-là : les hautes piles de livres de Bea partout dans la maison, sa manière de s'éclaircir la voix avant d'aborder un sujet conflictuel ; sa phase hippy, la seule fois où elle s'est rebellée, le tatouage qu'elle s'est fait sur la cheville lors d'une virée en camping à Bude, un geste de défi quelque peu atténué par le fait que, pendant que le tatoueur était à l'œuvre, Bea révisait.

Des larmes brûlent les yeux de Hana. Elle tend la main vers ses mouchoirs en se contorsionnant sur le lit, mais avant qu'elle parvienne à en sortir un, on frappe à la porte de la villa. Elle attend de voir si quelqu'un d'autre va ouvrir, mais quelques instants plus tard, les coups se répètent. Plus forts cette fois.

Se levant péniblement du lit, Hana prend le couloir. Quand elle ouvre la porte, elle se trouve face à un employé du centre, un iPad à la main. Il porte un talkie-walkie grésillant à la ceinture.

L'homme la salue d'un demi-sourire, mais son visage étroit est empreint d'un air grave en harmonie avec le décor sombre qui l'entoure. Sans l'éclat du soleil, le feuillage environnant dégage une impression inhabituelle de désolation. Il paraît terne.

— Mademoiselle…, commence l'homme, puis il jette un coup d'œil sur son iPad, essayant à l'évidence de se souvenir de son nom. Mademoiselle Leger.

— Oui.

— J'ai bien peur de devoir demander à votre groupe de plier bagage et de quitter votre logement le plus vite possible. Il y a eu un…, dit-il en déglutissant, sa pomme d'Adam agitée d'un mouvement visible. Un incident. Il faut que tout le monde se rassemble au pavillon principal.

Hana le regarde, déconcertée.

— Qu'est-ce qui s'est passé ?

— Je ne peux malheureusement pas vous donner plus de précisions, même si je les avais.

Elle commence à protester, mais en voyant l'homme remuer nerveusement d'un pied sur l'autre et s'essuyer le front, elle se rend compte qu'il est aussi troublé qu'elle. Il obéit aux instructions ; inutile de le cuisiner. Elle hoche la tête.

— On rassemble nos affaires et on monte.

— Merci, répond-il, clairement soulagé qu'elle ne l'ait pas envoyé paître.

Au moment où elle referme la porte, elle entend des bruits de pas. Caleb apparaît, Jo derrière lui, le regard vide. Le seul fait de la voir met Hana à cran.

— J'ai seulement entendu la fin. Ça n'annonçait rien de bon, dit Caleb en tripotant sa casquette, qu'il porte retournée, une mèche de cheveux sortant par le trou de la fermeture à l'avant.

Hana acquiesce de la tête et répète ce que l'employé lui a dit.

— C'est de pire en pire, dit Caleb d'une voix tendue. Je veux partir d'ici. Je ne l'ai même pas encore annoncé à ma mère, pour Bea. Je ne peux pas…, commence-t-il, sur quoi sa voix s'étrangle. Je ne peux pas rester un jour de plus sur cette île atroce. C'est comme une torture.

Le regard de Jo se détourne de lui pour se poser brièvement sur Hana.

— Je vais finir mes bagages, dit-elle. J'ai laissé mes affaires de yoga près de la piscine.

Hana lui saisit doucement le bras.

— Attends, je viens avec toi. Il faut qu'on parle.

Jo la dévisage avec méfiance, le front plissé.

— De quoi ?

— De nous, Jo, dit Hana d'un ton grave. De toi et moi.

Chapitre 65

Lentement, Elin tourne en rond. Steed fait la même chose.

— Aucune autre trace d'agitation, marmonne-t-il.

Elin s'accroupit, examine le talkie-walkie. Le boîtier est complètement en miettes, entouré d'un grand cercle d'éclats de plastique.

— Il faut une sacrée force pour faire ça, dit-elle avec inquiétude. Ces talkies-walkies sont conçus pour durer et résister aux chocs. Ce n'est pas simplement en le faisant tomber qu'on cause ce genre de dégâts. Ça ne me plaît pas. Étant donné ce que Johnson m'a dit sur son témoignage. Si notre tueur est au courant que Farrah savait que Creacher n'était pas le coupable…

Steed hoche la tête.

— Ce n'est pas un hasard si ça arrive maintenant.

Elin secoue la tête.

— Je n'aurais pas dû répondre au coup de fil de Johnson, tout à l'heure, quand elle voulait me parler.

— Tu n'étais pas censée le savoir.

— Mais si c'était lié à cette affaire?… Je vais l'appeler.

Elin sort son téléphone, compose le numéro de Farrah. Elle tombe tout de suite sur son répondeur.

— Messagerie. Regardons dehors.

Elin se redresse et suit Steed qui franchit la porte-fenêtre ouverte. L'espace extérieur est vaste ; Farrah a le bureau le mieux situé, au coin du bâtiment, donnant ainsi non seulement sur la terrasse de derrière mais aussi sur une partie du côté. Pas de vue sur les bois, mais sur la mer et l'îlot avec son dense bosquet d'arbres. Le banc grandissant de nuages jette une ombre pommelée sur l'îlot. L'effet est curieux, comme s'il était isolé du reste du panorama et paraissait encore plus lointain.

Steed s'avance dans l'herbe au-dessous de la terrasse, où le terrain forme une pente abrupte vers la falaise.

— On dirait qu'on peut descendre vers les rochers par ici.

Elin hoche la tête, remarquant une rampe au bord de la falaise – peut-être celle d'un escalier.

— Des caméras de surveillance ?

Steed tourne sur lui-même, les yeux levés vers le bâtiment.

— On ne dirait pas.

De nouveau, quelque chose contrarie Elin.

— Tu penses que quelqu'un aurait pu passer là sans se faire remarquer ?

— Je crois. C'est assez désert par ici. En choisissant le bon moment.

Elle acquiesce de la tête.

— Rentrons à l'intérieur. On va interroger les gens.

Une fois de retour dans le bureau, ils n'ont traversé que la moitié de la pièce quand le regard d'Elin se pose sur la poubelle à côté du bureau de Farrah. De ce point de vue, elle remarque quelque chose qui n'était pas visible quand ils sont entrés. Parmi les papiers froissés et les emballages, une bande de carton est collée au treillis métallique.

Elle penche la tête. Une photo.

— Tu as trouvé quelque chose ? demande Steed.

S'arrêtant à côté de la poubelle, Elin s'accroupit pour mieux regarder.

— Je croyais que c'était une photo, mais c'est trop pixellisé.

Il regarde par-dessus son épaule.

— Une photocopie, on dirait. Peut-être d'une page de journal.

— Peut-être.

Elin sort une paire de gants de son sac, les enfile et extirpe délicatement la bande de papier de la poubelle. Large d'à peine quelques centimètres, celle-ci a été déchirée grossièrement. Bien que l'image évoque un journal, le papier est bien trop épais.

— C'est bien une photocopie.

Lorsqu'elle la regarde de plus près, elle distingue non plus un visage mais plusieurs, les uns à côté des autres, comme s'ils étaient en rang pour une photo de groupe.

Elin retourne le bout de papier mais le dos est vierge. Sa curiosité piquée, elle pose la première bande sur le bureau de Farrah, puis se met à chercher méthodiquement les plus grands morceaux de papier dans la poubelle.

D'autres bandes, mêlées aux déchets. Elle les pose à côté de la première et les assemble minutieusement. Sa main tremble au-dessus de la quatrième bande quand l'image est reconstituée : les visages, les tee-shirts identiques, l'ancien bâtiment qui se dresse derrière.

— On dirait une photo d'un des camps d'activités de plein air sur l'île, dit Steed, puis il pointe le doigt sur la photo. C'est l'école, n'est-ce pas, à l'arrière-plan ?

— Oui.

Un à un, elle regarde les visages de ceux qu'on a cru être les victimes de Creacher, les mêmes que ceux qu'ils ont découverts accrochés sur la paroi de la grotte. Sa gorge se serre : c'est dérangeant, ces visages joyeux et insouciants d'adolescents qui n'avaient aucune idée de ce qui les attendait.

Scrutant les visages pixélisés, elle reconnaît Farrah dans la rangée du milieu, sa casquette légèrement de travers, le regard droit sur l'objectif.

Une preuve tangible du fait qu'elle était sur l'île au moment des meurtres imputés à Creacher.

— Pourquoi cette photo se trouve-t-elle là ? murmure Steed. Et déchirée comme ça…

— C'est forcément lié aux événements actuels. Déchirée parce que Farrah ne veut sans doute pas crier sur les toits qu'elle était sur l'île à cette époque-là. Mais si c'est le cas, pourquoi en avoir gardé un exemplaire ? demande Elin, puis une lueur s'allume dans ses yeux. Peut-être parce que c'est une photo du…

— Je vois où tu veux en venir…

— Peut-être qu'elle a aussi fait un lien entre ce qui se passe en ce moment et les meurtres de l'époque. Qu'elle a voulu se refamiliariser avec les ados du camp d'activités.

Steed plisse les yeux.

— Elle a reconnu quelqu'un ?

— C'est possible.

Considérant à nouveau la photo, Elin étudie les visages un à un. Quelque chose la taraude, la vague impression de reconnaître quelqu'un. Celle-ci la poursuit jusqu'à ce qu'elle ait le sentiment profond que son subconscient essaie de lui signaler quelque chose.

Mais quand elle rassemble les bandes et les glisse dans un sachet, elle n'arrive toujours pas à identifier ce que c'est.

— Je vais refouiller la poubelle. Elle a peut-être jeté autre chose, dit Steed en se dirigeant déjà vers celle-ci.

Il s'agenouille, les muscles de ses cuisses visibles à travers le tissu fin de son pantalon. Elin le regarde vider délicatement le contenu de la poubelle sur le sol. Un méli-mélo de papiers d'emballage, de bouteilles en plastique, de documents dactylographiés.

— On dirait qu'il n'y a rien d'autre…, commence Steed, puis il s'interrompt. Attends.

Il sort un petit morceau de papier. La feuille est réglée, son bord, déchiqueté, à l'évidence arrachée d'un bloc-notes.

— Il y a quelque chose d'écrit dessus. C'est assez illisible… Je crois que c'est… « École du », dit-il, puis il incline la feuille en plissant le front. Oui, « École du », suivi d'un « R ».

— École du Rocher, complète Elin avec gêne en s'approchant de lui.

— C'est l'écriture de Farrah ?

— Oui, je la reconnais.

— Encore des recherches ?

— Possible, dit-elle en fronçant les sourcils. Cette école… Elle n'arrête pas de refaire surface. Je me demande s'il y a une sorte de lien avec l'affaire actuelle.

Steed hausse un sourcil.

— Tu crois que ça pourrait remonter à avant les meurtres attribués à Creacher ?

— Peut-être, dit-elle en réfléchissant. Ça pourrait être une simple coïncidence, mais le fait que ce papier soit dans la poubelle avec la photo…

Il hoche la tête.

— En voyant ça, je repense à ce que la femme de l'accueil nous a dit. Je me demande si cette chose urgente était une ruse de quelqu'un pour l'attirer dans son bureau.

— Ça se pourrait, mais qu'est-ce qui l'aurait fait revenir ici ? dit Elin en examinant le bureau de Farrah.

Aucune trace de quoi que ce soit qui pourrait être qualifié d'urgent. Tout est lié à son travail : documents de formation, protocoles de santé et sécurité, synthèses des stocks. Elin relève l'écran de l'ordinateur portable de Farrah, sans s'attendre au moindre coup de chance : il est forcément protégé par un mot de passe.

Mais elle n'a pas besoin d'aller au-delà de l'écran d'accueil.

Elle a le souffle coupé quand l'économiseur d'écran apparaît.

Deux phrases en caractères gras et blancs sur un fond noir.

JE SAIS CE QUE TU AS FAIT. JE SAIS QUE TU AS MENTI.

Chapitre 66

Une menace. C'est la seule interprétation possible.

Une forte pression s'installe dans la poitrine d'Elin.

— Il semblerait qu'on ne soit pas les seuls à penser qu'elle a menti dans sa déposition, murmure Steed.

— Oui, dit Elin, incapable de détourner son regard des lettres majuscules. Le fait que ça arrive maintenant… ça ne peut pas être une coïncidence. Si quelqu'un la menace en faisant effectivement allusion à sa déposition, ça prouve une fois de plus que l'affaire actuelle est liée aux meurtres imputés à Creacher.

Steed lui lance un regard de côté.

— On dit toujours, n'est-ce pas, qu'une vérité est révélée à la fin.

Elin hoche la tête, sachant qu'il n'y a qu'une raison pour laquelle Farrah a pu raconter un mensonge de cette envergure. Elle avait quelque chose de si important à cacher qu'elle était prête à faire tomber Creacher au passage.

Une condamnation prononcée à tort aurait d'immenses conséquences sur l'enquête en cours.

Une seule personne sait peut-être sur quoi Farrah a menti.

— Tu es sûre qu'elle n'est pas ailleurs dans le centre de vacances ?

La voix de Will est étouffée, et alors qu'il aurait sans doute pu cacher ses émotions dans le cadre d'un coup de fil ordinaire, ses rapides battements de paupières et sa mâchoire crispée, visibles sur FaceTime, le trahissent.

— J'en suis certaine. On a interrogé tous les employés, ils ont lancé des appels radio. Personne ne l'a vue. Son téléphone renvoie tout de suite sur son répondeur. J'ai des gens qui cherchent à l'intérieur et Steed est parti fouiller les environs immédiats avec un groupe.

— Peut-être qu'elle est bouleversée par ce qui se passe et qu'elle fait une pause.

Elin hésite : elle a envie de le réconforter mais en est incapable. Après avoir vu l'intérieur de cette grotte, elle a peur pour Farrah. Pour Will.

— Je suis désolée, mais je ne pense pas, dit-elle avant de prendre une inspiration. Will, si je suis inquiète, c'est parce que les choses ont dégénéré. Les décès de ce week-end, on est presque sûrs qu'ils ne sont pas accidentels. Peut-être liés aux meurtres de Creacher.

Un silence, durant lequel Will apparaît tiraillé tandis qu'il assimile ces informations.

— Et tu crois, dit-il d'une voix bredouillante, tu crois que la disparition de Farrah est liée ?

— Je n'en suis pas certaine.

Elin s'éclaircit la voix, une tactique dilatoire. C'est difficile de trouver les mots pour ce qu'elle s'apprête à faire : dévoiler un mensonge vieux de plusieurs décennies, l'exposer au grand jour.

— Will, quand on est entrés dans son bureau avec Steed, on a trouvé une photo déchirée dans la poubelle, où on la voit sur l'île quand elle était adolescente. Un des camps d'activités de plein air.

Le visage de Will se fige. Pendant un instant, Elin pense que leur conversation a été coupée, mais non. Une soudaine inspiration.

— Alors, tu sais.

Elle hoche la tête.

— Il n'y a pas eu que la photo. J'ai parlé avec un inspecteur qui a travaillé sur l'affaire Creacher. Il m'a dit que la déposition de Farrah a joué un rôle-clé dans les arguments de l'accusation.

Le regard de Will se détourne de l'écran vers le sol. Un long silence, avant qu'il relève enfin les yeux.

— Je vais être honnête, j'espérais que tout ça ne referait jamais surface. Farrah a été traumatisée par cette histoire. Elle l'est encore. C'est un des rares sujets qu'on n'évoque pas.

Cette idée détonne avec l'image de famille au franc-parler que celle-ci se donne : *On ne cache rien. On parle.* Il la regarde à nouveau.

— Si tu savais ce qu'elle a traversé…

— Je suis désolée, dit-elle doucement.

— Ils n'auraient jamais dû laisser des foutus gosses sur cette île avec ce fou. Des gens l'avaient signalé, tu sais ? Des années avant la tuerie. Ce taré prenait des photos des gamins pendant qu'ils étaient au camp.

Elin est très peinée par la douleur qu'elle perçoit dans la voix de Will. C'est encore vif pour lui.

— Je comprends, mais tu ne peux pas t'en vouloir.

N'importe quel proche aurait ressenti la même chose. C'est facile à dire rétrospectivement.

Il la regarde dans les yeux.

— Je sais ce que tu es sur le point de me demander. Pourquoi je me suis lancé dans le projet Lumen, pourquoi Farrah a voulu y travailler.

Elle secoue la tête.

— Tu n'as pas à m'expliquer ça. Les gens font face aux traumatismes de toutes sortes de manières.

— Non, je veux te le dire, t'expliquer pourquoi on était si chatouilleux l'autre soir. Lumen, c'était censé être un nouveau départ pour nous deux. Quand notre équipe a décroché le contrat, je ne pouvais même pas envisager de travailler dessus au départ, mais en fin de compte, j'ai décidé de m'impliquer, de transformer le négatif en positif. Je n'aurais jamais imaginé que Farrah voudrait y travailler elle-même, mais quand elle l'a suggéré, je me suis dit : *Ça, c'est ma sœur*. Elle ne fuit pas le combat, elle s'y engage. Avec cran.

Il a raison, mais Elin ne sait que trop bien que la frontière est mince entre avoir du cran et être bête. Si ça devient un déclencheur… Elle hésite.

— Écoute, je sais que c'est dur, mais on a trouvé autre chose… l'économiseur d'écran de son ordinateur. Drôlement menaçant. Ça disait : « Je sais ce que tu as fait. Je sais que tu as menti », explique-t-elle, et le visage de Will s'assombrit. Je me demande si ce message et la disparition de Farrah sont liés à son témoignage. Le fait que j'aie aussi retrouvé une photo du moment où elle était sur l'île…

— Je ne comprends pas, dit Will d'un ton froid.

— Peut-être qu'il y a une sorte de lien entre l'allusion à un mensonge de sa part et son témoignage.

Elle butte sur les mots, entend l'impression qu'ils doivent donner.

— Aaah, maintenant, je comprends, dit Will en faisant un petit bruit de gorge. Vas-y, dis-le ! Demande-moi si Farrah a menti dans sa déposition.

— Non, répond aussitôt Elin, en difficulté. *(Elle s'y prend de travers.)* Je me demande juste s'il y a quelque chose dans les événements de cette nuit-là sur quoi elle pourrait avoir eu des doutes.

— Elin, arrête. Je peux lire entre les lignes. Tu as trouvé ce message et tu as fait ce que tu fais toujours avec les gens. Imaginé le pire.

Elle ne répond pas tout de suite, non pas parce qu'il a tort ; elle porte *en effet* toujours des jugements, mais ce n'est pas le cas ici.

— L'important, ce n'est pas de savoir si je juge Farrah, c'est d'essayer de la retrouver. Si elle a vraiment menti, alors c'est important, parce que son témoignage a joué un rôle essentiel dans la condamnation de Creacher. Si cette condamnation était basée sur un mensonge, ça pourrait signifier qu'il n'était pas coupable. Si c'est le cas, ça veut dire que la personne qui l'était pourrait toujours être en liberté. Sur l'île en ce moment même.

Will ferme brièvement les yeux. Quand il les rouvre, il affiche un air résigné.

— Tu as raison. Farrah a bien menti au sujet de Creacher dans son témoignage, mais ce n'est pas pour je ne sais quelle raison tordue que tu imagines. C'est à cause de moi.

— De toi ?

La main d'Elin se contracte sur le téléphone, le bout de ses doigts cachant brièvement le visage de Will.

— Oui. Mais ça n'a rien à voir avec Farrah. Son mensonge devait me protéger.

Chapitre 67

— Alors, de quoi veux-tu parler exactement ?

— Comme je te l'ai dit, de toi et moi.

Hana hausse la voix pour que sa sœur l'entende malgré le bruit de plus en plus fort du vent qui souffle sur le sommet des pins surplombant la piscine et les fait se balancer au-dessus d'elles.

— Et de Liam, poursuit Hana.

— Liam ? répète Jo en faisant le tour de la piscine.

Elle se penche en avant les jambes tendues et roule son tapis de yoga, qu'elle glisse sous son bras.

— Oui, de Liam. Je sais ce qui s'est passé.

Hana est fière d'elle. Fière d'être aussi calme. Aussi maîtresse d'elle-même. Elle sait à présent qu'elle restera inébranlable tout le long de cette conversation, qu'elle ne se laissera pas déstabiliser par le charme et le baratin décontracté de Jo.

— Je sais tout, sur tes mensonges. Pendant tout ce temps.

— Tu sais *tout*, bégaye Jo. Comment ?

— Tu n'as pas besoin de savoir *comment*. Tu dois seulement savoir que je sais ce que tu as fait.

Hana ne reconnaît pas sa propre voix, le flegme qui imprègne chaque mot.

La brise forcit soudain et referme une des fenêtres de la maison avec un son mat. Une peur terrible se lit dans les yeux de Jo, et sa bouche se tord bizarrement.

Puis les mots commencent à sortir :

— Han', s'il te plaît, tu dois savoir que je n'ai pas voulu l'abandonner. J'ai paniqué. Je savais qu'il était mort, je le savais. Je ne l'aurais pas abandonné si je n'en avais pas été certaine. J'aurais appelé les secours et je serais restée. Mais il était mort, je le savais. Je n'arrête pas d'y repenser… Je regrette d'avoir continué pour faire cet autre saut. J'aurais dû le persuader de me suivre, mais il était têtu, il m'a dit qu'il voulait réessayer. Je ne le voyais pas, mais j'ai entendu. Ce bruit sourd…, dit Jo, fermant brièvement les yeux. Je suis tout de suite revenue, et je te le jure, j'ai regardé s'il respirait, mais il était mort, et je comptais te le dire, mais je n'ai pas réussi. Comment l'aurais-je pu ?

Les bras serrés sur son buste, elle est agitée d'un étrange mouvement de balancier, d'avant en arrière sur ses talons.

Hana regarde sa sœur et ressent un étrange bouillonnement dans sa tête. Comme si la chaleur accablante qui régnait jusque-là s'était changée en quelque chose de plus froid, plus sombre.

— Tu as fait quoi ? demande Hana sans savoir d'où lui vient ce sang-froid qu'elle a réussi à garder. Tu étais là quand Liam est mort ? Sur le circuit de VTT ?

— Mais c'est ce dont tu parles, non ? demande Jo, blême, le front emperlé de sueur. Quand tu dis que tu sais tout. Que j'étais avec lui quand l'accident s'est produit.

Un affreux silence pesant.

— Non, dit finalement Hana. J'ai appris pour votre liaison, votre *aventure*, quel que soit le mot. Voilà ce dont je parlais. (Les mots sont comme de l'acide dans sa bouche.) Pas de *ça*. Que tu étais avec lui quand il est mort puis que tu l'as *abandonné*.

Elle n'arrive pas à le concevoir. Elle s'est imaginé tant de fois les derniers instants de Liam, a tant épluché les rapports d'expertise médico-légale, que c'est comme si elle avait été présente quand c'est arrivé. Cette nouvelle version des faits ne marche pas, les images auxquelles elle s'est raccrochée restant figées dans son esprit.

— J'ai paniqué, Han', c'est tout. Et je te promets que j'ai essayé de te le dire des tonnes de fois, mais je ne pouvais vraiment pas le faire juste après sa mort, et chaque fois que j'ai voulu depuis, je n'ai pas réussi. J'ouvrais la bouche ou je commençais à écrire une lettre et les mots ne venaient pas, explique Jo, relevant la tête pour regarder Hana dans les yeux. Je n'ai jamais voulu te le dire comme ça, il faut que tu le saches. C'est la dernière chose que je voulais. Je comptais faire ça comme il faut, mais l'accident de Bea, puis de Seth… (Des larmes se forment dans ses yeux.) Ce n'était jamais le bon moment.

— Bea le savait, n'est-ce pas ? demande Hana, qui regarde un tout petit insecte grimper le long du tapis de yoga vers la main de Jo.

Jo hoche la tête, un mouvement saccadé de pantin.

— Oui. Elle a vu une photo de nous sur mon téléphone. Il y a quelques semaines, elle m'a prise à partie et j'ai tout lâché. Elle a dit qu'il fallait que je te le dise. J'ai promis que je le ferais, j'ai dit que je le ferais ici, pendant ces vacances. Le soir où Bea est venue sur l'île, elle m'a appelée et demandé si je l'avais fait.

— C'est à ce moment-là que tu es allée la retrouver, n'est-ce pas ? C'est toi qui es ressortie de la villa cette nuit-là.

— Tu savais que c'était moi ? demande Jo en serrant son tapis de yoga contre elle.

— Caleb t'as entendue parler avec Seth.

Lorsque l'insecte sur le tapis atteint le pouce de Jo, celle-ci baisse les yeux et l'enlève d'une chiquenaude.

— Elle m'a demandé de la retrouver sur la plage. Je ne sais pas du tout pourquoi elle voulait parler tout de suite. Elle était d'une humeur étrange, elle n'arrêtait pas de dire qu'il fallait arranger les choses et dire la vérité, dit-elle en fronçant les sourcils. Mais on a tiré les choses au clair, je te le promets. J'ai promis à Bea que je te le dirais le lendemain et elle a paru satisfaite.

— Et tu l'as vraiment quittée sur la plage ?

— Oui. Elle m'a dit qu'elle allait chercher ses affaires puis qu'elle viendrait à la villa. Elle voulait toujours que ce soit une surprise pour vous.

— Mais, et ça, alors ? demande Hana en sortant le téléphone cassé de Bea de sa poche. Je l'ai trouvé dans ta chambre, lâche-t-elle d'une voix étranglée. Tu as pris son téléphone, Jo. Alors qu'on aurait pu le donner à la police. Tu l'as détruit, tu as pris la carte mémoire. Pourquoi as-tu fait ça ?

Jo la regarde, affligée.

— Je ne l'ai pas détruit. Il était comme ça quand je l'ai trouvé, le matin où Bea a été découverte. Je l'ai vu sous un des pots près du pavillon de yoga. La carte mémoire n'y était déjà plus quand je l'ai ramassé.

Hana retourne ses paroles dans sa tête, une pensée émergeant du coin de son esprit.

— C'est donc ça que tu cherchais quand je t'ai vue près du pavillon après que j'ai parlé avec l'inspectrice. Tu savais ce que les gens penseraient s'ils se rendaient compte que tu avais vu Bea ce soir-là, les messages entre vous. L'impression que ça donnerait, hors contexte.

Jo tressaillit à ces mots.

— Oui, et je m'en veux terriblement, Han', mais je ne savais pas quoi faire d'autre. Je n'ai jamais trouvé la carte mémoire, sincèrement. Soit elle est encore là-bas quelque part, soit la personne qui a cassé le téléphone l'a prise avec elle, dit-elle, puis elle regarde Hana dans les yeux. Je me suis comportée de manière stupide, impulsive, comme toujours, mais je n'aurais jamais fait de mal à Bea, Han'. Tu le sais.

— Mais tu *abandonnerais* Liam…

Hana n'a jamais entendu de bruit comme ça dans sa tête auparavant, un bourdonnement sonore. C'est comme si son crâne était plein d'une masse grouillante de minuscules mouches surexcitées.

Jo ne répond pas, elle s'approche simplement de Hana, mais celle-ci recule sur l'herbe.

— Tu l'as abandonné, Jo, crache Hana.

Le bourdonnement dans sa tête se transforme en une sorte d'étrange énergie électrique.

— Tu l'as laissé mourir.

Elle songe à tous les moments avant l'accident de Liam et à ceux d'après, où Jo aurait pu le lui dire. Tous les moments sur le chemin de l'hôpital, de la maison, à l'enterrement. Les semaines qui ont suivi.

L'un après l'autre, ces moments se sont gravés dans

son cerveau, mais Jo les lui a tous pris et Hana ne s'en souviendra jamais plus sans haine.

Mais le pire que Jo lui ait volé, c'est la seule chose qui lui reste vraiment, la plus précieuse de toutes.

Son souvenir de Liam.

— Tu crois pouvoir t'en tirer comme ça ? Après m'avoir tout volé ? Parce que c'est ce que tu fais. Tu prends tout.

— Je ne comprends pas ce que tu veux dire…

Jo n'arrive pas à la regarder et Hana sait pourquoi. Jo, plus que n'importe qui, sait que c'est une manie chez elle : elle vole les gens, depuis toujours. Jo lui a volé ses hobbies, ses amis et se les est appropriés. Et pendant un court moment, Jo se sent mieux dans sa peau du simple fait qu'elle a battu quelqu'un.

— Je vais t'expliquer.

Hana dresse la liste, froidement, brutalement, des choses mesquines que seule une sœur se rappellerait ou trouverait importantes. Elle parle à Jo de ses remarques méchantes et incessantes. Lui reproche de s'être mise au patin à glace uniquement parce que Hana en faisait, pour ensuite s'entraîner avec acharnement jusqu'à être la meilleure des deux. D'écraser Bea quand celle-ci réussissait quelque chose et qu'elle essayait de casser sournoisement les autres quand ils avaient une bonne nouvelle à annoncer.

Les mots continuent d'affluer. Hana a chaud quand elle se tait, les tempes battantes.

Jo la regarde, sans un mot, mais la posture de son corps – les épaules affaissées, la tête pendante – en dit long. *Hana a fait mouche*. Quelque chose a enfin percé sa carapace.

— Je suis désolée, dit finalement Jo d'une voix assourdie par ses larmes. Je suis vraiment, vraiment désolée.

En réalité, c'est la pire chose qu'elle puisse dire : Hana attend quelque chose de substantiel en retour, quelque chose qui la fasse réfléchir et répliquer. Elle ne veut pas des excuses de Jo, parce que cela implique de la pitié et que c'est la dernière chose qu'elle souhaite ressentir. La pitié lui donne le sentiment d'être bête et faible, or elle veut effacer cet air pitoyable du visage de Jo.

Hana n'a pas prémédité ce qu'il se passe ensuite, et elle se surprend elle-même car elle n'a jamais été bagarreuse : elle a toujours été celle qui fuyait les conflits au lieu de les provoquer. Bea et Jo étaient plus susceptibles d'en venir aux mains, de lutter corps à corps sur le canapé.

Faisant un grand pas en avant, Hana saisit brutalement le poignet de Jo.

— Mais je ne crois pas que tu sois désolée.

Jo a un mouvement de recul.

— Arrête, tu me fais mal.

Elle essaie de libérer son poignet, son mascara dégoulinant désormais en coulées noires sous ses yeux.

— Non, répond Hana.

Le bourdonnement dans sa tête, les mouches noires prennent le dessus sur elle.

— Je veux que tu le dises comme il faut.

— S'il te plaît, Han', supplie Jo en essayant de dégager sa main. Tu me fais peur.

Mais c'est comme si Hana ne pouvait pas l'entendre. Lorsqu'elle regarde le visage de Jo, la peur dans ses yeux, tout ce sur quoi elle peut se concentrer, c'est l'impression que cette situation lui procure un sentiment grisant de pouvoir.

— Han'…

Mais Hana garde le silence.

Elle serre encore plus le poignet de Jo dans sa main, si fort qu'elle sent la ligne rigide de l'os sous la peau de sa sœur.

Chapitre 68

— Toi.

C'est tout ce qu'Elin parvient à dire. Elle ressent une étrange sensation sous son sternum, comme si on tirait le tapis sous ses pieds.

— Oui, mais elle me protégeait, Elin. En tant que grande sœur, dit-il d'une voix étranglée.

Elin essaie de se calmer. *Ne juge pas. Tu n'es pas en position de juger.*

— Alors qu'est-ce qui s'est passé ? demande-t-elle doucement. Quand elle était là.

— Quand *on* était là. Moi aussi, j'étais sur l'île cette semaine-là. La classe de Farrah et la mienne avaient peu d'élèves, et on est donc partis ensemble.

Elle fronce les sourcils.

— Mais la photo que j'ai trouvée… tu n'étais pas dessus.

— C'était la classe de Farrah, pas la mienne, dit Will, marquant une pause. La nuit des meurtres, j'étais avec Thea, une des filles, quand elle s'est fait attaquer. On était partis dans les bois, et Thea s'est mise à l'écart pour faire pipi. Je n'ai même pas eu le temps de tourner le dos quand, tout à coup, quelqu'un l'a frappée. Il l'a frappée encore et encore, et moi… (Une grimace fugitive.) Je me suis enfui. Je l'ai abandonnée.

Elin cherche un moyen de le réconforter, mais c'est difficile car elle est déconcertée par ce qu'il raconte.

— Tu as eu peur, dit-elle enfin. Tu as voulu l'aider, mais tu as cru qu'il allait t'attaquer aussi.

— Non, répond Will d'un ton froid. Je n'ai même pas pensé à l'aider. Je ne peux même pas dire que ça m'a traversé l'esprit. Je me suis enfui. Quand tu disais l'autre jour que tu avais été lâche, ce jour-là avec Sam, c'est faux. Tu t'es figée, mais tu ne t'es pas enfuie. Moi, j'ai sauvé ma peau plutôt que d'aider Thea. Je repense encore à tout ce que ça aurait pu changer, si j'avais essayé de la défendre…

Il secoue la tête, le regard empreint d'une souffrance évidente.

— Je comprends, dit-elle doucement. Je n'arrêtais pas d'y penser, moi aussi, d'imaginer un autre déroulement de l'histoire.

Il hoche la tête.

— Je me suis enfui sur la plage, et j'y suis resté pendant un moment, planqué sous un surplomb. Quand je suis ressorti de ma cachette, il n'y avait personne, alors je suis retourné au camp, mais en repassant par les bois j'ai trouvé une pierre sur un tas de feuilles. Elle était étrange, elle avait été sculptée de la même forme que le rocher.

Le pouls d'Elin s'accélère. *Sculptée*, comme les pierres dans la grotte.

— Je l'ai ramassée… et c'est à ce moment-là que quelqu'un m'a attaqué par-derrière. Je ne voyais pas clair, mais j'ai aperçu une cape noire, avec la capuche baissée sur le visage.

Une cape : comme celle qu'ils ont trouvée dans la grotte.

Ce que Will vient de lui raconter prouve, indubitablement, que les deux affaires sont liées.

— J'ai réussi à lui échapper et à repartir en courant dans les bois. C'est à ce moment-là que je l'ai vue, toujours là, dans la clairière, dit Will, qui met une main devant sa bouche. Il y avait plein de sang, et elle était si immobile, Elin. C'était surnaturel. Je suis resté là un moment, espérant quelque part qu'elle allait se réveiller, dire que tout ça était une blague, mais en fin de compte, je savais. (Un sanglot s'échappe de derrière sa main.) Finalement, je suis retourné au camp pour le dire aux profs, mais j'ai alors vu la tente de Josh et de David lacérée, et on voyait bien, même de l'extérieur, qu'ils étaient morts. La pierre que j'ai trouvée..., dit-il d'une voix montante. Il y en avait aussi une là, à côté d'eux, couverte de sang. J'ai cru, j'ai cru...

— Que c'était la même que celle que tu avais trouvée dans les bois.

Elin comble les trous. Elle sait où cela mène.

Il fait oui de la tête. Un nouveau sanglot spasmodique.

— J'ai supposé que je l'avais laissée tomber dans ma course, et donc quand je l'ai vue là, j'ai imaginé le pire. Je savais qu'il y aurait mes empreintes dessus. J'ai paniqué et je l'ai prise.

— Et c'est là que tu l'as dit à Farrah ?

— Oui. Elle m'a dit de ne pas en parler, que mon ADN serait partout sur la pierre, et que quand ils trouveraient Thea, ils penseraient que c'était moi. Farrah l'a cachée dans les bois.

Elin hoche la tête, une chose la taraudant encore dans cette version des faits : l'idée que le tueur ait apporté la pierre jusqu'à la tente, sur les lieux du crime. Rien n'indique, pour autant qu'elle sache, que le tueur ait fait de même avec Bea et Seth Delaney.

Est-ce important, un écart, ou est-ce que cela implique autre chose ?

— Et quand Farrah a-t-elle décidé de témoigner contre Creacher ?

— Après son arrestation. Farrah a dit qu'on ne pouvait pas être sûrs que la police ne trouverait pas d'autre indice établissant un lien avec moi, et elle a donc eu l'idée de dire qu'elle avait vu Creacher rôder près des tentes.

— C'était l'idée de Farrah ?

— Oui, mais elle a seulement dit ça parce qu'on pensait que Creacher *était* coupable. Ce mensonge était censé confirmer ce que la police suspectait déjà. On ne songeait pas aux conséquences, dit Will en levant les yeux vers elle et en secouant la tête. J'aurais dû dire quelque chose quand tu as commencé ton enquête, mais je ne voulais pas même imaginer qu'il puisse y avoir un lien.

— Il ne faut pas t'en vouloir. Je comprends bien que ça aurait été difficile, et dans la mesure où Creacher était en prison…

Mais en disant ces mots, le germe d'un doute affleure. *Il a fait ça pour se protéger et pour protéger Farrah.*

— Je suis obligé de m'en vouloir, si la disparition de Farrah est liée au mensonge qu'elle a fait pour moi, dit-il, puis il secoue la tête. J'aurais dû assumer et tout raconter à la police. Tu avais raison quand tu as dit qu'on ne peut pas dissimuler le passé, mais c'est ce que j'ai fait toute ma vie. Le centre de vacances, mon nom…

— Ton *nom ?*

Il hoche la tête.

— Je l'ai changé après ces événements. Mes parents ont fait toutes les démarches officielles. J'avais sans arrêt ces cauchemars, où Thea criait mon prénom. C'était « Oliver », mais elle m'appelait tout le temps « Ollie ».

Des larmes lui montent aux yeux, et il lève une main pour les essuyer.

Ollie. Elin a la sensation étrange et bouleversante que sa vie repose sur des fondations désormais instables.

— Mais si Creacher n'était pas le tueur, tu penses que la personne qui l'était… (il déglutit de manière visible)… la personne qui l'était pourrait avoir… Farrah…

Elin acquiesce de la tête.

— Je suis désolée, mais oui, c'est possible.

— Mais si ce n'est pas Creacher qui a tué Thea et mes autres amis, pourquoi le tueur s'en prendrait-il à Farrah maintenant ? Ce que Farrah a fait l'a tout de même aidé. En faisant peser d'autant plus les soupçons sur Creacher.

— Je ne connais pas encore son mobile. Vu la photo dans la poubelle de Farrah, je me dis qu'elle a peut-être fait des recherches et reconnu quelqu'un. Si c'est le cas, cette personne l'a sans doute reconnue aussi. Ça pourrait être sa façon de la mettre en garde.

— Tu penses pouvoir la retrouver ? demande-t-il d'un ton désespéré. Il faut que je le dise à mes parents et je veux leur donner quelque chose d'encourageant.

— Je vais faire tout mon possible, tu le sais, mais on n'est que deux, et le lieu… ce n'est pas facile…, dit-elle avant de marquer une pause. Will, as-tu le moindre souvenir de la personne qui a attaqué Thea ?

— Si seulement, dit-il d'une voix sombre. Tout ce que je sais, c'est qu'il était fort et qu'il m'aurait tué s'il l'avait pu. J'ai senti la violence qui émanait de lui. C'est ça dont je me souviens, même après toutes ces années. De cette… violence.

— Je suis vraiment désolée, dit-elle doucement. Et ça m'embête beaucoup de devoir te faire revivre tout ça, mais une dernière question : te rappelles-tu si quelqu'un a parlé de l'école ? L'inspecteur a dit que les enfants de l'affaire Creacher avaient peur d'entrer dans l'ancienne école, et on a trouvé des allusions à ça dans les affaires de Farrah.

Un long silence, puis Will hoche la tête.

— Les gens se sont mis à en parler dès qu'on a posé le pied sur l'île. Des rumeurs. Quelqu'un a raconté connaître un ancien élève de cette école, et que les profs étaient obsédés par le rocher. Qu'ils emmenaient les enfants dans cette pièce…

Elin est parcourue de picotements.

— Quel genre de pièce ?

— Il n'a pas donné plus de détails. Tu sais comment c'est à cet âge. Probablement que des ouï-dire.

Elle garde le silence. *Des ouï-dire*.

Will a peut-être raison, mais après tout ce qu'elle a appris sur cet endroit, elle n'en est pas si sûre.

Chapitre 69

— Qu'est-ce qui se passe ? J'ai entendu des cris, dit Caleb à Hana qui rentre dans sa chambre.

Il s'arrête à côté d'elle dans l'embrasure de la porte, son sac à dos déjà chargé sur ses épaules. Les bretelles sont trop serrées : elles font remonter son tee-shirt, révélant une dizaine de centimètres de son ventre pâle.

— Jo, dit froidement Hana en cognant sa valise contre la porte.

Le visage de Caleb s'adoucit.

— Elle est triste à cause de Seth ?

— Non, c'est pas ça, répond Hana en baissant les yeux. (Elle a du mal à exprimer ses pensées.) On m'a lâché une bombe. J'ai découvert qu'elle a eu une liaison avec Liam et (sa voix s'étrangle) elle m'a dit qu'elle était avec lui… quand il est mort.

Elle s'interrompt, incapable de s'empêcher de les imaginer à nouveau tous les deux ensemble.

Caleb a un mouvement de recul.

— Avec lui ?

— Oui, ils faisaient du vélo ensemble. Jo a vu l'accident et elle l'a abandonné. Elle n'a jamais rien dit à personne, explique-t-elle, et elle doit se mordre la lèvre pour se retenir de pleurer. C'était visiblement plus important de tenir leur liaison secrète.

— Oh, mon Dieu !

Il secoue la tête en faisant une moue. Hana sait ce qu'il se dit : rien de tout ça n'est une surprise. Il est assez flagrant que Caleb n'accorde pas beaucoup de crédit à leur famille, surtout à Jo.

— Je suis vraiment désolé, dit-il doucement. Je n'ai jamais rencontré Liam, mais je sais ce que vous avez partagé tous les deux. Je ne peux pas imaginer ce que tu ressens.

Hana hoche la tête, et bien qu'elle n'ait pas prévu d'en parler, elle éprouve l'horrible envie qu'il comprenne, juste un petit peu, les émotions qui l'accablent. *Partager le fardeau*.

— Ce n'est pas la seule chose qu'elle a avouée. J'ai trouvé le téléphone de Bea dans sa chambre. Elle a reconnu qu'elle l'avait pris.

— Le téléphone de *Bea* ? dit-il d'une voix tremblante.

— Ce qu'il en reste. Il est tout cassé. Jo dit qu'elle l'a trouvé comme ça, qu'elle l'a aperçu près du pavillon de yoga quand le type de la police scientifique cherchait des empreintes.

— Et son premier réflexe n'a pas été de le donner à l'inspectrice ?

— Apparemment pas. Elle m'a dit qu'il contenait des choses qu'elle ne voulait pas voir divulguées. Au sujet de Liam.

— Mais en faisant ça…

— Je sais.

Un silence s'étire entre eux.

— Tu y crois ? demande finalement Caleb. Qu'elle l'a simplement trouvé là-bas ?

Hana hausse les épaules sans un mot, mais elle n'a pas besoin de dire quoi que ce soit. Quand leurs regards se croisent, une fois de plus, ils échangent des mots inexprimés.

— Où est Jo maintenant ? demande Caleb, brisant le silence.

— Elle finit ses bagages.

— Et Maya ?

— Dans sa chambre. Je lui ai dit que je l'y rejoindrais pour monter au centre, dit Hana, fronçant les sourcils. Elle est très perturbée, je crois, par tout ça.

— Comme nous tous, non ? Tu sais, quand j'ai fait une recherche sur cet endroit sur Google, après que Jo nous a envoyé les détails, j'ai rigolé en voyant toutes les théories du complot, mais maintenant…

Hana hoche la tête d'un air hébété.

— Je sais.

Ça aurait fini par arriver, se dit-elle : les conséquences de tous ces mensonges, qu'ils soient venus sur l'île ou non. Néanmoins, elle ne peut s'empêcher de se sentir volée, comme si l'île les dépouillait et continuerait ainsi jusqu'à ce qu'il ne leur reste plus rien à donner.

— La tempête s'est bien levée, dit Caleb en regardant à travers la fenêtre. Ça ne va pas être marrant de monter à la réception.

Il a raison, se dit-elle en suivant son regard. Tout semble soudain sombre et triste, les nuages se multiplient et grossisent, dissimulant le bleu du ciel. Le vent de plus en plus fort a déjà transformé le décor paisible en chaos : de petites branches jonchent désormais la terrasse et des empreintes de fleurs écrasées parsèment le sol de pierre lisse.

Hana est sur le point de détourner son regard de la fenêtre quand une bourrasque souffle. Un soudain craquement sec, un mouvement fulgurant.

Caleb tressaille.

Ils regardent, figés, une grosse branche du pin en surplomb s'effondrer sur le sol.

Une amputation ; les entrailles nues et blanches de la branche exposées là où celle-ci a été brutalement arrachée de l'arbre.

Hana et Caleb se taisent.

Ils fixent du regard la branche qui balaie le sol au gré du vent jusqu'à ce qu'une puissante rafale la soulève en l'air puis qu'elle retombe.

Une affreuse danse infernale.

Chapitre 70

Elin raconte à Steed ce que Will lui a dit en jetant des regards nerveux vers les employés et les clients qui envahissent le hall.

Le travail que Farrah a commencé bat son plein : les employés entraînent les clients vers le couloir au fond du hall d'accueil. L'endroit résonne de bruits. De voix. De roulements de valises. De claquements irréguliers de sandales sur le sol.

— Et Will n'a rien remarqué qui permettrait d'identifier la personne qui l'a attaqué ? demande Steed tout en observant les mouvements frénétiques d'un groupe de clients à proximité.

Ils se disputent au sujet de quelque chose, un homme montrant sa valise du doigt.

— Non.

Steed fronce légèrement les sourcils.

— Mauvaise nouvelle. J'ai demandé une faveur à quelqu'un, qui a entré ces noms dans la base de données… mais sans succès. Aucun nom n'est ressorti sauf celui de Farrah, et évidemment on est déjà au courant.

— On aurait dû se douter que ça ne serait pas si facile.

Il hoche la tête.

— Je crois que ça vaut le coup d'en revenir aux bases. Interroger toutes les personnes qui sont encore là, voir si on peut en tirer quelque chose concernant ces derniers jours. Peut-être que quelqu'un a été témoin de quelque chose sans savoir que c'était important.

— Bonne idée. De même pour Farrah. Peut-être que quelqu'un a…

Mais elle n'a pas le temps de finir sa phrase.

— Toujours aucune trace de Farrah ?

C'est Jared, le chef d'équipe. Son visage osseux est plissé d'inquiétude.

— Malheureusement non. On a fouillé les environs immédiats… rien.

— On ne devrait pas élargir les recherches ? On peut se passer de certains employés. La plupart des clients restants sont déjà là et les autres sont en chemin.

Jared jette un regard anxieux vers la masse croissante de nuages et les quelques gouttes de pluie qui tombent maintenant sur les vitres.

— La tempête arrive pour de bon. Si elle est dehors toute seule…

Elin jette un coup d'œil à l'extérieur. Elle est coincée : s'ils suivent son conseil, ils mettent en danger des employés du centre. S'ils ne font rien, les chances de retrouver Farrah s'amenuisent encore. S'ils *devaient* élargir les recherches, il est évident qu'il faudrait commencer par la carrière et la grotte, mais elle ne peut laisser qui que ce soit aller si loin.

— Non, je ne pense pas…

Ses paroles se perdent dans le crépitement sonore du talkie-walkie de Jared, une soudaine rafale de mots.

— Allô ? fait-il en approchant le talkie-walkie de son oreille. Vous pouvez répéter ?

La personne s'exécute, mais c'est toujours inaudible.

Elle doit être dehors, sa voix brouillée par le hurlement du vent.

— Je vais aller dans un endroit plus calme, dit Jared en se glissant derrière le bureau d'accueil pour se rendre dans une petite pièce attenante.

Attendant devant, Elin oscille d'un pied sur l'autre, le ventre noué de nervosité.

Quelques instants plus tard, Jared émerge de derrière le bureau.

— Un des employés a trouvé un sac dans les rochers. Il dit que ça ressemble à celui de Farrah.

— J'y vais, dit Elin en se tournant vers Steed. Commence à interroger le personnel.

Quand Elin sort du pavillon, c'est comme si elle pénétrait dans un autre monde.

Le décor gris qu'elle a vu quelques instants plus tôt s'est transformé en quelque chose de plus hostile, de plus désolé, des nuages courant à travers le ciel, la mer parsemée de vagues écumantes.

— Il est toujours là en bas ? crie-t-elle.

— Oui, répond Jared en courant vers l'escalier qui mène à la plage.

Elin le suit. Quand ils arrivent sur la plage, une bourrasque soulève une couche de sable et la projette sur son visage. Elle se frotte les yeux tandis que Jared l'entraîne vers la gauche, passant devant la cabane. Celle-ci a été fermée à clé, mais en vitesse : un des râteliers à kayaks est resté dehors. Le vent l'agite, les kayaks balançant d'un côté à l'autre sur leurs supports.

— Le voilà, dit Jared en pointant le doigt.

Elin lève les yeux et aperçoit un employé près des rochers, qui lève la main pour leur faire signe. C'est Michael Zimmerman. Il porte un imper fin ouvert, le dôme rond de son ventre tirant sur son polo. Une fois de plus, cette impression de déjà-vu saisit Elin.

Pourquoi n'arrive-t-elle pas à le situer ?

Ils mettent quelques minutes à le rejoindre, et quand ils arrivent enfin près de lui, Elin et Jared sont tous les deux essoufflés.

— Je n'ai rien touché, dit Michael en désignant le sac. Dès que je l'ai vu, j'ai envoyé un message radio, poursuit-il, puis il secoue la tête. Je ne comprends pas. On a fouillé cet endroit dès le début. Il n'y avait rien ici.

Elin suit son regard posé sur le sac en tissu qui gît à moitié sur les rochers et à moitié sur la plage. Il est ouvert, son contenu étalé sur le sable – une brosse, un étui de lunettes de soleil, un tube de crème solaire –, mais ce n'est pas ça qui attire l'attention d'Elin ; c'est le sac lui-même. Sa couleur brun clair, sa bandoulière large… C'est celui de Farrah, elle en est sûre.

Mais pourquoi se trouverait-il là, à cet endroit précis ? Il est possible que l'agresseur l'ait jeté, mais pourquoi à *cet* endroit ? D'ici, elle ne voit que de l'eau. Une immense étendue gris-bleu, à chaque instant plus démontée.

Ses pensées s'agitent. Il n'y a nulle part où aller d'ici excepté vers le large. Se pourrait-il que le sac ait été placé là délibérément ? Une sorte de piège ou de diversion ?

Ou est-ce que Farrah s'est enfuie, effrayée par la menace ? Il n'est pas invraisemblable qu'elle ait trouvé un moyen de partir.

Il y a encore une autre possibilité, et le ventre d'Elin se noue lorsqu'elle l'envisage. Farrah est-elle partie d'elle-même, pour une raison plus sinistre ? Elin ne peut prouver que Farrah n'a pas mis elle-même cet économiseur d'écran pour les embrouiller.

À ce stade, elle ne peut écarter l'idée que Farrah pourrait être impliquée d'une manière ou d'une autre. Farrah a menti à la police et ils n'ont que la parole de Will pour en justifier la raison. Peut-être qu'il s'est passé quelque chose dont ils ne sont pas au courant, une chose que Farrah voulait à tout prix garder secrète, et qui expliquerait pourquoi elle a menti dans sa déposition ?

Elin envisage les différents scénarios possibles tout en sortant son téléphone de sa poche. Accroupie, elle prend une photo du sac tel qu'ils l'ont trouvé avant de sortir une nouvelle paire de gants et de passer en revue son contenu. Des objets qu'elle reconnaît : un étui de lunettes de soleil, une brosse à cheveux, un agenda. Elle s'apprête à refermer le sac quand elle remarque un morceau de papier qui dépasse du carnet d'adresses.

Son pouls s'accélère.

Un coin déchiré. Elin repense à la feuille du carnet retrouvée dans la corbeille du bureau de Farrah.

Lorsqu'elle le déplie avec précaution, son regard se fixe sur l'écriture au sommet. La même, là encore.

Celle de Farrah : la dernière partie du mot sur le morceau de papier de la poubelle.

Le mot est désormais complet : « Rocher ».

Elle avait raison : Farrah a écrit « école du Rocher ».

Mais ce n'est pas la seule chose qui figure sur la page.

Elle regarde plus bas. Un autre nom est inscrit.

« Michael Zimmerman. »

Chapitre 71

Elin garde le dos tourné, le morceau de papier battant contre ses doigts dans le vent.

École du Rocher. Michael Zimmerman.

Elle avait l'intuition que l'école était liée à cette affaire, ainsi qu'aux meurtres attribués à Creacher. Manifestement, Farrah est arrivée à la même conclusion. Mais quel est le rapport avec Michael ? Elle a la chair de poule en se rappelant les moments où il la regardait.

— J'ai trouvé ça, dans le sac de Farrah. Elle a écrit le nom de l'ancienne école… ainsi que votre nom au-dessous. Vous savez ce que ça veut dire ?

Michael jette un coup d'œil sur le papier puis hoche la tête.

— Elle faisait des recherches, à ce que j'ai compris.

Farrah menait sa propre enquête. Michael regarde Jared et murmure :

— Mais vous savez, ce qu'elle m'a dit, je ne pense pas que c'était destiné au grand public.

Elin l'entraîne à l'écart pour que Jared ne puisse pas entendre.

— Si vous parlez du fait qu'elle était sur l'île au moment des meurtres de Creacher, je suis déjà au courant.

Les épaules de Michael se détendent. Il hoche la tête.

— Elle m'a demandé ce que je savais sur l'école. Elle m'a dit que quelqu'un lui avait inspiré une frayeur terrible de cet endroit, ainsi qu'à ses amis quand ils étaient venus sur l'île pour un camp d'activités de plein air, mais elle n'avait jamais vraiment compris de quoi il s'agissait. La malédiction, elle comprenait, mais pas le lien avec l'école. Elle m'a dit que ça l'avait toujours préoccupée.

— Vous a-t-elle dit qui était ce « quelqu'un » ?

Il secoue la tête.

Elin regarde à nouveau le morceau de papier et tout se met à tourbillonner dans sa tête. Si Farrah essayait *effectivement* d'obtenir des informations sur l'école, cela indique sûrement que celle-ci joue un rôle dans l'affaire en cours.

— Et pourquoi est-elle venue vous voir ?

— Farrah m'a vu discuter avec ce client, celui dont je vous ai parlé, l'artiste, qui avait été à l'école. Elle s'est dit que je saurais peut-être des choses.

— Et je présume que c'est le cas ?

Sa question est ponctuée par le cri strident d'une mouette qui passe au-dessus d'eux.

Michael ne répond pas tout de suite, puis il hoche la tête.

— Quand on a parlé la dernière fois, je ne vous ai pas vraiment tout dit. L'artiste a été très ému de voir son œuvre ici, dit-il, puis il tire sur sa visière avec une légère grimace. On a commencé à discuter et il s'est confié un peu sur ce qui se passait à l'école. Les punitions étaient drôlement bizarres, d'après ce que j'ai compris.

— Comment ça ?

— Il m'a dit qu'il y avait une pièce cachée, dans laquelle les profs emmenaient les enfants. Je ne l'ai pas questionné plus, mais il avait l'air obsédé par ce souvenir, vous voyez? dit Michael qui secoue la tête. J'ai compris que ça avait dû être sacrément affreux pour que ça le dévore encore comme ça, tant d'années après.

Elin assimile ses paroles et son cœur se met à battre plus fort dans sa poitrine. *Une pièce. Comme l'a mentionné Will. Se peut-il que Farrah ait été emmenée là?*

— Est-ce qu'il a dit autre chose?

Un instant d'hésitation.

— Pas explicitement, non, mais la personne dont je vous ai parlé, que j'ai vue marcher près du rocher la nuit… c'était l'artiste. Quand j'ai vu que c'était lui, je me suis demandé s'il allait bien, après ce qu'il m'avait raconté, et je suis donc allé le voir. Je m'apprêtais à m'approcher de lui, mais il s'est éloigné et il est parti *derrière* le rocher.

— Derrière? demande Elin, et son cœur se met à battre plus vite encore. Il n'y a que des bois derrière, non?

— Oui, c'est ce qui m'a intrigué. Alors je l'ai suivi, dit Michael, marquant une pause. Il s'est enfoncé un peu dans les bois, jusqu'à une sorte de vieux bunker. Je me suis demandé si c'était la pièce dont il m'avait parlé, et j'ai supposé qu'il essayait peut-être d'y retourner pour tourner la page.

— Vous avez raconté ça à Farrah?

— Oui, mais quand je lui ai montré, elle s'est aperçue, comme moi, qu'il n'y a rien à voir. Il s'agit bel et bien d'un bunker, d'après ce que j'ai pu distinguer. Quand le centre de vacances a été construit, les maçons l'ont condamné. Ils ont balancé une demi-tonne de béton dans l'escalier qui menait à l'intérieur, à ce que j'ai vu.

Le cœur d'Elin se serre.

— Il n'y a plus aucun moyen d'y entrer ? Aucun autre accès ?

— Pas à moins de l'avoir creusé. Tout est bloqué. Je peux vous montrer si vous voulez.

Ça vaut la peine de vérifier, se dit-elle, *mais ça semble être une impasse à plus d'un titre.*

— Merci de votre sincérité.

Il acquiesce de la tête.

— De rien.

Frustrée, Elin focalise à nouveau son attention sur le sac. Ce que Michael lui a dit indique qu'ils sont sur la bonne piste, en supposant que Farrah ait fait des recherches de son côté, mais cela n'explique toujours pas où est Farrah ni pourquoi son sac se trouve là.

Elin se baisse et ramasse le sac.

— Il faut qu'on rentre. La tempête approche.

À ce moment précis, une bourrasque souffle et un nuage de sable vole sur eux. Elin a un frisson.

— Allons-y.

Le soulagement est lisible sur les visages de Jared et de Michael. Ils n'ont pas plus envie qu'elle de rester ici.

Alors qu'ils ont parcouru la moitié de la plage, leur marche est ponctuée par une autre rafale de vent encore plus violente. *Ça s'intensifie*, songe Elin avec méfiance. Un grincement sinistre retentit. Relevant la tête, elle voit les arbres sur la falaise au-dessus d'eux qui fléchissent dans le vent, leurs troncs se courbant selon un angle impensable.

— Pressons le pas, dit-elle en contournant la falaise. Je crois…

Elin s'arrête brusquement.

Une tache d'un blanc éclatant lui apparaît dans le sable sous le surplomb de la falaise.

Elle s'élance en courant et distingue une forme reconnaissable : un profil. Une tête, un torse, des jambes.

Des cheveux d'un blond pâle.

Chapitre 72

Elin traverse la plage à toutes jambes, le visage fouetté par de fines gouttes de pluie. Clignant des yeux pour voir devant elle, elle s'arrête juste avant le surplomb, haletante. À cet endroit, la paroi de la falaise, striée de profondes rainures, s'est creusée, formant un rebord naturel. Juste devant elle, le sable est taché de sang, de petites flaques rouges suivies d'un arc de gouttelettes et d'éclaboussures.

Elle remarque des sillons dans le sable derrière ces taches et des empreintes de pas estompées.

Son cœur résonne dans ses oreilles tandis qu'elle évalue la situation : *Farrah a été attaquée ici, puis traînée sous le surplomb.*

Elin s'avance et baisse la tête, à demi accroupie jusqu'à ce qu'elle soit sous le rebord rocheux.

La première chose qu'elle remarque, c'est l'odeur : pas seulement les relents d'humidité saline ou de moisi du sable resté statique, mais la senteur métallique du sang.

Assez forte pour dominer toutes les autres.

Dans la petite cavité, Elin perçoit une énergie d'une violence féroce, comme un chant de sirènes lui disant : *Il s'est passé quelque chose d'affreux ici.*

Elle est prise de nausée mais se force à regarder Farrah : ses cheveux blonds, les plis ensanglantés de son haut blanc.

Désespérée, elle guette le moindre mouvement, un signe de vie. Malgré le sang et la position du corps, Elin se cramponne encore au mince espoir que Farrah soit peut-être toujours en vie.

Elle contourne le corps pour pouvoir voir son visage.

Ce n'est pas Farrah.

Chapitre 73

C'est Jo Leger.

Ses yeux sont fermés, mais elle n'a vraiment pas l'air en paix. Une énorme contusion ensanglantée a déchiré la peau au-dessus de son œil droit. Son crâne est enfoncé, les cheveux autour, emmêlés et imprégnés d'un mélange de sang et de sable.

Le haut blanc qu'Elin a pris pour le chemisier de Farah est moucheté de sable et maculé de gouttes et d'éclaboussures de sang.

C'est évident maintenant qu'il s'agit de Jo : la musculature plus ferme de ses membres, son teint plus mat. Juste quelques ressemblances superficielles.

S'approchant pour l'examiner de plus près, Elin ne peut s'empêcher de déglutir, la gorge incroyablement sèche.

Elle enfile une paire de gants et tend la main vers le cou de Jo pour prendre son pouls. Lorsque ses doigts se posent dessus, elle a le souffle court d'appréhension, mais elle ne perçoit rien qu'un reste de chaleur.

Son cœur s'emballe. *Jo est morte, mais pas depuis longtemps*.

Michael devait être à proximité quand il a découvert

le sac, et Jared et elle étaient aussi dans les environs quand ils ont couru pour le retrouver. Les risques sont inévitablement plus grands : un tueur qui n'a plus peur d'être découvert – ni des conséquences – est capable de n'importe quoi.

Elin examine attentivement la blessure. Jo semble être morte d'un traumatisme crânien causé par un choc violent. Mais où est l'arme du crime ?

Elle scrute la cavité, la zone extérieure. Nulle trace d'un outil d'aucune sorte.

Elle garde tout de même une lueur d'espoir : le fait d'avoir choisi Jo comme victime révèle une chose fondamentale.

Trois morts issus du même groupe de gens. Bea. Seth. Jo. Ce qui pouvait jusque-là apparaître rationnellement comme une coïncidence semble désormais répondre à une logique.

Pourquoi ce groupe spécifique de victimes ?

Après avoir vu la mise en scène dans la grotte, ils avaient eu tendance à penser que le choix des victimes était peut-être aléatoire, arbitraire, à l'instar du groupe d'adolescents que le tueur avait choisi il y a vingt ans, mais elle se demande à présent s'il n'est pas en réalité plus réfléchi.

Bien que le mobile du tueur puisse encore dériver d'une croyance délirante en lien avec la malédiction ou le rocher de la Faucheuse, le tueur pourrait aussi avoir des raisons de viser ce groupe précis.

— Farrah ?

Elin sursaute, mais ce n'est que Jared, debout à l'entrée de la cavité, avec Michael derrière lui.

— Non, répond-elle rapidement. C'est une cliente.

Jared recule, visiblement bouleversé.

— Est-ce qu'elle est… ?

— Oui. Ça ne fait pas longtemps.

Après avoir pris quelques photos, Elin ressort de la cavité. Jared lui pose une autre question, mais ses paroles sont étouffées par le bruit de la tempête qui ne cesse de s'intensifier.

C'est comme si l'île, silencieuse et calme pendant si longtemps, avait enfin trouvé sa voix… une voix qui se fait entendre par l'intermédiaire de la mer, de la pluie, à travers le sifflement du vent, les hurlements furieux des goélands.

L'énergie qui ne faisait que couver jusque-là – le faible crépitement – est devenu un grondement.

— On s'en va ? dit Jared, la tirant de sa rêverie.

Elin hoche la tête, la peur tambourinant avec insistance dans sa poitrine. Il faut qu'elle se renseigne à nouveau sur l'arrivée des renforts puis qu'elle interroge le groupe… ce qu'il en reste.

Hana, Maya, Caleb.

Il est temps d'activer les choses.

Chapitre 74

— Désolée, Elin, je ne peux pas tirer plus de ficelles, j'ai essayé. Les équipes de secours sont encore en train d'évacuer, mais elles ne sont pas loin du bout. Quelques heures, j'espère.

— Mais on n'a toujours pas retrouvé Farrah.

Elin entend le désespoir dans sa propre voix. Les choses ont changé. Anna doit pouvoir comprendre ça.

— On a besoin de renforts, pour la chercher.

Son regard se porte sur la fenêtre. Les baies vitrées ruissellent d'eau de pluie, dont le mouvement est brouillé par les silhouettes des employés autour d'elle qui distribuent un dîner improvisé composé de sandwichs et de fruits.

— Je comprends, mais je ne peux rien te dire de plus que de patienter. On t'aidera dès que possible.

— D'accord. Je te tiens au courant.

Elin mobilise toute sa volonté pour garder une intonation un tant soit peu enthousiaste. C'est dans les moments comme celui-ci – et il y en a toujours lors d'une enquête –, où les choses ne vont pas dans votre sens, que vous montrez de quoi vous êtes capable. Il faut qu'elle puise dans cette force qu'elle a ressentie plus tôt.

— Je suppose que ce n'est pas possible ? dit Steed d'une voix accablée au moment où elle dit au revoir à Anna.

— Pour l'instant, non. Ils sont toujours débordés. On dirait qu'une longue nuit nous attend.

— Au moins, on a un plan, dit Steed, mais l'assurance de sa voix est contredite par l'inquiétude qui ride son visage.

Il a peur, lui aussi. Il ne veut pas le montrer.

Elle hoche la tête.

— Pour commencer, il faut qu'on interroge ce qu'il reste du groupe Leger. Qu'on obtienne des réponses.

— Deux issus du même groupe, on pourrait encore croire à une coïncidence, mais trois…

— Oui. Je pense qu'il y a une raison pour que le tueur les prenne pour cibles. Forcément.

— Mais est-ce que ça ne remet pas en cause toute l'idée d'un mobile inspiré de la Faucheuse ?

— Ça pourrait. C'est délicat. Si le tueur a bien pour projet de liquider tous les membres de ce groupe, ça en fait quelque chose de très personnel. Mais d'un autre côté, le meurtre de ces adolescents autrefois – et celui de Jo sur la plage – suggère quelqu'un de plus délirant, qui agit impulsivement.

L'esprit d'Elin fait des pirouettes.

Steed se passe une main sur le front.

— Ces différences de comportement pourraient être le résultat de prises de médicaments irrégulières. Plus lucide à certains moments qu'à d'autres.

— Ou bien on a affaire à deux personnes qui agissent ensemble, propose Elin en se mordillant la lèvre. Je n'arrive pas à y voir clair. Tout ce qu'on a trouvé dans la grotte et la condamnation quelque peu problématique de Creacher laissent penser que c'est le même tueur, mais des anomalies me contrarient. Les différents degrés de planification, pourquoi ces pierres étaient à côté des corps des adolescents alors qu'il n'y en a aucune trace maintenant…

Steed hausse les épaules.

— Peut-être que ces ados ont en fait été choisis de manière plus délibérée qu'on ne pense.

— C'est vrai, mais dans ce cas, quel est le lien entre eux et le groupe des Leger ?

— Ce n'est peut-être qu'une coïncidence qu'ils soient du même groupe, dit lentement Steed. Il ne reste plus grand-monde sur l'île. Le tueur pourrait être opportuniste.

— Peut-être. Mais j'ai le sentiment que quelque chose nous échappe, concernant l'école en particulier.

— Mais quel est le rapport avec les Leger ? demande Steed en fronçant les sourcils. À moins qu'ils soient extrêmement bien lotis génétiquement, ils n'étaient pas nés à l'époque où cette école existait.

— Je sais. Je crois que ça vaut la peine de revérifier si aucun d'eux n'a de lien avec l'école.

— Eh bien, on peut leur demander maintenant, dit Steed en montrant la porte d'un mouvement de tête. Ils viennent d'arriver.

Chapitre 75

— Je m'en occupe, dit Elin, mais sa voix déraille à ses mots, soudain écrasée par le poids de la nouvelle qu'elle s'apprête à communiquer.

C'est comme si la vue de Hana, Caleb et Maya avait ébréché la carapace dont elle s'était protégée depuis la plage. Le souvenir lui revient de plein fouet : le corps ensanglanté de Jo Leger sur le sable.

— Tu peux prendre quelques instants, dit Steed en la regardant.

— Je crois que je viens seulement de prendre conscience… de ce que j'ai vu. C'est un double choc, d'une certaine façon : j'étais tellement persuadée que c'était Farrah, puis le fait de trouver quelqu'un d'autre…

Elle cligne des yeux, revivant la scène.

— C'est compréhensible. Tu veux que je commence ?

Elin sourit, reconnaissante.

— S'il te plaît.

Hana s'arrête à quelques mètres d'eux. Elin et Steed se dirigent vers elle. Hana a les cheveux mouillés et les jambes tachées d'éclaboussures de boue. Caleb et Maya se tiennent derrière elle d'un air gêné, tout aussi souillés. Les boucles brunes de Maya, libérées de leur foulard habituel, sont collées en paquets à ses épaules. Caleb retire un écouteur sans fil de son oreille quand ils le saluent, mais il tripote l'ourlet de son tee-shirt bleu d'un air troublé. Hébété.

— Désolé de vous sauter dessus, mais il faut qu'on parle en privé, dit Steed en les guidant vers un coin du hall, avant de baisser la voix. Ce que je m'apprête à vous dire va être un choc, mais il faut que vous vous efforciez de ne pas réagir pour ne pas attirer l'attention. Vous comprenez ?

Seule Hana semble relever quelque chose dans l'expression de Steed, ou peut-être dans le ton de sa voix.

— Il s'est passé quelque chose, n'est-ce pas ? demande-t-elle rapidement.

Steed va droit au but.

Je dois malheureusement vous annoncer que Jo est morte. On l'a retrouvée tout à l'heure.

Tous restent bouche bée. Il y a un soudain changement dans l'air, désormais chargé d'émotion. Leurs regards se fixent sur le visage de Steed puis sur celui d'Elin, comme s'ils attendaient la chute d'une blague, mais il n'y en a aucune.

— C'est impossible, bégaye Maya. Elle était avec nous tout à l'heure. À la villa, dit-elle, puis elle se tourne vers Hana. Tu m'as dit qu'elle faisait sa valise, non ?

Le visage de Hana est livide, tendu.

— Oui. C'est ce que je croyais, dit-elle avec une note de panique dans la voix. On a frappé à sa porte avant de partir, mais elle n'a pas répondu. On a supposé qu'elle était déjà partie, poursuit-elle avec un gémissement grave. Qui ferait une telle chose ? Pourquoi nous ?

Caleb lui passe un bras autour des épaules.

— Qu'est-ce que je t'ai dit ? marmonne-t-il. Cet endroit, ce n'est pas…

— Comment ? demande Maya d'un ton désespéré, lui coupant la parole. Qu'est-ce qui s'est passé ?

— On l'a trouvée sur la plage. Il semblerait que quelqu'un l'ait attaquée à cet endroit.

Les épaules de Hana se contractent et elle se met à pleurer. Son émotion remue Elin. Bien que Caleb et Maya soient à côté d'elle, Hana semble seule. Vulnérable.

Steed s'éclaircit la voix et les regarde à tour de rôle.

— Je suis désolé de devoir vous demander ça tout de suite, dit-il d'une voix douce, mais étiez-vous tous ensemble ces dernières heures ?

— Oui, on était à la villa, on préparait nos affaires pour venir ici, répond Maya, dont les yeux se gonflent aussi de larmes. Enfin, pas ensemble à chaque instant… On était dans nos chambres, mais personne n'est sorti, si ?

— Je n'irais nulle part seul sur cette île, dit Caleb, qui pousse un petit rire amer qui n'atténue pas le tremblement de sa lèvre.

Il lâche un sanglot et se détourne, gêné quand un autre client, sur leur droite, regarde dans leur direction.

— Moi non plus, dit Hana en secouant la tête, le visage maintenant dégoulinant de larmes. Je ne peux pas le croire. Jo aussi…

Maya se mord la lèvre, mais elle ne peut se retenir et se met à son tour à pleurer de façon audible.

Steed attend un peu avant de reprendre la parole.

— Écoutez, je suis désolé de vous bombarder de questions, mais ça nous aiderait si vous pouviez nous dire exactement quand vous avez vu Jo pour la dernière fois, afin qu'on puisse avoir une idée précise de ses allées et venues.

— C'est sans doute pour moi que c'est le plus facile de répondre, dit Caleb en faisant tourner dans ses mains le boîtier de ses écouteurs. Je ne l'ai pas vraiment vue de la journée, pas depuis le petit déjeuner. Je n'ai pas bougé de la villa, sauf pour aller chercher à manger, il y a quelques heures.

Maya essaie de se calmer et essuie ses larmes.

— La dernière fois que je l'ai vue, c'était après le petit déjeuner.

— Et vous ? demande Steed à Hana.

Hana redresse sa poitrine et souffle en gonflant ses joues.

— Je l'ai vue pour la dernière fois dehors, près de la piscine. On... on s'est disputées. Je l'ai empoignée..., commence-t-elle, puis elle s'arrête, secouée par un nouveau sanglot. Je l'ai empoignée et je...

Chapitre 76

À côté d'elle, Maya se fige, les yeux écarquillés de peur. L'espace d'un instant, c'est comme s'ils étaient tous en équilibre sur une corde raide, incapables de bouger ou de parler.

Le silence devient pesant.

— Je lui serrais le poignet…, dit enfin Hana d'une voix étranglée. Jo pleurait, mais c'était comme si je ne pouvais plus m'arrêter. Je serrais de toutes mes forces. J'étais remplie d'une rage que je n'avais jamais ressentie avant ça, comme si j'avais disjoncté. Je ne pensais plus qu'à une chose: lui faire mal, plus qu'elle m'avait fait souffrir.

Le sang d'Elin se fige en se rappelant la tension latente qu'ils avaient perçue dans le groupe.

— Pendant un instant…, dit Hana, puis elle marque une pause, les joues dégoulinantes de larmes. Bon sang, pendant un instant…, reprend-elle, et elle s'essuie les joues du dos de la main. Mais je n'ai pas pu… je voulais, mais je l'ai lâchée.

Elin souffle.

— Et qu'est-ce que Jo a fait après ça?

— Elle est rentrée dans la villa, dit Hana en la

regardant dans les yeux. Je pensais qu'elle était simplement retournée dans sa chambre.

Un silence gêné s'installe, Maya et Caleb dévisageant Hana, comme s'ils peinaient encore à comprendre ses paroles.

— Je peux vous demander la raison de votre dispute ? demande Steed.

Hana cligne des yeux.

— Mon petit ami. Il est mort l'an dernier. Je viens de découvrir que… (elle prend une grande inspiration, les yeux luisant à la fois de larmes et d'émotion)… que Jo et lui avaient une liaison et qu'elle était avec lui quand il est mort. Elle me l'avait caché, dit-elle, sur quoi ses épaules se mettent à trembler. Pendant tout ce temps.

Elle a du mal à articuler, refoule ses larmes.

— Elle a aussi avoué qu'elle avait le téléphone de Bea.

Elin échange un regard avec Steed. *Le téléphone disparu.*

— Vous a-t-elle expliqué pourquoi elle avait le téléphone ?

— Elle m'a dit qu'elle l'avait aperçu le matin où Bea a été trouvée, près du pavillon de yoga. Il était tout cassé, et la carte mémoire n'était plus dedans. Jo craignait que vous trouviez le téléphone de Bea et que vous appreniez qu'elles s'étaient retrouvées ce soir-là…

— On l'aurait soupçonnée.

— Je l'ai soupçonnée aussi, dit Hana, qui tremble tellement que sa voix n'est plus qu'un grelottement inintelligible. Je l'ai presque accusée.

— Savez-vous ce qu'elle a fait de la carte mémoire ? demande doucement Steed.

— Elle m'a dit qu'elle ne l'avait jamais trouvée. Elle est toujours quelque part dans la nature.

L'estomac d'Elin se noue. *À moins que ce soit le tueur qui l'ait.*

Hana ferme brièvement les yeux.

— J'ai cru que Jo mentait, vous savez, qu'elle avait peut-être quelque chose à voir avec tout ça…

Un sanglot secoue son corps.

— Je suis désolée, dit doucement Elin. Je sais que c'est dur, mais nous avons encore quelques questions : est-ce que vous voyez des raisons pour lesquelles quelqu'un prendrait pour cible Jo, ou le reste de votre groupe ? Vous n'avez remarqué personne au comportement suspect ?

Un à un, ils secouent la tête.

— Et l'un d'entre vous a-t-il un lien avec l'île en dehors de ces vacances ? Est-ce que vous savez quelque chose sur l'école qui s'y trouvait ?

Hana et Caleb répondent à nouveau par la négative, mais Maya hoche la tête.

— Un ami de mon père a travaillé à l'ancienne école, mais pas longtemps. Il a raconté que c'était un endroit affreux, dit-elle, puis elle hésite. Je n'en sais pas plus, désolée. Il n'est pas entré dans les détails.

Elin lance un regard à Steed, déçue. Elle ne s'attendait pas à une percée soudaine, mais quand même…

— Merci. Encore une fois, nous vous présentons nos condoléances. Si vous pensez à autre chose, nous…

Sentant son téléphone vibrer, Elin s'interrompt. L'inspecteur Johnson. « Vous ai envoyé par e-mail les fichiers demandés. »

— Désolée, je vais devoir m'arrêter là.

Tandis qu'ils s'éloignent, Steed la regarde.

— Alors, qu'est-ce que tu en penses ?

— Difficile à dire à ce stade. Le plus intéressant, c'est la carte mémoire. Tu peux voir où en est notre demande de données téléphoniques ?

— Bien sûr.

— Pendant que tu fais ça, je vais prendre une minute. Johnson m'a envoyé les dossiers de l'affaire Creacher.

Elle prend deux chaises dans la pile devant elle. Steed l'aide à les traîner près de la fenêtre, pour que le groupe ne puisse pas les voir. La dense étendue des bois est à peine visible derrière la vitre. Dans la lumière faible, ils paraissent d'autant plus impénétrables.

Sortant son carnet, Elin ouvre la première pièce jointe. Mais elle a à peine commencé à lire que des pleurs étouffés se font entendre.

Caleb. Il est assis par terre, la tête dans les mains.

— J'y vais, murmure Elin en se relevant.

Le temps qu'elle arrive près d'eux, Maya a passé son bras autour des épaules de Caleb.

— Je peux faire quelque chose ? demande Elin d'une voix douce.

Hana secoue la tête, les yeux encore humides de larmes.

— Je crois qu'il est à bout. Son père est mort assez récemment. D'après ce qu'il a dit, les circonstances ont été tragiques. Je crois qu'il ne l'a pas encore vraiment digéré. Et maintenant Jo… Perdre deux personnes coup sur coup comme ça, ça fait beaucoup.

Elin hoche la tête en jetant un coup d'œil aux clients restants et aux employés dans le hall. Maintenant qu'ils ont fini de manger, leur désœuvrement fait planer une tension palpable : les doigts pianotant frénétiquement sur les téléphones, les conversations enflammées.

Une Cocotte-Minute. C'est l'impression que ça donne. Une Cocotte-Minute, prête à exploser.

Chapitre 77

Johnson a laborieusement pris en photo les documents. En haute résolution, ils sont trop gros pour un seul e-mail, si bien qu'une longue série remplit la boîte de réception d'Elin.

Steed jette un coup d'œil vers elle.

— J'ai fait la demande de données téléphoniques. Tu veux un coup de main ?

— Avec plaisir. Je t'en fais suivre une partie.

Elin ouvre les premières pièces jointes : des dépositions relatives à la nuit où Lois Wade a disparu. Toutes racontent la même chose : *Lois Wade n'était pas sur l'île. N'avait jamais été censée l'être. Personne ne l'a vue.*

Elle parcourt rapidement les témoignages recueillis pendant l'affaire Creacher. Chefs de camp, profs. La même histoire : ils ont été réveillés par des cris, ce qu'ils ont découvert en sortant de leurs tentes. Creacher est mentionné brièvement : ils le trouvaient bizarre, avaient remarqué qu'il observait les enfants.

— Des choses utiles ?

Elin secoue la tête.

— C'est assez répétitif… les versions se ressemblent. Et toi ?

— Même chose, dit Steed, secouant la tête. Je n'arrive pas à comprendre comment c'est possible que personne n'ait surpris le tueur. Pendant un voyage scolaire, on s'attendrait à ce qu'ils soient tous restés debout.

— Peut-être que le tueur a attendu d'être sûr que tous les jeunes étaient couchés, dit-elle en ouvrant les dépositions des adolescents.

Ils ont la même version des faits que les adultes, mais teintée d'une émotion brute ; sans la froideur et la réserve des premiers, puisées inconsciemment dans des livres ou des téléfilms. *Comment faire une déposition : le b.a.-ba.*

— Des allusions à des disputes ? demande Steed en relevant la tête. Rien de mon côté.

— Pas encore. J'arrive à celle de Farrah, murmure-t-elle en grimaçant devant ce qu'elle sait être des mensonges.

— Difficile à lire ?

Elle hoche la tête en mettant les dépositions de Farrah et de Will de côté pour examiner la dernière, celle du batelier. Elle débute par le souvenir d'avoir emmené le groupe du continent sur l'île, ses observations concernant Creacher. Lui aussi avait trouvé le comportement de Creacher étrange et remarqué qu'il regardait non seulement ce groupe d'adolescents, mais d'autres aussi. *Il n'avait rien voulu dire avant ça, vous comprenez ?*

Elin est sur le point de fermer le fichier quand son regard s'arrête sur le nom du batelier ; elle ne l'avait pas relevé au premier coup d'œil.

Porter Jackson.

Quelque chose remonte de son subconscient. Après qu'elle l'a retourné dans sa tête pendant quelques instants, ça lui revient : un Porter Jackson était brièvement mentionné dans l'article qu'elle a lu à propos du réaménagement de l'île, le protestataire s'opposant aux projets de Ronan Delaney.

Elin tape son nom sur Google, associé aux mots « rocher de la Faucheuse ».

Plusieurs pages de résultats apparaissent. Les premiers sont des variantes de l'article d'origine qu'elle a lu, dans la presse locale, puis nationale, l'histoire amplifiée par les quotidiens grand public. DES HABITANTS PROTESTENT CONTRE LE RÉAMÉNAGEMENT D'UNE ÎLE TRISTEMENT CÉLÈBRE. Sans surprise : les quotidiens nationaux adoraient raconter les conflits locaux, l'histoire d'un nouveau venu jouant les trouble-fête.

Elin clique sur le premier résultat et ressent une poussée d'adrénaline. *Elle a raison :* c'était *bien* Porter Jackson l'opposant farouche. Ça ne peut pas être une coïncidence, mais est-ce que ça signifie vraiment quelque chose ? Si vous aviez travaillé sur l'île, bien qu'en tant que batelier, quand elle était à l'état sauvage, ce ne serait pas extravagant d'imaginer que vous vous plaigniez quand un réaménagement de cette ampleur était proposé.

Mais alors qu'elle parcourt la suite des résultats de sa recherche, elle s'arrête, son doigt en suspens au-dessus de l'écran. La seule page qui ne soit pas liée au réaménagement de l'île.

Un forum de discussion. Elle repère le nom de Porter Jackson mentionné dans le sous-titre, juste en dessous du titre, qui l'intrigue immédiatement : « Quelqu'un se souvient-il d'avoir été à l'école sur l'île entre 1963 et 1967 ? »

La discussion fait certainement allusion à l'école du Rocher. Elin fait rapidement défiler les commentaires pour les passer en revue.

Bonjour, je m'appelle Alain Dunne, j'étais à l'école du Rocher de 1963 à 1967. Avec le recul, c'est clair que c'était un dépotoir, où les autorités locales de toute la Grande-Bretagne envoyaient les enfants « inadaptés » (comme on nous qualifiait) ayant des problèmes de comportement.

Quelqu'un d'autre commente :

J'aime bien l'expression pensionnat de « vilains garçons », je pense que la version politiquement correcte serait pensionnat de garçons « en difficulté sur le plan éducatif ». Je sais que je l'étais.

Plusieurs commentaires plus bas, une photo de l'ancienne école apparaît dans la discussion. Elin poursuit sa lecture.

Un ami de mon père était enseignant à l'école du Rocher dans les années 60 et 70. J'étais enfant à l'époque, mais il me filait vraiment les jetons, alors Dieu sait ce qu'ont subi ces garçons.

Au-dessous de ça, un autre commentaire :

Quelqu'un se souvient de Porter Jackson ? Il était dans ma classe. C'est le seul avec qui j'ai perdu le contact.

Elin regarde fixement l'écran, les battements de son cœur résonnant à présent dans ses oreilles.

C'est écrit là, noir sur blanc : Porter Jackson, batelier au moment des meurtres attribués à Creacher et opposant farouche au réaménagement de l'île, avait été élève dans l'école.

Son lien avec l'île remontait à plus loin encore que les meurtres de l'affaire Creacher.

— Tu as trouvé quelque chose ? demande Steed en levant les yeux de son téléphone.

— Oui. Le batelier. Porter Jackson.

Après avoir briefé Steed sur l'article qu'elle a lu, elle parcourt le reste de la discussion, des souvenirs de profs et de nourriture douteuse. Le doigt au-dessus de l'écran, elle s'arrête sur un commentaire vers le milieu de la discussion.

Quelqu'un se souvient de cette pièce étrange où ils nous emmenaient ? Il y avait ces trucs bizarres par terre : des pierres qui ressemblaient au rocher.

Elin cligne des yeux et relit ces mots avec un curieux haut-le-cœur : la pièce, sûrement celle dont Michael Zimmerman lui a parlé.

Une pièce avec des pierres par terre. Comme la grotte de la carrière.

Ça ne peut pas être une coïncidence. Elle incline l'écran du téléphone vers Steed.

— Lis ça.

Il pousse un long sifflement grave.

— Nom d'un chien.

Elin a la chair de poule en y réfléchissant. Les bruits qu'elle a entendus au sujet de l'école prennent sens maintenant ; les visages effrayés des garçons sur les photos, le fait que l'artiste était obsédé par son passage à l'école d'après Zimmerman.

Déconcertée, elle continue sa lecture.

Tu te souviens où elle était ?

Non. Ils nous bandaient les yeux, non ? Mais elle n'était pas loin de l'école. J'ai le souvenir de descendre des marches.

C'était efficace, cependant. Nous laisser là en bas tout seuls pendant toute la nuit... une punition atroce, mais je sais que je me suis tenu à carreau après ça.

J'en fais encore des cauchemars. J'ai commencé à l'intégrer dans mes œuvres d'art... c'est le seul moyen que j'ai pour le digérer.

Passons en discussion privée. Je ne pense pas qu'un forum public soit l'endroit pour parler de ça.

Elin lit la suite des messages, mais c'est la dernière fois que cette pièce est évoquée.

— Je ne sais pas quelle pulsion anime certaines personnes, dit Steed avec une grimace. Des gamins vulnérables…

— Ouais. Ceux qui étaient précisément là pour les protéger…

Quand Elin remonte sur une portion précise de la

conversation, son regard s'arrête sur une phrase : « J'ai commencé à l'intégrer dans mes œuvres d'art. »

— Ce passage, sur les œuvres d'art, ça me fait penser à la tenture de l'accueil avec les motifs du rocher tissés en fond. Et si, plutôt que des motifs, c'étaient des représentations des pierres décrites dans la pièce ?

— C'est peut-être un moyen de digérer tout ça, comme le type le dit ici.

— Et peut-être que notre tueur ne l'a jamais digéré. Je pense qu'on a un mobile assez solide ici ; et si notre tueur reproduisait ce qu'il a vécu dans cette pièce à travers ces meurtres ? Ce qu'il a enduré… c'est un traumatisme lourd. Si en plus il est délirant…

Steed hoche lentement la tête.

— Mais si c'est *vraiment* le cas, alors ça signifie que le tueur doit être quelqu'un qui a fréquenté l'école et subi ça ? Ou du moins qui en a connaissance.

— Tu as raison, dit Elin, qui repense aussitôt à la personne dont le nom a attiré son attention sur cette discussion au départ. La seule personne qui corresponde, c'est Porter Jackson, mais la question est de savoir s'il était aussi sur l'île quand Lois Wade a disparu. J'envoie un message à Johnson.

Celui-ci répond presque instantanément.

Elin se retourne vers Steed.

— Jackson *était* le batelier quand Lois a disparu. Johnson n'avait jamais jugé ça significatif : apparemment, Jackson déposait les enfants et repartait, ce que les gens ont confirmé.

Elle perçoit une lueur fugitive dans les yeux de Steed.

— Mais ce n'est pas parce qu'il repartait qu'il ne revenait pas.

— Exactement.

C'est une théorie, mais une théorie à laquelle elle ne peut s'empêcher de revenir ; si Jackson était sur l'île ou dans les alentours au moment des meurtres attribués à Creacher, rien ne prouve qu'il y soit maintenant.

— Voyons voir si on trouve quelque chose sur l'endroit où il vit actuellement.

Elin fait une rapide recherche en entrant son nom sur son téléphone, mais elle obtient des pages entières de résultats.

— Mauvaise idée. Ça prendrait des heures de tout éplucher. Appelons les services de renseignements, demandons-leur de l'aide. Pendant ce temps, je veux questionner Michael et aller voir le bâtiment dont il m'a parlé. Il pense qu'il a été condamné, mais après avoir vu ça, je me demande s'il n'y a pas une autre entrée.

— Tu penses que le tueur pourrait avoir enlevé Farrah ?

— C'est une possibilité. Surveille ce qui se passe ici pendant que je vais trouver Michael.

Attrapant son sac, elle ressent un vif frisson d'excitation, l'adrénaline montant en elle si vite qu'elle trébuche en traversant la pièce.

Ils avancent. Pas à pas, les choses prennent forme.

Chapitre 78

— C'est là. L'entrée, du moins.

Michael lève la main et tire sur la masse de branches qui dissimule ce qu'il reste de l'entrée.

Une légère odeur de vieux végétaux flotte vers Elin quand elle lève sa lampe torche, le faisceau mettant en évidence une toile d'araignée élaborée sur laquelle de minuscules gouttelettes d'eau sont collées. Un grondement de tonnerre retentit, suivi d'une rafale de vent qui fait battre violemment les branches au-dessus d'eux d'un côté à l'autre. Quand le vent retombe, Elin examine ce qui se cache derrière avec déception : un dense remplissage de gravats et de béton.

C'est indubitable : l'entrée du bâtiment est totalement obstruée.

— Difficile à voir maintenant, mais on distingue normalement le contour de la porte, dit Michael en indiquant une zone, la capuche de son imper tombant dans son mouvement.

Au-dessus de lui, un éclair illumine le ciel dans une explosion de vive lumière blanche. Les arbres, les feuilles mortes au sol et Michael virent soudain pendant un instant du noir et blanc à la couleur.

Lorsque la lumière s'estompe, Elin considère le bâtiment. On dirait une sorte de bunker, qui mène vraisemblablement à la pièce décrite en sous-sol. Les poils de la nuque d'Elin se mettent au garde-à-vous. Bien que le bâtiment soit obstrué, une atmosphère atroce règne autour. Plus elle en voit, moins elle peut s'empêcher d'imaginer ce qui a pu se passer dedans.

— Et vous êtes sûr qu'il n'y a pas d'autre moyen d'y entrer ?

Michael secoue la tête en battant des paupières pour refouler l'eau de pluie de ses yeux.

— À moins que quelqu'un ait creusé un tunnel, mais c'est très peu probable, et puis, même si cette personne y était arrivée, la pièce serait remplie de béton.

Elin hoche la tête. Il a raison. C'est évident : l'endroit est condamné.

— Désolé que ça ne vous soit pas plus utile, dit Michael, la fin de sa phrase étouffée par le bruit de la pluie.

Celle-ci a gagné en intensité et tambourine fort sur le sol détrempé.

— D'après ce que m'a dit le type, l'idée était d'enterrer cet endroit à tout jamais, et ils ont à peu près atteint cet objectif, dit Michael en regardant autour de lui. On ne peut pas leur en vouloir. L'ambiance n'est pas très agréable ici, n'est-ce pas ?

— Non, répond Elin, mais son malaise s'estompe rapidement lorsqu'elle prend conscience de ces paroles : de nouvelles informations, légèrement différentes de celles qu'il lui a fournies sur la plage.

— Ce que vous venez de dire, sur le fait d'enterrer cet endroit à tout jamais… Ce n'était pas seulement une consigne de sécurité, de condamner un ancien bâtiment ? Quelqu'un vous l'a dit explicitement ?

— Oui, répond Michael en s'enveloppant dans son imperméable.

La pluie forte aplatit ses cheveux sur son crâne, révélant une tonsure.

— Apparemment, le propriétaire a beaucoup insisté. C'est ça qui m'a fait penser que la pièce dont l'artiste m'avait parlé *était* au-dessous de ce bunker. Il voulait que tout soit comblé, par seulement l'entrée. D'après ce que j'ai compris, lui aussi a été élève dans cette école.

Elin le regarde, pétrifiée.

Ronan Delaney.

Chapitre 79

— Jackson ? dit Ronan Delaney en rabattant l'écran de son ordinateur portable, trahi par une lueur dans son regard.

Elin hoche la tête.

— Ai-je raison de penser que vous étiez ensemble à l'école, ici sur l'île ?

Ronan dévisage alternativement Elin et Steed avec méfiance.

— Oui. On était camarades de classe. Tous les deux fans de foot aussi, même si on soutenait des équipes rivales.

Steed sourit à demi.

— Et il a aussi été un farouche opposant à la création du centre de vacances, non ?

— En effet, dit Ronan, la bouche en cul de poule. Totalement contre, il nous a causé énormément de problèmes. Il a organisé des campagnes, des manifestations, mais à vrai dire, ça fait partie du boulot. On emmerde les gens. Les locaux, en particulier. Personne n'aime le changement. Je ne pense pas que ça ait arrangé les choses, qu'on ait été ensemble à l'école, dit-il avant de marquer une pause. Et je me suis toujours dit que c'était un peu… personnel, à cause de ce qui s'était passé avant.

Elin est perplexe : il y a quelque chose chez lui qu'elle ne saisit pas. Bien qu'il soit à l'évidence affligé par la mort de son fils, il a l'attitude d'un expert en interrogatoire, ce qui cadre mal avec ce dont ils discutent : de grands gestes assurés, la bouche qui sourit à la fin de chaque phrase. Une personne habituée à tendre la main à ses collègues, à charmer les investisseurs. Elle sait que c'est sans doute machinal, un réflexe, mais ça reste tout de même troublant.

— Et de quoi s'agit-il ?

— J'ai conseillé à Jackson, ainsi qu'à plusieurs autres amis d'école, de faire un investissement. Tout a finalement capoté, mais ça fait partie des risques. Certains gagnent, certains perdent. Jackson l'a pris à cœur, mais quand on est comme ça, il ne faut pas jouer ses jetons.

Elin hoche la tête. Ils étaient clairement en froid, mais quel rôle cela a-t-il joué sur un plan plus général ?

— Pour revenir à l'école, on a appris l'existence d'une pièce, à l'extérieur de l'école, qui servait de lieu de punition. En avez-vous eu connaissance ?

Plusieurs secondes s'écoulent.

— Oui, dit-il enfin en s'éclaircissant la voix. Mais c'est une chose dont je n'ai jamais parlé.

— Pouvez-vous nous dire ce qui s'y passait ? demande Steed à voix basse.

Ronan hoche la tête, et quand il regarde Elin dans les yeux, elle entrevoit une peur effroyable dans son regard.

— Dès l'instant où je suis arrivé à l'école, j'ai senti quelque chose de… malsain. Des gamins de cet âge, on s'attend à ce qu'ils ne tiennent pas en place, mais ils étaient brisés, ils tremblaient quand un adulte entrait dans la pièce. Au bout de quelques jours, j'ai découvert pourquoi, dit-il, puis il laisse passer un court silence. J'ai été réveillé à l'aube par une silhouette vêtue de cette étrange… (il grimace)… cette cape. C'est la seule façon dont je peux la décrire.

Elin se tend. *Une cape*. Un tableau saisissant commence à se dessiner.

— Cette personne nous bandait les yeux, nous faisait sortir de l'école et nous emmenait dans une pièce à l'extérieur, dit Ronan, qui secoue la tête comme s'il essayait de chasser ce souvenir. Tout ce dont je me souviens, c'est le moment où on retirait le bandeau. Il faisait noir, mais au bout d'un moment, nos yeux s'y accoutumaient. Il y avait ces… pierres par terre, sculptées pour ressembler au rocher, bredouille-t-il.

Le pouls d'Elin s'accélère. *Des pierres… sculptées pour ressembler au rocher*.

— Est-ce qu'il se passait quelque chose dans cette pièce ? demande-t-elle doucement.

Ronan hoche la tête et, pour la première fois, le masque tombe complètement. Son corps semble s'effondrer, et son visage se décompose.

Chapitre 80

— On nous laissait enfermés là-dedans pendant des heures, explique Ronan, les yeux rivés sur ses mains.

C'est la première fois qu'Elin remarque ses ongles rongés, la peau enflammée autour.

— On était au courant de la malédiction, et donc les pierres… elles étaient terrifiantes. Au bout d'un moment, votre esprit se met à vous jouer des tours. J'ai toujours eu cette affreuse impression qu'elles nous surveillaient, dit-il en secouant la tête. C'est une chose que les profs nous disaient tout le temps. « La Faucheuse vous surveille. » Au moindre faux pas, elle nous trouverait.

— Ça devait être terrifiant, murmure Elin en s'efforçant d'imaginer comment ou pourquoi quelqu'un pourrait vouloir infliger une telle peur à des enfants.

— Ça l'était. Une terreur perverse qu'on instillait en nous dans le seul but d'avoir autorité sur des gamins qui ne pouvaient pas se défendre. En tant qu'adulte, je vois maintenant les choses telles qu'elles étaient : un abus de pouvoir. Mais en tant qu'adolescent…

— Je suis désolée.

La gorge d'Elin se serre, le poids de ce qu'il vient

de leur raconter pesant lourdement dans la pièce. Elle avait imaginé toutes sortes de choses dans cette affaire, mais pas *ça*.

— Est-ce que ça arrivait selon un cycle précis ?

— Pas vraiment, dit-il, son sourire expert réapparaissant puis s'effaçant rapidement.

— Avez-vous découvert qui jouait le rôle de la Faucheuse ? demande Steed. Quel professeur ?

— Non.

Ronan porte sa main gauche à sa bouche et ses dents attaquent la peau à vif autour de ses ongles.

— Personne n'en a jamais parlé à l'extérieur ?

— On avait trop peur. Un garçon a dit qu'il comptait le raconter à ses parents, mais le lendemain, il est tombé lors d'une excursion à la carrière. Personne n'a osé y faire allusion après ça. À l'époque, on croyait vraiment que (il mime des guillemets avec ses doigts) « la Faucheuse » était responsable. On n'était plus des enfants, mais la peur qu'on avait…

Quelqu'un voulait les faire taire, songe Elin, et de la manière la plus habile… d'une façon qui ne ferait qu'ancrer en eux la terrible croyance que la Faucheuse leur ferait du mal s'ils faisaient un pas de travers.

— C'est de la manipulation, murmure-t-elle.

— Oui, dit Ronan d'une voix accablée. De la pire sorte.

— Et Porter Jackson, je suppose qu'il a vécu la même chose ?

— Je pense bien. Je suis presque sûr qu'aucun de nous n'y a échappé.

Steed lève les yeux de son carnet.

— Et saviez-vous que Porter Jackson travaillait

comme batelier sur l'île au moment des meurtres de Creacher ?

Quelques instants s'écoulent avant qu'il hoche la tête.

— Maintenant que vous le dites, oui. Je crois que je l'ai lu.

— Ça vous a étonné ? Après son passage à l'école ?

— Curieusement, non. J'ai ressenti la même chose, le même besoin de revenir ici, d'essayer en quelque sorte de tirer un trait sur ce qui s'était passé, explique Ronan en haussant les épaules.

Comme Will et Farrah, se dit Elin, et l'auteur de la tenture de l'accueil.

— Et après vos différends sur le projet de construction, vous n'avez plus été en contact avec Jackson ?

— Non, mais ce n'est pas étonnant, dit Ronan en relevant les yeux. Un ancien camarade de classe m'a dit il y a quelques mois que Jackson était mort. Il m'a parlé d'un enterrement dans la ville natale de Jackson, Ashburton. En novembre il y a deux ans, peut-être.

Elin croise le regard de Steed, voit son propre désarroi reflété dans ses yeux. Elle attrape son téléphone et entre le nom de Jackson et sa ville natale. Cette recherche plus précise donne un résultat immédiat : une page commémorative datant d'il y a plus de deux ans. Une photo figure au sommet. Elle incline l'écran pour la montrer à Ronan.

— C'est lui ?

Il fait oui de la tête. Elin parcourt le texte au-dessous de la photo, qui détaille le déroulement des obsèques de Jackson. Il y a aussi une brève biographie qui mentionne son passage à l'école et son parcours professionnel, notamment sur l'île.

C'est lui. Il n'y a pas à en douter. Porter Jackson est mort.

La mort de Bea, Seth et Jo… il est impossible qu'il en soit coupable.

— J'imagine que ce n'est pas ce que vous vouliez entendre ? dit Ronan en les regardant tous les deux.

— Pas exactement, dit-elle, toujours en pleine réflexion. Savez-vous s'il a de la famille ?

— Je ne suis pas sûr. Désolé.

— Et aucun autre ancien élève de l'école ne vous a contacté récemment ? demande Elin, qui entend le désespoir dans sa propre voix.

Elle était si convaincue. Non seulement Jackson avait un vrai mobile... mais il était à l'école et sur l'île au moment des meurtres imputés à Creacher.

— Non, répond Ronan, puis il secoue la tête, hésitant. Mais sincèrement, je vois mal pourquoi une personne qui a enduré ce qu'on a vécu voudrait faire la même chose à quelqu'un d'autre.

— Parfois, il y a un phénomène de répétition. De cycle. Une personne abusée de cette façon se met à abuser elle-même. En général, bien sûr, ce n'est pas le cas, mais ça peut arriver. Je…

Elle s'interrompt quand son téléphone sonne.

— Désolée, il faut que je réponde.

— Bien sûr. Si vous avez besoin d'autre chose, je serai avec le groupe, dit Ronan en rassemblant ses affaires. On m'a ordonné assez sévèrement de le rejoindre.

— Je l'ai raté…, murmure Elin quand ils quittent la pièce.

— Qui était-ce ? demande Steed.

— Will. Je ferais mieux de le rappeler.

Steed lui saisit doucement le bras.

— Attends. Je pensais descendre à la vieille cabane sur la plage, si tu te débrouilles ici…

Elin fronce les sourcils.

— À la cabane ? On était convenus que personne ne quitterait le pavillon. Et Seth…

Il hoche la tête avec un air sérieux.

— Je ferai le plus vite possible. Quelque chose me turlupine par rapport à ce qu'on a vu dans la cabane. Quand Delaney a parlé de foot tout à l'heure, ça m'est revenu. La tasse que j'ai remarquée, sur cette étagère, elle célébrait un tournoi qui n'a eu lieu que l'année *dernière*.

Le pouls d'Elin s'accélère.

— Quelqu'un y a séjourné récemment.

Steed la regarde dans les yeux.

— Oui, après la construction du centre.

Chapitre 81

Pas de bonjour de Will, seulement :

— Du nouveau ?

Elin déglutit péniblement, réticente à briser l'espoir qu'elle perçoit dans sa voix.

— Aucune trace d'elle, je suis désolée. Tout ce qu'on a trouvé, c'est son sac sur la plage.

— Ça veut dire qu'elle y était, non ? dit-il rapidement. Il faut fouiller le secteur.

— C'est ce qu'on a fait, mais c'est dangereux de renvoyer quelqu'un dehors, on ne peut pas sans renforts.

Un silence.

— Et les menaces, alors, il y a forcément un indice là-dedans ?

— Oui, mais elle ne m'a pas donné de détails.

Elin sent des picotements de chaleur caractéristiques au niveau de sa nuque. À peine a-t-elle prononcé ces mots qu'elle prend conscience de son erreur, du fait non seulement de ce qui lui a échappé – que Farrah lui avait confié qu'elle avait déjà reçu des menaces –, mais aussi de ce qu'elle a fait. Si Farrah ne lui a pas donné de détails, c'est parce que Elin l'a dédaignée, qu'elle n'a pas fait le lien avec ce qu'il se passait. Farrah a essayé de se confier et Elin l'a envoyée balader.

— Elle n'a pas donné de détails, répète Will avec un calme inquiétant. Ce que tu viens de dire, ça donne l'impression que Farrah t'avait déjà parlé des menaces. Je ne vois pas comment c'est possible, elle avait disparu quand tu les as découvertes sur son ordinateur.

La sensation de chaleur lui remonte maintenant dans le cou.

— Je ne savais pas, Will – je ne sais toujours pas –, s'il y a un lien avec ce qu'elle m'a dit avant. Elle m'a dit que c'était son ex. Qui essayait de lui faire peur.

Un silence pesant.

— Que je comprenne bien, dit enfin Will. Farrah t'a dit *avant* de disparaître qu'elle recevait des menaces. Tu as pris le temps d'y jeter un œil ?

— Non, mais…

Elin parle machinalement parce qu'elle se rend compte seulement maintenant de l'énormité de ce qu'elle a fait. Elle a trahi Farrah… elle n'a pas pris au sérieux ce qu'elle lui disait.

— Tu étais trop occupée à jouer les héroïnes, hein ?

— Comment ça ? dit-elle, décontenancée par l'agressivité de son intonation.

— Ce que tu me dis, c'est que tu n'avais pas de temps pour elle, mais cette… cette *situation*, elle t'accapare, et ça n'aurait pas dû être le cas. Tu l'as dit toi-même, tu n'étais pas prête pour ce genre d'affaire, mais tu l'as acceptée quand même. Tu avais des doutes – des doutes justifiés, parce que tu n'avais pas les ressources essentielles pour ça dernièrement – et maintenant Farrah a disparu. Si tu t'étais souciée de ses inquiétudes, on aurait pu la protéger… mais non.

— Écoute, on ne sait même pas si Farrah a *vraiment* disparu.

— Qu'est-ce que tu veux dire ?

— Eh bien, il est possible qu'elle se soit enfuie, ou…

— Ou quoi ? dit-il froidement.

— Eh bien, je me demandais…

Elle s'embrouille à présent, ne sait pas où elle va. *Pourquoi a-t-elle parlé de ça ? Mauvais moment. Mauvaise intonation.*

— Je me demandais si tu savais vraiment tout ce qui s'est passé sur l'île cette nuit-là, si Farrah t'a dit toute la vérité. Peut-être qu'il s'est passé autre chose.

Will lui coupe la parole.

— Malgré ce que je t'ai raconté sur les raisons pour lesquelles Farrah a menti, pour *me* protéger, tu doutes encore d'elle ? Qu'est-ce qui s'est vraiment passé d'après toi, Elin ? Tu crois qu'elle a menti pour se protéger, elle ? Et maintenant, quoi ? Elle est impliquée dans cette nouvelle affaire ? Elle n'a pas disparu, en fait ?

Elin sait qu'elle devrait démentir immédiatement, parce que ce n'est pas ce qu'elle pense, pas vraiment, elle l'a seulement dit parce que c'était là, dans sa tête, et qu'elle voulait qu'il arrête de parler, de dire toutes ces choses sur elle.

— Non, ce n'est pas ce que je pense, dit-elle rapidement, mais elle se rend compte elle-même que le ton de sa réponse n'est pas convaincant. Je dois tout envisager, tu le sais.

Un long moment de silence s'écoule.

— Je comprends ça, Elin, dit-il enfin. Que tu doives tout envisager, mais tu ne dois pas y *croire* pour autant.

— Je n'y crois pas.

— Foutaises, je l'entends dans ta voix ! Tu doutes d'elle, et par la force des choses, ça veut dire que tu doutes de moi aussi. Qu'est-ce que ça dit sur nous ? demande-t-il d'une voix tremblante. Au fait, j'oubliais : nous – notre relation –, ça vient en second, n'est-ce pas ? Après ton travail.

— Ce n'est pas vrai.

Elle se retourne et regarde par la fenêtre en face d'elle. Son reflet lui apparaît moucheté de débris soulevés par la tempête.

— Si, et le plus affreux, c'est que tu ne t'en rends même pas compte. Tu as pris les choses à la légère avec Farrah, et au lieu de l'assumer, tu essayes, de manière perverse, de la pointer du doigt. Et ce que tu ne comprends pas, c'est que quand ça concerne la famille, on ne prend pas les choses à la légère, ou peut-être que *toi*, si, parce que ta famille est si tordue que tu ne sais pas ce que c'est de se soucier de quelqu'un.

— Will, je…

— Non, Elin, tu ne comprends pas. Ce que Farrah a fait pour moi après la mort de Thea, en mentant à la police, c'était mal, c'est vrai, mais c'est ça, l'amour. Ce que tu viens de faire, c'est tout le contraire. Tu as rejeté la famille pour ton ego.

— J'ai commis une erreur, c'est tout.

— Oui, mais une erreur que tu aurais pu éviter. Tu sais, pendant tout ce temps, tu craignais d'être lâche parce que tu n'avais *pas* agi, mais parfois, c'est la chose la plus courageuse. De reconnaître ses limites.

Sa voix est teintée d'une froideur inhabituelle – celle qu'il réserve aux rares personnes qui l'ont vraiment contrarié.

— Farrah est ma sœur, Elin. Ma sœur, répète-t-il, puis il pousse un long soupir tremblant. Si tu avais le moindre doute, le moindre putain de doute, tu aurais dû me le dire.

Elin presse le téléphone contre son oreille. Elle est soudain envahie par une honte affreuse.

— Je suis désolée. Je ne savais pas que ce qu'elle allait me dire concernait une chose aussi importante, cette affaire…

Un silence.

— Ça résume tout. Tu n'as pas pensé que ça concernait quelque chose d'aussi important que *cette affaire*. Notre relation ne sera jamais aussi importante que ton travail. C'est ce qui t'anime, Elin. Je l'ai entrevu en Suisse, j'ai cru que c'était parce que cette affaire avait un aspect personnel, mais non.

Ses paroles lui font l'effet d'une vague d'eau froide en pleine figure.

Elin perçoit la détresse dans la voix de Will, qu'elle sait être essentiellement due à ce qui est arrivé à Farrah, mais cela la blesse tout de même profondément. Elle a envie de protester, de se défendre, mais elle ne le peut pas.

Elle savait quelque part, dès l'instant où elle a mis le pied sur l'île, qu'elle commettait une erreur, mais elle l'a fait parce qu'elle le voulait, le *devait*, s'y sentait obligée. C'est peut-être en effet parce que son frère est mort si jeune. Elle ne se l'est jamais avoué consciemment, mais depuis que c'est arrivé, elle a bien conscience qu'elle ne veut pas avoir une vie fade. Elle veut vivre sur le fil du rasoir, mener une existence pleine d'émotion, électrique et animée, parce que Sam ne le pourra plus jamais.

— Je suis désolée. Je suis désolée de ne pas avoir été capable de la trouver.

C'est tout ce qu'elle peut dire. Bien qu'elle sente son cœur se briser, les mots qu'elle a sur le bout de la langue pour exprimer ça, des mots qui arrangeraient tout – les « pardon » et « je t'aime » de rigueur –, ne sortent pas. Cette partie d'elle… est défaillante. Bloquée.

— Je sais, mais il y a toujours quelque chose. Une nouvelle affaire, un nouvel impératif. Il n'y a rien que je puisse faire ou dire pour rivaliser avec ça.

Elin est hébétée. C'est comme si Will avait gratté le vernis protecteur dont elle s'était enveloppée. L'avait mise à nu. C'est la personne en qui elle a le plus confiance qui a levé le voile.

— Je ne perds pas espoir de la retrouver.

— Je le sais, mais ce qui s'est passé, ça m'a fait réfléchir. Quand tu rentreras, je crois qu'il faudra qu'on parle, Elin. Qu'on décide ce qui vaut le mieux pour qu'on avance.

Chapitre 82

Les jambes d'Elin tremblent lorsqu'elle se rend à la salle de réception. Elle se sent vidée après avoir entendu les paroles de Will.

Il veut qu'on parle… ça ne présage vraiment rien de bon. Elle ne peut s'empêcher d'avoir le sentiment que Will l'a vue telle qu'elle est vraiment pour la première fois, et qu'il n'aime pas ce qu'il a aperçu. Et s'ils n'arrivent pas à se remettre de ça ? Comment va-t-elle s'en sortir s'il n'a plus confiance en elle ?

Mais quand elle arrive à la porte de la salle de réception, elle se force à écarter ces pensées.

Arme-toi de courage. Tu dois continuer de faire ton travail.

L'employé posté devant la porte la lui ouvre et dévoile une scène de chaos ; des sacs et des vêtements éparpillés sur le sol jusque-là impeccable. Elin perçoit des bribes de conversations agacées : « Pourquoi refusent-ils de nous en dire plus ? » « Je veux partir maintenant. Rentrer chez moi. » Des employés sont en train d'apporter des matelas, mais la plupart des gens sont déjà installés : dans des lits improvisés faits de leurs propres vêtements ou de chaises rassemblées.

Maintenant que la nuit est presque tombée, ils ne sont plus éclairés que par les longs néons au-dessus d'eux qui diffusent une lumière artificielle impitoyable, faisant ressortir les cernes sous les yeux, les coups de soleil.

— Comment ça s'est passé ? demande Steed quand elle s'arrête à côté de lui.

— Pas très bien. Et toi ?

— Ça va. Seth… Rien n'a bougé là-bas, dit-il, marquant une pause. Mais j'avais raison, on n'était pas les premiers à y entrer depuis l'époque des camps de jeunes. J'ai trouvé des journaux de l'an dernier, et ça, rangé dans le fond. Ça date d'avant Lumen. Des copies d'un projet.

Steed sort de son sac une feuille de papier pliée et la lui passe.

— On dirait un projet d'aménagement alternatif pour l'île.

Son doigt reste en suspens au-dessus d'un encadré dans le coin supérieur droit. Elin se penche sur la feuille. Il s'agit d'une proposition, écrite au crayon, de protection du site, visant à ce qu'il soit officiellement inscrit comme « site d'intérêt scientifique particulier ».

— J'avais déjà vu cette histoire de SISP dans l'article relatant que Porter Jackson s'opposait au projet de réaménagement…

Steed continue d'explorer le document.

— Il y a aussi un nom : Christopher quelque chose… je n'arrive pas à lire la suite.

Elle examine les caractères soignés et quelque chose s'agite dans sa tête, mais elle ne parvient pas à saisir ce que c'est.

— Autre chose ?

— Une étude de cas sur l'impact de ce type de réaménagement sur l'écosystème, la faune et la flore… des données sur la consommation énergétique, la perturbation de l'habitat naturel…

— L'auteur préparait peut-être des révélations publiques sur le centre de vacances.

— Ça semble probable, dit-il, puis il hausse les épaules. Désolé que ce ne soit pas plus utile. J'espérais que ça nous dévoilerait autre chose.

— Ce n'est pas grave, dit Elin avant de prendre une inspiration. Bon, je vais tenter de rassurer tout le monde. Je suppose que tu n'as pas de nouvelles des renforts ?

Il secoue la tête.

— Non, mais j'ai parlé avec eux. Une bonne et une mauvaise nouvelle. Je vais commencer par la bonne, même si je ne suis pas tout à fait sûr qu'elle mérite d'entrer dans cette catégorie… On a reçu les données téléphoniques de Bea Leger. Ça confirme ce que t'a dit le moniteur de sports nautiques : elle a passé plusieurs coups de fil le soir où elle est arrivée sur l'île. Un à ce qu'on sait être le téléphone de sa sœur et un à un numéro inconnu. J'ai essayé de l'appeler, mais il n'y a pas de tonalité. J'ai demandé toutes les données qu'on a sur ce numéro.

— Un portable prépayé ?

— Sans doute, et la sœur avait raison : la carte mémoire a en effet été retirée du téléphone. Elle a servi plusieurs fois depuis qu'on a trouvé le corps de Bea Leger.

— Il y a des chances que ce soit le tueur. Pour supprimer des informations.

— On dirait bien, dit Steed, haussant les épaules. Mais pour ce qui est de trouver dans quel téléphone elle a été mise, autant chercher une aiguille dans une botte de foin.

— Et la mauvaise nouvelle ?

— J'ai parlé avec Anna en revenant de la plage. Tu devais être en ligne... elle a essayé de te joindre, dit-il, puis il hésite, manifestement gêné par ce qu'il s'apprête à annoncer. Il y a eu un nouveau tweet.

Il faut quelques instants à Elin pour saisir ce qu'il est en train de dire.

— Un nouveau ?

— Oui, dit Steed, l'air troublé. Anna a appelé parce que, cette fois, il y a une photo de toi...

— Mais il y avait déjà une photo dans les deux autres.

Elle est déstabilisée par le ton de la voix de Steed, qui n'est pas réconfortant, désinvolte et sincère comme ces derniers jours, mais moins naturel. Il a peur pour elle.

— Non, cette fois c'est différent, dit-il en cherchant son téléphone dans sa poche. Anna a fait une capture d'écran. Regarde.

Steed lui passe son téléphone. Elin examine le tweet.

Pendant une fraction de seconde, elle a l'impression que son cœur a cessé de battre.

Elle comprend aussitôt pourquoi il hésitait tant à le lui dire.

Non seulement l'auteur de ce tweet a fait la même chose qu'auparavant – il a creusé ses yeux en grattant l'image –, mais il y a ce que l'arrière-plan de l'image lui indique.

La photo a été prise le jour où elle est arrivée au centre de vacances, alors qu'elle se trouvait devant le pavillon de yoga.

La personne qui publie ces tweets est ici, sur l'île, avec elle.

Chapitre 83

Elin revoit en flash des moments des derniers jours. Elle seule à l'arrière du pavillon, la personne qui cherchait quelque chose, la chute de pierre…

A-t-elle été en danger réel ?

Steed reprend son téléphone.

— Je suppose que quelqu'un essaie de te dissuader de continuer l'enquête, c'est tout.

— Mais si c'est le cas, pourquoi est-ce qu'il ne te vise pas toi aussi ?

Il hésite.

— Je ne sais pas, répond-il enfin.

L'esprit d'Elin s'emballe : *Et si ce n'est pas le tueur qui poste ces tweets ? Est-ce que ça peut être le troll qui publiait des choses similaires au moment de l'affaire Hayler ? Ou Hayler lui-même ?* Ce n'est pas invraisemblable. On ne l'a jamais retrouvé. Zimmerman ? Elle a cru le reconnaître…

— Ça pourrait ne rien vouloir dire, ajoute rapidement Steed. Ce n'est peut-être qu'un canular, quelqu'un qui s'est rendu compte que tu étais de la police et qui veut te faire peur. Aussi pénible que ce soit, je crois qu'en tant que femme tu es plus menacée par ce genre de trucs. On est tous les deux au courant des attaques que les femmes flics doivent supporter. La plupart de ces gens sont des lâches, cachés derrière leur clavier. Ça ne veut pas dire qu'ils passeront à l'acte.

Elin hoche la tête. Steed a raison, la majorité ne le fait pas, mais ce n'est pas rassurant. Elle a travaillé avec des victimes de harceleurs et elle sait que la vraie peur découle de la *menace* de violence, du fait de se savoir observé. De l'attente. Du caractère imprévisible de ce qu'ils vont faire ensuite.

— Écoute, c'est simplement une chose à laquelle on doit veiller, déclare Steed d'une voix maintenant plus ferme, comme s'il avait plus foi en cette idée du fait de l'exprimer tout haut. Quelqu'un, que ce soit le tueur ou pas, essaye d'entrer dans ta tête, de saboter l'enquête. Tu ne peux pas le laisser faire. Pas maintenant que tu es allée si loin, dit-il, puis il incline la tête vers les gens qui se trouvent derrière eux. Tout le monde ici compte sur toi. Ils ont besoin de savoir ce qui se passe.

— Tu as raison.

Les paroles d'Elin vont à l'encontre du trouble qui l'agite ; elle commence à avoir un mauvais pressentiment.

Après avoir pris quelques instants pour se reprendre, elle va se poster devant tout le monde.

— Excusez-moi, j'aimerais vous dire quelques mots.

Aucune réaction. Personne ne regarde seulement dans sa direction.

Elle bat bruyamment des mains et hausse la voix.

— Excusez-moi, si vous voulez bien m'accorder votre attention, j'aimerais vous dire quelques mots…

— Pas trop tôt ! crie quelqu'un, mais Elin ne relève pas.

— Je comprends que cette situation soit inquiétante, et vous avez sans doute plus de questions que je n'ai de réponses. Pour l'instant, tout ce que je peux vous dire, c'est que nous enquêtons sur un incident qui a eu lieu ici sur l'île et qu'il est dans votre intérêt, pour votre sécurité, de rester ensemble.

De nouveaux murmures de mécontentement, mais elle poursuit :

— Soyez assurés que la police sur le continent est au courant de notre situation. Dès qu'ils pourront nous envoyer des renforts, ils le feront.

Une autre voix :

— Et alors, qu'est-ce qui se passe exactement ?

— Malheureusement, je ne peux pas vous le dire, pas avant que nous ayons plus d'informations.

Elin sent la sueur couler sur sa nuque.

De nouveaux marmonnements, des têtes secouées. Une tension palpable parcourt la pièce, une hostilité farouche se lit sur les visages réunis devant elle.

Elin sait pourquoi : les gens sont habituellement soulagés quand quelqu'un est là pour prendre en main une situation, mais pas quand il n'y a pas de réponses. Sans cela, c'est l'imagination qui prend le relais.

Tout en continuant de parler, elle passe en revue le discours approximatif qu'elle a préparé dans sa tête : les instructions indiquant ce qu'ils doivent faire s'ils ont besoin d'utiliser les toilettes ou en cas d'urgence.

Elle n'en est qu'à la moitié de son laïus quand un homme s'avance, les traits déjà tirés de mécontentement.

Il enfonce ses mains dans ses poches, les pouces pointés vers elle dans un geste hostile.

— Vous ne pouvez pas nous en dire plus ? demande l'homme dont la joue gauche, marquée d'un coup de soleil, donne l'impression qu'il a reçu une gifle. Une vague allusion à un incident, ça ne va pas vraiment suffire. Ma femme est terrifiée, et tout ce qu'on a, c'est des rumeurs. Quelqu'un a entendu un employé dire qu'un corps a été trouvé sur la plage.

Elin le regarde dans les yeux et se sent mise à nu.

— Malheureusement, je n'ai pas plus d'informations à ce stade. Tout ce que nous faisons actuellement, c'est d'essayer de protéger tout le monde.

L'homme garde les yeux rivés sur elle comme pour la défier ; seul le mugissement du vent finit par les lui faire détourner. Un vent en furie, déchaîné, comme s'il tirait sur les fondations mêmes du bâtiment.

Un silence gêné retombe dans la pièce.

Mais Elin est consciente qu'elle a seulement obtenu un répit parce qu'il est tard, près de minuit ; les gens sont fatigués et n'ont pas les idées claires. *Elle et Steed sont en sursis*. Quand les gens se réveilleront demain matin, ils seront gonflés à bloc. Il faut qu'elle soit prête.

Reculant d'un pas, elle dit à Steed :

— Je vais reparcourir mes notes et les dépositions que John m'a envoyées.

— Je ferai la même chose.

Elin s'assoit à l'autre bout de la pièce et se met à lire, en quête de quelque chose, n'importe quoi. Elle a un mobile plausible à présent, mais si Jackson est mort, qui peut être le coupable ?

C'est forcément une personne liée aux trois périodes :

l'école, les meurtres attribués à Creacher, le présent. Les possibilités semblent peu nombreuses et en même temps vertigineuses, et tandis qu'elle parcourt les fichiers, la conversation qu'elle a eue avec Will lui revient à l'esprit.

Parfois, la chose la plus courageuse, c'est de ne pas agir. De reconnaître ses limites.

Des larmes lui montent aux yeux. Et s'il avait raison ? Et si ceci était en effet au-delà de ses capacités ? Des doutes anciens la rongent et ses pensées se mettent à tourner en boucle. *Et s'il arrive quelque chose à Farrah pendant la nuit ? Sous sa surveillance ? Et ce tweet, alors ?*

Alors que son esprit est encore bouillonnant de toutes ces pensées, le stress de la journée la heurte de plein fouet tel un coup de bélier.

Elle se laisse aller sur sa chaise et ferme les yeux pour un instant de répit.

Chapitre 84

Jour 4

Elin ne sait pas trop combien de temps elle a dormi quand une voix la fait revenir à elle.

Lorsqu'elle ouvre les yeux, elle sursaute. Ronan se tient au-dessus d'elle, son téléphone en main, qu'il fait tourner entre ses doigts.

— Désolé de vous réveiller.

Autour d'elle, la pièce est faiblement éclairée, les gens, endormis sur des fauteuils ou par terre. Quelques-uns sont encore éveillés, l'éclat caractéristique de leurs téléphones portables donnant à leurs visages une mine sinistre. Jetant un coup d'œil vers Steed, elle constate qu'il a sombré lui aussi et dort à poings fermés sur sa chaise, la tête pendant sur le côté. Elin lui donne un petit coup de pied pour le réveiller, mais cela ne suscite qu'un léger ronflement.

Ronan hoche la tête.

— C'est compréhensible, et j'aurais dû faire la même chose mais mon cerveau tourne en boucle depuis notre dernière conversation. Je repensais à Jackson, vous m'avez demandé s'il avait de la famille. Ça vient de me revenir, dit-il en secouant la tête. Le jour de la manifestation, Jackson était avec quelqu'un. Il me l'a à moitié présenté, son fils, je crois, il m'a dit qu'ils travaillaient ensemble. Il y avait tant de monde ce jour-là, c'est un peu flou.

— Est-ce que vous vous souvenez d'autre chose à son sujet ?

— Pas grand-chose. Il portait une casquette et une barbe, et il avait les mêmes yeux que Jackson… rapprochés.

Il marque une pause. Plisse le front.

— À vrai dire, il y a *bien* quelque chose. Il bégayait légèrement, comme Jackson. C'est sans doute comme ça que j'en suis arrivé à la conclusion qu'ils étaient parents. Je sais que c'est parfois héréditaire. Mon oncle bégayait et mon cousin aussi.

Il bégayait. Alors qu'Elin assimile ces paroles, quelque chose affleure dans son esprit. Quelque chose qu'elle a remarqué lors de leur toute première conversation ; sa manière très posée de parler. Une pause presque imperceptible au début de chaque phrase, comme s'il devait aligner les mots dans sa tête. Une autre association : le tee-shirt bleu qu'elle a aperçu sur le dos de la silhouette qu'elle a vue s'enfoncer dans les bois. La même couleur que celui qu'il porte maintenant.

Les âges coïncident.

— Accordez-moi un instant.

Elin fouille dans son sac et sort le sachet plastique contenant l'image déchirée. D'une main maladroite, elle assemble approximativement les bandes de papier sur ses genoux et scrute la photo.

Des visages émergent de l'image confuse. Des filles. Des garçons. Des profs. Des chefs de camp.

Elle les examine à nouveau, jusqu'à ce que son regard se pose sur un en particulier.

Caleb.

Là, dans la rangée de derrière ; un des chefs de camp.

Pendant un instant, elle ne voit pas du tout Caleb ; on dirait une tout autre personne, le menton délicat d'aujourd'hui éclipsé par la présence d'une barbe, de longs cheveux hirsutes qui étirent son visage. La casquette baissée sur son visage le camoufle encore plus quand elle regarde de plus près.

Mais maintenant qu'elle sait ce qu'elle cherche, les ressemblances sont évidentes. Les yeux, la mâchoire. C'est cela que son subconscient lui avait signalé quand elle a trouvé la photo dans la poubelle de Farrah et recollé les morceaux déchirés.

Son cœur bat la chamade tandis qu'elle assemble les éléments jusque-là disparates : le bégaiement, les remarques de Caleb que Steed avait trouvées méprisantes au sujet de Seth, du centre de vacances, les propos de Hana sur le fait que Caleb a perdu son père.

Ce père, c'était Porter Jackson.

— C'est lui, murmure Elin.

Le vent souffle à nouveau sur le côté du bâtiment, étouffant ses mots.

Caleb était sur l'île au moment des meurtres imputés à Creacher.

Chapitre 85

S'efforçant de garder une voix calme, Elin s'adresse à Ronan et lui montre l'image sur ses genoux.

— Est-ce cette personne que vous avez vue avec Jackson ?

Ronan se penche et examine la photo.

— Je suis désolé, c'est difficile à dire, c'était il y a si longtemps. Il lui ressemble, si ça peut vous aider. Vous le reconnaissez ? demande-t-il, hésitant.

Elle hoche la tête. Malgré la faible lumière, il fouille la pièce du regard.

— Vous pensez vraiment qu'il est impliqué, si c'est *bel et bien* le fils de Jackson ?

— Je ne suis pas sûre.

Jusqu'à présent, elle était certaine que le tueur devait avoir un lien direct avec l'école, ce qu'il s'y est passé, mais Caleb n'était même pas encore né à l'époque. Son père avait un mobile plausible en tant qu'ancien élève, mais pas Caleb. *Qu'est-ce qui leur manque pour bien cerner le mobile ?*

— Je vais réveiller mon collègue. On vous tiendra au courant quand on aura plus d'informations. Si vous pensez à autre chose…

— Bien sûr, dit Ronan en hochant la tête, puis il retourne s'asseoir à sa place d'un pas traînant.

Une fois qu'il est parti, Elin essaye de réveiller Steed. Il dort comme une souche, et Elin met une minute à le tirer de son sommeil.

— Quelle heure il est ? demande-t-il en se frottant les yeux. Je ne voulais pas m'endormir…

— Cinq heures.

Elle lui raconte ce que Ronan lui a dit. Des bâillements, mal réprimés, ponctuent un mot sur deux, et elle n'est pas sûre qu'il ait bien compris quand il se redresse subitement et jette un coup d'œil en direction du groupe des Leger.

— Qu'est-ce que tu en penses ? On lui saute dessus avant qu'il pige ce qui se passe ?

— Bonne idée.

Ils ramassent leurs sacs et se faufilent entre les corps endormis en direction du groupe.

Elin braque le faisceau de sa lampe torche vers eux. La lumière se pose d'abord sur Hana, pelotonnée en position fœtale. Maya est endormie à côté d'elle, son téléphone encore posé dans sa main inerte.

— Pas de Caleb, chuchote Elin en remuant doucement le bras de Hana.

Les yeux de celle-ci s'écarquillent de surprise quand elle voit l'inspectrice.

— Désolée de vous déranger, murmure cette dernière. Mais est-ce que vous savez où est Caleb ?

Les yeux voilés, Hana secoue la tête.

— Il était là tout à l'heure…, commence-t-elle, puis elle s'interrompt en prenant conscience de leur empressement. Il se passe quelque chose ?

— Oui. Il faut que je lui parle.

— Je vais réveiller Maya.

Hana se redresse et serre la main de Maya dans la sienne en lui parlant doucement à l'oreille.

Toujours allongée, Maya les regarde à tour de rôle, ses cheveux ébouriffés sur son visage.

— Il était là quand je me suis endormie, dit-elle d'une voix embrumée. Il a sombré avant moi, je l'ai entendu à sa respiration.

— Il ne s'est pas réveillé pendant la nuit ? Il ne vous a pas dit qu'il sortait de la pièce ? demande Elin en tournant lentement sur elle-même, déconcertée.

Si Caleb *est* sorti, comment a-t-il fait ? L'employé à la porte a reçu pour ordre de ne laisser entrer ni sortir personne sauf en tandems surveillés pour aller aux toilettes, et de donner l'alarme si qui que ce soit ne revenait pas.

— Non…, dit Maya, puis elle s'arrête, l'air stupéfait. À vrai dire, j'ai *bien* entendu des bruits de pas il y a quelques heures. Mais je ne me suis pas complètement réveillée, donc je ne sais pas si c'était lui.

Elin hoche la tête. *Tout ça ne lui plaît pas.*

— Avez-vous remarqué des choses bizarres dans son comportement ces derniers jours ? Des choses qui ne lui ressemblaient pas ?

Hana secoue la tête.

— Pas vraiment, mais j'étais dans ma bulle. Il était bouleversé, comme vous l'avez vu hier soir, mais à part ça…

— Même chose, déclare Maya.

— Il n'a rien évoqué concernant l'une de vous ? Des différends ? demande Steed.

Hana réfléchit.

— Eh bien, pas exactement des différends, mais Caleb a exprimé assez clairement son antipathie pour Seth. Pour Jo aussi. J'ai supposé que c'était juste quelque chose de personnel, parce qu'ils l'avaient pris à rebrousse-poil.

Steed se penche en avant.

— C'est celui de Caleb ? demande-t-il en désignant le gros sac à dos au pied de Hana.

Hana fait oui de la tête.

— Il a aussi une valise, dit-elle en la montrant.

Avec une efficacité redoutable, Steed fouille d'abord dans le sac à dos, avant d'ouvrir la fermeture Éclair de la valise. Maya et Hana l'observent qui passe en revue son contenu en silence.

— Rien ici, dit Steed quelques instants plus tard en la refermant. Il n'a pas d'autre bagage ?

— Non, murmure Maya, mais son front se plisse. En fait…

Elle se tourne vers Hana.

— Avant qu'on quitte la villa pour venir ici, vous êtes venus tous les deux dans ma chambre, n'est-ce pas ? Han', tu es allée faire un dernier tour pour voir si on n'avait rien laissé dehors, dit-elle, marquant une pause. Pendant ton absence, on a discuté, Caleb et moi. Je suis allée aux toilettes, et quand je suis revenue, il trifouillait la fermeture Éclair de ta valise. Il m'a dit qu'elle s'était défaite. Ça ne m'a pas choquée sur le moment, mais…

Elin regarde Steed en haussant un sourcil. *Aurait-il vraiment eu un tel culot ?*

— Est-ce que vous avez un nécessaire de voyage avec vous ?

— Oui, celui-ci, dit Hana en le désignant.

Elin réfléchit : Caleb a peut-être présumé qu'elles n'auraient aucune raison de rouvrir leurs valises avant d'arriver sur le continent, surtout si elles avaient des nécessaires de voyage pour le trajet du retour. Un endroit idéal pour cacher quelque chose.

Steed tire la valise vers lui.

— Ça ne vous dérange pas si je l'ouvre ?

Hana secoue la tête.

Saisissant les fermetures Éclair, Steed les tire de chaque côté et soulève le couvercle. L'espace d'un instant, la théorie de Maya semble fausse : tout ce que voit Elin, ce sont des boules de vêtements froissés serrées les unes contre les autres, sans ordre apparent.

— Là, dit lentement Maya en pointant le doigt. Ce n'est pas à toi, Han', si ?

Glissée sur le côté, contre son maillot de bain, se trouve une trousse de toilette. Hana secoue la tête quand Steed prend la trousse dans sa main.

— Ça m'a l'air assez inoffensif, observe-t-il.

— Peut-être qu'il n'avait plus de place dans sa valise, suggère Maya comme si elle aussi avait du mal à voir quelque chose de sinistre dans cet objet banal.

— Mais alors pourquoi ne pas m'avoir simplement demandé s'il pouvait la mettre dans la mienne ? demande Hana en fronçant les sourcils. Pourquoi la cacher ?

Steed ouvre la trousse et passe en revue son contenu : brosse à dents, dentifrice, gel coiffant.

— Que des affaires de toilette…, dit Maya, mais elle s'interrompt quand Steed extirpe quelque chose d'autre.

Lorsqu'il le brandit en l'air, elle ouvre la bouche pour reprendre la parole, mais aucun mot n'en sort.

Chapitre 86

— Un passeport.

Elin lève sa torche dont la faible lumière éclaire les mots « Christopher Jackson ».

— Un autre nom et un autre visage…

Elle scrute la photo. Une barbe broussailleuse, plus foncée que ses cheveux, allonge son visage et donne à sa peau un teint cireux. Il présente sur cette image une ressemblance frappante avec la photo qu'elle a repêchée dans la poubelle de Farrah.

Le regard d'Elin se pose à nouveau sur son nom et son pouls s'accélère : « Christopher ».

— Ce n'était pas Christopher, le prénom sur le projet de SISP que tu as trouvé dans la cabane ?

Steed hoche la tête.

— Alors si Caleb est en fait Christopher, il y a des chances que le projet soit celui de Caleb et de Porter Jackson.

Elle repense ensuite à l'article qu'elle a lu au sujet du réaménagement de l'île et du projet contrarié visant à lui faire obtenir le statut de SISP. Un Chris y était mentionné là aussi, elle en est certaine.

Les pièces commencent à s'assembler dans sa tête.

— Tu n'as pas dit que Caleb disait beaucoup de mal du centre de vacances ?

— Si, répond Steed. Ça m'a paru un peu exagéré, étant donné ce qui s'était passé.

Hana regarde Elin.

— Il m'a dit le même genre de choses…

— Tu crois que Ronan Delaney était au courant de ce projet quand il a proposé le réaménagement ? demande lentement Steed.

— Je ne sais pas. Mais si ce projet était *bien* celui de Caleb et de Porter Jackson et qu'il n'a jamais démarré, ça ajoute assurément foi à l'idée que Jackson avait tout intérêt à s'opposer aux projets de Delaney pour l'île.

— Oui, je…, dit Steed, qui s'interrompt. Attends, il y a autre chose.

Il fouille à nouveau dans la trousse de toilette.

Elin regarde par-dessus l'épaule de Steed et voit une boîte décolorée d'analgésiques puis le coin arrondi d'un téléphone.

Lorsqu'il le sort, ils échangent un regard lourd de sens. *La carte mémoire disparue.*

Steed appuie sur le bouton latéral. Pas de mot de passe de protection : l'écran d'accueil s'affiche aussitôt. Une série d'icônes ordonnées.

— C'est l'écran d'accueil de Bea, dit rapidement Hana, le visage livide.

Steed clique sur l'icône en forme d'enveloppe en bas de l'écran.

— Ça doit être son compte professionnel, souffle-t-il.

Elin regarde la liste gigantesque d'e-mails non lus qui s'affiche, alors que de nouveaux se chargent au sommet.

Steed fait une recherche en utilisant le nom de Caleb,

puis il ouvre méthodiquement les icônes une à une : WhatsApp, messages iPhone.

— On dirait qu'il a fait le ménage. Je ne trouve aucun échange entre lui et Bea.

Fronçant les sourcils, Hana montre du doigt une icône dans un dossier en haut de l'écran de Bea.

— Regardez là-dedans… c'est son compte Yahoo. On avait créé ces comptes ensemble, quand on était gamines. Je ne savais pas qu'elle l'avait toujours.

Steed ouvre l'application. Les nouveaux messages inondent la boîte de réception.

Elin attend, impatiente.

Quand les messages les plus récents se chargent, ce n'est pas le nom de Caleb qui apparaît au sommet de la suite d'e-mails ; c'est celui de Bea.

Chapitre 87

— On dirait des e-mails qu'elle s'est envoyés à elle-même, des copies de messages destinés à Caleb, dit Steed. D'après ce que je vois, Bea les lui a transmis le matin où le groupe est arrivé sur l'île, dit-il en pianotant sur l'écran. On dirait qu'elle avait aussi trouvé le passeport. Elle l'a pris en photo et lui a écrit : « Qu'est-ce que c'est que ça ? » raconte Steed, puis il marque une pause en continuant de faire défiler les messages. Elle l'interroge aussi sur des e-mails qu'elle a trouvés, écrits depuis un autre compte. Menaçants, apparemment. Il semblerait qu'il n'ait jamais répondu.

— Tu as des dates pour ces e-mails ?

Il fait glisser son doigt vers le bas de l'écran.

— Le premier qu'on a ici a été envoyé il y a environ dix-huit mois.

Il y a dix-huit mois. Ça ne peut pas être une coïncidence.

— À peu près au moment où l'hôtel était en construction. Peu de temps après les obsèques de Porter Jackson.

Maya se tourne vers Hana.

— Caleb t'a dit que son père était mort, non ?

Hana hoche la tête.

— Dans des circonstances très tragiques, apparemment. Il m'a raconté l'autre jour que son père s'était fait arnaquer et voler son argent peu avant de mourir. Il venait juste de reprendre sa vie en main quand c'est arrivé.

Elin assimile ses paroles et repense à ce que Ronan Delaney lui a dit au sujet de l'investissement de Jackson qui avait mal tourné, un investissement qu'il l'avait encouragé à faire.

Les pièces commencent à s'assembler peu à peu dans son esprit et, pour la première fois, elles forment un récit cohérent : un récit qui donnerait à Caleb une raison évidente de tuer Seth Delaney. Et d'après ce qu'ils ont trouvé, le fait que Bea soit tombée sur sa véritable identité semble lui avoir donné une raison de la tuer aussi.

Elin se rend compte avec incrédulité que cette affaire n'a rien à voir avec la malédiction. Les motivations de Caleb sont tout autres.

— Je crois qu'on avait un vrai cocktail explosif ici, dit-elle lentement en se déplaçant sur le côté pour ne pas être à portée de voix de Hana et Maya. Et si la classification de l'île comme SISP projetée par Caleb et son père n'avait jamais abouti parce que Delaney a fait perdre son argent à Porter Jackson avec son arnaque, de l'argent qui aurait pu l'aider dans sa démarche ? Après quoi Delaney construit le centre de vacances.

— Une vraie claque.

— Exactement. Les Jackson essaient de protester contre le projet d'aménagement, mais ils échouent, et peu de temps après, Porter Jackson meurt, explique Elin en regardant Steed. Ça donnerait à Caleb un mobile drôlement puissant.

— La vengeance.

Elle acquiesce de la tête.

— Un mobile bien plus puissant que la malédiction qui entoure le rocher de la Faucheuse.

— Mais ce qu'on a trouvé dans la grotte alors, avec les gamins de l'affaire Creacher ? dit lentement Steed. Qu'est-ce que ça vient faire là-dedans ?

— Je crois que ça cadre parfaitement. La grotte, j'en suis sûre, est l'œuvre de Porter Jackson, et pour lui, le mobile de la malédiction, la Faucheuse, tient toujours. Les anomalies qu'on a relevées entre les affaires résultent du fait que ces meurtres ont été commis par deux personnes différentes. Je crois que Porter Jackson était obsédé par le rocher et a tué ces adolescents en 2003, puis que Caleb a simplement utilisé ce lien pour brouiller les pistes.

— Ça se tient, mais il y a une chose que je ne comprends pas, c'est pourquoi le projet de SISP importe tant aux Jackson.

— Pense à ce que Caleb a dit à Hana sur le fait que son père était en train de reprendre sa vie en main juste avant de mourir, aux e-mails menaçants que Seth Delaney a reçus. Le message était similaire dans les deux cas : Ronan Delaney a empêché des gens de rebondir dans leur vie. Si c'est *bien* Caleb Jackson qui a envoyé ces e-mails, c'est peut-être une allusion à ça. Peut-être que le projet de SISP était un moyen de veiller à ce que son père ne se sente pas poussé à tuer à nouveau. Si l'île devenait une réserve naturelle, elle ne serait plus jamais habitée, évitant toute tentation.

— Brisant ainsi la malédiction.

— Exactement. Je…

Elin s'interrompt quand ils entendent des bruits de pas qui approchent. Ils se retournent et voient Tom, le moniteur de sports nautiques, qui se faufile parmi les formes endormies.

— Il y a une chose que vous devez savoir, dit-il rapidement. Je viens de voir un homme dehors, en train de courir sur la passerelle qui mène à l'îlot.

Elin retient son souffle.

— Quand ?

— Il y a une dizaine de minutes… Je me suis réveillé juste avant, j'ai entendu un bruit sourd. J'ai d'abord cru que c'était la tempête, puis je me suis rappelé que j'avais oublié de rentrer le dernier râtelier de planches. Je ne voulais pas qu'elles abîment la cabane, alors je suis sorti pour m'en occuper.

— Je présume que vous n'êtes pas sorti par la porte principale ?

D'un air penaud, Tom secoue la tête et montre du doigt une cloison mobile à mi-chemin du mur latéral, parallèle à celui-ci.

— Il y a une porte derrière ça, dit-il, puis il marque une pause. Ça faisait quelques minutes seulement que j'étais dehors quand je l'ai vu.

— Ce n'était pas un employé ?

— Je ne suis pas sûr, répond Tom. L'éclairage est faible… et il n'y a pas de lumière sur la passerelle.

L'estomac d'Elin se noue.

L'îlot.

Se tournant vers Steed, elle baisse la voix d'un cran.

— Tu as cherché là-bas, non ?

— Assez minutieusement.

— Il y a une chance que quelque chose t'ait échappé ?

— C’est possible. La végétation est assez dense par endroits.

— Je veux aller rejeter un œil, dit Elin en le regardant. J’y vais.

Il fronce les sourcils.

— Seule ?

— Je n’ai pas le choix, on ne peut pas courir le risque de laisser le pavillon sans protection.

— Tu sors maintenant ?

Elle hoche la tête et ressent une montée d’adrénaline quand elle regarde dehors.

— Si c’est notre tueur, peut-être Caleb, je me dis qu’il y a une bonne raison pour qu’il soit allé là-bas.

— Farrah.

Chapitre 88

Une fois les policiers partis, Maya se recouche et ses boucles brunes s'étalent sur le tissu pâle de sa veste.

— Han', essaye de te rendormir. Tu ne peux rien y faire. Pas maintenant. Il faut que tu dormes.

Hana la regarde, incrédule. *Comment Maya peut-elle seulement penser à se reposer ?*

Hana est prise de nausée quand elle repense à leur groupe arrivant sur la jetée il y a quelques jours seulement, réduit à *ça*. Elles deux. Elle ne peut le supporter.

— Je ne comprends vraiment pas, dit-elle, les larmes aux yeux. Caleb… il aimait Bea. Sa manière de parler d'elle… on ne peut pas simuler ça.

Elle se remémore leurs conversations, une boule de colère et de frustration brûlant dans sa poitrine. Elle garde le souvenir du chagrin tangible de Caleb. *Comment une chose aussi essentielle a-t-elle pu lui échapper ?*

— Les gens mentent, Han', tu le sais, déclare Maya d'une voix morne.

— Oui, mais comment a-t-il trouvé l'occasion ? On était ensemble la plupart du temps.

— Pas tout le temps. J'y réfléchissais, on était chacun

dans sa bulle après tout ce qui s'est passé, on a supposé qu'il était dans sa chambre, mais il a pu sortir en douce. Il est monté plein de fois seul au restaurant, en disant qu'il allait chercher quelque chose à boire ou à manger, mais Dieu sait ce qu'il faisait. Je ne pourrais te décrire les déplacements exacts d'aucun d'entre nous, d'ailleurs.

Hana hoche la tête en y songeant.

— Mais comment a-t-il pu faire une chose pareille ? Quelque chose d'aussi *mal* ? Même si tu ne peux pas saquer quelqu'un, ça ne te donne pas le droit de...

Des larmes s'échappent et dégoulinent sur ses joues.

— Je ne sais pas. Comment peut-on entrer dans la tête de quelqu'un d'autre ? demande Maya en marquant une pause. Et Han', ce n'est pas à toi de trouver des réponses. On en a assez vu. Jo... elle est morte, dit-elle en essayant de capter le regard de Hana. On n'a même pas encore parlé de ce qui s'est passé. Pour Jo, je veux dire.

Hana hoche la tête, et elle se sent tout à coup rattrapée. Par toute la colère qu'elle a éprouvée contre Jo combinée à une forme étrange de culpabilité. De regret. D'amour. Un mélange complexe qu'elle est incapable de comprendre, encore moins d'affronter. Elle le sent physiquement qui lui noue la gorge, toutes les émotions bloquées là.

— Je ne peux pas lui pardonner ce qu'elle a fait avec Liam, mais je l'aimais, Maya, dit-elle d'une voix entrecoupée. Bea aussi, poursuit-elle en déglutissant. Je les aimais tellement, et maintenant elles sont mortes.

— Je sais, dit Maya en lui prenant la main, et c'est là, à même le sol avec des inconnus endormis tout autour d'elles, que les larmes et les vrais sentiments affluent.

Ces larmes, Hana ne les verse pas seulement pour elle-même, mais pour Bea, Liam, tout. Toutes les émotions enchevêtrées et réunies en une grosse boule, qui se démêle seulement maintenant.

— Je suis seule, Maya, dit Hana, qui pour la première fois non seulement le dit à voix haute mais en prend conscience. Je suis toute seule. Mes sœurs sont mortes.

Sa poitrine se soulève quand elle reçoit le choc : tout le chagrin accumulé, comme un coup de massue.

Maya la regarde. Pendant un instant, Hana croit qu'elle est sur le point de pleurer elle aussi, mais Maya tend alors la main vers elle, la fait asseoir par terre à côté d'elle, la serre fort contre elle.

Hana se souvient d'elles deux enfants, blotties ainsi, pour la dernière fois la nuit de l'incendie. Par la suite, Maya faisait toujours des cauchemars, et Hana se pelotonnait derrière elle jusqu'à ce qu'elle se rendorme.

— Tu n'es pas seule, dit doucement Maya. Je te le promets. Tu m'as, moi. Et cette fois, Han', je ne te laisserai pas tomber. Je serai là pour toi aussi longtemps qu'il le faudra.

Chapitre 89

Dehors, Elin se retrouve au cœur de la tempête. Bien que le jour soit levé, le ciel s'est à peine éclairci. La pluie est torrentielle : elle lui tombe dessus de biais, lui fouette le visage et le cou. Elle en sent même le goût, le sol dégageant ce qu'il restait de poussière, une odeur terreuse entêtante.

La tempête a tout dévasté : les chaises sont retournées partout sur la terrasse et des branches cassées jonchent l'allée. Les arbres grincent de manière menaçante autour d'elle, leurs troncs se courbant sous les rafales.

Lorsqu'elle arrive sur la plage, elle découvre de nouveaux dégâts : un pin déraciné est pris dans le sable ; le râtelier dont parlait Tom s'est renversé, les planches ont été soulevées par le vent.

Regardant autour d'elle, Elin a le sentiment que le centre de vacances ne va pas y survivre… que la tempête et l'île, le rocher lui-même, ne seront pas rassasiés tant que l'endroit ne sera pas nettoyé, toute trace de présence humaine effacée.

Lentement, elle monte sur les rochers menant à la passerelle en bois. Elle hésite sur les rochers en se rendant compte que l'eau les a rendus glissants. Elle avance prudemment à chaque pas, les bras écartés pour garder l'équilibre. Il lui faut plusieurs minutes pour arriver jusqu'à la passerelle. Les fines lattes sont glissantes elles aussi, et Elin regarde avec appréhension la passerelle osciller violemment d'un côté à l'autre.

Empoignant fermement les cordes servant de garde-corps, elle commence à avancer d'un pas hésitant. De fines gouttes de pluie lui fouettent le visage, brouillant sa vision de l'îlot, mais elle garde les yeux rivés droits devant elle, déterminée à éviter de regarder entre les lattes sous ses pieds. La mer en contrebas n'est plus lisse et d'un beau vert menthe comme auparavant, mais sombre et démontée, projetant de minces flocons d'écume blanche dans les airs.

La peur fait pulser son cœur sans relâche dans sa poitrine, et c'est avec soulagement qu'Elin met enfin le pied sur la terre ferme à l'autre bout de la passerelle. Elle s'élance sur le sentier parmi les arbres, la dense voûte de branches lui offrant un abri contre la pluie mais pas contre le vent, les branches au-dessus d'elle remuant furieusement.

Dans la pénombre, la villa apparaît. Elle donne l'impression de tenir tout juste debout : sa structure semble trop fragile pour la tempête qui fait rage autour d'elle. S'arrêtant à la porte d'entrée, Elin regarde à travers la vitre éclaboussée de pluie. L'espace intérieur paraît désert, comme si rien n'avait changé depuis le moment où elle est venue sur l'îlot avec Farrah et a fouillé la villa.

Elle cherche son passe d'entrée et le plaque contre la porte. Celle-ci s'ouvre avec un déclic. Le souffle court, Elin pénètre lentement dans la pièce – un soulagement instantané après la tempête – mais il n'y a personne à l'intérieur.

— Farrah ? lance-t-elle.

Pas de réponse.

Elle regarde dans la salle de bains. *Vide*.

Elin a le cœur battant, encore plus saisie par la sensation d'isolement qu'elle a éprouvée la dernière fois qu'elle était là. Revenant au centre de la pièce, elle continue de la fouiller du regard, mais cette fois elle écoute aussi, tendant l'oreille pour faire abstraction du bruit de la tempête.

C'est à ce moment-là qu'elle sent un picotement au niveau de sa nuque.

Bien que la pièce soit déserte, elle a la nette impression d'être observée. Elle repense soudain à la photo dans le tweet.

Est-il possible que quelqu'un l'observe à cet instant même ?

Mal à l'aise, elle se dirige vers la porte et longe le bâtiment jusqu'à la terrasse. Des vagues s'abattent violemment contre le sol en bois, l'eau formant des flaques sur les lattes et balayant les pieds des chaises et de la table. Personne ne peut être là, se dit-elle, pas à moins d'être suicidaire.

Elle s'enfonce dans le bosquet à droite de la terrasse, mais la rangée d'arbres broussailleux ne révèle rien d'autre que des flaques de boue et des nappes glissantes de feuilles mortes.

Elin continue d'avancer. Le bois devient plus dense ; elle doit se frayer un passage entre les troncs. L'obscurité sous leurs branches joue des tours à son esprit. Tandis qu'elle progresse péniblement, elle aperçoit une ombre qui disparaît dans les broussailles, mais elle met ça sur le compte de la tempête, de l'impression de mouvement incessant qui l'accompagne.

Quelques pas plus loin, le terrain devient pentu et de rapides ruissellements d'eau de pluie s'écoulent vers la mer. Ils se heurtent à la résistance de branches cassées et de pierres, qui forment des affluents sinueux.

Au bout de quelques minutes, Elin transpire abondamment et est essoufflée. Elle doit faire preuve de la plus grande concentration pour rester debout sur le sol glissant.

Elle est presque au bord de l'eau.

Avançant peu à peu, elle ne voit plus que la mer entre les arbres : de violentes gerbes qui déferlent sur les rochers puis refluent avec une telle force qu'elles donnent l'impression d'essayer d'emporter un morceau de l'île avec elles.

Elin regarde autour d'elle et s'apprête à faire demi-tour quand elle remarque quelque chose dans la périphérie de son champ de vision.

Une jambe, qui dépasse de derrière un arbre, une tranche pâle de mollet.

Le cœur d'Elin bat à tout rompre quand elle s'élance.

Non.

Elle contourne l'arbre et la voit en entier : Farrah, étendue à plat dos sur le sol sale et détrempé, un bandeau sur les yeux.

Aucun mouvement. Rien.

Une panique féroce lui étreint la poitrine.

Son estomac se noue et son cœur s'emballe de plus belle quand elle voit une tache sombre de sang qui macule les cheveux de Farrah. Elin s'approche. Elle distingue maintenant une importante blessure à la tête, et encore du sang sur le côté gauche de sa tempe.

Caleb l'a frappée, comme il avait frappé Jo Leger.

Mais le dégoût qu'elle a pour lui est supplanté par son dégoût pour elle-même.

Un sanglot lui échappe. *Elle a fait faux bond à Farrah. Elle l'a abandonnée.*

Des moments précis lui reviennent à l'esprit : quand Farrah a essayé de se confier et qu'elle l'a repoussée, elle a fait le mauvais choix. Elin se revoit quelques heures plus tôt, sa naïveté quand elle a fait le tour de l'île.

A-t-elle vraiment cru que tout ça se terminerait autrement ?

D'une main tremblante, elle appose ses doigts sur le cou de Farrah.

Une mince lueur d'espoir la traverse puis s'estompe rapidement. Pas la moindre pulsation, rien d'autre que le battement implacable de son sang chaud à elle.

Un nouveau sanglot la secoue. Le chagrin est déjà là qui prend forme en elle, le deuil non seulement de Farrah mais de Will, car elle sait ce que cela va provoquer chez lui. Comment la tristesse va s'enraciner en lui et grandir sans cesse jusqu'à le changer irrévocablement.

— Je suis désolée, murmure-t-elle. Je suis vraiment désolée.

Elin est sur le point de retirer sa main quand elle sent quelque chose de si infime qu'elle pense d'abord que c'est son propre pouls.

Elle s'approche et appuie légèrement plus son doigt sur la peau de Farrah.

Un battement ?

Chapitre 90

Elin appuie encore.

Là. Un pouls ! Un immense soulagement l'envahit.

— Farrah, dit-elle rapidement. Tu m'entends ?

Farrah est sans connaissance. Elle respire mais ne réagit pas.

Elin s'agenouille par terre à côté d'elle et la met délicatement en position latérale de sécurité. Puis elle lui ôte son bandeau, lui incline doucement la tête en arrière et lui soulève le menton pour vérifier que rien n'entrave ses voies respiratoires.

Peut-être que le mouvement l'a réveillée ou que Farrah reprend simplement connaissance, mais Elin entend un léger gémissement. Les yeux de Farrah cillent brièvement avant de se refermer.

Plusieurs secondes atrocement longues s'écoulent avant que les paupières de Farrah battent à nouveau et qu'elle ouvre vraiment les yeux, s'efforce d'accommoder.

— C'est moi, Elin. Tu es saine et sauve.

Affolée, elle regarde Farrah essayer de se redresser. Avec de potentielles blessures au cou et à la colonne vertébrale, bouger est la dernière chose à faire avant d'avoir été examinée.

— N'essaye pas de bouger, lui intime Elin. Tu as une vilaine blessure à la tête.

Mais Farrah est déjà en train de s'asseoir.

— J'ai froid, dit-elle, agitée de violents frissons, en serrant ses bras contre elle. Si froid. Je ne peux pas rester ici.

Elin hésite. Farrah a raison. Elle est trempée jusqu'aux os, et la tempête ne montre aucun signe d'apaisement. Si elles restent là, Farrah risque l'hypothermie.

— D'accord, mais avant que je t'aide à te relever, laisse-moi vérifier deux ou trois choses. Est-ce que tu peux bouger les doigts et les orteils ?

Mais au bout de quelques minutes, elle est forcée de reconnaître l'échec de son examen rapide quand Farrah commence à se relever. Elin l'aide et l'invite à s'appuyer sur elle. Repartant pas à pas vers la villa, elle ne peut quitter des yeux le visage de Farrah, la douleur qui se lit sur ses traits tandis qu'elles trébuchent sur le sol glissant. Chaque racine, chaque flaque est un obstacle.

C'est un soulagement lorsqu'elles arrivent à la villa.

— Rentrons. Que tu te réchauffes.

Mais quand Elin ouvre la porte, le climatiseur tourne à plein régime et le froid la mord à travers ses vêtements trempés.

Elle trouve rapidement le boîtier de commande du climatiseur et l'éteint. Lorsqu'elle emmène Farrah vers le lit de l'autre côté de la pièce, sous l'éclat aveuglant des lumières, elle ne reconnaît pas du tout son visage : il est couvert d'ecchymoses violacées, la peau déchirée. D'une pâleur laiteuse.

Une fois Farrah étendue, Elin attrape la couette et la

remonte sur ses épaules. Farrah tremble encore et claque des dents, elle tressaille quand sa tête touche l'oreiller.

Prenant un verre sur la table de chevet, Elin le remplit d'eau et le lui tend. Farrah se redresse un peu et boit à petites gorgées.

— Qu'est-ce qui s'est passé ? demande doucement Elin avant de se réfréner. Ne t'en fais pas, je comprends si tu n'as pas envie d'en parler.

— Non, ça va.

Farah repose le verre et grimace en se rallongeant.

— C'était Caleb… il… (elle a encore du mal à articuler)… m'a laissée pour morte, dit-elle, fermant brièvement les yeux.

La gorge serrée, Elin déglutit avec peine.

— Quand t'a-t-il attaquée ?

— Il y a quelques heures, je crois.

Quand Farrah regarde Elin, celle-ci remarque de nouveaux détails : de la terre et de petites éraflures sur ses joues et son front, ainsi qu'une balafre ensanglantée sous son œil.

— Je me cache ici depuis hier.

— Caleb est venu dans ton bureau, n'est-ce pas ?

Farrah hoche la tête et une lueur éclaire son regard comme si elle revivait ce souvenir.

— J'ai reçu un message de l'accueil me disant qu'un inspecteur voulait me voir dans mon bureau. J'ai cru que c'était toi, mais quand j'y suis arrivée…

Elle ravale sa salive.

— C'est pas grave, prends ton temps.

Farrah s'apaise et reprend :

— Quand j'y suis arrivée, c'était lui qui m'attendait. J'ai d'abord essayé de désamorcer la situation :

j'ai pris mon sac, dit que je devais y aller, mais son expression…, dit-elle avec un petit sanglot étouffé. J'ai su qu'il n'y avait aucune chance qu'il me laisse partir. Je me suis enfuie par les portes-fenêtres, j'ai réussi à mettre un peu de distance entre nous, j'ai descendu l'escalier qui mène aux rochers près de l'îlot. Il y a un local technique en sous-sol juste derrière la villa. C'est le seul endroit auquel j'ai pensé. Je me suis dit qu'il ne connaissait peut-être pas son existence, explique-t-elle, puis elle hésite. J'avais raison, il ne le connaissait pas. Je l'ai semé dans les bois.

Son regard se perd, comme si elle commençait à relâcher son attention.

— Tu n'avais pas ton téléphone sur toi pour appeler quelqu'un ?

— Il était dans mon sac, que j'ai fait tomber en courant.

Ses yeux partent à nouveau dans le vague tandis qu'elle joue avec la couette en la pinçant entre ses doigts avant de relâcher la pression.

— On a retrouvé ton sac en te cherchant. Pas de téléphone.

Elin s'interrompt. Un grand bruit sourd.

Dans un sursaut, Farrah redresse la tête et lance un regard nerveux vers la porte.

Le pouls d'Elin s'accélère. Il est tout à fait possible que Caleb rôde encore là-dehors. Il se peut qu'il les observe en ce moment même…

Elle se relève d'un bond, mais avant qu'elle puisse faire quoi que ce soit, le bruit retentit à nouveau, accompagné d'un mouvement soudain et rapide qu'elle entrevoit du coin de l'œil.

Chapitre 91

Elin se retourne brusquement, mais son regard se pose alors sur une grosse branche qui pend au-dessus de la fenêtre. Elle remue dans le vent, mollement, avec un drôle d'angle, comme si elle avait été tirée vers le bas.

— C'est juste une branche, dit Elin en se rasseyant sur le lit, mais elle est toujours sur le qui-vive, ne cesse de regarder autour d'elle. On parlait de ton téléphone, reprend-elle.

Farrah hoche la tête.

— Je crois que Caleb l'a pris, dit-elle, puis elle grimace à nouveau en changeant de position. Ce matin, j'allais essayer de revenir sur l'île principale, pour t'avertir, mais il a dû me voir… ou peut-être qu'il savait depuis le début que j'étais là et qu'il attendait le bon moment. J'ai essayé de m'enfuir à nouveau, mais cette fois il m'a rattrapée. Je pense qu'il croyait l'avoir fait. Que j'étais…

Sa voix s'éteint et elle refoule des larmes.

— Et est-ce que tu sais pourquoi il s'en est pris à toi ? demande doucement Elin.

— Oui, répond Farrah en levant les yeux pour la regarder. Je présume… (un silence)… que tu sais que j'étais sur l'île au moment des meurtres de Creacher.

Elin hoche la tête.

— J'ai déjà parlé avec Will. Il m'a tout expliqué.

Les traits de Farrah s'adoucissent de soulagement avant que son visage s'assombrisse.

— Caleb, ou Chris, comme on le connaissait à l'époque, était chef de camp à ce moment-là. Il y a quelques mois, il est venu au centre de vacances, avec un ami. Je l'ai tout de suite reconnu, mais j'ai cru que je me faisais des idées, que c'était simplement quelqu'un qui lui ressemblait. Je n'ai pas eu les idées très claires dernièrement, avec mon ex. Je n'y ai plus repensé jusqu'à ce qu'il apparaisse à nouveau, il y a plusieurs semaines. Quand j'ai entendu sa voix, ça m'a laissée songeuse, mais bon, je me suis dit que j'étais parano, raconte-t-elle avant de secouer la tête. Mais j'ai ensuite remarqué qu'il me regardait. Il est venu quelques fois au bar, sous prétexte de prendre une bière, mais je voyais bien qu'il me regardait. Pas juste comme ça, tu comprends ?

— Il t'a reconnue aussi.

— Oui, je crois. C'est là que j'ai retrouvé la vieille coupure de journal sur le voyage scolaire. Je ne pouvais pas être certaine, mais j'étais presque sûre, dit Farrah en se frottant les tempes du bout des doigts. Ça n'aurait pas eu beaucoup d'importance, mais ensuite quand Bea est tombée et que Seth a été retrouvé mort, et comme je savais que Caleb était dans leur groupe… Je me suis rappelée que quand il était chef de camp, il n'arrêtait pas de nous bassiner avec l'ancienne école, le rocher de la Faucheuse, il essayait de nous faire peur. Il m'avait toujours paru un peu étrange, tu vois ?

— C'est à ce moment-là que tu t'es dit que Caleb y était peut-être pour quelque chose ?

Farrah hoche la tête.

— Je crois qu'il a dû deviner que j'avais des soupçons, et il s'est peut-être rendu compte que si lui m'avait reconnue, j'avais pu le reconnaître aussi. J'ai commencé à me demander si ces messages que je recevais étaient de lui, s'il essayait de me faire fuir de l'île pour pouvoir y revenir.

— Et il n'avait aucun moyen de savoir que tu croyais que ces messages venaient de ton ex.

— Non, et je suppose que quand je ne suis pas partie comme il l'avait espéré, il a compris qu'il devait faire autre chose, explique-t-elle en se mordant la lèvre. J'aurais dû me tenir sur mes gardes.

Elin la regarde, rongée par la culpabilité, la chaleur lui montant aux joues.

— Tu n'as rien à te reprocher. Je ne t'ai pas écoutée quand tu as dit que tu voulais me parler. Je t'ai ignorée, dit-elle en secouant la tête. Je suis désolée. J'aurais dû te prendre plus au sérieux.

— Non, répond Farrah avec un air soucieux. Tu n'as pas à t'excuser. Le fait de m'avoir retrouvée comme tu l'as fait compense largement. Si j'étais restée plus longtemps là-dehors…

Elle lui prend la main et la serre dans la sienne. Ses yeux scrutent le visage d'Elin et quand leurs regards se rencontrent, un courant passe entre elles, comme précédemment devant la villa ce premier jour.

Un lien d'une force qu'elle n'aurait jamais crue possible.

Elin baisse les yeux, une boule dans la gorge. Elle sait qu'en retrouvant Farrah elle a obtenu un sursis, non seulement de la part de Will, mais aussi d'elle-même.

En voyant Farrah immobile tout à l'heure, sur le sol détrempé, elle a eu le sentiment d'être au bord d'un abîme qui changerait Will à tout jamais, mais la changerait aussi elle. De connaître une honte et un regret qui la hanteraient pour toujours.

Farrah la regarde.

— Tu veux bien prévenir Will que je vais bien ?

— Bien sûr. Il était fou d'inquiétude.

Elin sort son téléphone de sa poche et se rend compte qu'elle doit aussi mettre en garde Steed au sujet de Caleb – que leurs soupçons étaient fondés.

— Mais avant ça, il faut que quelqu'un t'examine. Je vais essayer de faire venir une assistance médicale.

Cependant, lorsqu'elle regarde la mer agitée à travers la vitre, Elin a un mauvais pressentiment. Même si l'équipe de secours est prête à intervenir, la direction donnera-t-elle le feu vert pour envoyer un bateau dans ces conditions ? Plus loin au large, les vagues sont énormes, d'imposants murs d'eau, hauts de plusieurs mètres. Vu la force du vent, la venue d'un hélicoptère semble encore moins probable.

Sur le point de composer le numéro, Elin s'arrête quand elle remarque l'icône d'absence de réseau sur son écran.

— Je n'ai pas de réseau, dit-elle en essayant de garder une voix ferme.

— La couverture n'est jamais bonne ici, comparée à l'île principale, indique Farrah en faisant un geste vers la table de chevet. Essaye la ligne fixe.

Elin se lève et décroche le combiné. Mais celui-ci reste silencieux.

— La ligne est morte. Soit la tempête l'a coupée, soit

c'est Caleb, dit-elle en se mordant la lèvre. Je ne veux pas te laisser comme ça, mais je vais devoir retourner à l'île principale pour appeler. Je t'enverrai un des secouristes par la même occasion.

Farrah relève l'hésitation dans le ton de la voix d'Elin.

— Ça ira, vraiment. Vas-y.

Toujours réticente à la laisser, Elin réfléchit. Sans savoir du tout où se trouve Caleb, c'est une prise de risque. Mais il est également risqué de *ne pas* retourner sur l'île principale.

— Vas-y, répète Farrah en serrant sa main. Sincèrement, ça va aller.

— D'accord, mais il faut que tu fermes la porte à clé derrière moi.

Farrah hoche la tête. Après l'avoir regardée une dernière fois, Elin ressort de la villa, et la porte se claque derrière elle.

De l'eau, partout.

Des flaques boueuses se sont formées dans les sillons du sol, et des ruisseaux plus importants ont creusé la couche de feuilles mortes.

En sautillant, Elin retrouve le sentier et se glisse entre les arbres. Elle part au petit trot, le sol saturé projetant un mélange de gouttelettes et de terre.

Alors qu'elle continue sa progression à travers le dernier bosquet d'arbres, une bourrasque soulève ses cheveux qui lui reviennent dans le visage. Momentanément aveuglée, elle s'arrête en dérapant.

Elin porte la main à son visage pour le dégager, mais trop tard : elle perçoit un mouvement soudain dans la périphérie de son champ de vision.

Puis une douleur vive, fulgurante.

Tout devient flou autour d'elle, d'une noirceur liquide qui semble remonter de la base de son crâne et l'envahir comme une vague. Pendant un instant, elle a l'impression qu'il pleut à l'intérieur de son crâne, avec un léger crépitement.

Son champ de vision semble se rétrécir, un cercle noir d'encre se resserrant à toute vitesse.

Puis c'est l'obscurité totale.

Chapitre 92

Quand Elin revient à elle, elle est trempée jusqu'aux os et gelée.

Pendant un instant, elle croit être dans l'eau en train de flotter, les vagues déferlant autour d'elle, mais quand sa cheville est secouée – un mouvement saccadé de haut en bas –, elle se rend compte que bien qu'elle bouge *effectivement*, elle n'est pas dans l'eau mais sur la terre ferme.

Elle cligne des yeux une fois, deux fois, mais ne voit rien ; elle a un bandeau sur les yeux.

Prise de panique, elle essaye de bouger les bras pour l'arracher, mais ses mains sont attachées dans son dos.

Des doigts se plantent dans ses côtes.

Caleb. Qui la tire en arrière en la tenant sous les bras.

Elle n'entend que le mugissement furieux de la mer. À chaque pas, le bruit augmente et devient plus intimidant.

Elle a une remontée de bile. *Il la tire vers la mer.*

Bien qu'il y ait une chance pour qu'il la jette simplement dans l'eau, il y en a une aussi grande qu'il s'assure qu'elle est vraiment sans connaissance avant de le faire. Dans ces conditions, si cela arrive, c'est fini pour elle.

La peur lui serre la gorge et l'empêche de déglutir.

Des questions affluent dans son esprit : *Combien de*

temps est-elle restée sans connaissance ? Caleb a-t-il retrouvé Farrah ? Lui a-t-il fait la même chose ?

Réfléchis, Elin, réfléchis.

Pendant quelques instants, elle est incapable de se concentrer, mais son cerveau se remet ensuite doucement en marche.

Une décision : si elle a la moindre chance de se sortir de cette situation, c'est en commençant par gagner du temps. Faire semblant d'être toujours inconsciente, attendre qu'il s'arrête, et à ce moment-là, passer à l'action.

Des embruns lui fouettent le visage. Ils ne sont qu'à un mètre de la mer ; elle doit agir maintenant.

D'un mouvement fluide, elle se propulse en avant en balançant lourdement la tête et le torse.

Ça fonctionne : déséquilibré, Caleb oscille d'un côté à l'autre, ses mains relâchant brièvement leur étreinte sous les bras d'Elin.

Tombant en avant avec un bruit mat, Elin se remet maladroitement à genoux et tente de s'enfuir.

Ses côtes se soulèvent, endolories par l'étreinte de Caleb. Au bout de quelques mètres, elle pose son pied droit sur le sol, essaye de se lever, mais Caleb est déjà revenu à l'attaque.

Il lui attrape la jambe d'une main et la tire en arrière vers lui.

Elin tente de le faire lâcher en se jetant à nouveau en avant, hors de sa portée, mais il est plus rapide. Plus fort.

L'étreinte sur sa cheville se resserre ; les doigts de Caleb sont juste au-dessous de sa malléole, bien enfoncés.

Pas le temps de réfléchir : il faut simplement qu'elle

bouge. Elin roule sur elle-même, la joue collée par terre. Le mouvement non seulement fait lâcher prise à Caleb mais desserre le lien autour de ses poignets. Les faisant glisser d'avant en arrière, elle essaie de détendre davantage l'entrave.

Un, deux, trois frottements énergiques contre le sol.

Ça marche : Elin dégage ses doigts en se tortillant avec une soudaine euphorie et ramène ses mains devant elle, mais elle n'a pas pensé à ce qui pourrait venir ensuite : sa vulnérabilité du fait qu'elle est sur le dos.

Elle tente de reculer en se traînant tel un crabe, mais elle sait déjà que ça ne sert à rien. Caleb lui saute dessus et la plaque au sol, met ses jambes sur les siennes.

Elin essaie de le griffer, mais ses mains ne rencontrent que du vide. Elle les lève pour arracher le bandeau de ses yeux et voir où il est, mais avant même qu'elle puisse atteindre le morceau de tissu, Caleb revient à l'attaque.

Un coup de poing dans la poitrine, dans la figure.

Les coups pleuvent, accompagnés de grognements. Elle sent son haleine rance et fétide.

Un nouveau coup, qui semble s'abattre sur tout son visage, déclenche une douleur qui surgit de derrière son œil et se propage.

Elin n'arrive pas à réfléchir.

Elle n'est plus que sensations, perçoit toutes les parties contusionnées de son corps, sent le goût métallique et amer du sang dans le fond de sa gorge.

Les coups de poing pleuvent, l'un après l'autre. Des coups qui étourdissent et aveuglent, avec de petits éclats de lumière dans le noir. Elle a l'impression d'être constamment sur le point de perdre connaissance.

Caleb la saisit à nouveau sous les bras et la traîne,

comme si elle n'était qu'un paquet dont il doit se débarrasser, et elle se demande s'il a fait la même chose à Seth avec la même indifférence sinistre. S'il l'a frappé puis froidement coincé entre ces rochers.

Ils s'approchent encore. La mer lui donne l'impression d'être juste derrière eux.

Sa veste et son haut sont remontés dans son dos et elle sent le sol mouillé qui frotte sa peau. Caleb n'émet plus que des grognements à présent, tout à son ouvrage.

Les réserves d'énergie d'Elin s'épuisent, à l'inverse de la mer, toute-puissante.

Une partie d'elle a envie de céder, de rendre les choses plus faciles.

Elin ferme les yeux et se prépare à affronter la mer agitée.

Chapitre 93

Ça ne vient pas.

Quand Caleb lui prend les bras, elle entend à nouveau la voix de son père dans sa tête.

Tu es une lâche, Elin. Une lâche.

Ces mots transforment l'étincelle en elle en feu. Elin se jette en arrière, et le sommet de sa tête heurte violemment quelque chose avec un craquement.

Sa mâchoire ? Une joue ? Elle ne voit rien, mais où qu'elle l'ait atteint, le coup fait brutalement reculer Caleb, le prend au dépourvu. Elin profite de cet instant de vulnérabilité pour donner un coup de pied derrière elle. Caleb est déjà instable et cela suffit à le faire trébucher.

Elin parvient à se retourner et porte enfin ses mains à son visage pour enlever le bandeau posé sur ses yeux.

Mais l'afflux soudain de lumière est trop fort ; elle est aveuglée, voit flou. Elle n'aperçoit que le contour vague du corps de Caleb qui se déplace sur le côté en chancelant.

Il semble hésiter, fait un pas vers elle, puis un autre en arrière. Elin se prépare déjà à ce qu'il se jette de nouveau sur elle, mais au contraire, il s'éloigne.

Des bruits de pas lourds résonnent au loin.

Elin s'étend sur le dos, ferme et rouvre les yeux, attendant que sa vision redevienne nette et que sa sensation de vertige cesse.

Un sanglot lui échappe.

Elle a du mal à croire qu'elle est saine et sauve ; elle sent encore la violence qui flotte dans l'air autour d'elle. Caleb était sur le point de la tuer ; elle a senti la colère dans tout son corps, chaque membre, chaque tendon.

Lorsqu'elle se remet doucement en position assise, les questions se bousculent dans sa tête. *Pourquoi est-il parti à ce moment-là ?* Son attaque semblait si… intime. De ces choses qu'on n'abandonne pas en cours de route. *Lui a-t-elle fait plus mal qu'elle ne l'a cru ? A-t-il eu peur de ne pas réussir à aller au bout de son projet ?*

Mais ces pensées sont immédiatement supplantées par la prise de conscience que, s'il l'a délaissée, c'est probablement pour s'en prendre à quelqu'un d'autre. Farrah, si ce n'est pas déjà fait, Ronan Delaney, Steed, qui est resté tout seul là-haut.

Au prix d'un douloureux effort, Elin parvient à se relever. Les coups lui ont fait tourner la tête. Encore sonnée, légèrement vacillante, elle se gonfle de détermination en pensant à ce qui l'attend.

Elle est arrivée à un point critique : soit elle abandonne maintenant, soit elle le pourchasse.

Il ne lui faut qu'un instant pour se décider et sa peur s'estompe, cédant la place à autre chose : de l'indignation.

Une colère débordante, brute. Caleb vient de lui donner le sentiment d'être faible. Lâche.

Et elle ne veut plus ressentir ça.

Elin retourne à la villa et jette un coup d'œil à travers la vitre ; elle est profondément soulagée en voyant Farrah étendue, les yeux fermés, sur le lit. *Il n'est pas revenu s'en prendre à elle.*

Elle frappe doucement contre la vitre. Les yeux de Farrah s'ouvrent en papillonnant et s'écarquillent d'inquiétude avant qu'elle comprenne qu'il s'agit d'Elin.

Se levant péniblement du lit, elle se dirige vers la porte.

— Tout va bien ? murmure-t-elle en ouvrant. Ton visage…

Elin lève la main et effleure sa joue. Elle grimace.

— Caleb.

Farrah regarde aussitôt derrière Elin, affolée, mais elle ne perçoit aucun mouvement en dehors de la tempête : le chaos qu'elle a déchaîné, la pluie qui bat contre les vitres et qui continue de former des flaques de boue sur le sentier.

— Il n'est pas là, dit Elin en la suivant à l'intérieur. Je crois qu'il est reparti sur l'île principale. Tu ne l'as pas vu ?

— Non, mais j'étais dans un demi-sommeil.

Elin hoche la tête et se rend compte que Caleb n'est pas revenu s'en prendre à Farrah parce que c'est sans importance pour lui qu'elle vive ou qu'elle meure. Sa venue sur l'îlot avait pour but de détourner l'attention d'Elin, un des seuls obstacles sur son chemin, de l'éloigner de l'île principale. Et de lui faire gagner assez de temps pour atteindre sa vraie cible.

Ronan.

Farrah retourne s'étendre sur le lit.

— Je suis fatiguée.

— Je sais. Laisse-moi te réexaminer rapidement puis j'irai chercher de l'aide. Essaye de te reposer.

— D'accord.

Farrah ouvre la bouche comme pour ajouter quelque chose, mais ses paupières se referment.

De nouveau dehors quelques minutes plus tard, Elin se remet en route parmi les arbres en direction de la passerelle. Plus lentement cette fois : chaque pas qu'elle fait est douloureux à cause des coups de Caleb – un élancement sourd dans chacun de ses membres. Elle ne s'est jamais sentie aussi vidée, envahie par une fatigue engourdissante qui rend difficile le simple fait de mettre un pied devant l'autre.

Une éternité lui semble s'écouler avant qu'elle arrive au bout du bois. Elle n'est qu'à un mètre environ de l'eau quand son sang ne fait qu'un tour.

La passerelle n'est plus là.

Chapitre 94

Les lattes de la passerelle suspendue ont cédé la place au vide : Elin ne voit plus que la mer qui tourbillonne en contrebas.

La passerelle, elle, pend à ses points de fixation.

Caleb l'a coupée de l'autre côté.

De plus près, elle voit que la structure est désormais entièrement submergée, ses lattes de bois ballottées par les vagues.

Elle ne peut pas retourner sur l'île principale.

Elin baisse les yeux vers l'eau écumante. Bien que la passerelle soit effondrée, elle se trouve au point de passage le plus étroit entre l'îlot et l'île principale. Elle n'a qu'un seul moyen : traverser à la nage.

En temps normal, elle ne regimberait pas, il n'y a que cinquante mètres au maximum, cependant Elin considère cette traversée avec appréhension. Elle a dépassé sa peur de l'eau et surmonté les vilains souvenirs de l'affaire Hayler, mais quand même.

Depuis que la tempête s'est levée, la mer est devenue quelque chose d'*autre*, totalement méconnaissable. Elle bouillonne et déferle, pire que quand Elin est passée au-dessus il y a peu. Les vagues qui s'abattent sur les rochers les plus proches de la surface se mêlent bruyamment au reflux de la roche sur l'île principale, projetant des gerbes d'eau vers le ciel.

Mais Elin ne réfléchit pas et se met simplement en action.

Elle enlève ses chaussures et sa veste et glisse son téléphone dans une poche à fermeture Éclair. Puis elle descend tout doucement, dos à l'eau, en utilisant les rochers au bord de l'îlot comme échelle improvisée.

Elle a le souffle coupé quand l'eau déferle sur ses chevilles et ses mollets, son corps déjà raidi, mais elle s'immerge rapidement. Sans hésitation.

Elin se retourne et commence à nager vers la gauche, à l'écart de la passerelle toujours ballottée dans l'eau. Celle-ci gicle quand elle heurte les rochers devant elle et le sel lui pique les yeux.

Elle sent immédiatement le courant créé par le ressac, qui la repousse violemment vers l'îlot. Elle redouble d'efforts pour avancer, peine en tentant maladroitement de nager le crawl, mais il est impossible d'avoir le moindre rythme avec l'eau qui tire sur ses vêtements, en alourdit le tissu. Elle aurait dû enlever une autre couche.

Sa respiration est de plus en plus saccadée. Pas à cause de la douleur ni de l'effort, mais de peur. Elle essaye de s'éclaircir les idées, de se souvenir des règles de base : utiliser plus ses jambes. La partie la plus forte de son corps.

Elle nage en avant en battant des pieds. Ça marche : petit à petit, le mouvement la propulse davantage.

Elle arrive finalement au niveau des rochers. Après s'y être cramponnée de ses mains, elle commence à grimper, mais l'effort que lui a demandé la traversée la rend maladroite. Elle évalue mal où poser ses mains, ses pieds, crie quand elle s'érafle les genoux contre les saillies rocheuses.

Néanmoins, elle finit par arriver au sommet, puis elle franchit lentement les rochers jusqu'à la plage, le corps et le visage ruisselant d'eau. Quand elle saute dans le sable, celui-ci, qui ne se soulève plus seulement par couches mais en tourbillons, colle à ses pieds nus.

La base de sports nautiques est encore plus dévastée qu'auparavant : des planches de paddle sont disséminées sur toute la plage. L'une d'elles a heurté quelque chose et présente une fissure en forme d'éclair qui laisse voir la fibre de verre.

Elin traverse lentement la plage et monte l'escalier menant au pavillon. Elle doit s'arrêter à mi-chemin, le souffle court, la douleur au niveau de ses côtes l'empêchant d'inspirer plus profondément.

Quand elle arrive à court d'adrénaline, elle sent les ecchymoses qui fleurissent partout sur son corps.

Tout est voilé, la vision de son œil gauche peu à peu diminuée. Elle ne peut qu'espérer que celui-ci soit en train de gonfler à cause des coups de Caleb plutôt qu'en raison de lésions graves.

Elle sort son téléphone de sa poche. Il est mouillé et l'écran est recouvert de gouttelettes d'eau, mais il fonctionne toujours. Elle balaye l'écran d'un doigt et regarde la barre de réseau.

Rien.

Ce n'était pas seulement sur l'îlot. La tempête a tout coupé.

Pendant un instant, le vent tombe et permet à Elin de reprendre son souffle et de rassembler ses idées, mais le calme est vite rompu.

Un coup de feu déchire le silence.

Chapitre 95

Le cœur d'Elin palpite dans sa poitrine : Caleb est armé… ça change tout.

Encore chancelante, elle s'engage à toute vitesse dans l'allée qui mène au pavillon principal. Le gravier est glissant et s'est accumulé par endroits, formant des creux inégaux. Chaque pas, chaque à-coup ravive la douleur.

La bâche enveloppant le bar du restaurant sur sa gauche s'est à moitié détachée et flotte dans le vent avec de vifs claquements qui transpercent Elin. Des bouteilles s'entrechoquent, plusieurs d'entre elles roulant d'avant en arrière sur le comptoir.

Lorsqu'elle arrive aux portes automatiques, une bouteille se fracasse bruyamment par terre. Elin continue son chemin et franchit les portes.

À l'intérieur, elle ralentit et regarde autour d'elle avec méfiance, ne sachant pas du tout ce qu'elle s'apprête à trouver. Cependant, le hall est sinistrement désert ; les canapés, inoccupés, le bureau d'accueil, délaissé. Il règne une étrange atmosphère de désolation. D'abandon total. À l'opposé de la dernière fois où elle l'a vu.

En continuant d'avancer, elle remarque des traces de pas mouillés conduisant au couloir du fond. Celles-ci sont éloignées les unes des autres et entourées d'éclaboussures d'eau et de sable.

Elles racontent une histoire : quelqu'un est arrivé en courant de l'extérieur. Quelqu'un ayant un objectif.

Celui de trouver Ronan Delaney.

Elin s'élance à toutes jambes vers la salle de réception. À mi-chemin, elle essaie de prendre une grande inspiration, mais sa poitrine lui fait mal, elle a des élancements de douleur au niveau des côtes. Quand elle arrive à la porte, elle suffoque.

Pas le temps de reprendre haleine. Elle sort son passe de sa poche, l'approche du détecteur et pousse la porte.

Une résistance immédiate.

L'épaule contre la porte, Elin pousse plus fort, mais celle-ci cède seulement un peu. La douleur irradie dans son diaphragme, mais elle réessaye : elle recule d'un pas puis se rue en avant avec toute la force de son corps, l'épaule en premier.

Ce choc soudain lui fait pousser un cri, la douleur dans ses côtes étant devenue insupportable, mais cela suffit : la porte cède un peu plus… assez pour qu'elle puisse entrevoir ce qui se cache derrière.

Des pieds de table. De chaises.

Ils se sont barricadés avec des meubles.

Empoignant le bord de la porte, elle l'entrouvre un peu plus et jette un coup d'œil à l'intérieur. La pièce est faiblement éclairée, l'espace au-delà, imperceptible. Cherchant sa torche, Elin l'allume et la braque vers l'intérieur.

— C'est l'inspectrice Elin Warner ! lance-t-elle.

Le faisceau de sa torche se reflète sur les pieds en métal des chaises, l'empêchant de bien voir derrière le tas de meubles. Juste des visages indistincts et sans traits dans la lumière pâle.

Malgré l'absence de mouvement, la peur qui règne dans la pièce est presque tangible. Comme si tout le monde respirait en même temps.

Son esprit s'emballe. *Et si Steed ne s'en était pas sorti ?* Il serait sensé que Caleb l'ait tué en premier pour ensuite être libre de faire ce qu'il avait prévu à Delaney.

Mais quelques instants plus tard seulement, elle entend des bruits de pas. Le faisceau de sa torche éclaire le visage de Steed qui la regarde derrière la barricade de meubles.

— Ça va ? demande-t-elle rapidement.

— Tout le monde va bien, mais Delaney n'est plus là, dit-il d'une voix tremblante en commençant à tirer les meubles pour la laisser entrer. Je n'ai rien pu faire. Jackson est armé, il a tiré plusieurs coups en l'air. Impossible de le raisonner, dit-il en baissant la voix. Delaney l'a suivi de son plein gré. Il n'avait pas vraiment le choix.

Elin enjambe une table retournée et pénètre dans la pièce. Le groupe de personnes restantes est tapi dans le coin opposé, les yeux rivés sur elle, écarquillés et apeurés.

La prenant à part, Steed considère son visage, son corps avec un regard empreint d'inquiétude.

— Qu'est-ce qui s'est passé ? Tu es trempée.

— J'ai été…, commence-t-elle, sur quoi elle déglutit péniblement et reformule sa phrase. Caleb… il m'a attaquée, sur l'îlot. Je m'en suis sortie, mais il a coupé la passerelle et j'ai dû traverser à la nage.

— Mon Dieu, dit Steed en prenant une inspiration. Et Farrah ?

— Je l'ai trouvée. Il l'a frappée… elle a une blessure à la tête, mais elle va s'en remettre.

— Elle est toujours là-bas ?

— Oui.

Elin frissonne en sentant l'eau froide qui coule désagréablement de ses cheveux sur sa nuque.

— Je ne voulais pas la laisser seule, mais je n'avais pas de réseau pour contacter qui que ce soit et je savais qu'il venait ici. Je l'ai laissée à la villa.

— On pourrait essayer d'envoyer un secouriste.

— J'y ai pensé avant de voir que la passerelle était effondrée. La mer est trop agitée pour nager. C'est trop risqué d'envoyer quelqu'un.

Un silence. Steed paraît inquiet.

— Et tu es sûre que *toi*, tu vas bien ?

— Oui, dit-elle, mais au moment où elle prononce ces mots, la douleur dans ses côtes l'étreint à nouveau et lui coupe le souffle.

— Elin…

Elle empêche Steed d'exprimer son inquiétude en lui posant une question :

— Tu as vu dans quelle direction il est parti ?

Sans la quitter des yeux, Steed désigne les portes du fond.

— Il a emmené Delaney par là.

— Il y a combien de temps ?

— Cinq minutes, peut-être dix.

Elin suit son regard et calcule. Ces portes sont du même côté du bâtiment que le bureau de Farrah. Il n'y a pas beaucoup d'endroits où Caleb peut aller de là.

— Il faut que je me change puis je ressortirai.

Steed la regarde droit dans les yeux.

— Elin, non, Caleb est armé. On doit attendre l'équipe d'intervention.

Elin hésite et, dans ce bref instant, la peur se glisse dans le silence entre eux lorsqu'elle se souvient de la violence de l'attaque de Caleb sur l'îlot. Elle revit mentalement toute la scène, coup furieux après coup furieux, son ventre noué quand il l'a traînée vers l'eau.

Mais quand le souvenir s'estompe, les échos de la violence de Caleb ne font que renforcer sa détermination.

— Avec les lignes de téléphone coupées, on ne sait pas du tout quand les renforts vont venir ni s'ils peuvent le faire, avec la tempête. Ce sera peut-être trop tard pour Ronan. Je crois que maintenant qu'on sait pourquoi Caleb fait ça, je peux le faire renoncer.

Steed garde le silence pendant qu'Elin enlève sa veste trempée. Le moindre mouvement saccadé entraîne de petites ondes de douleur dans sa cage thoracique. Elle attrape son sac et se cache derrière la barricade pour se changer, mais en dépit de ce qu'elle a dit à Steed, elle sent la panique lui prendre la gorge.

Elle y résiste en se baissant pour enfiler un short. Une nouvelle douleur : un élancement sourd non seulement autour de ses côtes mais *dans* ses côtes, comme si ses os eux-mêmes protestaient.

Le doute l'envahit à nouveau : est-elle vraiment capable d'arrêter Caleb dans cet état ?

Lorsqu'elle ressort de derrière la barricade, Steed capte son regard.

— Elin, j'ai bien réfléchi. Tu ne peux pas y aller seule. Laisse-moi au moins…

Mais elle se dirige déjà vers les portes.

Chapitre 96

Lorsqu'elle franchit les portes du pavillon, Elin est prise d'assaut par la tempête qui agite tout en tous sens autour d'elle.

Les arbres. Le mobilier. Les parasols. Un tourbillon de sable et de terre.

L'adrénaline lui étreint la poitrine. Chaque bruit, chaque mouvement est comme un avertissement lui disant de retourner au pavillon principal. De les protéger. De se protéger.

Mais elle ne peut pas. Ronan et Caleb sont quelque part là-dehors.

Elin regarde autour d'elle et évalue où ils ont pu aller. Elle tourne la tête à gauche, puis à droite, et son regard se fixe sur l'étendue d'herbe qui descend en pente vers la falaise. Aucun accès à la plage en contrebas sauf par l'escalier qu'elle a aperçu quand Steed et elle cherchaient Farrah. Trop raide, sûrement, pour Delaney, s'il est attaché.

Elin avance d'un pas, à l'affût du moindre bruit, mais c'est impossible : la tempête est la seule voix audible. Aucune chance d'entendre quoi que ce soit d'autre que le hurlement du vent et le crépitement de la pluie.

Elle se rend devant le pavillon : *aucune trace de Caleb ni de Ronan.*

Quand elle arrive à la terrasse-bar du restaurant quelques instants plus tard, elle s'arrête net.

Celle-ci est dévastée. Les piles bien rangées de chaises qu'elle a aperçues en arrivant ont été renversées, projetées en tous sens, et plusieurs sont coincées contre le garde-corps.

Enjambant les restes cassés d'une table pour s'approcher du bar, elle remarque que la bâche ne flotte plus dans le vent : elle a complètement disparu.

En l'absence de toute protection, le vent a fait des ravages : des bouteilles roulent sur le sol et des débris de verre craquent sous ses pieds. Un liquide ambré provenant d'une bouteille cassée forme une flaque parmi les morceaux de verre ; l'odeur âcre de l'alcool lui monte au nez.

Elin perçoit un mouvement et relève les yeux : une des guirlandes de lumières s'est décrochée d'un côté et ballotte violemment d'avant en arrière. Une autre a été complètement arrachée et serpente à présent sur le sol parmi les bris de verre et les flaques d'alcool.

Elin est sur le point de se diriger vers le garde-corps pour regarder en contrebas quand quelque chose bouge dans son champ de vision.

Une masse sombre en train de fondre sur elle.

Elle comprend en une fraction de seconde : la bâche. *Elle ne s'est pas envolée.* Elle est encore attachée au sommet, et une bourrasque l'écarte de son champ de vision pendant un instant avant de la rabattre sur elle.

Elin fait un pas de côté mais trop tard : la bâche lui fouette le visage, la poitrine. Elle manque tomber à la renverse sous l'effet du choc soudain. Quand elle se remet rapidement d'aplomb, elle est prise de vertiges et le sang afflue dans sa tête.

Une profonde respiration. Une autre.

Quelques instants s'écoulent avant qu'elle soit prête à repartir. Zigzaguant parmi les débris, elle traverse la terrasse du restaurant et regarde la piscine derrière le garde-corps. Pendant un instant, elle croit voir quelqu'un avant de se rendre compte que ce n'est qu'une chaise longue, à moitié immergée dans la piscine, une de ses extrémités sortant de l'eau.

Elle se décale vers la droite pour pouvoir voir la plage.

C'est le chaos.

Les mini-tourbillons de sable se sont multipliés. Des arbres, déracinés de la falaise, ont maintenant emportés des rochers avec eux, et de gros morceaux de pierre parsèment le sable.

Elle regarde à gauche, en direction de l'îlot. De ce point de vue, elle distingue à peine la balançoire dont les cordes sont secouées en tous sens par le vent.

Il n'y a personne là-bas.

Faisant volte-face, elle part rapidement vers le pavillon de yoga, à grandes enjambées bondissantes. Il y a des obstacles partout où elle va : des flaques, des mottes de terre, des débris. Elle est persuadée de voir des mouvements du coin de l'œil, mais ce ne sont que ses propres gestes irréguliers reflétés dans la baie vitrée du pavillon principal.

Une fois arrivée au pavillon de yoga, elle regarde à nouveau autour d'elle. Toujours aucun signe de vie.

Le seul endroit qu'il reste dehors, à ce niveau, c'est l'arrière du pavillon principal. S'ils ne sont pas là, elle devra fouiller le bâtiment lui-même. Il y a une petite chance pour qu'ils soient revenus sur leurs pas et rentrés à l'intérieur.

Quand Elin repart au petit trot, une panique tenace lui oppresse la poitrine. Exposée comme elle l'est à cet endroit, elle ne peut s'empêcher de se sentir observée : comme si Caleb Jackson savait qu'elle s'était échappée de l'îlot et qu'il l'attendait quelque part.

Parcourue d'un frisson, Elin doit chasser cette pensée et continuer de chercher. Au coin du pavillon, elle bifurque à droite. Le dos au mur, elle longe le côté en restant le plus possible à couvert. Si près des bois, l'allée est jonchée de brindilles et de branches entières arrachées des arbres. C'est comme si l'île ne s'en prenait pas seulement au centre de vacances mais aussi à elle-même, et n'arrêterait qu'une fois qu'elle se serait totalement remise à nu.

Elin s'arrête à l'arrière du pavillon et scrute la terrasse, ainsi que la pelouse devant qui descend vers les bois.

Ses yeux se fixent sur la masse sombre de la forêt au-delà, avec pour seule touche de couleur les triangles vifs des balises de sentiers clouées aux arbres. Si Elin l'avait trouvée sauvage la dernière fois qu'elle l'a aperçue, elle est devenue autre chose : comme si la forêt tout entière était une créature mouvante, les arbres ne s'agitant pas individuellement mais ensemble.

Une force.

Tandis qu'Elin contemple cette étendue boisée, l'idée de retrouver Caleb et Ronan lui apparaît soudain comme une tâche impossible. L'endroit est trop immense pour qu'elle le fouille seule.

Doit-elle abandonner tout espoir ? Faire comme l'a suggéré Steed, attendre des renforts ?

Mais c'est à ce moment-là qu'elle entend quelque chose.

Immobilisant chacun de ses muscles, Elin tend l'oreille.

Une voix : celle de Caleb.

Des marmonnements faibles. Qui s'amplifient. Une autre voix, un cri de douleur.

Elle retient son souffle.

Ronan et Caleb se dirigent vers elle.

Chapitre 97

Caleb devait se cacher quelque part près de l'endroit par lequel elle est sortie du bâtiment, attendant que la voie lui paraisse libre.

Elin jette des regards éperdus autour d'elle. S'il la trouve ici, à découvert, elle perd tout effet de surprise. Caleb étant armé, elle n'a aucune chance.

Son regard se porte sur le pavillon, sur les portes. Trop tard : si elle va par là, elle fonce tout droit dans leur direction, d'autant qu'elle a besoin de son passe pour entrer. Cela prendrait trop de temps.

Les bois.

La douleur dans ses côtes, sa poitrine, est devenue insistante, mais elle se force à traverser la pelouse en courant, en direction du premier bosquet d'arbres. Des copeaux de bois et des aiguilles de pin volent quand elle foule lourdement le sol.

Elle n'est qu'à quelques mètres de la forêt quand son pied se dérobe sous elle. Elle perd appui sur le sol glissant.

Elle tombe en avant et tend brusquement les mains pour amortir sa chute. Elle ressent une secousse brutale quand ses paumes heurtent violemment le sol, le choc se propageant dans ses bras jusqu'à sa poitrine. La douleur dans ses côtes l'étreint davantage et elle a le souffle coupé, mais elle se remet à quatre pattes.

Elin jette un coup d'œil en direction du pavillon.

Ils approchent. Encore un mètre et ils seront presque à son niveau.

Horrifiée, elle se couche à plat ventre et s'efforce de ne faire aucun bruit, de ne pas attirer l'attention. La terre est humide et mêlée de petits cailloux qui s'enfoncent dans ses joues.

Elle retient son souffle et sent son cœur qui bat la chamade.

Le vent tombe, si bien qu'elle peut à nouveau entendre des voix. Caleb, de plus en plus fort.

L'ont-ils vue tomber ? Se dirigent-ils vers elle maintenant ?

S'ils ne l'ont pas vue à ce moment-là, ce sera le cas quand ils arriveront à son niveau.

Bouger. Il faut qu'elle bouge.

Elle se hisse en avant, tout en restant baissée, et plonge dans les denses broussailles. Les ronces et les branches lui piquent le visage, accrochent ses vêtements.

Une voix retentit à nouveau – comme quelqu'un qui crie un ordre.

Toujours accroupie, Elin s'enfonce un peu plus et les épines accrochent son cou, ses cheveux. Elle grimace quand l'une d'elles se plante dans la peau fine de son cuir chevelu.

La voix de Caleb redevient audible entre les rafales de vent.

La panique grandit en elle.

Elle lève à peine la tête, mais ne voit que le sous-bois

devant elle : des pointes d'aiguilles de pin, de la terre retournée. Un tapis de feuilles mortes, détrempées et chiffonnées. Une odeur de terre fraîche lui emplit les narines, avec des notes de matière en décomposition.

— Tu vois ça ? lance la voix de Caleb, un cri porté par le vent. Là en bas ?

Elin ne sait pas s'il se parle tout seul ou s'il s'adresse à Ronan.

Un mouvement.

Le cœur battant, elle reste figée sur place, les yeux grands ouverts, rivés sur le sous-bois. Rester dans cette position lui demande trop d'efforts ; ses muscles se contractent. Elle va devoir bouger.

Un grondement de tonnerre retentit.

Quand il diminue, Caleb parle à nouveau.

— Allons-y. Il n'y a rien ici.

Le soulagement est instantané, mais elle laisse tout de même passer quelques minutes avant de bouger.

Expirant lentement, elle se redresse peu à peu en restant camouflée dans les bois pour inspecter la pelouse devant elle et l'espace autour d'elle. Ses jambes sont engourdies et raides ; il lui faut quelques instants pour les réveiller.

Tout en continuant de regarder autour d'elle, aux aguets, elle traverse lentement la pelouse en direction du pavillon principal. Aucune trace d'eux, mais elle devine qu'ils ont poursuivi dans la même direction – à l'opposé de l'endroit par lequel ils sont sortis du bâtiment, vers le rocher.

Dos au mur, elle longe lentement le côté du pavillon, une fois encore en proie à la paranoïa : elle a l'impression que Caleb l'observe quelque part. L'attend. Le fait d'entrevoir l'intérieur du pavillon ne fait qu'accentuer son malaise : elle perçoit des mouvements partout dans l'obscurité mouvante derrière les vitres.

Elin passe au pied du rocher et s'apprête à descendre l'escalier menant aux villas quand le vent se calme brièvement. Les arbres cessent de se balancer, les tourbillons de sable et de terre retombent sur le sol. Elle perçoit des paroles lointaines, puis un bruit de frottement. Encore des paroles. De courts bruits secs. Perdus quand le vent se remet à souffler.

Le cœur battant, elle attend, immobile, appelant un nouveau moment d'accalmie.

Elin ne doit attendre qu'une minute environ pour que celui-ci arrive. Un gémissement : Ronan ?

Tendant l'oreille, elle s'efforce d'isoler l'origine du bruit.

Ce n'est que quand le gémissement s'intensifie qu'Elin se rend compte qu'il vient d'au-dessus d'elle.

Le rocher.

Chapitre 98

Elin lève les yeux et ne voit rien. Mais quand elle contourne le rocher sur quelques mètres, elle l'aperçoit : une échelle, appuyée contre la pierre.

De nouveaux bruits : un frottement. Des voix.

Il est en train d'emmener Ronan là-haut.

Malgré la douleur vive dans ses côtes, elle se dirige le plus vite qu'elle peut jusqu'au pied du rocher et trouve Caleb en train de grimper à l'échelle, Ronan devant lui.

Elin se cache derrière un petit surplomb, attend, en silence, mais Caleb ne donne aucunement l'impression de l'avoir vue. Elle s'apprête à monter à l'échelle quand celle-ci bouge. *Il veut la faire tomber.*

L'échelle oscille de manière précaire vers l'arrière puis vers l'avant, avant qu'Elin parvienne à l'attraper et à la remettre en place. Elle lève les yeux, mais Caleb ne l'a pas repérée ou est déjà parti.

Elle pose un pied sur le premier barreau avec précaution, commence à monter. Le vent s'est remis à souffler en violentes rafales qui tirent sur ses vêtements mouillés, ses cheveux. Elle sent immédiatement la force de celui-ci tandis qu'elle se hisse sur l'échelle, se mordant la lèvre de douleur à chaque mouvement.

Lorsqu'elle franchit le dernier barreau et arrive sur un plateau, Elin souffle en examinant les lieux. Le rocher forme une avancée à cet endroit, un rebord naturel d'environ un mètre de large qui forme ce plateau et enveloppe le corps du rocher sur sa droite, celui-ci continuant de se dresser au-dessus d'elle.

Elle ne voit Caleb et Ronan nulle part. Ils doivent être de l'autre côté du rocher.

Haletante, elle commence à en faire le tour sur le plateau, mais la pierre sous ses pieds est irrégulière et glissante. Au bout de quelques pas, une bourrasque souffle. Chancelante, Elin se force à regarder droit devant elle. À se concentrer sur la pointe des arbres au loin.

Ne regarde pas en bas.

Le vent forcit à nouveau. Les poings serrés, Elin se rapproche du rocher pour s'abriter, les bras tendus pour garder l'équilibre.

Au moment où elle dépasse un angle quelques instants plus tard, elle s'arrête net.

Caleb, un pistolet à la main, le tient braqué sur Ronan, qui est effondré contre la roche, une grosse balafre irrégulière sur sa tempe, des filets de sang serpentant vers sa chemise. Il a par ailleurs l'œil presque fermé tant il est boursouflé. Ses lèvres sont pincées comme s'il essayait de se retenir de pleurer.

Caleb ne regarde pas dans la direction d'Elin. Il est en train de faire quelque chose d'étrange : il s'adresse à Ronan, déversant un torrent de paroles sans pause ni ponctuation. Un déchaînement de violence verbale ciblée. Il prend plaisir à s'écouter parler.

C'est ça qu'il voulait, songe Elin, c'est la raison pour laquelle il n'a pas tué Ronan tout de suite ; il souhaitait lui expliquer précisément ce que Ronan a fait à sa famille. Il veut que Ronan le *voie*, lui, qu'il les voie.

Elle imagine tous les moments qui ont conduit à celui-ci : un mensonge, tous les faux pas qui se sont accumulés.

Elin s'approche. Caleb tourne brusquement la tête, le regard vide quand il rencontre le sien. Elle se demande comment elle n'a pas vu plus tôt le vide glaçant qui se lit sur son visage. L'expression d'une personne qui a perdu son lien au monde.

— Je sais que vous aimeriez l'aider, mais c'est malheureusement impossible, dit Caleb en secouant la tête d'un air presque triste. Vous nous avez dérangés alors que je commençais juste à être sur ma lancée.

Derrière lui planent d'épais nuages bas, qui forment des poches sombres dans le ciel.

— Caleb, ce n'est pas comme ça que vous voulez que ça se passe, je le sais, déclare Elin en haussant la voix pour qu'il l'entende dans la tempête. Il est encore temps d'empêcher que ça aille plus loin.

— Mais je *veux* que ça aille plus loin. C'est à ça que je voulais en venir. À ce moment.

Même de si près, la fin de sa phrase est étouffée par le vent.

Elin avance encore d'un pas.

— C'est peut-être ce que vous vous dites, mais ça ne résout rien.

— Arrêtez, dit Caleb en levant le bras. N'approchez pas plus.

Il baisse son pistolet jusqu'à ce qu'il soit pointé tout droit sur le visage de Ronan, avec un petit mouvement du poignet en guise d'avertissement. Ronan tressaille, se met à trembler, un son à peine audible émergeant du fond de sa gorge.

— Il doit être puni, ici, sur le rocher, là où tout a commencé.

Fais-le parler.

— Mais ce que vous êtes en train de faire, ça n'a rien à voir avec le rocher de la Faucheuse, si ?

Le regard de Caleb s'éclaire.

— Si. C'est ce qui est en train de se passer, à cet instant, la Faucheuse qui prend les âmes des gens qui méritent de mourir. Les gens comme lui, dit-il en désignant Caleb.

Prenant une voix plus calme, Elin le regarde dans les yeux.

— Vous croyez vraiment ça ?

Il paraît surpris par cette question. Une ombre passe sur son visage avant qu'il se reprenne.

— Bien sûr. Regardez ce qui s'est passé à l'école, les gamins tués par Creacher.

— Mais c'est votre père qui a tué ces adolescents pendant le camp. Il n'y a pas de Faucheuse. Vous savez aussi bien que moi que votre père était délirant et qu'il a tué ces adolescents à cause de ce qui lui était arrivé à l'école. Mais ce que *vous* avez fait, c'est pour une autre raison.

Caleb incline la tête en la regardant, comme s'il essayait d'évaluer ce qu'elle pourrait savoir. Un petit sourire suffisant se dessine sur ses lèvres, mais il disparaît.

— Allez-y, alors, je vois que vous avez tout compris. Dites-moi de quoi il s'agit.

— De vengeance. Vous vengez votre père qui a perdu

de l'argent à cause de Ronan. De l'argent qu'il allait utiliser pour acheter cette île, lui assurer un statut de SISP, et vous vous vengez du fait que Ronan l'a ensuite réaménagée, chose qui a causé la mort prématurée de votre père.

Caleb ouvre la bouche, semble sur le point de riposter, avant de s'effondrer, les épaules voûtées. Ses doigts viennent pincer l'arête de son nez comme s'il se retenait de pleurer.

— Cette inscription comme SISP… c'était censé être un nouveau départ pour mon père. Vous savez ce que cette école lui a fait ? Elle l'a rongé, en a fait un monstre, dit-il en secouant la tête. Il a passé des heures dans cette grotte, à sculpter ces pierres, en se persuadant qu'il était une foutue faucheuse, continue-t-il d'une voix tremblante. Mais après avoir tué ces ados, il a essayé de changer, vous savez ? Il a pris les bons médicaments, bien décidé à ce que ça ne se reproduise pas.

Il tend alors brusquement le doigt vers Ronan.

— Mais *cet homme* a piétiné tout ça en volant l'argent de mon père.

Les yeux de Ronan s'ouvrent en battant des cils.

— Un tuyau, voilà tout ce que c'était.

Sa voix est faible, étouffée par la douleur. Malgré sa protestation, il est évident qu'il ment. Tel un nuage planant lourdement au-dessus de lui, Elin la voit : la honte. Qui se lit sur tous les traits de son visage.

— Je n'ai rien voulu faire de plus.

Caleb est bouche bée, incrédule.

— Même maintenant, vous mentez. La société qui pilotait ce projet, vous étiez derrière. Je me suis renseigné. Vous n'avez jamais fait que prendre, Delaney. Vous avez détruit mon père. Financièrement. Mentalement. Jusqu'à ce qu'il ne puisse plus le supporter, jusqu'à ce qu'il…

Ces mots le coupent dans son élan et sa main crispée sur le pistolet se met à trembler, le canon, à s'agiter de bas en haut. Ses yeux luisent quand il regarde Elin, qui voit son chagrin gravé en eux. Du chagrin, de la souffrance et une profonde confusion… comme s'il regardait le monde et ne le comprenait plus.

— Je suis désolé, dit Ronan, le visage livide, avec une vive inspiration en se tenant le côté. Je n'ai jamais voulu qu'il se passe une chose pareille.

Elin est frappée par la pointe de peur qu'elle perçoit dans l'intonation enjôleuse et suppliante de Ronan. *Non*, a-t-elle envie de lui dire, *n'essayez pas de susciter sa compassion, parce que ça le poussera à vous détester encore plus, vous qui n'avez pas fait preuve de compassion envers lui, pas le moins du monde. Vous lui avez pris tout ce qu'il avait, et maintenant vous essayez d'en prendre encore.*

Des larmes ruissellent sur le visage de Caleb.

— Vous m'avez envoyé paître quand je vous ai contacté, quand j'ai essayé de vous expliquer à quel point mon père tenait au projet de SISP. Comme si ce que vous aviez fait – prendre les économies de mon père, piétiner son putain de rêve – n'avait *aucune* importance, dit-il avant de reprendre une inspiration. Il y a une chose que je n'ai jamais comprise, c'est comment il est possible que ça ne vous atteigne pas. Que vous ne ressentiez rien. Que vous ne ressentiez rien ici, dit-il en mettant une main sur sa poitrine. Seth était pareil. J'ai cru qu'il avait peut-être un peu plus de conscience morale, mais non. Les gens comme vous croient que, parce qu'ils ont de l'argent et du pouvoir, les règles ne s'appliquent pas pour eux. Mais vous êtes bien obligé d'y accorder de l'importance maintenant, hein ? Vous méritez totalement ce qui vous arrive !

— Mais les autres ne le méritaient pas, dit doucement Elin.

Une lueur d'espoir : le fait que Caleb s'exprime comme ça, qu'il se livre… ça pourrait suffire. Être le levier dont elle a besoin. Si elle réussit simplement à faire en sorte qu'il continue de parler, elle parviendra peut-être à rompre le charme et à l'aider à voir les raisons de libérer Ronan.

— Bea, Seth et Jo…

— Jo ? fait Caleb en plissant les yeux. Mais je ne l'ai pas tuée, affirme-t-il, puis il dresse la tête, haletant. Est-ce que ça fait partie de votre stratégie, d'essayer de m'embrouiller en m'accusant de choses que je n'ai *pas* faites ?

Il agite à nouveau le pistolet. Ronan se recroqueville.

Elin s'approche un peu plus.

— Caleb, je sais que ce que Ronan a fait est affreux, mais en vous en prenant à lui, vous faites aussi quelque chose de mal. Je sais que vous pouvez comprendre ça…

— N'approchez pas. Je suis sérieux.

Caleb détourne le pistolet de Ronan pour le pointer sur elle, puis le braque à nouveau sur Ronan, le canon tremblant dans sa main, les muscles de son avant-bras agités de convulsions visibles.

— Je sais que je fais quelque chose de mal. J'en suis bien conscient, mais vous savez, c'est dans l'ordre des choses que ça se termine ici, sur ce rocher, dit-il avant de lâcher un rire crispé. Je n'en reviens toujours pas que mon pauvre père ait cru à toutes ces conneries, mais il y a une raison si les gens y croient, non ?

Ses paroles sortent de plus en plus vite.

— C'est une projection ; ils déplacent les aspects les plus sombres de leur personne dans autre chose. C'est bizarre d'appeler ça un « lieu sûr », mais ça l'ait. Quand on met tous les aspects de soi qu'on déteste et qu'on craint dans un rocher comme celui-ci, ça ne fait plus partie de nous. C'est ce qu'a fait mon père. Mais je sais où réside le mal, dit-il en secouant la tête. En nous. En vous. C'est *nous* qui faisons de mauvaises choses. Pas un morceau de roche.

Caleb relève la tête pour la regarder dans les yeux. L'espace d'un instant, Elin croit qu'il hésite, sa main se relâchant sur le pistolet, mais il se tourne alors à nouveau vers Ronan. Son regard se durcit et son expression se fige d'une manière qui la rend nerveuse.

Il lève légèrement la main et ses doigts remuent sur la crosse avant qu'il les fige.

La panique lui étreignant la poitrine, Elin tend une main, fait un pas en avant, commence à dire quelque chose, mais Caleb est déjà en train d'appuyer sur la détente.

Une détonation assourdissante.

Chapitre 99

Un spasme secoue le corps de Ronan, agite ses membres de manière anarchique. Horrifiée, Elin se force à regarder, s'attendant que Caleb ait visé la tête ou la poitrine, mais elle voit en fait du sang jaillir d'une blessure dans sa cuisse.

Quand Caleb fait un pas vers elle, elle comprend pourquoi : il a encore des choses à régler avec Ronan. Il n'a pas tiré pour le tuer, mais pour l'immobiliser, afin de pouvoir s'occuper d'elle.

Affolée, elle réfléchit : *Éveille son intérêt. Fais-lui voir que tu es une personne. Pas une menace.*

Mais alors qu'elle ouvre la bouche pour parler, Caleb a déjà pris la parole.

— Je ne voulais pas faire ça, dit-il en braquant le pistolet sur elle. J'étais sérieux tout à l'heure. Je ne veux de mal à personne d'autre. C'était censé ne concerner que Ronan et Seth, mais, vous comprenez, je n'ai pas tout à fait fini de lui expliquer *exactement* ce qu'il a fait à ma famille, et puisque vous êtes ici, je ne vais pas pouvoir m'exprimer correctement, dit-il d'un ton presque contrit. Je suis désolé que ça doive se passer comme ça.

Son doigt se contracte sur la détente. Une nouvelle puissante détonation.

Elin fait un brusque écart de côté. Elle ne sait pas d'où lui vient cette rapidité, la force de bouger, mais ça ne suffit pas.

Elle ressent une pression presque instantanée suivie d'une douleur fulgurante, sans comparaison avec tout ce qu'elle a pu éprouver jusque-là. Une sensation de chaleur soudaine et étrange envahit le côté gauche de son corps, comme si quelque chose de brûlant se trouvait en elle et essayait de la transpercer.

Elle regarde son flanc, alarmée. Du *sang*. Une profusion de sang.

Le souffle coupé, elle trébuche en arrière. Tout à coup, ses jambes se dérobent sous elle et elle s'écroule sur la roche. Prise de vertiges, elle plaque la main sur son flanc, vacille quand ses doigts se teintent de rouge.

Caleb fait un pas vers elle. Il fronce les sourcils, la tête penchée sur le côté, la considère avec un air terriblement las. Elin se rend compte qu'il dit la vérité. Il n'a pas envie de faire ça, mais c'est devenu nécessaire. Une tâche à accomplir.

Il brandit à nouveau le pistolet.

La gorge d'Elin se relâche de résignation. Pour la première fois, elle n'a pas peur. Elle est trop fatiguée pour avoir peur. Tout ce qu'elle ressent, c'est un étrange sentiment d'impatience. D'attendre le calme. La paix.

Caleb s'approche encore, le bras tendu.

Mais au moment où elle se prépare au pire, le bras de Caleb s'abaisse. Elle le regarde basculer, presque au ralenti, son pied, peut-être à cause du sang et de la pluie, dérapant sur le sol.

Il pousse un grand cri de surprise et tombe lourdement sur la pierre.

Il semble incapable de bouger dans un premier temps et Elin le regarde, déconcertée. Les épaules de Caleb sont agitées de soubresauts. *Il pleure*, se rend-elle compte. Quand il lève la tête, des larmes ruissellent sur ses joues.

Une lueur d'espoir : Elin a une courte fenêtre de tir pour faire quelque chose.

Elle essaie de se concentrer. Bien que la douleur soit insoutenable, elle lui apporte une certaine clarté : elle n'est plus diffuse mais réduite à un élancement pressant, non pas au niveau de son torse comme elle le croyait, mais de son bras.

Cette prise de conscience la galvanise : ce n'est peut-être pas si grave qu'elle l'a cru.

Elle a une soudaine montée d'adrénaline quand elle se relève : toute son énergie se concentre dans cet instant. Jusqu'à la dernière réserve qu'il lui reste. Toute sa force. Sa volonté. Sa peur. Elle ne retrouvera jamais un tel élan.

La voix dans sa tête qui la traite de lâche est revenue, mais Elin la chasse. Celle-ci ne lui fait pas peur, elle ne la motive pas non plus. Elin n'a pas à faire ses preuves. Elle les a déjà faites maintes et maintes fois.

Avançant d'un pas titubant, elle sait que ce qu'elle s'apprête à faire est *sa* décision, et celle de personne d'autre. La bonne décision dans ces circonstances.

Elin chancelle, entend sa propre respiration saccadée dans ses oreilles. Caleb relève brusquement la tête pour la regarder et commence à parler, mais ses mots sont emportés par le vent et s'évanouissent rapidement.

Il essaie péniblement de se relever, mais n'arrive pas à prendre appui.

Elin est déjà là ; elle se jette sur lui comme pour faire taire la douleur, pour faire taire tous les doutes qu'elle a eus, elle-même surprise par la vitesse du mouvement. Le choc quand elle le heurte expulse l'air de ses poumons et lui cause un élancement dans les côtes.

Le pistolet de Caleb lui échappe de la main et glisse un mètre plus loin. Caleb plonge pour essayer de l'attraper, mais Elin se jette à nouveau sur lui de tout son poids et lui écrase le torse contre la pierre.

Il se contorsionne sous elle, mais Elin tient bon, usant de toute sa force pour lui bloquer les bras dans le dos en essayant de ne pas prêter attention à la douleur cuisante au niveau de sa blessure.

Lorsqu'elle l'immobilise, tout devient sourd. Elle entend à peine le vent et la pluie, même sa propre respiration haletante.

Tout se joue entre eux deux. Lui contre elle.

Caleb se tortille au-dessous d'elle, essaye de bouger, mais Elin le pousse encore plus fort, si fort qu'elle sent les muscles de ses bras qui vibrent sous l'effet de l'effort.

Elle sait qu'elle n'a pas d'autre choix que de le tenir fermement. Sa force est tout ce qu'elle a : si elle fait un mouvement pour attraper ses menottes, il essaiera de profiter de l'occasion pour reprendre le dessus.

— C'était mon père, dit Caleb entre deux sanglots. La seule famille que j'aie jamais eue. Sans famille, on n'a rien, non ? Rien.

Le regard d'Elin va et vient entre Ronan et lui. Les yeux de Ronan sont toujours fermés. Il pousse un gémissement aigu. Il est évident qu'il s'est coupé du monde, qu'il a fermé ses yeux et son esprit à ce qu'il se passe autour de lui.

Caleb remue à nouveau, essaye de la déloger. Elin se met à paniquer, ne sachant pas combien de temps elle peut encore le tenir ainsi. Ses mains sont glissantes à cause de la sueur et du sang, la douleur dans son bras, insoutenable.

Elle prend une grande inspiration, essaye de rassembler ses dernières forces, quand elle remarque une autre main devant la sienne.

— C'est bon, Elin, je le tiens.

La voix de Steed. Pendant un instant, elle croit l'imaginer, jusqu'à ce qu'elle incline la tête et le voie, à genoux à côté d'elle.

— Elin, je le tiens. Tu peux le lâcher maintenant.

Clignant des yeux, Elin rencontre le regard de Steed, hoche la tête. Elle ne parvient pas bien à déchiffrer son expression, mais elle saisit quelque chose dans son regard qui est au-delà des mots.

Lentement, prudemment, elle lui cède la place.

Un immense soulagement l'envahit. *Il a raison : elle peut lâcher maintenant*.

Regardant Steed maîtriser Caleb, elle se rend compte que ce que Caleb a dit était vrai. La famille est *bel et bien* tout ce qu'on a, mais ce n'est pas seulement une question de liens de sang. La famille se révèle dans les moments les plus improbables : les regards d'une fraction de seconde, un geste, la main à côté de la vôtre quand vous en avez le plus besoin.

Épilogue

— Je suppose donc qu'il pleut toujours ?

Elin se redresse avec peine dans son lit d'hôpital. Elle considère les cheveux mouillés d'Anna, de fines gouttelettes d'eau accrochées aux mèches qui se sont défaites de sa queue-de-cheval.

— Ça n'a pas arrêté.

Anna sourit, trop joviale et resplendissante de santé pour ce cadre austère, avec son sweat à capuche bleu et son legging de course.

Steed, assis à droite de son lit, approche sa chaise. Fouillant dans son sac, il en sort un sachet contenant une grappe de raisin et le lui donne.

— Je me suis dit que j'allais perpétuer le cliché et t'apporter du raisin. Ça te permettra peut-être de tenir jusqu'au déjeuner.

Elin rigole, mais quand elle prend le sachet, elle ressent un élancement au niveau des côtes. Elle grimace.

Steed la regarde, inquiet.

— Tu as encore mal ?

— Oui, mais ça s'améliore. À vrai dire, je suis surtout fatiguée. L'infection m'a vidée de mon énergie. Je pensais être prête à rentrer chez moi, et c'est là que ça m'est tombé dessus.

— Et tes côtes ? La fracture guérit ?

Elle glisse un grain de raisin dans sa bouche et hoche la tête.

— À peu près. Je déteste rester là sans bouger, mais Will dit que ça me fait du bien. C'est de la relaxation forcée.

Elle sourit et regarde par la fenêtre. Des voitures passent devant l'hôpital en serpentant vers le pied de la colline.

— Comment ça va entre Will et toi ? demande Anna, puis elle lance un regard affolé à Steed, se demandant manifestement si elle n'a pas abordé une question trop intime devant lui. Désolée, articule-t-elle en silence.

— C'est pas grave. Il est au courant de tout, indique Elin en lançant un sourire à Steed. Pour être honnête, on n'a pas encore eu l'occasion d'avoir une vraie conversation, pas à ce sujet en tout cas. Il attend sans doute que je rentre chez nous.

Anna hoche la tête.

— Et Farrah ? Elle s'est bien remise ?

— Physiquement au moins, oui, elle a eu de la chance, ses blessures n'étaient que superficielles, mais psychologiquement… Je crois qu'elle est encore en état de choc.

— C'est compréhensible. Il va lui falloir du temps pour digérer ça, dit Anna, qui se penche pour piquer un grain de raisin dans le sachet. Et alors, qu'est-ce que tu vas faire ensuite ? Tu comptes toujours partir en vacances ?

— Oui. Avec Isaac. On va partir un peu à la cambrousse. Son amie lui a conseillé un endroit.

Le ventre d'Elin se noue. Elle est tendue, se rend-elle compte, à l'idée de le voir. Sans Will cette fois. Juste eux deux. Seuls. Sans aucun moyen de se cacher.

— Cette escapade va me faire du bien. À rester assise ici, j'ai eu le temps de réfléchir... J'ai décidé que je devais essayer de me comprendre un peu mieux.

— Besoin de méditer ?

Elin acquiesce de la tête.

— Je n'arrête pas d'y repenser, et j'ai réalisé quelque chose : je me suis toujours persuadée que ce qui me motivait, c'était une sorte de besoin noble de trouver des réponses – et vivre la vie à fond parce que Sam ne le pouvait pas –, mais ce n'est pas ça, explique-t-elle avec un rire crispé. Pendant cette affaire, c'était la voix de mon père que j'entendais dans ma tête et qui me traitait de lâche. Voilà ce qui m'a motivée. Prouver que je ne le suis pas, à mon père et à d'autres.

— Et à toi-même ? demande Anna à voix basse.

— Oui, je crois, mais là-haut sur le rocher, quand je me suis jetée sur Caleb, c'est la première fois de ma vie que j'ai pris une décision uniquement pour moi, dit-elle, puis elle hésite, réfléchit à la meilleure façon de le formuler. Je ne suis pas lâche, comme l'a dit Will, parce que j'ai fait une chose que je n'aurais pas dû ni parce que je n'ai rien fait, comme mon père me l'a fait croire. La seule chose vraiment lâche que j'ai faite, c'est de ne pas avoir été fidèle à moi-même.

— Il faut faire ce que *toi*, tu veux, murmure Steed.

— Exactement. Il faut que j'apprenne à me connaître, tous mes bons côtés, mais aussi les mauvais, dit-elle en haussant les épaules. Désormais, je ferai ce que j'ai fait sur ce rocher : je prendrai des décisions qui viendront de moi, et de personne d'autre.

Anna garde le silence pendant un instant, avant de hocher la tête.

— Tant que tu nous *reviens*, dit-elle, puis elle les regarde tous les deux en souriant. Vous deux… vous êtes une vraie équipe de choc.

Steed penche la tête sur le côté, comme s'il réfléchissait.

— Pas facile de décider, mais je crois que je suis d'accord pour retravailler avec elle.

Elin lui fait un grand sourire.

— Sérieusement, merci, pour tout. Je n'ai pas encore eu l'occasion de te le dire comme il se doit.

— Y a pas de quoi. Pendant un instant là-bas…

La voix de Steed s'éteint.

Elin le regarde dans les yeux. Aucun des deux ne peut le dire. Et ils n'ont pas besoin de le faire.

Elle pose le raisin sur sa table de chevet d'une mine dégoûtée, et attrape le paquet de beignets feuilletés que Will lui a laissé.

— Je t'en ai gardé un, dit-elle en lui passant le sachet.

Avec un sourire reconnaissant, Steed plonge la main dedans et sort le beignet, dont il ne fait que deux bouchées.

— Et où en est l'affaire maintenant ? demande Elin.

— Les autopsies ont confirmé ce qu'on soupçonnait, répond Anna. Jackson a tout avoué et donné des détails. Bea Leger est une victime collatérale, comme on le pensait. Apparemment, la chute du haut de la falaise était une autre option qu'il avait envisagée pour tuer Delaney, mais Bea lui a mis des bâtons dans les roues et l'a forcé à improviser.

— Et la grotte, l'histoire de la Faucheuse ?

— Tu avais raison. Ce n'était qu'une ruse une fois qu'il s'est aperçu que le scénario de l'accident ne tiendrait pas la route. Il a voulu détourner notre attention en nous faisant croire que l'affaire était liée aux meurtres imputés à Creacher, afin d'être tranquille pour se débarrasser de Ronan Delaney, explique Steed en s'essuyant la bouche du dos de la main. Il nous a dit que son père était coupable des meurtres que Creacher était censé avoir commis. De celui de Lois Wade aussi.

— Et celui de Jo Leger ? demande Elin en s'éclaircissant la voix.

Anna fronce les sourcils et marque une pause.

— C'est la seule chose qui continue de me contrarier, dit-elle enfin. Jackson maintient qu'il ne l'a pas tuée. Steed pense qu'il se moque de nous.

Steed regarde le paquet de beignets vide et hoche la tête.

— Je sais que ça arrive. C'est une affaire de pouvoir. Ça consiste à ne pas livrer toutes les pièces du puzzle.

— Et les tweets ? Est-ce qu'il a avoué que c'était lui ?

Anna hésite.

— Non, mais on est presque sûrs que c'est lui. Le fait qu'il n'y ait pas eu de nouveaux messages depuis…

Elin hoche la tête, déconcertée. Jusqu'à l'arrivée d'Anna et Steed, elle n'était même pas certaine de soulever la question.

— C'est juste…

— Quoi ?

— Je suis sans doute parano, mais j'ai toujours cette impression qu'on… (elle s'éclaircit la voix)… qu'on m'observe.

— Tu as vu quelqu'un ? demande Steed en plissant le front d'inquiétude.

— Non, c'est plus une *impression*, répond Elin et elle rougit, ne sachant trop comment le formuler. L'autre jour, quelqu'un est passé devant ma chambre et j'ai cru…

Elle hausse les épaules et lâche un rire forcé.

— Oubliez ça, c'est probablement tous ces médicaments qui me font perdre les pédales.

Anna et Steed échangent un regard.

Elin change de sujet.

— Comment ça se passe pour Creacher ?

Steed pose un journal sur la table.

— C'est drôle que tu parles de ça. Tout est écrit là. Ce n'est pas vraiment un truc léger à lire avant de s'endormir, donc ne te sens pas obligée de regarder si tu ne veux pas, dit-il, hésitant. Il est aussi question de Farrah et Will.

Elle lit le premier paragraphe.

Larson Creacher a été libéré de la prison d'Exeter… La police estime qu'il y a assez d'éléments prouvant que Porter Jackson est coupable du meurtre de cinq adolescents en 2003. Elle a confirmé qu'elle ne recherche personne d'autre en lien avec ces décès.

Elin parcourt l'article : aucune enquête policière ne sera lancée à l'encontre de Farrah et Will Riley.

Une bouffée de soulagement. Ils vont pouvoir tourner la page. Elle laisse retomber sa tête sur l'oreiller, soudain fatiguée.

— Tu as l'air crevée, dit Anna en la regardant. On va te laisser.

Elle se lève, se penche sur le lit et serre Elin dans ses bras.

Steed se penche à son tour et lui fait une bise sur la joue.

— Si je ne te revois pas avant que tu partes en vacances, je veux des photos, d'accord ? Beaucoup.

— Promis. Tu ne pourras plus échapper à ma sale tronche. Je vais jouer les emmerdeuses qui se vantent en vacances, à t'envoyer des photos tous les jours.

Steed sourit et pique un dernier grain de raisin dans le sachet au moment où ils sortent de la chambre.

Elin les regarde s'éloigner dans le couloir à travers la vitre lorsqu'elle aperçoit le journal que Steed a laissé. Elle commence à le parcourir, cherche l'article sur Creacher, quand son téléphone vibre.

Un message, d'un numéro qu'elle ne connaît pas : une capture d'écran d'un tweet.

Son cœur semble s'arrêter entre deux battements : elle ne veut pas regarder, mais d'un autre côté, elle ne peut se retenir.

L'auteur a encore tagué la police de Torhun, mais cette fois il y a un texte accolé.

Deux lignes.

Vous voulez connaître une histoire qui concerne cette inspectrice ?

Un indice : elle ne dit pas toujours la vérité...

Elin a le souffle coupé, mais la peur qu'elle pourrait avoir de ces mots est supplantée par l'horreur que lui inspire l'image qui se trouve au-dessous.

Une photo d'elle dans son lit d'hôpital, le journal de Steed à la main, prise il y a quelques instants.

Deux semaines plus tard

Cela fait environ deux semaines qu'elle est rentrée chez elle, mais Maya ne se sent prête à défaire ses bagages que maintenant. Elle traîne son sac dans la cuisine et le vide à côté de la machine à laver. Ses vêtements froissés sentent la mer et la plage. Du sable est resté prisonnier dans les plis du tissu ; de petits grains blanc cassé et des fragments de coquillages... de minuscules demi-lunes, des éclats de moules violacés.

Maya adore ce moment après un voyage, le sentiment d'infini des possibles devant un sac qu'on vient de vider et qui attend la prochaine aventure.

Ses baskets sont tout au fond, celles qu'elle portait sur la plage ce jour-là. Lorsqu'elle les secoue vigoureusement dans l'évier, du sable tombe sur l'inox, et Maya revoit soudain le visage de Jo quand elle s'est approchée d'elle.

Elle l'a trouvée en train de regarder la mer en pleurnichant, s'apitoyant sur son sort. Quand Jo s'est tournée, elle a cru que c'était Hana, prête à relancer leur dispute au sujet de Liam. Jo avait déjà la bouche entrouverte pour s'excuser et regagner sournoisement l'affection de sa sœur.

Quand elle a vu que c'était en fait Maya, elle a souri de soulagement. Jo n'a pas remarqué la pierre dans la main de Maya – l'idée ne lui serait même pas venue que sa cousine puisse lui faire du mal. Maya est toujours restée dans l'ombre, censée être reconnaissante. Reconnaissante que Jo lui ait trouvé un travail, un travail qu'elle lui a ensuite repris. Reconnaissante que Jo, Bea et Hana l'aient intégrée à leur cellule familiale après ce qui est arrivé à Sofia.

Mais ce que Jo ne savait pas, c'est que Maya l'avait *vue*. Vraiment vue. Elle l'a vue telle qu'elle était réellement : une personne avide, égoïste, le genre d'égoïstes qui ne se reconnaissent même pas parce qu'ils se cachent derrière le rire et les taquineries et se moquent de tout. Maya a vu que Jo était jalouse d'elle – même enfant –, tout comme elle était jalouse de toute personne qui avait ce qu'elle n'avait pas. Jalouse de la jolie chambre de Maya, de ses rideaux brodés, de ses gentils parents.

Maya a vu que Jo était le type de personne prête à prendre une allumette et enflammer les beaux rideaux de sa cousine quand elle croyait que Maya dormait, sans réfléchir aux conséquences.

Pendant des années, Maya a cru avoir rêvé, rêvé de s'être réveillée et d'avoir découvert Jo devant le rideau, en train de regarder les flammes lécher le tissu, ses yeux écarquillés réfléchissant l'éclat du feu, l'allumette toujours dans sa main levée.

Maya savait que Jo ne ferait jamais une chose pareille. Elle aimait Maya. Elles étaient de la même *famille*. Il était impossible que sa cousine allume un feu, un feu qui allait changer à tout jamais la vie de Sofia.

Mais ensuite, quand elles ont grandi, elle a vu un même scénario se répéter – pas seulement avec Maya, mais avec Hana aussi ; et plus récemment, avec Liam.

Jo a vu quelque chose de nouveau et séduisant aux mains de Hana qu'elle devait prendre, ou, si elle ne le pouvait pas, détruire.

Maya, observant la scène de l'intérieur de la villa, a admiré le sang-froid de Hana quand Jo lui a tout avoué, puis que Hana lui a lâché le poignet et est partie.

Mais Maya n'a pas eu le même sang-froid, elle a eu mieux : un plan. Et grâce à ce plan, Jo ne pourra plus jamais rien prendre à qui que ce soit.

Elle soulève son sac. Il est encore plein de sable. Il faudra qu'elle le secoue dehors en le tapant dans le patio. Si ça ne suffit pas, elle ira plus loin : elle passera l'aspirateur dedans.

Il faut du temps et des efforts pour faire partir une chose aussi persistante, mais elle y arrivera.

Elle se débarrassera de la moindre trace.

Remerciements

Il n'est pas facile d'écrire un livre en pleine pandémie mondiale, et j'aimerais remercier les personnes qui m'ont aidée à donner vie à ce livre durant cette période difficile.

Tout d'abord, un immense merci à mon incroyable agent littéraire, Charlotte Seymour. Ton soutien et ta gentillesse sans faille sont des choses que j'estime énormément et qui ont été primordiales pour moi ces dix-huit derniers mois. Quel chemin nous avons parcouru ! J'espère qu'il nous reste encore beaucoup d'aventures à vivre !

Un énorme merci à mes talentueux éditeurs chez Transworld : Frankie Gray et Finn Cotton. Je ne vous rendrai jamais assez grâce pour votre travail acharné dans ces circonstances si délicates et pour tout le temps que vous avez consacré à parfaire cette histoire. C'était un privilège de profiter de votre compétence. Un immense merci également à Tom Hill, mon infatigable attaché de presse. Ta minutie et ton organisation sont un plaisir à regarder et aident assurément le livre à trouver plus de lecteurs.

Mes hommages vont aussi à l'inlassable Em Burton pour sa créativité en marketing et à Holly Minter, reine du numérique. Vos campagnes sont vraiment innovantes et m'épatent chaque fois. Je souhaite aussi remercier Rich Shailer au Royaume-Uni pour sa formidable couverture. J'adore ta manière de donner vie au livre.

Un grand merci encore à Reese Witherspoon et à la merveilleuse équipe du Reese's Book Club : le fait d'avoir élu mon premier livre « meilleure sortie » de février 2021 a changé mon monde de la meilleure façon possible et s'est avéré être une puissante motivation pendant que j'écrivais le deuxième. Je vous en serai toujours reconnaissante.

Je dois également remercier toute l'équipe de chez Andrew Nurnberg Associates et Johnson & Alcock pour leur soutien et pour leur aide qui ont permis à ce livre de trouver de nouveaux lecteurs ici au Royaume-Uni et ailleurs dans le monde. Merci aussi à mes éditeurs étrangers qui ont cru à cette histoire et ont voulu la présenter à leurs lecteurs.

J'aimerais également remercier le merveilleux Stuart Gibbon de son aide minutieuse et toujours brillante en matière de procédures et de terminologie policières, et pour avoir supporté mes questions continuelles. Toutes les inexactitudes factuelles dans les procédures de police sont soit de mon fait, soit assumées pour la cohérence de l'histoire.

Un immense merci ensuite à mes merveilleux amis de m'avoir soutenue dans mon projet et encouragée tout au long de sa réalisation. Je ne vous ai pas vus autant que je l'aurais voulu à cause du confinement, mais votre gentillesse infaillible compte plus que tout pour moi. De même pour toutes celles et tous ceux qui me suivent et communiquent avec moi sur les réseaux sociaux, lecteurs comme libraires, qui non seulement me soutiennent mais me montrent comme les réseaux sociaux peuvent constituer un espace bénéfique. Vos commentaires et messages ont plus d'impact que vous ne le pensez.

Merci aussi aux libraires de ma région, avec une mention spéciale pour Emily et Tanya de Waterstones Torquay : votre manière d'exposer mes livres est vraiment hors du commun, et votre gentillesse et votre enthousiasme tout au long de la rédaction de celui-ci ont été tout ce dont un auteur peut rêver !

J'ai la chance d'avoir la meilleure famille qu'on puisse rêver et je veux donc adresser à chacun un immense merci (heureusement, nous n'avons rien de comparable avec la famille du livre !). Nous étions très unis avant la pandémie (à un point terrifiant, selon certains !), mais cette année éprouvante pour notre famille n'a fait que nous rapprocher. Je ne sais pas ce que j'aurais fait sans nos bavardages quotidiens (parfois biquotidiens) et votre soutien.

Enfin, merci à mes filles et à mon mari. Ce roman a été écrit durant le confinement, alors que nous jonglions entre les devoirs, les maladies et à peu près tout ce qui se trouve entre, mais vous m'avez empêchée de perdre la raison et m'avez apporté d'innombrables tasses de déca.

Merci aussi à mes chattes, Elsa et Anna, qui sont toujours au bout du lit quand je me confronte à un point délicat de l'intrigue : j'adore votre manière de sembler mieux vous endormir au son de mon pianotage sur le clavier. Je ne sais pas ce que je ferais sans vous tous. Une fois de plus… Du fond du cœur.

De la même autrice
aux éditions Michel Lafon :

Le Sanatorium, 2021

PAPIER CERTIFIÉ

Le Livre de Poche s'engage pour l'environnement en réduisant l'empreinte carbone de ses livres. Celle de cet exemplaire est de :
300 g éq. CO_2
Rendez-vous sur
www.livredepoche-durable.fr

Composition réalisée par Soft Office

Achevé d'imprimer en septembre 2023 en Espagne par
Blackprint
Dépôt légal 1re publication : octobre 2023
LIBRAIRIE GÉNÉRALE FRANÇAISE
21, rue du Montparnasse – 75298 Paris Cedex 06

44/3800/9